Rendezvous
by Amanda Quick

あやまちの求婚は真夜中に

アマンダ・クイック
旦紀子・訳

ラズベリーブックス

謝辞

ふたりの大切な編集者
アマンダ・クイックによる作品の最初の一冊に賭けてくれた
コリーン・オシィア
そして
理解と洞察力をもって作品を編集してくれている
レベッカ・カバザに
感謝をこめて

あやまちの求婚は真夜中に

主な登場人物

オーガスタ・バリンジャー……上流階級の令嬢。
ハリー・フレミング……グレイストン伯爵。
クラウディア・バリンジャー……オーガスタの従妹。
トーマス・バリンジャー……オーガスタのおじ、クラウディアの父。
サリー……アーバスノット子爵夫人。
ピーター・シェルドレイク……ハリーの友人。
メレディス・フレミング……ハリーの娘。
クラリッサ・フレミング……ハリーの縁戚。メレディスの家庭教師。
スクラッグズ……アーバスノット家の執事。
ラヴジョイ……男爵。

プロローグ

戦争は終わった。

かつて〝ネメシス〟という名で知られた男は書斎の窓辺に立ち、街の喧噪《けんそう》に耳を澄ませた。ワーテルローにおけるナポレオン最後の大敗を、ロンドン全体がいかにもロンドン市民らしい祝い方で祝っている。花火や音楽、熱狂した人々の歓声で街が沸いていた。

たしかに戦争は終わったが、ネメシスにとっては終わっていない。もはや終わることなどないように思える。少なくとも、彼が満足できる終わりは望めない。〝蜘蛛《スパイダー》〟とみずから名乗る裏切り者の正体はいまだわからない。この最後の謎は未解決のまま終わるだろう。蜘蛛《スパイダー》の手によって命を奪われた者たちは浮かばれない。

ネメシスとは決別し、自分の人生に戻る頃合いだとわかっていた。自分には果たすべき義務と責任がある。とりわけ重要なのはふさわしい花嫁を見つけることだ。ほかの責務と同様、この任務も論理的かつ知的な綿密さで取り組むべきだ。候補者のリストを作り、そのリストのなかからひとりを選ぶことになる。

自分が妻になにを求めているかははっきりわかっている。名前と爵位に鑑《かんが》みれば、貞淑な女性でなければならない。彼の心の平安のために、彼が信頼できる女性、つまり、忠誠の意味を理解している女性でなければならない。

ネメシスはあまりに長いあいだ裏の世界で生きてきた。そこで信頼と忠誠の真の価値を知り、金で買えないものがあると学んだ。

街の騒音に耳を澄ませる。終わった。戦争という恐るべき浪費がついに終結したことをだれより喜んでいるのは、ほかならぬネメシスだ。

しかし心のどこかでは、蜘蛛という名で知られていた裏切り者と最後の出会いを持てなかったことを一生後悔するだろう。

1

図書室の扉が開く音はしなかったが、かすかに吹きこんだ風でろうそくの炎がちらついた。長い部屋の奥の暗がりで、この屋敷の主人の執務机の前にしゃがみ、引き出しの鍵穴にヘアピンを差し込もうとしていたオーガスタ・バリンジャーは、はっと身をすくませた。

オーク材の巨大な机の後ろで膝をついたまま、明かりのために一本だけつけておいたろうそくを見やる。扉が静かに締まり、ふたたびろうそくの炎がぱちぱち鳴った。オーガスタは恐怖にかられ、机の端からそっとのぞいて、暗い部屋の向こうに目をこらした。

図書室に入ってきた男性は扉のそばの暗闇に立っている。背が高くて、黒い部屋着を着ているようだ。暗すぎて顔は見えない。それなのに、自分が息を止めてしゃがんでいるとわかっていても、心をかき乱されるような不安な感覚を覚える。

オーガスタの感性にこのような影響を及ぼす男性はただひとり。はっきり見えなくても、大型の肉食獣のように暗がりにたたずんでいる人物がだれかは見当がついた。グレイストンであることはほぼ間違いない。

彼が警戒の声をあげていないのはありがたかった。暗闇のなかでも、彼は奇妙なほどくつろいで見えた。むしろ、暗闇が彼の本来の居場所であるかのようだ。もしかしたら、とオーガスタは楽観的に考えた。彼は普段と違う様子と思っていないかもしれない。ただ本を探しに降りてきただけで、ろうそくも、彼の前に来ただれかが不注意で忘れていったものと思ったかもしれない。

オーガスタは、机の縁からそっと顔を出して様子をうかがっている自分の姿に、彼が気づいていないことを期待した。大きな部屋の反対側の端だから、よく見えないかもしれない。注意深く動けば、自分の評判を傷つけることなく、この窮地を脱することができるかもしれない。そう思って、オーガスタはみごとな彫刻の机の陰に頭を引っこめた。

厚いペルシャ絨毯を踏む足音は聞こえなかったが、一瞬あとに聞こえてきた男の声は、一メートルほどしか離れていなかった。

「こんばんは、ミス・バリンジャー。エンフィールドの机の後ろで、おもしろい読み物を見つけたのかな。しかし、その明かりでは暗すぎて読めないだろう」

感情を排した、ぞっとするほど穏やかな声を聞いて、オーガスタはもっとも恐れていた事態に陥ったことを確信し、心のなかでうめいた。やはりグレイストンだ。

見つかったのが、この週末にエンフィールド卿の田舎の屋敷に滞在している客全員のなかで、よりにもよっておじの親しい友人であり、注意深く準備した嘘の話を絶対に信じそうにないグレイストン伯爵ハリー・フレミングだったのは、不運としか言いようがない。

グレイストンに対して不安を感じる理由はいくつもあるが、そのひとつは、こちらの目をまっすぐに見つめ、まるで魂まで見通して真実を要求するような彼のまなざしだ。そして、彼の近くで用心深くならざるを得ないもうひとつの理由は、彼が非常に賢いことだった。

こうした状況になった時のために用意した作り話のどれかを使えないかと必死に考える。だが、よほど気の利いた話でないとだめだろう。グレイストンをあなどってはいけない。いかにも偉そうで、嫌みなほど正しく、時には鼻持ちならないほど気取っているが、そこに愚かという要素はひとつもない。

この厄介な状況を切り抜けるには、どこまでもしらを切る以外に選択肢はないと判断する。オーガスタはとびきりの笑みを浮かべ、少し驚いたふりで彼を見あげた。

「まあ、ごきげんよう。この時間に図書室でどなたかにお会いするとは思っていませんでした。ヘアピンを探していたんです。一本落としてしまったようなので」

「ヘアピンは机の鍵に差しこまれているようだが」

オーガスタはまた驚いたふりをして、ひょいと立ちあがった。「まあ、本当だわ。そこにあったのね。なんておかしな場所に落ちたのかしら」鍵からヘアピンを抜き、インド更紗の部屋着のポケットに入れた。「眠れなかったので、読むものを探しに降りてきたんですが、気づいたら、ヘアピンがなくなっていて」

グレイストンがろうそくの淡い光のなか、重々しい表情でオーガスタの笑顔を見つめた。「あなたが眠れないとは驚いた、ミス・バリンジャー。きょうはかなり体を動かしたはずだが。午後はレディたちのために企画された弓の試合に参加し、そのあとは、古代ローマの遺跡への散歩とピクニックにも出かけた。そして最後は相当量のダンスとホイストゲームで今夜を締めくくった。だれが考えても、あなたは非常に疲れているはずだ」

「ええ、きっと環境にまだ慣れていないせいですわ。初めてのベッドに寝るのがどんな感じか、ご存じでしょう？」

見るたびに冷たい冬の海を思わせる彼の冷ややかな灰色の瞳がかすかにきらめいた。「それは興味深い意見だ。きみは初めてのベッドにしょっちゅう寝ているのかな、ミス・バリンジャー？」

オーガスタはこの質問をどう受けとるべきかわからず、彼を凝視した。丁重な言葉に聞こえながら、実は性的な意味をほのめかしているかもしれないという疑問が一瞬生じる。しかし、それはありえないと思い直した。この男性はグレイストンだ。レディの前で不適切な言動をするはずがない。もちろん、彼はわたしをレディと思っていないかもしれないけれど、とオーガスタは皮肉っぽく考えた。

「いいえ、旅する機会はそれほどありませんから、たびたびベッドが変わることに慣れているわけではありません。では、よろしければ、失礼して部屋に戻らせていただきますわ。従妹が目を覚まして、わたしがいないことに気づいて心配しているかもしれませんから」

「ああ、そうだ、優しいクラウディア。天使のような彼女が、おてんばな従姉について心配する状況はたしかに避けたいものだ」

オーガスタはたじろいだ。伯爵のオーガスタに対する評価がきわめて低いことは明らかだ。無作法な小娘と思っているに違いない。願わくは泥棒だと思っていませんように。

「ええ、おっしゃる通りですわ。では、おやすみなさい」頭をつんとあげ、オーガスタは歩きだした。だが、行く手をふさぐ彼が動かないので、仕方なく足を止めた。彼はとても大きい。近くに立つと、体に秘められた揺るぎない力強さがひしひしと伝わってきた。オーガスタは勇気を掻き集めた。

「まさか、わたしが寝室に戻るのを邪魔しないですよね？」

グレイストンの眉がかすかに持ちあがる。「ぼくはきみに、ここまで降りてきた目的の物を持たずに二階に戻らせたくないだけだ」

オーガスタは口がからからに渇くのを感じた。まさか、ロザリンド・モリッシーの日記のことを知っているのだろうか？　「でも、ちょうど眠くなったところですから。もう本は必要なさそうです」

「エンフィールドの机のなかにある捜し物も必要がないのかな？」

オーガスタは憤慨した表情でごまかそうとした。「まさか、わたしがエンフィールド卿の机の中を探ろうとしたと？　申しあげたでしょう。ヘアピンが落ちて、たまたま鍵穴に引っかかったんですわ」

「失礼、ミス・バリンジャー」グレイストンが部屋着のポケットから針金を取りだし、机の鍵穴にそっと差しこんだ。かすかだが、間違いなく鍵が開くかちりという音が聞こえた。

あまりの驚きにただ眺めていると、彼は一番上の引き出しを開け、中をのぞきこんだ。それから無造作にオーガスタを手招きし、目当てのものを探すようにうながした。

オーガスタは下唇を噛んで、用心深く伯爵を見つめたが、それから急いでかがみこみ、引き出しを探った。重なった紙の下に革表紙の小さな本があった。オーガスタはなんの迷いもなく、それをつかんだ。

「あの、なんと申しあげたらいいか」日記を握りしめて見あげると、グレイストンと目が合った。

伯爵の厳しい容貌が、ろうそくの揺らめく光のなかで、いつもよりさらにいかめしく見える。決してハンサムとは言えないが、今シーズンの始めにおじに紹介された瞬間から、奇妙なほど心惹かれる存在だった。

よそよそしい灰色の瞳に浮かぶなにかが、彼に触れてみたいとオーガスタに思わせた。もちろん、そんなことをしても、彼が喜ばないのはわかっている。それに、心惹かれると言っても、単なる好奇心以上のものではない。彼の内側に閉じた扉の存在を感じ、それを開けたくてうずうずするだけ。なぜ開けたいと思うかもわからない。

いずれにせよ、彼はオーガスタが好きなタイプの男性ではない。いつもの自分なら、彼を退屈と思うはずなのに、そうではなく、なぜか危険なほど心を搔き乱される謎めいた人物と感じている。

グレイストンの豊かな黒髪には、わずかに銀色のものが混じっている。三十代半ばだが、四十代と言っても通るだろう。表情や姿に熟年の温和さが感じられるからではなく、むしろ逆だった。彼には、豊富すぎる経験と過剰な知識から来る厳しい雰囲気がある。古典学者には珍しいと言える。それも彼のもうひとつ謎めいた部分だ。

仕立屋の手が入っていない寝室用の服装が、彼の広い肩と引き締まった体の線をくっきり見せている。そのしなやかで重みのある捕食者のような気品に、奇妙な興奮が背筋に走るのを感じる。こんなふうに感じさせる男性はグレイストン以外に出会ったことがない。

なぜ彼に心惹かれるのか、オーガスタは自分でもわからなかった。自分と彼とは性格も態度も正反対だ。どちらにしろ、この影響はすぐに消えると確信している。伯爵の近くに行くたびに体の奥で湧きおこる震えや興奮も、彼と話す時に感じる不安や切ない憧れも、どれもなんの意味もない。

自分と同じく、グレイストンも喪失を経験しているはずだという確信も、彼の目から凍りつくような寂しい影を消すためには愛と笑いが必要だという知識もなんの関係もない。グレイストンが花嫁を探していることは周知の事実だが、みずから律している規則正しい生活をひっくり返すような女性を求めていないことはよく知っている。彼はオーガスタとはまったく違うタイプの女性を選ぶはずだ。

伯爵が妻を必要としているという噂はあちこちから聞こえてくる。それによれば、几帳面にも、高い基準に基づいた候補者リストを作っているらしい。そのリストに入りたい女性は美徳と貞節の鑑《かがみ》でなければならないと噂されている。まじめな性格で心優しく、立ち居振る舞いは毅然として、悪い噂などひとつもない模範的な女性。つまり、グレイストンの花嫁はつねに適切でなければならない。

招待された屋敷の主の机を真夜中に探ることなど、夢にも考えない女性だ。

「聞かないほうがいいかもしれないが」オーガスタが手に持った小さな本を眺めて、伯爵が小声で訊ねた。「その日記の持ち主はきみの親しい友人かな？」

オーガスタはため息をついた。正直に言っても、失うものはない。これ以上とぼけても無駄だろう。グレイストンが今夜の冒険について、ある程度わかっていることは明らかだ。

「ええ、そうですわ」オーガスタは顎をつんと持ちあげた。「わたしの友人は、自分の気持ちを日記に書き残すという愚かな間違いを犯しました。そして、のちに相手の男性が誠実な気持ちを抱いていないと知り、とても後悔したんです」

「その男はエンフィールドか？」

オーガスタは唇をぎゅっと結んだ。「その答えは明らかでしょう。日記があったのは、彼の机のなかですもの。エンフィールド卿は爵位と戦場における英雄的行為のおかげで、どんな名家の客間にも受け入れられるようですが、女性に関しては卑劣と言わざるを得ません。わたしの友人は、もう愛していないと彼に伝えた直後に日記を盗まれました。女中が買収されて盗んだとわたしたちは考えています」

「わたしたち？」グレイストンがさりげなく聞き返した。

オーガスタはその質問を無視した。すべてを話すつもりはない。とくに、どうやって、今週末このエンフィールドの屋敷に滞在する手配をしたかについて教えるわけにはいかない。

「エンフィールドはわたしの友人に結婚を申し込むつもりと断言し、了承させるために彼女が日記に書いた内容を利用しようとしました」

「きみの友人と結婚するために、なぜ脅迫する必要がある？　いまの彼はレディたちのあいだで大変な人気者のはずだが。ワーテルローでの活躍にだれもが魅了されている」

「わたしの友人は巨額な財産の相続人なので」オーガスタは肩をすくめた。「噂によれば、エンフィールド卿は大陸から戻って以降、ご自分の相続資産のかなりの額を賭け事で失ったとか。お金のために結婚することを、お母さまとお決めになったようです」

「なるほど。エンフィールドの損失はつい最近のことだ。そこまで早く女性たちに広まっているとは知らなかった。母上とふたりで必死に隠そうとしていたからね。この屋敷でパーティを開いたのもその現れだ」

オーガスタは辛辣な笑みを浮かべた。「ええ。でも、花嫁探しを始めた男性がどうなるかはあなたもご存じでしょう。その方が意図するよりも早く噂が出まわり、知性ある女性はそれに気づきます」

「もしかして、ぼくの意図のこともほのめかしているのかな、ミス・バリンジャー？」

オーガスタは頬が熱くなるのを感じたが、彼の非難めいた冷たいまなざしの前で、引くに引けなかった。

「お訊ねになったのでお答えしますが」きっぱり言う。「あなたが特定の条件で結婚相手を探していらっしゃることも、よく知られていると言わざるを得ません。候補者リストがあることまで噂されていますわ」

「おもしろい。その噂では、だれがそのリストに載っているかも明らかになっているのかな？」

　オーガスタは彼をにらんだ。「いいえ。非常に短いリストということだけです。でも、条件がきわめて厳格と言われていることを考えれば、短いのも当然でしょう」

「ますますおもしろい話になってきた。ぼくが妻に求める条件とは、具体的に言うとなにかな、ミス・バリンジャー？」

　オーガスタは口を閉じておけばよかったと後悔した。しかし、バリンジャー家のノーサンバーランド側の子孫に、用心深さが長所の者はひとりもいない。仕方なく言葉を継いだ。

「噂によれば、あなたの奥さまもカエサルの妻のように、すべてにおいて、世の疑惑を招くことなく、洗練された感性を持ったまじめな女性、礼節の模範でなければいけないと言われています。つまり、あなたが完璧な女性を探しているということですね。幸運を祈っていますわ」

「その批判的な口調を聞くと、きみは真に貞淑な女性を見つけるのは困難だと思っているような印象を受けるが」

「それは、あなたが貞淑をどう定義するかによりますわ」オーガスタは言い返した。「聞いたところによれば、あなたの基準はあまりに厳しすぎるとか。真に高潔の鑑と呼べる女性はそんなにいませんもの。高潔の鑑でいるのは、とても退屈なことですから。エンフィールド卿のように財産家の令嬢をお探しなら、もう少し長いリストになっているでしょうね、ご承知のとおり該当する方は不足気味ですけれど」

「残念ながら、いや幸いというべきか、ぼくは財産家の令嬢を必要としていない。それゆえ、それ以外の基準で候補者を決められる。しかし、ぼくの個人的な状況をきみがよく知っていることに驚いたよ、ミス・バリンジャー。それだけの情報をどこから得たのか、聞いてもいいかな？」

もちろん、彼女自身が設立を手伝ったレディのためのクラブ、噂と情報の宝庫〈ポンペイアズ〉のことを彼に言うつもりはない。「街なかに出れば、つねに噂が飛び交っていますから」

「たしかにそうだ」グレイストンの目が考えこむように細められた。「ロンドンの街では、噂はぬかるみのように当たり前のものだからね。ぼくが、あまり噂を立てられない女性を結婚相手に選ぶだろうときみが思うなら、それはあながち間違ってはいない」

「先ほども申しあげたとおり、幸運を祈っていますわ」悪評高き候補者リストについて耳にした噂を、グレイストンがひとつも否定しなかったのが残念だとオーガスタは思った。「そんなに高く基準を設定したことを後悔なさらないよう祈っています」ロザリンド・モリッシーの日記を握りしめる。「失礼してよろしければ、わたしはもう寝室に戻ります」

「もちろんだ」グレイストンは頭をさげると、重々しい態度で一歩脇に寄り、オーガスタが通れるように机とのあいだに隙間を作った。

ようやくこの場を逃げだせることに安堵し、オーガスタは巨大な机の後ろから出た。机をまわって伯爵の横を急ぎ足で通りすぎる。いまのふたりの状況が親密すぎることを痛いほど意識していた。乗馬服や夜会服を着ているグレイストンにも心を奪われるのだから、寝間着を着ているとなれば、言うことを聞かないオーガスタの感性にとっては、ただただ過剰だ。

　部屋のなかばまで来た時、オーガスタは重要なことを思いだした。足を止めて振り返り、彼と向き合う。「ひとつ質問をしなければなりません」

「なにかな？」

「この好ましくない出来事について、エンフィールド卿に伝える義務があると、あなたは感じるでしょうか？」

「ああ、そのことか。きみがぼくの立場だったらどうするかな、ミス・バリンジャー？」彼が冷ややかに言う。

「もちろん、紳士として沈黙を守ります」オーガスタは急いで言った。「レディの評判がかかっていますから」

「たしかに。きみの友人の評判だけでない。今夜に関しては、きみの評判も危険にさらされているのでは、ミス・バリンジャー？　女性にとってもっとも価値ある宝石、つまり自分の評判を、きみはないがしろにした」

　なんて嫌みな。傲慢で最悪な男性。尊大すぎる。「今夜わたしが危険を冒したというご指摘はそのとおりですわ」自分に出せるもっとも冷たい声で答える。「でも、わたしはハンプシャーのバリンジャー家ではなく、ノーサンバーランドのバリンジャー家の出身です。わたしの側の女性はみな、社交界の規則をあまり気にしないので」

「厳格な規則が女性自身を保護するために設けられていると思ったことは？」

「少しもありません。規則は男性にとって便利なように作られたものにすぎませんから」

「その意見には同意しかねるな、ミス・バリンジャー。社交界の規則が男性にとって不都合な場合もある。今回はまさにそういう状況と断言できる」

オーガスタは眉をひそめたが、意味のない発言と見なすことにした。「あなたとわたしのおじが仲のよい間柄とわかっていますから、あなたと敵対するつもりはありません」

「それはぼくも同じだ。きみを敵にすることは望んでいない、ミス・バリンジャー」

「ありがとうございます。そうだとしても、あなたとわたしには共通点がほとんどありません。性格にしても好みにしても正反対。あなたは名誉が求める正しい行動と、社交界を支配する厄介な規則に縛られていますもの」

「そしてきみは、ミス・バリンジャー？　きみを縛っているものは？」

「なにもありません」オーガスタはきっぱり答えた。「わたしはノーサンバーランドのバリンジャー家の最後のひとりとして、人生を最大限有意義に生きるつもりです。ノーサンバーランドのバリンジャー家は、どうでもいい貞節の重みに押しつぶされるくらいなら、多少の危険は厭《いと》いません」

「なんと、ミス・バリンジャー、きみには失望したと言わざるを得ないな。貞節はそれ自体が報いだということわざを聞いたことはないか？」

オーガスタはまた眉をひそめた。彼にからかわれているのかもしれないという思いが浮かんだが、すぐに、そんなはずはないと打ち消した。「むしろ、そのことわざが事実である証拠をほとんど聞いたことがありません。エンフィールド卿に、わたしが今夜図書室にいたことをおっしゃるつもりですか？」

彼は両手を部屋着のポケットに深くつっこみ、目を細めてオーガスタを眺めた。「どう思う、ミス・バリンジャー？」

オーガスタは下唇を舌先でなめて、ゆっくりほほえんだ。「わたしが思うのは、あなたが自分で設定した規則にがんじがらめになっているということ。ご自身の行動規範を破らずに、今夜の件をエンフィールド卿に告げることはできないのでは？」

「その点に関してはきみが正しい。ぼくはエンフィールドにはひと言も言わない。しかし、黙っているのは、ぼく自身の理由によるものだ、ミス・バリンジャー。その理由はきみには言わないし、きみも推測しないよう勧める」

オーガスタは頭を傾げ、彼の言葉を考えた。「あなたの沈黙の理由は、わたしのおじに対して感じている義務でしょうか？　おじの友人だから、今夜のわたしの行動によっておじが困るのを見たくないのでは？」

「多少は真実に近づいているが、それも、一面しか見ていない見方だ」

「理由がなんであれ、とにかく感謝いたします」自分も友人のロザリンド・モリッシーも安全だとわかり、オーガスタは笑顔になった。ふいに、答えを得ていない、非常に大きな疑問がもうひとつあることを思いだす。「わたしが今夜ここに来る計画を、なぜご存じだったのですか？」

今回笑みを浮かべたのはグレイストンのほうだった。唇をかすかにねじ曲げたその笑みに、オーガスタはぞっとするような恐怖を覚えた。

「その疑問のせいで、きみは今夜しばらく寝られないだろうな、ミス・バリンジャー？　よく考えてくれたまえ。レディの秘密はゴシップや噂話に狙われているという事実を熟考するよい機会となるはずだ。それゆえに、賢い女性は、今夜きみがとったような危険を冒さないことに努める」

オーガスタはがっかりして、鼻筋に皺を寄せた。「こんな質問をするべきではなかったですね。あなたのように気高い性格の方は、どんな時でも非難の言葉を口にせずにはいられない。でも、今回はあなたの助力と沈黙に感謝の意を表し、非難は甘んじて受けますわ」

「その感謝を忘れないでいてもらいたいものだ」

「ええ、忘れません」ふいに衝動にかられ、オーガスタは机のほうに走り戻って彼のすぐ前で止まった。つま先立ちになり、彼の角張った顎に軽くキスをする。グレイストンはその控えめな愛撫にも石のように立ったままだった。心の底から驚いているらしいとわかり、オーガスタは小さい声でいたずらっぽく笑った。「おやすみなさい」

自分の大胆さと、今夜の図書室襲撃が成功したことに興奮しながら、オーガスタはきびすを返し、小走りで戸口に向かった。

「ミス・バリンジャー？」

「はい、なんでしょう?」立ちどまってもう一度彼のほうに振り向く。顔が真っ赤に火照っているのを暗がりが隠してくれるように願った。

「ろうそくを持っていくのを忘れている。階段をのぼるのに必要だろう」彼がろうそくを取り、オーガスタのほうに差しだした。

オーガスタは一瞬ためらい、それから彼が立っているところに戻った。そして彼の手から奪うようにろうそくを取ると、ひと言も発せずに急いで図書室を出た。

階段を駆けあがり、廊下を寝室に向かって急ぎながら、彼の花嫁候補者リストに名前が載せられていないのはありがたいことだと自分に言い聞かせた。ノーサンバーランドのバリンジャー家の女性は、彼のような古くさい考えの頑固な男性に縛られることなどできない。

性格の著しい違いはさておいても、そもそも共通する関心事もない。グレイストンは著名な言語学者であり、オーガスタのおじサー・トーマス・バリンジャーと同じく、古典の研究者でもある。伯爵は古代ギリシャと古代ローマの研究に没頭し、学術の分野で高い評価を得ている。

もしもグレイストンが情熱的な文と、くすぶるような瞳で大人気の詩人のひとりだとすれば、彼に惹かれる自分の思いも納得できる。でも、彼は詩人ではない。彼が書いているのは『タキトゥスの史実』とか、『プルタルコスの人生の選択に関する考察』などという題名の退屈な論文だ。どちらも最近出版されて絶賛されている。

そしてそのどちらも、どういうわけか、オーガスタは最初から最後まで読んでいた。

ろうそくを吹き消し、クラウディアと一緒に使っている寝室に滑りこむ。忍び足でベッドに近づき、部屋着を脱いだ。厚いカーテンの裂け目からひと筋差しこんだ月の光が従妹の寝姿を浮かびあがらせる。

クラウディアの髪は、ハンプシャーのバリンジャー家特有の薄い金髪だ。鼻と顎がいかにも貴族的な美しい横顔を枕に当てて眠っている。長くカールしたまつげは淡い青色の瞳を隠すほど長い。まさに社交界の紳士たちがつけた〝天使〟というあだ名がふさわしい。

オーガスタは社交界における従妹の成功を誇らしく感じていた。結局のところ、若いクラウディアを社交界に送りだしたのは二十四歳のオーガスタだった。二年前に兄が亡くなったあと、自分を家に迎えてくれた遠縁のおじとクラウディアに対するせめてもの恩返しと思っている。

ハンプシャーのバリンジャー家であるサー・トーマスはかなりの富豪であり、娘の門出《かどで》のための出費を惜しまず、さらにオーガスタにかかる費用も引き受けてくれた。ただ、妻を亡くしているため、社交シーズンを成功させるのに必要な女性の仲介者がおらず、流行や成功するためのこつも知らない。オーガスタが貢献できたのはその部分だった。

たしかにハンプシャーのバリンジャー家はお金持ちかもしれないが、ノーサンバーランドのバリンジャー家の人間は洗練されたやり方を心得ている。

オーガスタは従妹が大好きだったが、ふたりは多くの面で昼と夜のように正反対だった。クラウディアなら、招待された屋敷で、真夜中に階下の図書室に降りていき、そこの主人の机から物を盗むことなど夢にも考えないだろう。〈ポンペイアズ〉に入会することについても、彼女はなんの関心も示さなかった。寝間着の格好で、グレイストン伯爵のような著名な学者と真夜中におしゃべりをしたと聞いたらがく然とするはずだ。礼儀作法に関するかぎり、クラウディアは常識をわきまえている。

クラウディアはグレイストンの花嫁候補リストに載っているだろうとオーガスタは思った。

階下の図書室で、ハリーは暗闇のなかに立ち、窓の外の月に照らされた庭を眺めていた。エンフィールドの週末のパーティの招待を受けたくなかった。そうした催しは日頃から可能なかぎり避けている。社交界の用事はどれもそうだが、こういうパーティもほとんどは非常に退屈で、時間の無駄でしかない。しかし、今シーズンは妻を探す必要があり、目当ての女性は、予期せぬ場所に現れて裏をかくという癖がある。

たしかに今夜は退屈ではなかったと、ハリーは自分に向かって皮肉った。未来の花嫁を面倒から遠ざけておくという任務のおかげで、田舎の小旅行が活気づいたことは間違いない。結婚に至るまでに、あと何回真夜中の会合を持つことになるだろうとハリーはいぶかった。

まったくしゃくにさわる面倒な女性だ。何年も前に、強固な意志を持つ男性と結婚すべきだった。彼女には、しっかり制御してくれる男が必要だ。あの軽率な生き方を矯正するのに手遅れでないことを願うしかない。

オーガスタ・バリンジャーは二十四歳だが、さまざまな理由からまだ結婚していない。その理由のなかには、家族が何人も亡くなったことも含まれる。彼女のおじサー・トーマスから、オーガスタが十八歳で両親を失ったと聞かされた。馬車による事故死だった。オーガスタの父はその時、命がけの荒っぽい競争をしていたという。妻も同乗すると言い張ったらしい。そうした無鉄砲さが、残念ながらこの一族のノーサンバーランド側に特有な性格だとサー・トーマスも認めていた。

オーガスタと彼女の兄のリチャードには、きわめて少ない金しか残されなかった。財政問題に関する無鉄砲さもノーサンバーランドのバリンジャー家を特徴づけている。

リチャードは受け継いだ少ない遺産を、自分とオーガスタが住んでいる小さな家以外すべて売り払った。そしてその売却金で自分のために陸軍将校の階級を買った。そのあと、殺された。大陸の戦闘ではなく、家のそばの田舎の街道で遭遇した追いはぎによるものだった。彼は休暇で妹に会うためにロンドンから馬で戻ってくるところだった。

サー・トーマスによれば、リチャード・バリンジャーの死にオーガスタは打ちのめされたらしい。唯一の家族を失ったのだから当然だろう。サー・トーマスに、彼と彼の娘と一緒に住むように説得され、オーガスタも最後には同意した。何カ月間もふさぎこみ、その状態はなにをもってしても解消されなかった。ノーサンバーランド側の血筋特有の炎のような輝きも失われた。

そんな時、サー・トーマスが名案を思いついた。自分の娘を社交界に送りだす任務を引き受けてほしいとオーガスタに依頼したのだ。クラウディアは愛らしい文学少女で、すでに二十歳だったが、二年前に母親が亡くなったせいでロンドンに来る機会がなかった。残り時間は少ないと、サー・トーマスは深刻な表情でオーガスタに説明した。クラウディアは社交界に出て当然の女性だ。しかし、一族でも、知的生活を好む側の家に生まれ育ったため、社交界でどう振る舞うかの知識は持っていない。一方のオーガスタはその能力と本能、そして――サリーことレディ・アーバスノットとの新しい友情を介し――従妹にこつを教えられる交流関係を持っていた。

当初はしぶしぶだったオーガスタも、ほどなくこの任務に、ノーサンバーランドのバリンジャー家特有の情熱をそそぎ始めた。そして、クラウディアが大成功を収めるべく、日夜問わず働いた。その成果はめざましく、また予想外でもあった。慎み深く、しつけが行き届いた文学少女のクラウディアが天使と呼ばれてもてはやされただけでなく、オーガスタ自身も人気の的になったのだ。

サー・トーマスはハリーに、この成果を喜んでおり、若い娘たちの両方にふさわしい縁組みを望んでいると打ち明けた。

しかし、実情はそんなに単純でないことをハリーは知っていた。少なくともオーガスタには、ふさわしい夫を見つける意図がまったくないのではないかと強く疑っている。楽しいことが多すぎて、結婚する気になれないように見える。

本気で結婚を望んでいるのならば、ミス・オーガスタ・バリンジャーは輝きを放つ栗茶色の髪と、いかにもいたずらそうにきらめく、生き生きしたトパーズのような瞳で、今頃は十人以上の夫候補を獲得していたはずだと、伯爵は確信していた。

彼女に感じている強い関心には、自分でも少なからず驚いている。一見して自分が妻に求めているような女性ではないのに、彼女を無視できず、心から追いだすこともできない。古い友人であるレディ・アーバスノットに、オーガスタを花嫁候補リストに追加すべきだと勧められた瞬間から、ハリーはオーガスタに魅了されていた。

未来の妻に近づくために、まずサー・トーマスと個人的な友情を築いた。おじとハリーの新しい関係の裏の理由をオーガスタは気づいていない。ハリーが打ち明けないかぎり、巧妙な計画やそれをする理由を知る者はいない。

サー・トーマスとレディ・アーバスノットとの会話を通して、ハリーは、オーガスタが意志が強く向こう見ずであること、それにもかかわらず家族と友人には忠誠を尽くすことを知った。忠誠心が貞淑と同じくらい価値があることをハリーはずっと前に学んだ。実際、彼の考えでは、忠誠と貞淑は同義語だ。

今夜のような軽率な冒険も、そのレディが信頼できるとわかっていれば見過ごせる。とはいえ、無事にオーガスタと結婚したあとに、あのようなばかげた行為を許すつもりはない。この数週間でハリーは、たとえ後悔することになるとしても、オーガスタと結婚する意志を固めていた。彼女の知的な面に魅了されずにはいられない。絶対に退屈しないだろう。強い忠誠心はもちろんだが、彼女はつねに彼の興味をそそり、しかもその反応を予測できない。パズル好きのハリーとしては、無視できない存在だ。

彼の運命を決定づけた最後の要因は、制御が効かないほどオーガスタに惹きつけられているという否定できない事実だった。彼女がそばにいるだけで全身が張りつめる。

彼女の持つ女性的な活力がハリーの五感に訴えてくる。夜ひとりになったとたんに、彼女の姿が脳裏に浮かんで離れない。そばにいる時は、気づけば彼女の胸の膨らみを注視している。天性の優雅さで品よく着こなしているが、実はドレスの胸元がスキャンダラスなほど低く刳《く》れているせいだ。腰をかすかに揺らす動きを見るたび、彼の下半身の筋肉はこわばり、そのほっそりしたウエストと形よく広がる腰に思いを掻きたてられる。

美人ではないともう百回は自分に言い聞かせた。少なくとも、いわゆる古典的な美人とは言えない。それでも、わずかにつった目とほんの少し曲がった鼻、そしていつも笑っているような唇が、生き生きした魅力を醸しだしている。このところ、その唇を味わいたいという渇望が日に日に募っている。

ハリーは悪態を呑みこんだ。まるで、プルタルコスがクレオパトラについて書いたくだりのようだ。いわく、驚くほどの美人ではないが、その魅力と存在感は人を惹きつけてやまず、非常に魅惑的。

オーガスタと結婚する企てがばかげていることはわかっている。実際、まったく違う種類の女性を見つけようと努力した。穏やかで、まじめで、礼儀作法が完璧な女性。彼のひとり娘、メレディスのよい母親になりそうな女性。温かい家庭のために尽くしてくれそうな女性。そしてなにより重要なのは、醜聞や噂話がまったくないことだ。

以前の結婚は厄災をもたらした。醜聞が爵位をはずかしめ、代々の先祖たちと同じように不幸な結果に終った。この悲しい伝統を継続するような女性と結婚するつもりはない。グレイストン家の次の花嫁は、非難の余地がない女性でなければならない。そして、疑念の余地がない女性。

カエサルの妻のように。

だからこそ、知的な男たちがルビーよりも価値があると考える宝物、すなわち貞淑な女性を探し始めた。

そしてその代わりに、向こう見ずで頑固で、ものすごく怒りっぽい女性を見つけた。しかも彼女は、彼の人生を生き地獄にする可能性がある。

残念ながら、とハリーは思った。自分は花嫁候補者リストに載っているほかの女性たちへの関心を完全に失ったらしい。

2

ロンドンに戻った翌日の午後三時少し過ぎに、オーガスタはレディ・アーバスノットの豪邸の扉の前にやってきた。ロザリンド・モリッシーの日記は手提げ袋にしまってある。すべて大丈夫と彼女に言うのが待ちきれない。

「きょうは長居しないわ、ベッツィ」階段をのぼりながら、オーガスタは若い侍女に言った。「急いで帰って、クラウディアがバーネットの夜会に行く準備をするのを手伝わなければならないから。クラウディアにとっては、とても大事な夜ですもの。ロンドンで一番すてきな独身男性たちが集まる会だから、彼女には、いつも以上にすてきに見えてほしいわ」

「はい、お嬢さま。でも、お出かけの用意をした時のミス・クラウディアはいつも天使のようですわ。今夜もそうなりますよ」

オーガスタはにっこりした。「たしかにそうね」

ベッツィがノックをしようと手をあげた瞬間、扉が開いた。レディ・アーバスノットの執事である猫背の老人スクラッグズが、ふたりの若い女性たちを送りだしながら、新規の訪問者ふたりをにらみつけた。

石段を降りてくるふたりは、ベリンダ・レンフルーとフェリシティ・オーツレイだった。どちらもレディ・アーバスノットの屋敷の常連で、ほかにも名家の令嬢数人が定期的に訪れる。闘病中のレディ・アーバスノットが訪問客に不足していないことを隣人たちはよく知っている。

「ごきげんよう、オーガスタ」フェリシティが快活に言う。

「ごきげんよう。おふたりとも、お元気そうね」オーガスタは答えた。

「ええ、まあ」ベリンダはつぶやいたが、空色のドレスに最新流行の濃紺色のマントを重ねたオーガスタのいでたちを眺める目は好奇心に満ちていた。「いらしたのね。よかった、レディ・アーバスノットが、あなたが来るのを今か今かとお待ちだったわ」

「あの方をがっかりさせるなんて思いもしないわ」オーガスタはすれ違いながら、ふたりに笑いかけた。「ミス・ノーグローブのことも」ダフネ・ノーグローブとの賭けで、ベリンダ・レンフルーが、日記が所有者に戻らないほうに十ポンド賭けていることをオーガスタは知っていた。

　ベリンダが鋭い目つきでオーガスタを見やった。「エンフィールド卿の田舎屋敷でのパーティはすべてうまくいったのかしら？」

「もちろんよ。ではまた今夜お会いするのを楽しみにしているわ、ベリンダ」

　ベリンダがまた鋭い視線を投げてよこした。「あなたは楽しみでしょうね、オーガスタ。ミス・ノーグローブも。では、ごきげんよう」

「ごきげんよう。あら、こんにちは、スクラッグズ」背後で扉が閉まると、オーガスタは、にらみつけているひげ面の執事にほほえみかけた。

「ミス・バリンジャー。レディ・アーバスノットがお待ちかねですがね、もちろん」

「もちろんそうでしょうね」アーバスノット家の玄関を守っているこの怒りっぽい老人の威嚇に屈するつもりはない。

スクラッグズはアーバスノット家にいる唯一の男性で、この十年間にレディ・アーバスノットが雇ったただひとりの男性使用人という栄誉に輝く人物だった。今シーズンから新しくこちらの使用人になったが、なぜサリーが彼を受け入れたのか、最初はだれにも理解できなかった。年寄りの執事は職務の多くを体力的に対処できない場合が多いので、明らかに親切心からだろう。それが証拠に、リウマチやその他多くの不平不満を理由に、彼が一日中玄関口に現れないこともある。

不平不満は、スクラッグズが見るからに楽しんでいる数少ないことのひとつだった。彼はなにに対しても不平を訴える。関節の痛み、天候、この屋敷での仕事、職務を遂行する時に助力がないこと、あくまで彼の主張だが、レディ・アーバスノットから支払われる賃金が低いこと。

しかし、こちらを定期的に訪問するレディたちは、いつしかスクラッグズがずっと必要とされていた人材であると思うようになった。変人だが、創意工夫に富み、なにより、とてもおもしろい。だれもが彼を心から受け入れ、いまや、この屋敷になくてはならない貴重な人材と見なしている。

「きょうは、リウマチの具合はいかが、スクラッグズ？」オーガスタは毛皮で縁取られた新調したばかりのボンネットをほどきながら訊ねた。

「なんですと？」スクラッグズがまたオーガスタをにらみつける。「質問したいなら、大きい声で言ってくれませんかね。なんでレディはみんなもぐもぐ話すのかわからん。大きい声で話すことを学ぶべきだ」

「あなたのリウマチの具合はどうかと聞いたのよ、スクラッグズ」

「ものすごく痛いですな、聞いてくれてかたじけない、ミス・バリンジャー。いつにもましてひどい」スクラッグズはいつも、馬車の車輪に踏まれた砂利の音のような低いしゃがれ声で話す。「一時間に十五回、玄関に迎えに出ることも、なんの助けにもならないと、声を大にして言いたいですな。聞かれたから言いますが、ここを出入りする人々の数だけで、正気の男でも頭がおかしくなる。なぜ女性は五分以上じっとしていられないのか、まったく理解できませんな」

オーガスタは同情の言葉をつぶやき、手提げ袋に手を入れて小さい瓶を取りだした。「あなたに薬を持ってきたから、もしよかったら飲んでみてくださいな。わたしの母の調合なの。いつも祖父に作ってあげていて、効果的だったから」

「本当ですかね？　その御祖父さまはご健在ですかな、ミス・バリンジャー？」スクラッグズが疑わしげに瓶を受け取り、まじまじと眺めた。

「数年前に亡くなったわ」

「それは、この薬のせいではありますまいか」

「八十五歳だったのよ、スクラッグズ。亡くなった時は女中のひとりとベッドにいたんですって。語り草になっているわ」

「本当ですかな？」スクラッグズが急に興味を持って瓶を眺めた。「そういうことなら、すぐに試してみるとしますよ」

「そうしてくださいな。同じくらい効き目があるものを、レディ・アーバスノットにもお持ちできればいいんだけど。きょうの具合はどうかしら、スクラッグズ？」

スクラッグズがもじゃもじゃの白い眉を上下させた。青い瞳に悲しみの影がよぎる。海のように美しい青緑色の目に、オーガスタはいつも魅了されていた。深い皺と頬ひげに埋もれた顔のなかで、目だけが驚くほど鋭く、戸惑うほど若々しい。

「きょうは非常に調子がよいようですよ、ミス・バリンジャー。あなたのおいでを楽しみに待っておられます」

「では、これ以上お待たせしないほうがいいわね」オーガスタは侍女のほうを向いた。「調理場に行って、お友だちとお茶を飲んでいてちょうだい、ベッツィ。帰る時は、スクラッグズに声をかけてもらうわ」

「かしこまりました、お嬢さま」

ベッツィは膝を曲げてお辞儀をすると、やはり午後の訪問をする主人の付き添いで来ているほかの侍女や従者たちに加わるべく立ち去った。アーバスノット家の調理場は仲間にことかかない。

スクラッグズはうんざりするほどゆっくりしたカニのような足取りで、オーガスタを客間の入り口まで案内した。扉を開けながら、その動作が苦痛であるかのように顔をしかめる。オーガスタは戸口を抜け、別世界に足を踏み入れた。

そこは、毎日少なくとも数時間、自分がそこに属していると実感できる世界だった。兄が亡くなって以来ずっと焦がれてきた感覚だ。

オーガスタがくつろげるように、サー・トーマスとクラウディアが努力してくれていることは、よくわかっていたので、家族の一員のように感じていると彼らに信じさせようと、自分も努力してきた。でも、真実を言えば、つねに部外者のように感じている。ふたりの理性的できまじめな考え方や重い雰囲気はまさにハンプシャーのバリンジャー家の特徴だが、そのせいでオーガスタのことを理解できないのだろう。

しかしここ、レディ・アーバスノットの客間扉の内側ならば、たとえ真の家庭を見つけられなくても、自分なりの居場所にいると感じられる。

オーガスタがいるのは、ロンドン中でもっとも新しく、もっとも珍しく、もっとも厳選された会員のクラブ、〈ポンペイアズ〉だった。当然ながら、主宰者の招きがないと会員にはなれず、非会員は、レディ・アーバスノットの客間でなにが行われているか、実際のところはわからない。

部外者からは、レディ・アーバスノットが自分の楽しみのために、社交界のレディたちを集めて、よくあるような最新流行のサロンを主宰しているのだろうと推測されている。しかし、〈ポンペイアズ〉はその推測をはるかに越えたものだ。紳士たちのクラブをまねているが、社交界のなかでも近代的な考え方を持つ女性たちの要望に応えたもので、女性たちはそこで慣習にとらわれないものの見方を分かち合う。

このクラブを、カエサルの妻で、カエサルに不義の疑いをかけられて離縁されたポンペイアに因んで〈ポンペイアズ〉と名づけたのはオーガスタの発案だった。会員たちにはぴったりの名前だろう。〈ポンペイアズ〉に集うレディは社交界に出ている良家の子女ばかりだが、多少〝変わっている〟とか、控えめに言っても〝独創的〟と思われているからだ。

〈ポンペイアズ〉を作るにあたり、さまざまな面で紳士のクラブをまねしたが、室内装飾に関しては徹底的に女性的な意匠を凝らした。

暖かい感じの黄色の壁には、古代の女性像を描いた絵画がたくさん飾られている。片側の一番奥には治療師パンティアの肖像画。その隣はマケドニアのピリッポス二世の母エウリュディケが教育の記念碑を奉納する姿を描写した美しい絵画。

上部に竪琴《リラ》が掛けられた暖炉の前でサッフォーが詩作している絵。長い部屋の反対側にはエジプトの王座に坐るクレオパトラの絵。ほかにも、アルテミスやデメテル、イーリスなど、女神の優雅な姿を描いた絵画もたくさん飾られている。

家具はすべて古典様式で揃えられ、台や壺や柱をところどころ巧みに配置することで、客間に古代ギリシャ神殿のような雰囲気を与えている。

このクラブは〈ホワイツ〉や〈ブルックス〉や〈ウエティアース〉と同様、会員に対して多くの快適さを提供している。奥の小部屋のひとつはコーヒールームで、もうひとつはカードのための部屋になっている。夜も更けると、ホイストやマカオ好きの会員たちが、舞踏会のために装ったドレスを優雅にまとったまま、緑色の布貼り《ベーズ》のテーブルを囲む姿が見受けられる。

とはいえ、運営側は掛け金の高いゲームを推奨していない。妻がこの客間で高額の損失を出したことに激怒した夫が乗りこんでくる事態は望んでいないと、レディ・アーバスノットははっきり表明していた。

クラブでは、タイムズやモーニングポストなどを含め、さまざまな日刊新聞や雑誌が読めるし、いつでも冷製の軽食が用意され、お茶だけでなく、シェリー酒やラタフィア（ぶどうでできた食前酒）も飲める。

きょうも、部屋に滑りこむと、すぐに快適でくつろいだ雰囲気に包まれた。書き物机に向かっていた金髪のぽっちゃりした娘が顔をあげたので、オーガスタは前を通りすぎた時にうなずいて挨拶した。

「あなたの詩はいかが、ルシンダ？」と訊ねる。最近、このクラブの会員たちがことごとく執筆に情熱を燃やしているようだ。オーガスタ自身は生まれながら詩神の恵みは受けなかったので、新しく刊行される小説を読むことで満足している。

「とてもいい感じよ、ありがとう。けさのあなた、意気揚々として見えるわ。よい知らせを期待していいのかしら？」ルシンダがわけ知り顔でほほえんだ。

「ありがとう、ルシンダ。ええ、最高の知らせを期待してちょうだい。田舎での週末は、信じられないほど元気を回復させてくれるわ」

「それに評判もね」

「まさにその通り」

オーガスタは長い部屋を奥に向かい、暖炉の前でお茶を楽しんでいるふたりの女性のほうに歩いていった。

〈ポンペイアズ〉の後援者で、クラブの全会員からサリーという名で呼ばれているレディ・アーバスノットは、上品なさび色の長袖のドレスの上に温かなインド製のショールを羽織っていた。暖炉の火に一番近い椅子に坐り、見晴らしのよいその場所から、部屋全体を一望に収めている。その所作はいつものようにしとやかで美しく、髪も最新流行の型で高く結いあげている。レディ・アーバスノットはその魅力でかつて社交界の花形だった。

三十年前に悪名高い子爵と結婚してほどなく未亡人になったサリーは、服やその他に潤沢な財産を費やすことができる。しかし、最上等のシルクやモスリンも、彼女を徐々にむしばむ病気のせいで起こる疲労感や、痛ましいほど痩せた体を隠すことはできない。

サリーの病気のことを知った時、オーガスタは本人と同じくらい衝撃を受けた。サリーを失うことは、もう一度母親を失うようなものだとわかっていたからだ。

ふたりが最初に出会ったのは本屋で、どちらも歴史関係の本を探していた。すぐに友だちになり、その友情は数カ月のうち、急速に深まった。年齢は離れているが、関心を持つ事柄が共通しており、型にはまらない考え方と冒険心がふたりを近づけた。オーガスタにとって、サリーは失った母の代わりだった。サリーにとって、オーガスタは持ったことがない娘だった。

サリーはさまざまなやり方でよき助言者《メンター》の役割を担ってくれたが、その最たるものが、上流階級のなかでも最上の人々の客間の扉を開いてくれたことだ。社交界におけるサリーの交友関係は無限だった。彼女はオーガスタを次々と社交界の催しに連れていった。そしてオーガスタ自身も天性の社交能力を発揮し、社交界におけるいまの立場を築いたのだった。

数カ月のあいだ、ふたりはロンドン中をめぐって楽しんだ。そのあと、サリーがすぐに疲れるようになり、ほどなくして、深刻な病気であることが明らかになった。屋敷に引きこもるようになったサリーが楽しめるように、オーガスタが〈ポンペイアズ〉を作ったのだった。

病に冒されていても、サリーのユーモアのセンスと鋭い知性は少しも失われていない。いまも振り向いてオーガスタを見たとたん、嬉しそうに細めた目が輝いた。

レディ・アーバスノットの隣に坐っていた若い女性も顔をあげたが、その黒い瞳は不安に満ちていた。ロザリンド・モリッシーは相当な額の財産の相続人であるだけでなく、黄みがかった茶色の髪と豊かな胸がうっとりするほど魅力的な女性でもある。

「おお、愛しいオーガスタ」オーガスタがかがみ、愛情をこめて頰にキスをすると、サリーは心から満足そうな表情で言った。「どうやら成功したようね？　気の毒なロザリンドは、この二日間、ここでずっと気を揉んでいたのよ。その不安から、あなたが解放してやってくれるかしら？」

「ええ、喜んで。ほら、あなたの日記よ、ロザリンド。エンフィールド卿が快く返してくれたとは言いがたいけれど、そんなこと重要じゃないわよね？」オーガスタはそう言いながら、小さな革装の本を差しだした。

「見つけてくれたのね」ロザリンドがぴょんと立ちあがり、ひったくるように日記を受けとった。「信じられない」彼女は両腕をオーガスタにまわし、短くぎゅっと抱き締めた。「本当によかったわ。どうしたらお礼できるかしら？　なにか問題あった？　危険だったの？　あなたが取ったとエンフィールドは知っているの？」

「そうね、たしかに計画通り行ったとは言えないわね」オーガスタは認めながら、サリーの向かい側に腰をおろした。「その件について、すぐに話し合うべきかもしれないわ」

「なにかまずいことがあったのね？」サリーが心配そうに訊ねる。「まさか、見つかったの？」

オーガスタは鼻にしわを寄せた。「まさに日記を回収しようとしている時に、よりにもよって、グレイストン卿に邪魔されたんです。あんな夜中に彼がうろうろしているなんて、だれが想像できたでしょう？　たとえ起きていたとしても、古代ギリシャのどこかの廃墟に関する論文をまたひとつ書くのに忙しいだろうと、だれだって思うわ。でも、違ったの。そこにいたんです。落ち着きはらった様子でぶらぶらと図書室に入ってきたの。まさにわたしがエンフィールドの机の後ろで身をかがめていた時に」

「グレイストン」ロザリンドが恐怖におののいた表情を浮かべながら、椅子にまた坐った。「あのいかめしい人？　彼があなたを見つけたということ？　わたしの日記も見たの？」

　オーガスタは安心させるように首を横に振った。「心配いらないわ、ロザリンド。彼はあなたの日記だと知らないから。でも、そうね、わたしは図書室で見つかったわ」オーガスタは深刻な表情でサリーのほうを向いた。「とても不思議だったわ。彼は明らかに、わたしがそこにいることを知っていたし、机のなかのものを欲しがっていることもわかっていたようだったの。実際、針金を持っていて、それで鍵を開けてくれた。でも、どこから情報を得たかは教えてくれなかったわ」

　ロザリンドが驚いて片手を口に当て、黒い目を大きく見開いた。「なんということ！　わたしたちのなかにスパイがいるに違いないわ」

　サリーがなだめるように声を出した。「心配することはありませんよ。彼のことは昔から知っているわ。グレイストンの街屋敷はこの通りを行ったすぐ先ですもの。わたしの経験から言って、彼はいつも、普通なら手に入らないような情報を持っているの」

「とにかく、今回のことはだれにも言わないと約束してくれました。わたしもそれを信じていいかなと思い始めています」オーガスタはゆっくり言った。「彼は数カ月前から、わたしのおじととても親しくなったので、おじのために、エンフィールド邸でもわたしに目を配っていてくれたのかなと思って」

「それはグレイストンの新たな一面ね」サリーが言う。「わたしも、彼は秘密を守ると信じていますよ」

「本当に？」ロザリンドが心配そうにサリーを見つめる。

「絶対に大丈夫」サリーは色褪せた唇まで紅茶茶碗を持ちあげて小さくすすると、受け皿に載せてそばのサイドテーブルに置いた。「さあ、わたしの勇敢な若い友人たち、今回の不幸な事件は、オーガスタの大胆な行動力と、直前でも招待状を確保できるというわたしの社交手腕のおかげで無事に切り抜けられましたね。レディ・エンフィールドに貸しがあったのがよかったわ。でも、この機会に、ちゃんと話しておいたほうがいいと感じていることがあるのよ」

「あなたがなにをおっしゃりたいか、わかるような気がしますわ」オーガスタはつぶやき、自分の茶碗にお茶を注いだ。「でも、それは必要ないと思います。グレイストン卿からも退屈な講義を聞かせられましたし、気の毒なロザリンドの苦境から教訓を得ましたから。少なくともわたしは、あとで悩まされる可能性があることは、今後絶対に書き留めないわ」

「わたしも二度とやらないわ」ロザリンド・モリッシーが日記を胸に強く抱き締めた。「本当にひどい男だわ」

「だれが？　エンフィールド？」サリーが冷ややかな笑みを浮かべた。「ええ、彼は女性の扱い方という点に関しては、間違いなくろくでなしだわね。これまでもずっとそうでしたよ。戦場で勇敢に戦ったことは否定できないけれど」

「彼のどこがいいと思ったのか、自分でもわからないわ」ロザリンドが言う。「ラヴジョイ卿のような方とのおつき合いのほうがいいに決まっているのに。彼のことはなにかご存じ、サリー？　あなたの情報はつねに最新ですもの。この快適な屋敷からめったにお出にならないのに」

「最新の噂のために海外に出かける必要はないでしょう？」サリーがほほえんだ。「遅かれ早かれ、〈ポンペイアズ〉の扉を抜けてすべて入ってきますもの。ラヴジョイに関しては、最近とみに彼の魅力について聞こえてくるようになったわね。さまざまな話を聞いたけれど」サリーがオーガスタに目を向けた。「あなたも証言できるでしょう、オーガスタ？」

「わたしは先週、ロフェンバリーの舞踏会で彼と踊りましたけれど」オーガスタは緑色の瞳を輝かせた赤毛の男爵を思いだし、思わず笑いだした。「彼とのワルツがおもしろかったことは、認めないわけにいかないわ。しかも、とても謎めいた人でした。彼についてよく知っている人がひとりもいないの」

「彼の家系の最後のひとりだと思いますよ。ノーフォークに地所があるような話だったけれど」サリーが唇をぐっと結んだ。「でも、その土地が繁栄しているかどうかは知らないわ。どちらにしろ、これ以上財産目当ての求婚者に心を奪われないように気をつけたほうがいいですよ、ロザリンド」

ロザリンドがうめいた。「なぜ、おもしろい男性はみんな、なにか深刻な欠点を持っているのかしら？」

「その反対の場合もあるわ」オーガスタはため息をついた。「もっともおもしろい男性が、彼に惹かれている女性に深刻な欠点を見つけてしまう」

「またグレイストンの話をしているの？」サリーがオーガスタに鋭い目を向けた。

「残念ながらそうです」オーガスタは認めた。「グレイストン伯爵夫人にふさわしい候補者リストを用意して検討していることを、彼は否定しませんでしたわ」

ロザリンドが真剣な顔でうなずいた。「そのリストについては、わたしも聞いたわ。だれが載っていようと、最初の奥さまのキャサリンをもとに定められた基準にかなう女性を見つけるのはとてもむずかしいでしょう。結婚した最初の年に出産で亡くなったのですって。それでも、たった一年で、消えることのない印象をグレイストンに残していったのね」

「すばらしい方だったんでしょうね？」オーガスタは問いかけた。

「貞淑な女性のお手本だったとか」ロザリンドが皮肉っぽい口調で言う。わたしの母はそのご家族をよく知っていたのよ。いつもキャサリンを見習いなさいと言われたわ。幼い時に一度か二度会ったことがあるけれど、堅苦しい人だと思ったわ。とても美しかったけれど。イタリアの絵画に描かれている聖母《マドンナ》のようだったわ」

「貞淑な女性はルビーよりも価値があると聖書にもあるから」サリーがつぶやいた。「でも、それも美しさと同じく、見る人次第でしょう。グレイストンがもうひとり、貞淑の手本を探していない可能性も充分にあるわ」

「でも、理想の女性を探していることは間違いないわ」オーガスタは主張した。「わたし自身、理性がまさっている時は、自分のような気ままで遠慮のない性格の女性にとって、彼はとても気に障る、耐えがたい夫になるだろうと思いますもの」

「でも、理性的でない時は?」サリーが優しく問い詰める。

オーガスタは顔をしかめた。「ひどい時は、女性の権利に関する論文など全部捨てて、ヘロドトスとタキトゥスの研究を始めようかと真剣に考えたり、高い襟のやぼったいドレスを注文してみたりするわ。でも、お茶を一杯飲んで、数分間休憩すれば、そうした血迷った感情は過ぎ去ると気づきました。わりとすぐに正常な精神状態に戻れるの」

「なるほど、そうであってほしいわね。女性らしさの鑑を演じるあなたは想像できないもの」サリーが大声で笑いだし、その声に部屋の全員が炉辺に坐る三人のほうを振り返った。〈ポンペイアズ〉に集うレディたちがほほえみ合う。彼女たちの後援者が楽しくしている姿を見るのは嬉しいことだ。

ちょうどその瞬間、明らかに笑い声を聞いたらしいスクラッグズが客間の扉を開けた。オーガスタはたまたまそちらに目をやっていたせいで、彼がもじゃもじゃの眉の下から女主人を眺めている様子が見えた。どこか悲しげな奇妙な表情を浮かべている。

そのあと、驚くほど青い目をオーガスタの目と合わせると、小さく頭をさげてから背を向けた。サリーに笑いの贈り物をくれたことに、彼が声に出さずに礼を言ったと気づき、オーガスタは驚いた。

数分後、オーガスタはクラブから出る途中で立ちどまり、窓のそばのイオニア式の台座に置かれた賭け台帳の最新の記入に目を走らせた。

ミス・L・Cという女性がミス・D・Pに対して、今月末までにグレイストン卿が〝天使〟に結婚を申しこむほうに十ポンド賭けている。

それから二時間、オーガスタは苛立ちを禁じ得なかった。


「誓うよ、ハリー。〈ポンペイアズ〉の賭け台帳に載っていた。非常におもしろい」ピーター・シェルドレイクが革張りの椅子にものうげにもたれ、ポートワインのグラス越しにグレイストンを眺めた。

「きみがおもしろいと思えてよかったよ。ぼくは思わないからな」ハリーは羽根ペンを置き、自分のグラスを取った。

「たしかに、きみはおもしろくないだろうな」ピーターがにやりとした。「きみが妻を探す仕事に、きみ自身がおもしろいと思う要素はほとんどないからな。ロンドン中のクラブの賭け台帳で大人気だがね。〈ポンペイアズ〉で賭けられていても不思議じゃない。サリーを囲む威勢のいい友人たちは、男のクラブをまねようと懸命だからね。それで、本当なのか？」

「本当ってなにが？」ハリーは若者に向かって顔をしかめた。ピーター・シェルドレイクは退屈という問題で深刻に悩んでいる。上流階級の男性、とくにピーターのように大陸に渡り、この数年をナポレオンの危険な戦争ゲームに費やしてきた男にとっては、めずらしいことではない。

「はぐらかさないでくれ、グレイストン。サー・トーマスに、彼の娘に求愛する許可をもらいに行くつもりだろう？」ピーターが忍耐強く繰り返した。「なあ、頼むよ、ハリー。ぼくが有利になるようなヒントをくれ。ぼくがどの男たちより賭け好きなことはわかっているだろう？」言葉を切り、またにやりとした。「あるいは女性もだが」

ハリーは考えこんだ。「きみは、クラウディア・バリンジャーが伯爵夫人向きだと思うか？」

「なんだって？　いや、思わない。なんといっても〝天使〟だからな。礼節の手本。女性の鑑。失礼を承知で言わせてもらえば、あの天使はきみと同じく完璧すぎる。つまり、最悪の性格を増強し合うわけだ。結婚して一カ月も経たないうちに、互いに心底飽きているだろう。信じないならば、サリーに聞いてくれ。同意するはずだ」

ハリーは眉を持ちあげた。「きみと違って、ピーター、ぼくは毎日が冒険である必要はない。それに、冒険好きな妻も望んでいない」

「そこが、きみの状況分析の間違っているところだ。ぼくはよくよく考えた結果、きみに必要なのはまさに活発で冒険好きな妻だと信じている」ピーターが立ちあがり、すばやく動いて窓辺に立った。

暮れなずむ陽光がピーターの美しく整えた金色の巻き毛を輝かせ、ハンサムな横顔を際立たせる。服装はいつものように、最新流行で揃えて一分の隙もない。品よく結ばれたクラヴァットとぴしっとひだをとったシャツが、申し分ない仕立ての上着とぴったりしたズボンをさらに完璧にしている。

「冒険や興奮を求めているのはきみだろう。シェルドレイク」ハリーは静かに述べた。「ロンドンに戻ってからずっと、きみは時間を持て余している。服選びに時間を費やすか、飲みすぎるか、賭け事にどっぷり浸かることで日々過ごしている」

「そのあいだ、きみは書斎にこもって、古代ギリシャと古代ローマ漬けになっているわけだ。まあ、ハリー、素直になって、認めろよ、ぼくらの大陸での生活を懐かしんでいると」

「それは少しもない。ぼくは古代ギリシャと古代ローマが好きなんでね。いずれにせよ、ついにナポレオンが失脚したいま、ぼくの義務と責任はこの英国にある」

「ああ、わかっている。きみは地所を管理し、爵位を守り、義務を全うしなければならない。結婚して、跡取りを設けなければならない」ピーターがワインをゆっくりと飲み干した。

「責任を果たさねばならないのは、ぼくだけじゃない」ハリーはわざと含みのある言い方をした。

だがピーターはそれを無視した。「おいおい、きみは、ウェリントンの情報参謀将校のひとりだったんだぞ。必要な通信を奪取するために、ぼくのような諜報員を何十人も使い、フランス軍の暗号を解読して、重大な秘密をいくつもあばいたじゃないか。半島では、勝敗を分ける重要な戦闘に必要な地図を手に入れるために、自分の命だけでなく、ぼくの命も危険にさらした。あの興奮が懐かしくないとは、間違っても言わないでくれ」

「ぼくは軍のあぶりだしインクで書かれた特電や秘密の暗号を読むよりも、ラテン語とギリシャ語を解読するほうが好きだ。フランス人諜報員の心の動きを考えるよりも、タキトゥスの記した歴史のほうがはるかに刺激的だと断言する」

「だが、スリルはどうだ？　この数年、つねに危険と隣り合わせだった日々の興奮は？　敵陣の同等の地位のやつ、あの蜘蛛《スパイダー》とやり合っていた死のゲームは？　そうしたすべてが懐かしくないか？」

ハリーは肩をすくめた。「蜘蛛《スパイダー》に関する唯一の後悔は、正体を暴いて、裁きの場に引きだせなかったことだ。興奮については、ぼくは最初から求めていない。あの任務は、押しつけられたようなものだからな」

「だが、その任務をきみはみごとにやりとげた」

「たしかに、全力を尽くして義務を遂行したが、戦争は終わった。ぼくにとっては、ちょうどよい時に。いまだに不健康なスリルを追求しているのはきみのほうだろう、シェルドレイク。しかも、これ以上ないほど奇妙な場所でそれを見つけたようだ。執事の仕事はおもしろいか？」

ピーターは顔をしかめ、ハリーのほうを見やった。青い瞳が皮肉っぽくきらめく。「スクラッグズの役は、たしかにスリルに満ちているとは言えないが、ときおり光る一瞬がある。それに、サリーが楽しんでいるのを見るだけで価値がある。残念ながら、彼女がぼくたちと一緒にいられるのもそれほど長くないと思う、ハリー」

「わかっている。彼女は本当に勇敢な女性だ。戦時中にこの街で開かれるパーティで彼女が収集した情報はきわめて貴重なものばかりだった。祖国のために大変な危険を冒してくれた」

ピーターはうなずき、考えこむような目をした。「サリーは陰謀が好きなのさ。ぼくと同じだ。彼女とぼくは共通点が多い。彼女の大切なクラブの入り口を守るのがぼくは嬉しい。〈ポンペイアズ〉はいまの彼女にとって一番大切なものだからね。彼女に喜びを与えてくれる。それについては、きみのお友だちのかわいいおてんば娘に感謝すべきだ」

ハリーは皮肉っぽく口をゆがめた。「サリーによれば、紳士のクラブをまねしてレディのクラブを作るというとっぴな計画は、すべてオーガスタ・バリンジャーの考えだそうだ。どういうわけか、そう聞いても少しも驚かなかったがね」

「たしかに、オーガスタ・バリンジャーを知る者は驚かないだろうな。彼女のまわりでは、いつもなにか起こる。言っている意味、わかるかな」

「残念ながら、よくわかる」

「ミス・バリンジャーは、サリーを楽しませるためだけにクラブ設立を考えついたのだとぼくは思っている」ピーターは言葉を切ってまた考えこんだ。「ミス・バリンジャーはとても親切な女性だ。使用人にも優しい。きょうは、ぼくのリウマチのために薬を持ってきてくれた。上流階級で、使用人のリウマチのことまで心配するレディはあまりいないだろう」

「きみがリウマチを患っているとは知らなかった」ハリーはそっけなく言った。

「ぼくは患っていない。スクラッグズが患っている」

「〈ポンペイアズ〉をしっかり守ってくれ、シェルドレイク。あのばかげたクラブのせいで、ミス・バリンジャーが社交界で失敗してほしくない」

ピーターが眉をひそめた。「彼女の評判を気にかけるのは、おじ上との友情からか？」

「それだけではない」ハリーは机に置いてあった羽根ペンをぼんやりいじっていたが、それから静かな声でつけ加えた。「ほかにも彼女を醜聞から守り続けたい理由がある」

「やっぱり。わかっていたぞ」ピーターが机に駆け寄り、勝ち誇った表情で、磨かれた机上に空になったグラスをどんと置いた。「サリーとぼくの忠告を聞き入れて、彼女をきみのリストに加えるつもりだろう？　認めろよ。オーガスタ・バリンジャーが、きみの悪名高きグレイストン伯爵夫人候補者リストに入ることを」

「なぜロンドン中が急にぼくの結婚の見通しに興味を持ちだしたのか、まったくわからない」

「妻を選ぶためにきみがとった方法のせいさ、もちろん。きみのリストのことはみんな知っている。この街の全員が、それについて賭けていると言っても過言ではない」

「ああ、きみの話ではそのようだ」ハリーは手に持ったワインをしげしげと眺めた。「それで、〈ポンペイアズ〉の賭け台帳で実際、どんな賭けが行われている？」

「今月末までに、きみが天使に結婚を申しこんだら十ポンドだ」

「実を言えば、きょうの午後、ぼくはミス・バリンジャーに結婚を申しこむつもりだ」

「嘘だろ、おい」ピーターは明らかに仰天した様子だった。「クラウディアはだめだ。たしかに、彼女が適切な伯爵夫人になるという印象をきみが持っていることはわかっていた。だが、きみが真に望んでいるのは、翼と光輪を持つレディじゃない。必要なのは、まったく違う女性だ。そして、天使も違う種類の夫を必要としている。ばかなまねはよせ、ハリー」

ハリーは眉を持ちあげた。「ぼくがばかなまねをしたことがあるか？」

ピーターは目を細め、ゆっくりと笑みを浮かべた。「いいや、一度もない。なるほど、そういうことなのか。けっこう、けっこう。それなら後悔しないだろう」

「それはわからない」ハリーは悲しげに言った。

「では言い方を変えよう。少なくとも、退屈はしない。それで、きょうの午後、オーガスタに申しこみをするのか？」

「いやいや、違う。オーガスタに直接申しこむつもりはない。きょうの午後、彼女のおじを訪ねて、彼女と結婚する許可をもらう」

ピーターはあっけにとられた表情を見せた。「だが、オーガスタは？　まずは本人に訊ねるべきだろう？　彼女は二十四歳だぞ、グレイストン。女学生ではない」

「ぼくがばかじゃないことは合意を見たと思うが、シェルドレイク。こんな重要な決定を、バリンジャー家のノーサンバーランド側の手に委ねるつもりはない」

ピーターはその言葉にも一瞬ぽかんとしたが、すぐに理解したらしい。どっと笑いだした。

「なるほど、そういうことか。まあ、幸運を祈っているよ。さて、失礼してよければ、自分のクラブをいくつかまわってくる。賭け台帳に少し賭けてきたいからね。秘密情報ほど役立つものはない。そう思うだろう？」

「ああ」ハリーは同意しながら、自分の命やほかの人々の命が幾度となくそうした秘密情報に救われたことを考えた。友人と違って、彼はそれが過去の話となったことを心から嬉しく思っていた。

午後三時、ハリーはサー・トーマス・バリンジャーの屋敷の図書室に入っていった。

サー・トーマスはいまも精力的に活動している。古典の研究に一生を捧げてきたわりに、頑健でがっしりした体型は少しも衰えていない。金色だった髪は銀色となり、てっぺんはかなり薄くなっている。きれいに手入れされた頬ひげは白髪まじりだ。訪問者に気づくと、サー・トーマスはかけていたメガネをはずして顔をあげた。そして、ハリーが視界に入るとぱっと顔を輝かせた。

「グレイストン。よく来てくれた。坐ってください。あなたに意見を聞きたいと思っていたところです。フランス人が書いたカエサルに関する論文の翻訳が手に入った。非常におもしろいので、あなたも気に入ると思いましてね」

ハリーはほほえみ、暖炉のそばに並べられた椅子のひとつに腰をおろした。「それはおもしろそうですね。しかし、それについて討論するのはまたの機会にしましょう。きょうは別な用事で来ましたので、サー・トーマス」

「そうですか」サー・トーマスは思いやりにあふれたまなざしでハリーを見つめ、ふたつのグラスにブランデーを注いだ。「それで、その用事とは？」

ハリーはブランデーのグラスを受けとり、また椅子に坐った。しばらく、この屋敷の主人を観察する。「あなたとわたしは、いろいろな点で比較的昔風だと言っていいかと思いますが」

「昔はいい。おもしろいがことがたくさんある。古代ギリシャと滑稽ローマを祝して乾杯」サー・トーマスが駄洒落を言ってグラスを掲げた。

「古代ギリシャと滑稽ローマに」ハリーは素直に従い、ブランデーを一口飲んでからグラスを置いた。「きょう来たのは、ミス・バリンジャーに結婚を申しこむ許可をいただくためです、サー・トーマス」

サー・トーマスのぼさぼさの眉が持ちあがった。「なるほど。それで、あの子はきみがこうして要請していることを知っているのですかな？」

「いいえ、知りません。そもそも彼女には話してもいません。先ほど言ったように、ぼくはいろいろな点で古臭い人間です。話を進める前にあなたの許可を得たかった」

「なるほど、よくわかりました。ご安心を、この縁談を喜んで許可しましょう。クラウディアは、親のわたしが言うのもなんだが、頭がよくてまじめないい娘です。礼儀もわきまえている。知っているとおり母親似でしてな。母にならって、本まで書こうとしている。わしの妻は、教室で勉強するレディたちのために何冊も本を書いた。なかなかの好評でした」

「教育研究におけるレディ・バリンジャーの功績はよく存じあげています、サー・トーマス。ぼくの娘の教室にもご著書がありますよ。しかし――」

「そうでしたか。クラウディアはりっぱな伯爵夫人になると確信しているし、あなたを家族に迎えることは、わしとしても、このうえない喜びです」

「ありがとう、サー・トーマス。でも、ぼくがお願いしているのはクラウディアではないのです、とてもありがたいお話ではありますが」

サー・トーマスがハリーを凝視した。「クラウディアではない？　あなたが言っているのは……、まさか、そんなことは――」

「ぼくはオーガスタと結婚したいと思っています。彼女が受けてくれれば」

「オーガスタ？」サー・トーマスの目がまん丸に見開いた。ブランデーをごくりとひと口飲んで喉に詰まらせた。顔を真っ赤にして咳こみ、片手を振りまわす。仰天したのと、笑いだしたいのが相反して、そんなことになってしまったらしい。

ハリーは椅子から立ちあがり、そばまで行って、サー・トーマスの肩甲骨のあいだを叩いた。「どう考えておられるかはわかります、サー・トーマス。たしかに、びっくりされるかもしれない。ぼく自身も、最初に思いついた時は同様に感じました。しかしいまは、この考えにだいぶ慣れてきました」

「オーガスタか？」

「ええ、サー・トーマス。オーガスタです。許しをいただけますか？」

「もちろん」サー・トーマスはすぐに答えた。「あの子にとって、これ以上すばらしい申し出はないでしょう。もうあの年だから」

「そうかもしれません」ハリーはうなずいた。「しかし、相手がクラウディアではなくオーガスタとなると、申しこんだ時に、予想できない反応をする可能性を想定する必要がある」

「まったく予想できない」サー・トーマスの表情がかげった。「予測不能は、ノーサンバーランドのバリンジャー家に特有の傾向です、グレイストン。非常に残念な特徴だが、受け入れるしかない」

「わかります。その嘆かわしい性格に鑑《かんが》み、オーガスタに関するかぎり、今回の申しこみをぼくとあなたが既成事実にしてしまうのが有効ではないかと。ぼくたちでこの決定をすれば、彼女にとってはむしろ楽だと思いますが、いかがでしょう？」

サー・トーマスがもじゃもじゃの眉の下から鋭い目つきでハリーを見つめた。「もしかして、きみがわたしの被保護者に結婚を申しこむ前に、わたしが新聞各紙に婚約の告知を出すべきという意味かな？」

ハリーはうなずいた。「申しあげた通りです、サー・トーマス。オーガスタが決断の場に呼ばれないほうがうまくいくかと」

「非常に賢い」サー・トーマスが感心した様子でうなずいた。「すばらしい考えです、グレイストン。すばらしい」

「ありがとうございます。ただし、それも始まりに過ぎないという気がします、サー・トーマス。オーガスタの一歩先に行くためには、相当な賢明さと、さらにはそれ以上の忍耐心が必要でないかと思います」

3

「新聞に告知を送ったんですって？　トーマスおじさま、信じられない。最悪の事態だわ。明らかに大変な間違いだわ」

オーガスタのために結婚の申しこみを受諾したと、おじに言われたオーガスタは、その唐突な告知に激しく動揺したまま、図書室の中をぐるぐる歩きまわった。憤慨するあまり顔をしかめ、なんとかこの恐ろしい状況を免れる方法を考えようとする。

公園での午後の乗馬から戻ったばかりで、まだ、軍服風に金の組みひもで縁どりしたルビー色の新しい乗馬服を着ていた。赤い羽根がぴんとまっすぐに立った揃いの帽子をかぶり、灰色の革のブーツを履いている。使用人から、サー・トーマスが待っていると言われ、さっそうと図書室に直行したのだった。

人生最大の衝撃が待っているとも知らずに。

「どうしてそんなことができたんですか、トーマスおじさま？　そんな恐ろしい間違いをなさるなんて」

「間違いと思うことはない」サー・トーマスがうわのそらで言う。肘掛け椅子に坐ったまま告知をするなり、ただちにオーガスタが来る前に読んでいた本の続きに戻ったからだ。「グレイストンは自分がすべきことをしっかり心得ているようだ」

「でも、なにか誤解があったに違いありませんわ。グレイストンがわたしに求婚するはずがありません」猛然と行ったり来たりしながら、必死に考える。「もちろんそうよ。彼はクラウディアのつもりで申しこみ、おじさまが誤解されたんだわ」

「そんなことはない」サー・トーマスが本のなかにさらに深く顔を突っこむ。

「ちゃんと聞いてください、サー・トーマスおじさま。おじさまは時々、まったくうわのそらの時があるじゃないですか。それに、クラウディアの名前とわたしの名前をよく混同されますわ。とくに、本を読んでいらっしゃる時は。いまのように」

「当たり前だろう？　どちらもローマの皇帝に因んだ名前だ」サー・トーマスが言いわけする。「時々間違えるのは仕方がない」

オーガスタはうめき声を漏らした。おじのことはよくわかっている。古代ギリシャや古代ローマに集中している時に、ほかに注意を向けさせるのは不可能に近い。グレイストンが訪問した時も、おそらく本に没頭していたのだろう。名前を混同しても不思議ではない。

「わたしの将来を劇的に変えてしまうことを、本人と相談もせずに決めてしまうなんて、信じられません」

「彼は手堅い夫になる、オーガスタ」

「わたしは手堅い夫など望んでいません。どんな種類の夫もとくに関心ないけれど、なかでも手堅い夫なんて考えられないわ。そもそも、手堅いってどういう意味ですか？〝手堅い馬〟という言い方もあるわ」

「要は、きみにとって、これ以上いい申しこみはないだろうということだ」

「それはそうでしょう。でも、よく考えてくださいな、トーマスおじさま。これはわたしへの申しこみではありません。絶対に」オーガスタがくるりと振り返ると、ルビー色のスカートがブーツに巻きついた。「ごめんなさい、トーマスおじさま。失礼を言うつもりじゃないんです。おじさまはわたしに対して、このうえなく寛大に、このうえなくご親切にしてくださった。そのご恩は一生忘れません。それはわかってください」

「わしもきみに感謝しているよ。今シーズン、きみがクラウディアにしてくれたすべては、なにものにも代えがたい。あの子を殻から引っ張りだし、恥ずかしがりやの内気な娘から、今をときめくレディに変えてくれた。母親が生きていたら、誇らしく思っただろう」

「わたしは大したことはしていませんわ、トーマスおじさま。クラウディアはもともと美人で教養がありましたもの。必要なのは、服装と、社交界にふさわしい振る舞いに関する助言だけでした」

「そのすべてをきみが授けてくれた」

オーガスタは肩をすくめた。「それはみんな、母から受け継いだものですわ。母はよくお客さまをもてなして、わたしにも教えてくれました。それに、お顔の広いレディ・アーバスノットにも助けていただきました。だから、わたしの功績とは言えません。それに、おじさまが、ふさぎこんでいるわたしを元気づけようと、クラウディアを社交界に出す仕事を与えてくれたことも気づいています。ご親切を感謝しています。本当に心から」

サー・トーマスが驚いたように喉の奥でうなった。「わしの記憶では、ある晩の夜会でクラウディアに同行してほしいと頼んだだけだ。その時から、きみはクラウディアの世話を引き受けてくれた。仕事と考えてくれた。仕事となれば、きみは必ず結果を出す人だ」

「ありがとうございます、トーマスおじさま。でも、グレイストンのことは、絶対に――」

「グレイストンのことは心配しなくていい。言ったように、彼は手堅い夫になるだろう。石のように頑強な男だ。非常に頭がいいうえに資産家だ。それ以上のものは望めないだろう？」

「トーマスおじさま、あなたはわかっていらっしゃらないわ」

「いいかね、いまは多少感情的になっているだけだ。ノーサンバーランド側の人間は感情が先に立つからね」

オーガスタは苛立ちにかられておじを凝視したが、それからくるりと背を向け、わっと泣きだす前に急いで部屋をあとにした。


夕方遅く、その晩の夜会やパーティのために着替えをする時になっても、オーガスタは爆発しそうな苛立ちを抱えていた。しかし、少なくとも、もう涙は出ていないと、我ながら誇らしく考える。この危機に必要なのは行動だ、感情でなく。

クラウディアがオーガスタのしかめ面を心配そうに優しく見やった。それから、生来の優雅な動きでふたつのカップにお茶を注ぎ、ひとつを従姉に渡して、慰めるようにほほえみかけた。「落ち着いて、オーガスタ。すべてうまくいくわ」

「こんなひどい誤解が生じているのに、どうすればうまくいくというの？　ああ、クラウディア、わからない？　わたしたちどちらにとっても災難なのよ。トーマスおじさまは喜んで話を受諾し、もう新聞に告知を送ってしまった。明朝には、グレイストンとわたしは公式に婚約したことになるわ。いったん新聞に印刷されてしまえば、グレイストンにとっても、名誉を損なわずにこの取り決めをやめる方法はないでしょう」

「わかるわ」

「わかるなら、なぜ何事もないかのように、そこに坐って、お茶を注いでいられるの？」

オーガスタは茶碗と受け皿を乱暴に置くと、ぱっと立ちあがった。くるりと身をひるがえし、寝室の端から端まで行ったり来たり歩き始める。狭めた目の上で眉間が寄って黒い両眉がくっつきそうだ。

今回だけは、自分がなにを着ているかもわかっていなかった。動揺が激しすぎて、衣装を選ぶという普段なら楽しい仕事でさえも、集中できなかったからだ。侍女のベッツィが、襟ぐりを大胆に刳って、サテン地の小さなバラで縁どりしたバラ色の夜会服を選んだ。それに合うサテンの上靴と肘までの手袋を選んだのもベッツィだった。オーガスタの濃い栗色の髪をギリシャ風に飾ると判断したのもベッツィだった。小さく垂らした巻き毛が、オーガスタの大股に歩く動きに合わせて激しく揺れている。

「なにが問題かわからないからよ」クラウディアがつぶやく。「グレイストンに対して、あなたが好意を深めているという印象を受けていたから」

「それは事実ではないわ」

「そんなことないでしょう、オーガスタ。お父さまでさえ、伯爵に対するあなたの関心に気づいて、先日、その話をしていたわ」

「古代ローマの衰退に関するグレイストンの最近の論文を読んでほしいと頼んだだけよ。深い好意を示すものではないわ」

「まあ、そうだとしても、お父さまがグレイストンの申しこみをあなたのために受けたのは驚かないわ。あなたが当然喜ぶと思ったのよ。実際、喜ぶべきだし。すばらしい縁談よ、オーガスタ。拒否することはできないわ」

オーガスタは一瞬足を止め、苦難に満ちた表情で従妹を見やった。「でも、わからない、クラウディア？　これはすべて誤解なのよ。グレイストンがわたしに結婚を申しこむはずがないわ。百万年経ってもあり得ない。わたしをおてんばで、つねに醜聞に巻きこまれる一歩手前の困ったじゃじゃ馬だと思っているんですもの。彼にとって、わたしは始末に負えないお荷物に過ぎないわ。彼の見方からすれば、もっともふさわしくない伯爵夫人よ。しかも、それは本当のことだから」

「ばかなこと言わないで。あなたはすてきな伯爵夫人になると思うわ」

「ありがとう」オーガスタは苛立ちのうめき声を漏らした。「でも、あなたは間違っているわ。聞いたところでは、グレイストンがかつて結婚していたのは、まさに伯爵夫人にふさわしい女性だったそうよ。前任者の基準に沿うように、一生努力し続けるなんてごめんだわ」

「ああ、そうね。彼が結婚していたのは、キャサリン・モントローズでしょう？　母が彼女について話していたのを覚えているわ。ミセス・モントローズは、母が書いた若いレディたちの本の信奉者だったのよ。つまり、その本でキャサリンを育てたということ。だから、母はいつも、キャサリン・モントローズは自分の教育手法の効果を示すよい例と言っていたわ」

「すてきな話ではあるけれど」オーガスタは窓辺に歩み寄り、絶望的な気持ちで街屋敷の裏庭を見おろした。「グレイストンとわたしでは、共通するものがなにもないわ。現代の問題について、激しく対立しているんですもの。彼は自由思想の女性を嫌っていて、そのことをはっきり表明しているわ。実態の半分もわかっていないのに。わたしがやったことを少しでも知ったら、彼はきっと発作を起こすでしょう」

「どんな状況でも、グレイストン卿が発作を起こすところなど想像できないわ。それに、あなたも、どんな時でも、そんなにひどい振る舞いはしていないわ、オーガスタ」

オーガスタはたじろいだ。「それはあなたが寛大に見てくれているからだわ。信じて。グレイストンがわたしを花嫁として望んでいるなどあり得ない」

「では、なぜ結婚を申しこんできたの？」

「彼が申しこんできたとは思えないのよ」オーガスタは暗い声で言った。「わたしは、彼が申しこんでいないと確信しているわ。さっきも言ったけど、すべては恐ろしい誤解なのよ。

彼は、あなたに申しこんだと思っているはずよ」

「わたし？」クラウディアの茶碗が受け皿の上でかたかた音を立てた。「なんでそんなことを。あり得ないわ」

「いいえ」オーガスタは眉をひそめた。「よく考えてみたのよ。どうしてこの誤解が生じたのか、はっきりわかるわ。きょうの午後にグレイストンがここに到着して、ミス・バリンジャーに結婚を申しこみたいと言った。それを聞いて、トーマスおじさまは、伯爵がわたしのことを言っていると思いこんだ。わたしのほうが年上だから。でも、もちろん、伯爵が言っていたのは違った。あなたのことを言っていたんだわ」

「やめて、オーガスタ。お父さまがそんな重大な間違いをするとは思えないわ」

「いいえ、あり得ることよ。トーマスおじさまはいつもわたしたちを混同するもの。あなたもわかっているでしょう？　あなたをわたしの名、わたしをあなたの名でいつも呼ぶじゃないの。研究に夢中になって、しょっちゅうわたしたちふたりのことを忘れてしまうし」

「そんなにしょっちゅうではないでしょう、オーガスタ」

「でも、実際あると認めるでしょう？」オーガスタは言い張った。「そして、おじさまはわたしを結婚させたいと思っているのだから、誤解は簡単に生じるわ。気の毒《プア》なグレイストン」

「貧しい《プア》グレイストン？　彼は裕福と聞いたわ。ドーセットに地所があるはず」

「彼の財政状況を言っているのではないわ」オーガスタはせっかちに言った。「問題は、あしたの新聞で告知を見た時に、彼ががく然とするだろうということ。がく然として、落とし入れられたと思うでしょう。だから、すぐにどうにかしなければ」

「いったいなにができるというの？　もうすぐ夜の九時よ。数分後には、ベントレー家の夜会に出かけなければならないわ」

オーガスタは断固たる決意をもって唇を嚙みしめた。「今夜のうちに、レディ・アーバスノットを訪ねてこなければならないわ」

「今夜、〈ポンペイアズ〉にまた行くつもりなの？」クラウディアの優しい声にかすかに非難が混じる。

「ええ、あなたも一緒に来る？」この提案をするのは初めてではないが、クラウディアの答えはすでにわかっていた。

「とんでもない。その名前を聞いただけで不安になるわ、〈ポンペイアズ〉。なんだか、不道徳な言動を意味しているような感じですもの。本当よ、オーガスタ、あなたはあのクラブで長い時間を過ごしすぎているわ」

「クラウディア、お願い、今夜は、その話はやめてちょうだい」

「あなたがあの場所をどれほど楽しんでいるかも、あなたがレディ・アーバスノットをどれほど敬愛しているかもよくわかっているわ。それでもやっぱり、あなたのなかにある、ノーサンバーランド側特有の性格を助長していないか心配なのよ。衝動的な性格や向こう見ずな傾向は抑制し、制御すべきだわ。伯爵夫人になろうという今はとくにそうでしょう」

オーガスタは目を細めて美しい従妹を見つめた。こういう時のクラウディアは、彼女の母、誉れ高きレディ・プルーデンス・バリンジャーにとてもよく似ている。

オーガスタにとっておじの妻にあたるプルーデンスは、教室で使う教科書を何冊も執筆していた。『若いレディのための行儀と立ち居振る舞いの指導』とか『若いレディの心の成長のための指針』といった題名の本だ。クラウディアは母親の輝かしい足跡をたどり、いまは試験的に『若いレディに役立つ知識の手引き』という題名の原稿を書いている。

「教えてほしいのだけど、クラウディア」オーガスタはゆっくりと言い始めた。「もしもわたしがこの恐ろしいもつれを、なんとか間に合うようにほどくことができたら、あなたはグレイストンと結婚する？」

「誤解ではないから」クラウディアは立ちあがり、落ち着いた様子で扉のほうに歩きだした。彼女の印象を強調するべくオーガスタが選んだ夜会服を着たクラウディアは、まさに天使のようだった。上品なデザインの薄青色のシルクのドレスが、上靴を履いた脚に優しくまとわりつく。金髪は真ん中で分けて、流行のマドンナのスタイルにまとめられ、アクセントに小さなダイヤモンドの櫛を飾っている。

「でも、誤解があったとしたら、クラウディア？」

「もちろん、お父さまが望むようにするわ。よい娘でいるために、いつも努力しているんですもの。でも、誤解でなかったとわかるでしょう。そんな気がするわ。今シーズン、あなたはずっと、わたしにすばらしい忠告をくれたわね。だから、今度はわたしにも少し言わせて。

あなたは、グレイストンを喜ばせるように努力するべきだわ。伯爵夫人にふさわしい態度で振る舞うようにがんばって。そうすれば、伯爵もあなたを正当に扱ってくれるでしょう。結婚式の前に、わたしの母の本を何冊か読み返したらどうかしら」

オーガスタは思わず口から出そうになった言葉を呑みこみ、従妹が寝室から出て、扉を閉めるのを見送った。ハンプシャー側の人間が多数を占める家で暮らせば、時には耐えがたいこともある。

疑いなく、クラウディアはグレイストンにとって、非の打ち所のない伯爵夫人になるだろう。従妹が朝食の席で伯爵の向かいに座り、その日の予定を話し合っているのが聞こえるようだった。「もちろん、あなたが望むようにしますわ」夫婦は二週間でお互いに飽きてしまうだろう。

でも、それはふたりの問題だ、と自分に言い聞かせながら、オーガスタは姿見の前に立った。鏡に映る自分の姿を見て顔をしかめたのは、バラ色のドレスの仕上げにつける宝石をまだ選んでいないことに気づいたからだ。

化粧台の上の金箔貼りの小箱を開ける。なかに入っているのは一番大切なものふたつ、注意深く畳んだ用紙とネックレスだ。畳んだ用紙には不吉な茶色い染みがついていて、オーガスタの兄が死ぬ直前に書いた短い悲しい詩が書かれている。

ネックレスはノーサンバーランドのバリンジャー家の女性に何世代にもわたり受け継がれてきたものだ。オーガスタの前はオーガスタの母が所有していた。血のような赤色の一連のルビーに小さなダイヤがちりばめられ、中央に大きなルビーがさがっている。

オーガスタは注意深くネックレスを持ちあげて首につけた。この宝飾品はしょっちゅうつけている。母から受け継いで残っている唯一の品だった。その他は、リチャードが高価な将校の地位を購入するためにすべて売り払った。

大きなルビーが胸の谷間のすぐ上にくるようにネックレスの位置を整えると、オーガスタは窓のほうを向き、大急ぎで計画を立て始めた。


ハリーは真夜中過ぎにクラブから帰宅し、使用人を自室にさがらせると、自分は図書室という聖域に向かった。執務机の上には、勉強の進捗状況やドーセットの天候が書かれた娘からの手紙が置かれている。

ハリーはグラスにブランデーを注ぐと、椅子に坐り、丹精込めてしたためられた手紙を読み返した。自然に笑みが浮かぶ。現在九歳のメレディスのことを、ハリーはとても誇らしく感じていた。まじめで勤勉な生徒であり、よい成績を収めて父親を喜ばせたいと思っている。

メレディスの教育課程は、ハリーがみずから作り、ひとつひとつの段階を注意深く監督していた。水彩画や小説を読むといった軽薄な要素は、教育過程から容赦なくはずされている。ハリーの考えでは、そうした科目のせいで、女性の多くを特徴づける軽はずみさや夢見がちな傾向が助長される。メレディスには、そうした要素に触れてほしくなかった。

毎日送っている指示は、メレディスの家庭教師クラリッサ・フレミングによって実施される。クラリッサはフレミングの遠縁の貧しい家の娘だが、その彼女を自分の家に迎えることができて非常に幸運だとハリーは感じていた。自活してきた知的でまじめなクラリッサおばさんは、教育に関してハリーと同じ考えを持ち、しかも、メレディスが学ぶべき科目を教える充分な能力を備えている。

ハリーは手紙を置くともうひと口ブランデーを飲み、オーガスタに任せた時に、いまはみずから厳しく統制している彼の所帯になにが起こるかを考えた。

自分が正気を失うことになりかねない。

窓の外の暗がりでなにかが動いた。眉をひそめて見あげたが、暗いだけでなにも見えない。その時、引っ掻くようなかすかな音が聞こえた。

ハリーはため息をつき、必ずそばに置いている美しい黒檀のステッキに手を伸ばした。ロンドンは大陸ではないし、戦争も終わったが、必ずしも世界が平和になったわけではない。彼が目の当たりにした人間の本性を鑑みれば、完全に平和になることはないだろう。

ハリーは杖を持って立ちあがり、ランプを消した。そっと移動し、窓の横に立つ。

部屋が暗くなるとすぐ、引っ掻く音が強まった。必死のようだとハリーは思った。だれかが、家を囲んでいる茂みを抜けようとしている。

一瞬のち、窓をせわしく叩く音がした。見おろすと、マントのフードをかぶった人影がガラス窓をのぞいているのが見えた。月明かりが、もう一度叩いた小さな手をあらわにする。

その手はどこか見覚えがあった。

「なんてこった」ハリーは壁から離れ、黒檀のステッキを机に置いた。怒りに任せてぞんざいに窓を開け、両手を窓の下枠に当てて身を乗りだす。

「あなたがここにいらして、本当によかったわ」オーガスタがマントのフードを後ろに押しやった。青白い月の光が、顔に浮かんだ安堵の表情を浮きあがらせる。「明かりがついているのが見えたので、いらっしゃると思ったら、突然ランプが消えたから、上に行かれたのかと思いました。今夜、あなたに会えなかったら悲劇だったわ。あなたがお帰りになる時間まで、レディ・アーバスノットのお宅で一時間待っていたんです」

「レディがぼくを待っていると知っていたら、もっと早く戻ってきただろう」

オーガスタが鼻の上に皺を寄せた。「ああ、すみません、怒っていらっしゃるんですね？」

「いったいなにを考えているんだ？」ハリーは両手を伸ばしてマントの布地越しに彼女の腕をつかみ、体ごと持ちあげて窓から部屋のなかに入れた。その時ようやく、茂みにかがんでいるもうひとりの人影に気づいた。「だれがいるんだ？」

「スクラッグズですわ。レディ・アーバスノットの執事の」オーガスタが息を切らしながら答える。ハリーが手を放したので、体をまっすぐにしてマントを直した。「同行させるとレディ・アーバスノットが主張なさったので」

「スクラッグズか、なるほど。ここで待っていてくれ、オーガスタ」ハリーは片脚を窓枠にかけ、それからもう一方もかけた。湿った地面に飛びおり、茂みのなかにかがんでいる人物を手招きした。「こっちに来なさい」

「はい、伯爵さま？」スクラッグズがおずおずと片足を引きずりながら前に出てきた。暗がりで瞳がきらりと光り、笑いをこらえているのがわかった。「ご用でしょうか、旦那さま？」

「きょうはもう充分すぎるくらい仕事をしていると思うが、スクラッグズ？」食いしばった歯の隙間から言う。それから、オーガスタが開けた窓のそばにいるのに気づき、声をさらに低め、ピーター・シェルドレイクに向かって言った。「もしも、もう一度でも、彼女がこんな冒険に行くのを手伝ったら、きみのその卑しい態度を叩き直してやる。二度とできないようにな。わかったか？」

「わかりました、旦那さま。もちろんです、閣下。はっきりわかりました、伯爵さま」スクラッグズがひょいと頭をさげて、いかにも使用人らしいお辞儀をすると、哀れっぽく身を縮こまらせてじりじりとさがった。「この寒いなか、ここでミス・バリンジャーをお待ちしますよ、旦那さま。夜風でリウマチの症状が出て、老体が痛むことなど、どうかお気になさらず」

「きみの関節にぼくが関心を持つとしたら、それは、ばらばらにする必要がある時だ。サリーの屋敷に戻れ。ミス・バリンジャーはぼくが面倒を見る」

「サリーは彼女の馬車で、〈ポンペイアズ〉のほかのメンバーふたりと一緒にミス・バリンジャーを送り届ける計画を立てている」ピーターが自分の声で言う。「苛立つな、ハリー。サリーとぼく以外に、今夜ここでなにが起こっているか知るものはいない。サリーの庭でオーガスタを待っているよ。そこまで届けてくれれば、あとは大丈夫だ」

「その情報がぼくの心にどれほどの安堵感をもたらしたか、きみにはわからないだろう、シェルドレイク」

ピーターがつけひげの奥でにやりとした。「ぼくの考えじゃない。ミス・バリンジャーが自分で考えついたことだ」

「その言葉を信じられるのが残念だよ」

「なにをもってしても、彼女は止められない。彼女がサリーに頼んだんだ。庭を抜け、通りをくだって、きみの屋敷まで行かせてくれと。そこでサリーが賢明にも、ぼくに同行させると言い張った。きみのところに来るあいだ、彼女に危険が及ばないようにする以外、ほかにできることがあるか？」

「失せろ、シェルドレイク。きみの見え透いた言い訳を聞く耳は持たない」

ピーターはまたにやりとすると、暗闇に消えていった。ハリーはオーガスタが見おろしている窓のところまで戻った。

「スクラッグズはどこへ行ってしまうのですか？」オーガスタが心配そうに聞く。

「彼の主人の屋敷に戻った」ハリーはよじのぼって図書室に戻ると、窓を閉じた。

「まあ、よかった。彼を送り返してくださったのですね」オーガスタがにっこりした。「外はとても寒いし、湿った空気のなかで待っていてもらいたくなかったんです。リウマチで苦しんでいるので」

「今回のようなことをもう一度やったら、苦しむのはリウマチだけではなくなる」ハリーはつぶやきながら、ランプをつけた。

「どうか、わたしが今夜ここに来たことでスクラッグズを責めないでください。すべてわたしの考えなので」

「それはわかっている。紛れもなく浅はかな考えだと言わせてもらいたい、ミス・バリンジャー。常軌を逸している、ばかげている、まったく非難に値する考えだ。しかし、きみがここにいるからには、なぜ危険を冒してまで、こんなやり方でぼくに会いに来る必要があると感じたのか説明してもらおうか？」

オーガスタは苛立ちの声を漏らした。「説明するのがとてもむずかしいことなんです」

「そりゃそうだろう」

オーガスタが、わずかに火が残っている暖炉のほうを向き、真っ赤に輝く熾きの前に立ってマントの前を開けた。胸の上の大きな赤い宝石が炎を反射して輝く。

ドレスの低い襟刳りのせいでみごとな丸みが見えて、ハリーは思わず凝視した。明らかに戦略的に配置されたふたつのサテン地のバラ飾りの後ろから、乳首がいまにも見えそうだ。想像が膨らみ、かろうじて隠されているつぼみの映像がはっきりの脳裏に浮かぶ。引き締まっているが、よく熟し、男の口にぴったり合うようにできている。

ふいに自分がなかば高まっていることに気づき、ハリーは目をしばたたいた。いつもの確固たる自制心を必死に取り戻そうとする。

「どんなことであろうと、とにかく説明してもらおう。もうかなり遅い」ハリーは机の端に寄りかかった。胸の前で腕を組み、無理に厳しい非難の表情を浮かべる。実際には、オーガスタを引き寄せて絨毯の上に横たえ、愛し合うことを望んでいる時に、厳しい顔をし続けるのはむずかしい。ハリーは内心ため息をついた。まるで彼女に魔法をかけられたように感じる。

「今夜ここに来たのは、このままだと大惨事になることを警告するためです」

「その大惨事とは、どんなものか聞いてもいいかな、ミス・バリンジャー？」

彼女が顔をこちらに向けて、悲しげな表情を見せた。「恐ろしい誤解が生じたんです、伯爵さま。きょうの午後、わたしのおじを訪問されたと思いますが」

「訪問した」単に彼の申しこみを断るためだけに、こんな芸当をやってのけたわけではあるまい、という考えが浮かび、ハリーは初めて本気で警戒心を抱いた。

「トーマスおじがあなたのお話を誤解したんです。あなたがわたしに申しこんだと思ったのですわ。従妹にではなく。希望的な思いからであることは間違いありません。おじはわたしが独身のまま年を取ることを、もう何年も心配していました。わたしの花嫁姿を見届けることが義務と思っているんです。いずれにしても、おじはすでに告知を各新聞に送ってしまったのではないかと思われます。大変遺憾ですが、明朝には、わたしたちの婚約の告知が街じゅうに広まることをあなたにお知らせしなければなりません」

ハリーはサテンのバラから視線をそらし、自分が履いているヘシアンブーツのぴかぴかに磨かれたつま先に目を落とした。股間の重みが増していくのを感じながらも、なんとか平坦な声を保つ。「なるほど」

「信じてください。誓っておじが誤解したんです。よくよく聞いたのですが、あなたがわたしに申しこんだと確信しているようで。彼がどんなかご存じでしょう？　ほとんどの時間は、違う世界で暮らしています。自分の研究する古代ギリシャと古代ローマの人物の名前は全部覚えているのに、自分の家族の名前はひどくあいまいで。わかっていただけると思いますが」

「うーむ」

「よかった、わかってくださると思っていましたわ。あなたもきっと、同じことを感じていらしたんですね。そうだとすれば」オーガスタがくるりと振り向くと、マントがベルベット地の黒い帆のようにひるがえった。「ほかに手段がないわけではありません。もちろん、あしたの朝、この知らせが公表されれば、どちらにとっても面倒なことになるでしょう。でも、大丈夫、わたしに計画がありますから」

「やれやれ」ハリーは小さくつぶやいた。

「なんですか？」彼女が厳しい視線を向ける。

「なんでもない、ミス・バリンジャー。なにか計画があると言ったかな？」

「そうです。よく聞いてください。あなたは学術的なことしか関心がなく、計略の経験などないでしょうから、注意深く聞いてくださらなくては」

「きみはこういう経験があるいうことか？」

「そうですね、こういう経験と言うと語弊がありますが」オーガスタが認める。「でも、一般的な計画ごとはたくさんやりましたわ。計画を実行するためにはこつがあるんです。まず、大胆でなければならない。そして、普通でないことなど、ひとつもないかのように振る舞う。つねに冷静でいる。ここまではいいですか？」

「ああ。全体像が見えるように、順を追って計画を説明したらどうだろう？」

「わかりました」彼女は真剣な面持ちで、壁に掛けられたヨーロッパの地図を眺めた。「つまりこういうことです。わたしたちの婚約が告知されれば、あなたは名誉を損なうことなく、ご自身の申しこみを引きさげることはできない」

「そうだ」彼はうなずいた。「そうしようとは思っていない」

「ええ、そうするわけにいかないですものね。でも、わたしのほうはレディの特権を行使して、取り消すことができますわ。そうするつもりです」

「ミス・バリンジャー……」

「ええ、もちろん醜聞ですし、わたしは婚約を破棄した女とか、いろいろ非難されるでしょう。しばらく街を離れなければならなくなるかもしれませんが、それは取るに足らないこと。最終的にあなたは自由を取り戻し、みんなに同情されますわ。嵐がおさまったところで、最初に意図していたとおり、わたしの従妹に結婚を申しこめばいいのです」オーガスタが期待に満ちた目で彼を見つめた。

「それがきみの計画の全体像か、ミス・バリンジャー？」少し考えてから、ハリーは訊ねた。

「そうです」彼女が心配そうに言う。「単純すぎると思いますか？　もう少し検討するべきかもしれませんね。でも、概して、計画は単純なほど実行しやすいと信じていますので」

「こうしたことに関して、きみのほうがぼくより才能があることは間違いない」ハリーはつぶやいた。「つまり、きみは婚約破棄を切望しているわけかな？」

オーガスタが顔を赤らめ、彼から視線をそらした。「それは問題ではありません。重要なのは、あなたにわたしと婚約する意図がないということです。あなたはクラウディアに結婚を申しこんだのですから。当然だと思いますわ。わたしは了解しています。非常にお似合いかと言えば、そうとも言えないですけれど。似すぎていますから。言っている意味、おわかりでしょう？」

ハリーは片手をあげて、よどみなくあふれでる言葉を遮った。「これ以上きみの計画について話し合う前に、ひとつはっきりさせておくべきことがある」

「なんのことでしょうか？」

ハリーはからかうような笑みをかすかに浮かべてオーガスタを見つめた。次になにが起こるかを知りたくてたまらない。「きみのおじ上は誤解したわけではない。ぼくが求めたのは、きみとの結婚だ、ミス・バリンジャー」

「わたし？」

「そうだ」

「求めたのは、わたしとの結婚？」オーガスタがぼう然とした目で彼を見つめる。

ハリーはこれ以上我慢できなかった。机を離れ、彼女との短い距離をゆっくり縮める。彼女の前で止まると、ひらひらさせている手の一方をつかんだ。そして口に持っていき、そっとキスをした。「きみとの結婚だ、オーガスタ」

そこで、オーガスタの指が冷たいことに気づいた。そして、彼女が震えている事実に気づいた。言葉を発せずに、彼女を抱き寄せる。驚くほど繊細だとハリーは思った。背筋が優雅にしなり、バラ色のドレス越しに臀部の柔らかさを感じることができた。

「伯爵さま、よくわからないのですが」彼女がささやくように言う。

「明白なことだ。これでもっとはっきりわかるかな」

ハリーは頭をさげて、彼女にキスをした。こうしてちゃんと抱いたのはこれが初めてだ。エンフィールドの図書室で彼女がした頬をついばむようなキスはもちろん数えない。いましているキスは、ここ数日、ベッドでひとり寝ている時にずっと思い描いていたキスだ。

じっくりと時間をかけて、オーガスタのわずかに開いた唇を唇でそっとなぞる。彼女の緊張が伝わってきたが、同時に女性的な好奇心と確信のなさも感じられた。彼女のなかで同時に起こったいくつもの感情がハリーを刺激し、守らなければという強い気持ちを引き起こした。このまま床に押し倒したい衝動と、この女性を守りたくてたまらない庇護欲が彼のなかでせめぎ合う。ふたつの強い欲望が混じり合って、目まいがするほどだった。

オーガスタの小さな手を彼の肩まで優しく導く。彼女の指が彼の肩をつかむ。ハリーはキスを深め、官能的な唇をくまなく探った。

彼女は言葉で表現できないいい味がした。甘くて香ばしくて女性的な深い味が、彼の五感をたぐり寄せる。自分でも気づかないうちに、ハリーは彼女の口の秘めやかな深みに舌を滑りこませていた。ほっそりしたウエストに沿わせた両手に力が入り、バラ色の絹地をくしゃくしゃにする。サテンのバラが彼のシャツに当たるのを感じた。その布地の下の張りつめた小さな乳首もわかった。

オーガスタはふいに小さな叫び声をあげ、両腕をあげて彼の首にからませた。マントが肩のほうにずれ落ちたせいで、胸の上側の丸みがあらわになる。彼女の香りとつけている香水の匂いにハリーは目がくらんだ。ふいに全身が期待で締めつけられる。

オーガスタのドレスの小さい袖をつかみ、そっとずらして肩からはずした。小ぶりだが美しい形の左乳房が、存在しないほど小さな胴衣からこぼれだす。硬く張りつめたその果物をハリーは手のひらで包んだ。乳首は思っていたとおりだった。そっと指先で触れると、熟した赤いベリーのように彼を誘った。

「ああ、どうしましょう、ハリー、いえ、伯爵さま」

「ハリーがいい」つぼみのような乳首をまた親指でさすると、オーガスタが瞬時に反応して震えるのがわかった。

炉火に照らされてネックレスがきらめき、真ん中の血のように赤い宝石に炎が映って踊っている。視線を落とせば、火明かりと深紅の宝石のなかで震えているオーガスタという美しい光景が目に入る。彼女のまなざしのなかに、目覚めつつある官能を見たとたん、ハリーの脳に古代の女王たちの姿が思い浮かんだ。「ぼくのクレオパトラ」くぐもった声が漏れる。

オーガスタがはっとこわばり、身を離した。ハリーは彼女の乳首にまた触れた。軽く、なだめるように。喉のくぼみにキスをする。

「ハリー」オーガスタはあえぎ、それから身を震わせて、彼にもたれかかった。彼の首にまわした両腕に力がこもる。「ああ、ハリー。どんなふうかとずっと思っていたけれど……」彼の喉にキスし、彼をぎゅっと抱き締める。

彼女のなかでふいに燃えあがった炎が彼の男の本能を裏づけた。最初からずっと、彼女がこのように反応するだろうとわかっていた。考えていなかった、そして予期してもいなかったのは、その反応が彼に及ぼす影響だった。開花したばかりの彼女の欲望が、夢でなく現実となって彼の五感を圧倒した。

片手で彼女の乳房を包んだまま、ハリーはオーガスタをそっと絨毯に横たえた。彼女がハリーの肩にしがみつき、まつげの下から彼を見つめる。美しいトパーズの瞳にあふれるのは切望と驚異と恐れにも似たなにか。

ハリーは低くうなると、彼女の傍らに身を横たえてドレスの裾に手を伸ばした。

「伯爵さま――」彼女の唇から聞こえるか聞こえないほどのつぶやき声が漏れる。

「ハリーだ」彼はまた訂正すると、親指で愛撫していたバラ色の乳首にキスをした。バラ色の絹地を脚の下から膝までそっと引きあげ、繊細な縞模様のストッキングをあらわにする。

「ハリー、お願い。知ってもらわなければならないことがあるの。大事なこと。あなたとは結婚できません。だまされたように感じてほしくない」

凍った炎にはらわたをつかまれたような衝撃に、ハリーは動きを止めた。「なにを知ってほしいんだ、オーガスタ？　ほかの男と寝たことがあるのか？」

彼女は一瞬理解できないように目をぱちくりさせた。そのあとすぐに、頬を真っ赤に染めた。「なんということを。いいえ、とんでもない。わたしが言いたいことは全然違うわ」

「よかった」安堵と歓喜の思いに満たされ、ハリーは小さくほほえんだ。もちろん、この女性はほかのだれかと関係したことはない。数週間前すでに彼の本能はそう判断していた。それでも、確証を得られたのはありがたい。心配な問題がひとつ減ることは望ましいことだ。競わなければならない過去の恋人はいない。オーガスタは完全に彼のものになる。

「言いたいことは、ハリー」オーガスタが真剣な表情で言葉を継ぐ。「わたしはひどい妻になるでしょう。エンフィールド邸の図書室であなたに見つかった時も、説明しようとしました。社交界の制約に縛られるのは無理だということを。わたしはノーサンバーランドのバリンジャー家の人間です。従妹のような天使にはなれません。わたしは礼儀作法を気にしないけれど、あなたは礼儀正しく上品な妻を望んでいるはず」

ハリーは彼女のドレスの縁を少しずつあげていった。指が信じられないほど柔らかい内腿に触れた。「多少指示をすれば、きみはふさわしい妻になれるだろう」

「そうとは思えません」彼女が深刻な声で言う。「性格を変えるのはとてもむずかしいことです」

「変えてほしいとは思っていない」

「そうなんですか？」彼女が彼の顔を探るように見つめた。「このままのわたしが好きだと言うこと？」

「そうだ」ハリーは彼女の肩にキスをした。「たぶん、ひとつかふたつは気になるところを言うかもしれない。だが、すべてうまくいくと確信している。きみはすばらしい伯爵夫人になるだろう」

「わかりました」オーガスタが唇を噛み、両脚をぎゅっと閉じた。「ハリー、あなたはわたしを愛しているんですか？」

彼はため息をつき、太腿に当てた手の動きを止めた。「オーガスタ、きみのように、愛とは、理性的な過程や説明なしに魔法のように降りてくる神秘的で特別な感情だと信じているレディたちが、最近多いことはわかっている。しかし、ぼくの意見はまったく違う」

「もちろんです」彼女の目に浮かんだ失望は顕著だった。「あなたは愛を信じていないんですね？　当然だわ、学者ですもの。アリストテレスとかプラトンとか、そんな恐ろしく論理的な人々の研究者。失礼ですが、あまりに理性的で論理的な思考ばかりしていると、脳が腐りますよ」

「心に留めておこう」ハリーは彼女の胸にキスして、肌の質感を楽しんだ。ああ、とてもいい感じだ。今夜この女性に感じているように女性を望んだ最後の機会がいつだったか、もはや思いだせなかった。

ハリーは我慢できなくなった。欲望で体が激しくうずき、彼女の高まりを示すぴりっとしたかすかな香りに強く魅了された。オーガスタも彼を欲している。ゆっくりと彼女の脚をまた開き、熱く濡れた場所にそっと指を触れた。

オーガスタが悲鳴をあげ、彼にしがみついた。驚きで目が丸く見開いている。「ハリー」

「これが好きかい、オーガスタ？」胸じゅうに軽いキスを這わせながら、彼女の秘めた場所を守っている柔らかく膨らんだ花びらを撫でる。

「わからない」彼女が喉を絞められたような声であえぎながら言う。「とても奇妙な感じ。わからないけれど、もし――」

部屋の隅の大時計が時報を打った。まるでバケツで冷水を浴びせかけられたかのようだった。ハリーは瞬時にわれに返った。

「なんてことだ。いったいぼくはなにをしているんだ？」ハリーは唐突に立ちあがり、オーガスタのドレスをくるぶしまで引きさげた。「もうこんな時間だ。レディ・アーバスノットときみの友人のスクラッグズがきみを待っている。今頃ふたりとも、どう思っていることか」

オーガスタがあやふやな笑みを浮かべ、彼に手をとられて立ちあがり、服をまっすぐに直した。「心配する必要はありません。レディ・アーバスノットは、わたし以上に現代的な女性ですから。それに、スクラッグズは彼女の執事ですから、なにも言わないでしょう」

「絶対に言わないだろうな」ハリーは口のなかでつぶやき、彼女の胴衣のサテンのバラの位置を急いで整え、彼女の肩にマントをかけた。「なんというドレスだ。きみはこれを着ないほうがいい。はっきり言わせてもらうが、結婚してきみがまずやるべきことは、新しい衣装を揃えることだ」

「ハリー――」

「急ぐんだ、オーガスタ」ハリーは彼女の手を取り、窓の上に押しあげた。「これ以上遅れずに、レディ・アーバスノットのもとに戻らなければならない。きみにもっとも避けてほしいのは噂話だ」

「そうですね、伯爵さま」彼女の口調に冷淡さが混じる。

ハリーはオーガスタの苛立ちを無視した。窓枠を越えて外に出ると、手を伸ばして、オーガスタが降りるのを手伝い、草の上に立たせた。彼の両手にしなやかで温かい彼女を感じ、ハリーはうなった。いまも痛いほど張りつめている。サリーの屋敷に連れていかずに、このまま二階の彼の寝室に運ぼうかと一瞬思う。しかし、今夜そうするわけにはいかない。すぐだ、と彼女の手を取り、庭を通って門に向かいながら、ハリーは自分に約束した。すぐに結婚式を執り行う必要がある。拷問のようなこの状態を長く続けるのは不可能だ。

やれやれ。この女性はいったいぼくにどんな魔法をかけたんだ？

「ハリー、それほど噂話が心配で、わたしのことも愛していないのならば、いったいなぜ、わたしと結婚したいんですか？」オーガスタはマントをしっかり巻きつけ、彼に遅れないように小走りでついてきていた。

彼女の質問にハリーは驚いた。苛立ちも感じたが、同時にこの質問を想定すべきだったこともわかっていた。オーガスタは疑問を簡単に諦める性格ではない。

「論理的な理由はいくらでもある」門のところで立ちどまり、通りにだれもいないことを確かめながら、ハリーはぶっきらぼうに答えた。「そのどれも、今夜ここで詳しく言う時間はない」冷たい月明かりが舗装した歩道をくっきり照らしだした。狭い路地の突き当たりで、サリーの屋敷の窓が温かく輝いている。見渡すかぎり、人っ子ひとりいない。「フードを深くかぶるんだ、オーガスタ」

「はい、伯爵さま。あなたとここにいるのをだれかに見られる危険は冒せませんものね？」

そのとりすました口調のなかに傷ついた感情を察知し、ハリーはたじろいだ。「きみが望むようにロマンティックな言い方をできないことは許してほしい、オーガスタ。多少急いでいるので」

「それは見ればわかりますわ」

「きみは自分の評判を気にしないかもしれないが、ミス・バリンジャー、ぼくは気にしている」ハリーは、通りを無事に抜けて、レディ・アーバスノットの庭の入り口まで送り届けることに集中した。門は鍵がかかっていなかった。ハリーはオーガスタをせきたててなかに入った。屋敷から離れてこちらに来る影が見えた。カニのような動きで近づいてくる。スクラッグズはまだ執事の服装だと、ハリーは皮肉っぽく思った。

目を落とし、自分の婚約者を眺める。彼女の表情を確認しようとしたが、フードで隠れていて不可能だった。すべての乙女が夢見るロマンティックな夫のように振る舞わなかったことはさすがに自覚している。

「オーガスタ？」

「はい、伯爵さま？」

「ぼくたちは互いに理解し合ったと考えていいかな？　あす、婚約を取り消すことはしないだろう？　もしそうするつもりならば、ぼくとしても――」

「そんなことしません、伯爵さま」オーガスタがつんと顎をあげた。「あなたが、襟刳りの深いドレスを着るような軽薄な娘でも甘んじて結婚してくださるのなら、わたしも堅苦しくて冷静でロマンティックでない学者でも我慢できると思いますわ。この年齢ですから、むしろ感謝すべきだと思っています。ただし、ひとつだけ条件があります」

「どんな条件だ？」

「長い婚約期間を取りたいんです」

「どのくらい長く？」ハリーは用心深く訊ねた。

「一年くらい？」彼を見あげた彼女の瞳が値踏みするようにきらめく。

「冗談だろう。婚約で一年も無駄にするつもりはない、ミス・バリンジャー。結婚の準備をするのは三カ月で充分だろう」

「六カ月」

「なんてことだ。四カ月がぼくの最終提案だ」

オーガスタはまた顎をぐっと持ちあげた。「それは寛大ですこと、伯爵さま」嫌みっぽく言う。

「当然だ。寛大すぎるくらいだ。さあ、家に入りなさい、ミス・バリンジャー。ぼくが寛大な申し出を後悔して、なにか、どちらも残念に思うような極端なことをする前に」

ハリーはくるりと背を向け、つかつかと庭から出ると、通りを戻り始めた。一歩歩くごとに、自分自身の婚約期間を、まるで魚屋のように値切られた事実に対する怒りが沸きおこる。アントニウスも、クレオパトラと話をしながら、同じように感じただろうかとふと思う。

今夜のハリーは、アントニウスに対してこれまでよりも同情を感じていた。以前はこのローマ人のことを、抑えが効かない欲望の犠牲者と見なしていた。だが、いまは女がどうやって男の自制心を弱体化させるか、理解し始めている。

不安材料であることは間違いなく、気をつけなければいけないとわかっている。今夜オーガスタは、まさしく彼を極限まで追いつめる才能を披露した。

数時間後、ようやくベッドに入ったオーガスタは、眠れずに天井を見つめていた。ハリーの圧倒的な唇のぬくもりをいまも唇に感じることができる。体は、彼が触れたすべての場所を覚えている。初めて感じるこのうずくような奇妙な切望をなんと呼んでいいのか、オーガスタはわからなかった。熱いものが血管を駆けめぐり、下半身にたまるような感覚だった。

ハリーがいまここにいて、図書室の床で始めたことを、それがなにかわからないけれど、最後まで終わらせてくれたらと自分が願っていることに気づき、オーガスタは身を震わせた。

これが意味するのは情熱だろうとオーガスタは思った。叙事詩やロマンティックな小説に書かれていることだ。

鮮明に想像はできても、それがどれほど魅力的で危険なものなのか、これまでオーガスタは理解できていなかった。こういうきらきら輝く興奮に抗しきれず、女性は夢中になってしまうのだろう。

しかも、ハリーは結婚すると決めていた。

オーガスタは湧きおこるパニックに押し流されそうになった。結婚？　ハリーと？　そんなことは不可能だ。うまくいくはずがない。これは恐ろしい間違い。なんとかして、この婚約を破棄する方法を見つけなければならない。天井に映る影を眺めながら、今後はとても慎重に、そしてとても賢く行動しなければならないと、オーガスタは自分に言い聞かせた。

4

ハリーは片方の肩を舞踏室の壁にもたせて立っていた。シャンパンをすすり、考えこみながら、自分の婚約者がほかの男の腕のなかで踊っている姿を見守る。

　鮮やかなサンゴ色の絹のドレスに身を包み、さっそうとワルツを踊る長身でハンサムなパートナーにほほえみかけているオーガスタは、輝くばかりに美しかった。混みあったダンスフロアのなかでも、ふたりがとりわけ魅力的な姿を披露していることは間違いない。

「ラヴジョイのことをなにか知っているか？」ハリーは、隣に立ち、ハンサムな顔に退屈そうな表情を浮かべているピーターに訊ねた。

「その質問なら、あそこにいるレディたちのだれかに聞いたほうがいい」ピーターが混み合った舞踏会場に視線を走らせた。「女性のあいだでかなり評判がいいようだ」

「当然だろう。今夜も、この会場の独身女性全員と踊っている。彼を断った女性はまだひとりもいない」

　ピーターが一瞬口をゆがめた。「そのようだ。天使も例外ではない」オーガスタの従妹である慎み深い金髪の女性が年輩の男爵と踊っているほうに目を向ける。

「クラウディア・バリンジャーが踊るのはかまわないが、オーガスタ・バリンジャーとのワルツはやめさせたほうがいいかもしれない」

ピーターの眉がからかうように持ちあがった。「そんな離れ業をやってのけられるとでも？　オーガスタ・バリンジャーは自分の考えを持った女性だ。さすがにもうわかっているだろう」

「そうだとしても、ぼくと婚約していることは変わらない。多少なりとも適切に振る舞うことを学ぶ時だ」

ピーターがにやりとした。「ということは、きみが望むような妻に変えるつもりで彼女を花嫁に選んだのか？　これはおもしろいことになりそうだ。ミス・オーガスタ・バリンジャーが放縦《ほうらつ》なほうのバリンジャー家出身であることを忘れないほうがいいぞ。聞いたところによれば、一族の大半が適切さとは無縁らしい。オーガスタの両親も駆け落ちして、社交界を騒がせたとサリーに聞いた」

「昔の話だろう。いまはだれも気にしていない」

「そうか、では、もう少し最近の話にするか？」ピーターの顔が真剣さを帯びた。「二年前にミス・バリンジャーの兄が殺された不可解な事件もある」

「彼はロンドンから帰宅途中に辻強盗に撃たれて亡くなった」

「それはおおやけの話だろう。サリーによれば、当時、あの若者がきわめていかがわしい活動に関与しているという話があったが、闇に葬られたそうだ」

ハリーは眉をひそめた。「若い放蕩者が暴力的に殺されれば、噂や憶測は当然あるだろう。彼の父親もだが、リチャード・バリンジャーが激しやすく、場当たり的な性格だったのはだれもが知っている」

「そうそう、その父親の話だが」ピーターが身を乗りだした。「よくない種類の注目を引く傾向がある妻のために、何度も決闘したという噂のことを考えたか？ そうした問題がいまの世代にも引き継がれているかもしれないと思わないか？ オーガスタは母親によく似ているそうだ」

ハリーは口元をこわばらせた。ピーターがわざと彼をからかっているのはわかっている。

「バリンジャーは向こう見ずな愚か者だったと聞いている。サー・トーマスの話では、妻をまったく監督していなかったらしい。自由気ままに振る舞うことを許していた。ぼくが夜明けに出向く約束をしなければならないような問題にかかわることをオーガスタに許すつもりはない。女性をめぐる決闘など、愚か者しかやらない」

「それは残念だな。むしろきみの得意分野かと思った。決闘のことだが。きみの血管に流れているのは血でなく氷だと信じたこともあったがね、ハリー。冷血な男のほうが、すぐにかっとする男よりも決闘の場面で力を発揮することはだれでも知っている」

「自分で確かめようとは思わない理論だな」ラヴジョイが遠慮のかけらもなくオーガスタをくるくるまわす様子を見て、ハリーは顔をしかめた。「失礼していいかな。婚約者にダンスを申しこんでくる」

「そうしたらいい。適切性に関する講義をとうとうと垂れて、彼女を楽しませてこい」ピーターは壁を押して身を起こした。「そのあいだに、ぼくは天使にダンスを申しこんで、彼女の夜を台なしにしてくる。きっぱり拒絶されるほうに五対一で賭けよう」

「彼女が書いている本を話題にしてみたらいい」ハリーはうわのそらで言い、通りすぎた使用人の盆の上にグラスを置いた。

「なんの本だ？」

「題名は、『若いレディたちに役立つ知識の手引書』だ。サー・トーマスが言っていた」

「なんてこった」当然ながらピーターはぞっとした様子を見せた。

「ロンドン中の女性が本を執筆しているのか？」

「どうやらそうらしい。元気だせよ」ハリーは励ました。

「なにか役立つことを学べるかもしれないぞ」

ハリーは雑踏に入り、色とりどりの人々のあいだを抜けていった。彼を引き留めて婚約の祝いを言おうとする知り合いによって、何度も前進をはばまれた。

実際、告知が新聞に載ってから二日しか経っていないが、社交界の大半がこの予想外の縁組みの告知に興味しんしんであることがよくわかった。

どっしりした体格をピンク色のドレスで着飾ったレディ・ウィロビーが、通り過ぎようとするハリーの黒い夜会服の袖を扇で軽く叩いて引き留める。「なるほど、あなたの花嫁候補リストの一番上はミス・オーガスタ・バリンジャーだったのね、伯爵？　あなたがたふたりが結婚するなんて、思いもしなかったわよ。とは言うものの、あなたはもともとなにを考えているかわからない人だったからねえ、グレイストン？」

「あなたはぼくの婚約を祝ってくれているんですね？」ハリーは冷たい口調で言った。

「あら、もちろんよ。社交界全体があなたをお祝いしているわ。今シーズンの社交界を相当楽しませてくれると、みんな期待しているのよ」

ハリーは目を狭めた。「マダム、よくわからないが？」

「なにをおっしゃるの、伯爵。これがとってもおもしろいことはあなたも認めないとね。あなたとオーガスタ・バリンジャーはありそうもない組み合わせですもの。決闘しなければならなくなったり、彼女のおじ上に彼女を田舎の屋敷に閉じこめておくよう依頼したりしないで、あなたが無事に彼女を祭壇まで連れていくことができるかどうかは、まさに見ものだわ。なんといっても、彼女はノーサンバーランドのバリンジャー家の出ですもの。面倒を引き起こす血筋なのよ」

「ぼくの婚約者はレディですよ」ハリーは静かに言った。感情はいっさい出さずに、ただ冷ややかなまなざしで婦人を見つめる。「人々が彼女のことを話す時は、それを念頭に置くことを期待している。おわかりかな、マダム？」

レディ・ウィロビーはよくわからない顔で目をぱちぱちさせ、それから真っ赤になった。

「ええ、もちろんよ、伯爵さま。悪気はなかったのよ。ただあなたをからかっただけ。オーガスタはたしかに元気な人だけど、わたしたちみんな彼女が好きだし、最高の幸せを願っているのよ」

「ありがとう。彼女に伝えておきましょう」ハリーは凍りつくような丁重さで頭をさげたが、内心うなっていた。人生に対する積極的な取り組みのせいで、オーガスタが向こう見ずという残念な評判を得ているのは、まぎれもない事実だ。面倒を起こす前に彼女をしっかり制御する必要がある。

舞踏室の反対側まで来て、ようやくラヴジョイと話しながら楽しそうに笑っていたオーガスタをつかまえた。彼がすぐ近くまで来たのを感じとったように、オーガスタがなにか言いかけたところで振り返り、見つめていたハリーと目を合わせた。思案するように目をきらりと光らせたが、すぐにしとやかに扇子を広げた。

「今夜はいついらっしゃるのかと思っていましたわ、伯爵さま。ラヴジョイ卿はお知り合いかしら？」

「知っている」ハリーはラヴジョイに向かってそっけなくうなずいた。ラヴジョイが皮肉っぽくにやにやしているのが気に入らない。オーガスタのすぐそばに立っているのも気に入らない。

「ああ、もちろん。いくつかクラブが一緒でしたね、グレイストン？」ラヴジョイがオーガスタのほうを向き、丁重な態度で彼女の手袋をした片手を取った。「未来のご主人にあなたをお渡ししたほうがよさそうだ」言いながら、彼女の指を持ちあげて唇を当てる。「ぼくは、もはやこれまでとわかりましたよ。あとはただ、あなたがグレイストンと婚約することによって大打撃を受けたぼくを、あなたが少しでも哀れんでくれることを願うだけです」

「あなたはあっという間にお元気になると確信していますわ」オーガスタは手を引き抜くと、

ほほえみかけてラヴジョイに別れを告げた。彼が人混みに姿を消すと、オーガスタはハリーのほうを向いた。

その目に挑戦するような輝きが浮かび、頬が紅潮しているように見える。婚約が告知されてから二度短く会った時も、彼女の頬は奇妙に感じるほど紅潮していた。

その理由はわかっている。オーガスタは彼を見るたびに、図書室の真夜中の密会で、彼の腕に抱かれて床に横たわったことを思いだしているに違いない。ノーサンバーランドのバリンジャー家出身であるにもかかわらず、ミス・バリンジャーはあの晩を思いだすたび、ひどくどぎまぎしてしまうらしい。それはよい兆候だと、ハリーは判断した。このレディも適切という概念を多少は持っている証拠だろう。

「暑そうだが、大丈夫かな、オーガスタ？」気遣いを示して訊ねる。

オーガスタはすぐに首を振った。「ええ、大丈夫ですわ。それより、ダンスを申しこみに来てくださったのですか？　それとも、適切な振る舞いについて、なにかおっしゃりに？」

「後者だ」ハリーはオーガスタの手を取り、解放されたガラス扉を抜けて庭に連れだした。

「そうでないかと思いましたわ」オーガスタは扇子をいじりながらテラスを横切ったが、途中で、ぱたんとそれを閉じた。「それについてよくよく考えました、伯爵さま」

「ぼくもだ」ハリーは石のベンチのそばで彼女を止まらせた。「坐りなさい。ぼくたちは話さなければいけないと思う」

「まあ、やっぱり。こういうことになるとわかっていました」オーガスタは眉をひそめて彼を見あげ、優雅な身のこなしでベンチに腰をおろした。「うまくいくはずがないんです。それを認めて、終わりにしたほうがいいわ」

「なにがうまくいくはずがない？」ハリーはベンチの端に片方のブーツをかけ、膝に肘を載せた。ものかげの暗いなか、オーガスタの真剣な表情を眺める。「ひょっとして、ぼくたちの婚約のことを言っているのか？」

「もちろんそうです。何度も考えましたが、どう考えても、あなたが大変な間違いをしていると信じないわけにいきません。お申しこみを大変光栄に思っていることはわかってください。でも、わたしが取り消すことが、どちらのためにもよいと思います」

「ぼくはそうしないでほしいと思っている、オーガスタ」ハリーは言った。

「でも、あなたもお考えになったでしょう？　この縁組みがうまくいかないとわかったはずですわ」

「うまくいかせることができると思っている」

オーガスタが口を真一文字に結び、ぱっと立ちあがった。「それは、女性の適切な振る舞いに関して、ご自分の考え方をわたしに強要できると思っているということでしょうか？」

「そういうふうに決めつけるのはやめてくれ、オーガスタ」ハリーは彼女の腕を取り、優しくベンチに坐らせた。「ぼくが言っているのは、あちこちを少しずつ修正すれば、非常にうまく対処できるということだ」

「それで、その修正をするのは、わたしたちのどちらと思っていらっしゃるのかしら、伯爵さま？」

ハリーはため息をつき、視線をオーガスタの背後に広がる巨大な生け垣に向けて思案した。

「もちろん、ぼくたちの両方が、結婚に必要な多少の修正をすることになる」

「では、もう少し具体的に考えてみませんか？　あなたはわたしに、とくにどんな修正を必要と思っているのですか？」

「手始めに、ラヴジョイとは二度とワルツを踊らないほうがいいと思う。あの男に関しては、よくない感じを抱いている。しかも、今夜彼は、きみに非常に関心を持っているようだった」

「よくもそんなことを」オーガスタが怒りをあらわにして、また立ちあがった。「わたしは自分が踊りたいと思う方とワルツを踊りますし、夫であろうがだれであろうが、踊る相手の選択について指図されるつもりはないことを、ここではっきりさせておきます。それがあなたの気に障るとしたら残念ですわ。わたしがする可能性のある不適切な振る舞いのほんの一部に過ぎませんから」

「なるほど。いまの言葉を聞いて、非常に心配になった」

「わたしを笑っているんですね、グレイストン？」オーガスタの瞳が怒りで燃えあがった。

「いや、そんなことはない。坐ってくれ、きみがよければ」

「少しもよくないわ。坐るつもりはありません。このまま舞踏会場に戻って、従妹を見つけて家に帰ります。家に戻ったら、この婚約をただちに解消したいとおじに言うつもりです」

「なぜできないんです？　聞かせていただきましょうか？」

ハリーは彼女の腕を取り、ふたたび優しく、しかし決然と彼女を石のベンチに押し戻した。

「なぜなら、きみは短気だが、名誉を重んじる女性だと信じているからだ。名誉を重んじる女性は、どんな状況でも、あのようなことを許したあとに、男を捨てることなどしない」

「あのようなこと？」オーガスタの目がショックで見開いた。「なんのことを言っているんですか？」

ゆるやかな脅しをかける頃合いだとハリーは判断した。多少は脅迫めいていても仕方がない。オーガスタをつついて、適切な道筋に向いてもらう必要がある。いまは明らかに結婚という概念自体に反発している。「その答えはきみ自身がわかっていると思う。それとも、二日前の夜にぼくの図書室の床で起こったことを、都合よく忘れてしまったのかな？」

「図書室の床でのこと。なんということでしょう」オーガスタは身をこわばらせ、ベンチに坐ったまま彼を見あげた。「伯爵さま、まさか、ただ一度キスを許しただけで、あなたとの婚約を続ける道義的責任があると主張することはできないはず」

「ぼくたちは、一回のキス以上のことを楽しんだ、オーガスタ。そのことはきみもよくわかっているはずだ」

「ええ、ささいなことが多少行き過ぎたことは認めますわ」必死に言葉を探しているらしい。

「ささいなこと？　しまいにはドレスを半分脱いでいたのに？」ハリーは計算ずくで冷酷に

指摘した。「しかも、その時に時計が鳴らなかったら、実際、はるか先までいっていたと思うが。きみが自分の現代的な生き方を誇りとしていることは知っている。しかし、そこまで残酷ではないはずだ」

「残酷？　残酷なことはなにもないでしょう」オーガスタが強い口調で言い返した。「少なくとも、わたしの側は。あなたがわたしの無知につけこんだのでしょう」

ハリーは肩をすくめた。「ぼくたちは婚約していると思っていたからね。すでにきみのおじ上には申し出を受諾してもらっていた。しかも、真夜中にきみの訪問を受けた。どう考えればよかったんだ？　きみがぼくの関心を引いて、気前よく自分を差しだしたと言う者もいるだろう」

「こんなこと、信じられません。この件のすべてがでたらめだわ。はっきり申しあげますが、わたしはあなたに自分を差しだしてなんていません、グレイストン」

「きみは自分のことを過小評価している」ハリーはほほえんだ。「実際に、そういう意志を示されたとぼくは受け取った。手で包んだ時のきみの乳房の感覚は一生忘れないだろう。柔らかいがしっかり引き締まり、ずっしり重たい。しかも、先端に載った完璧なバラのつぼみがぼくの指を押しあげる」

オーガスタはがく然とした顔でぞっとしたような悲鳴を漏らした。「そんな、伯爵さま」

「きみの太腿のしなやかさをぼくが忘れるとでも思ったのか？」ハリーは言葉を継いだ。「この親密なささやきがオーガスタの平静心にどう影響を与えているかは充分承知している。だが、痛烈な教訓を与えるのは遅すぎたくらいだと、自分に言い聞かせた。「古代ギリシャの像のように丸みを帯びて、とてもいい形だ。ぼくがその美しい太腿に触れた時にきみが与えてくれた恩恵をぼくは永遠に大切にする」

「でも、わたしは触れていいなんて言っていません」オーガスタが反論した。「あなたが勝手に触れただけ」

「きみはぼくを止めるために指一本あげなかった。むしろ、熱烈なキスをした。自発的な情熱と言えるのでは？」

「いいえ、そうではありません」かなり取り乱した様子で言う。

ハリーは眉を持ちあげた。「ぼくにキスをした時に、なにも感じなかったと？　ぼくは深く傷ついたよ。それに、あれだけ多くを与えながら、なにも感じていなかったと聞いて、ひどく失望した。ぼくにとって、あれは情熱的なひとときだったからね。一生忘れない」

「なにも感じなかったとは言っていません。ただ、わたしが感じたのが、温かくて自発的な情熱ではないということです。驚いた、それだけよ。あなたはあの状況を誤解しているわ。ああしたことを、そんな重視すべきではないということ」

「つまり、きみにとって真夜中の密会などいつものことだから、親密な関係でも真剣には考えないという意味かな？」

「そんな意味ではありません」オーガスタの顔はいまや真っ赤になっていた。ますます途方に暮れた表情で彼をにらみつける。「あなたとの婚約をわたしが破棄できないようにするために、わざとあなたの図書室の床でぼうっとさせたのね」

「あの晩に、いくつかの約束が成立したとぼくは感じている」ハリーは言った。

「わたしはなんの約束もしていません」

「それは同意できない。きみは、婚約者だけに許される親密さをぼくに許した時点で、破ることができない約束をした。恋人、もしくは夫としてぼくを歓迎するというあらゆる証をきみが示した時、ぼくにどう考えろというんだ？」

「わたしはそんな証はひとつも示していません」彼女が弱々しく反論する。

「なんだって、ミス・バリンジャー。あの晩、きみがぼくと楽しく過ごしただけだったと言っても、とうてい信じられない。それに、図書室の床で男の愛情をもてあそぶのが日常茶飯事だとぼくに信じさせようとしても、それも納得できない。きみは向こう見ずで軽率な性格だが、薄情でもなく残酷でもない。女性としての名誉に無関心とも思えない」

「もちろん、自分の名誉に無関心ではありません」オーガスタが歯を食いしばって言う。

「ノーサンバーランドのバリンジャー家は名誉を重んじる家系です。名誉のためならば、死ぬまで闘うでしょう」

「それならば、この婚約は有効だ。ぼくたちはどちらも約束した。戻れないところまで深入りしている」

その時ぱりっという音がして、オーガスタは自分の扇子を見おろした。きつく握りすぎたせいで、きゃしゃな中骨が何本か折れたのだ。「まあ、最悪」

ハリーはほほえみ、片手を伸ばして指先で彼女の顎をそっと持ちあげた。長いまつげが上向きになると、隠れていた目の深く傷つき、混乱した表情があらわになった。ハリーはかがんで彼女のかすかに開いた唇に軽くキスをした。「ぼくを信じてくれ、オーガスタ。ぼくたちはとてもうまくやっていける」

「わたしはそんな確信は持てません、伯爵さま。いくら考えても、深刻な間違いを犯したという結論しか出ないわ」

「間違いなどしていない」開いた窓からワルツの最初の旋律が聞こえてきた。「このダンスを踊っていただけるかな?」

「それはいいですけど」オーガスタは無愛想に言い、ひょいと立ちあがった。「わたしに選択肢があるとは思えませんから。断ったら、婚約しているのだから、ワルツを踊るのが礼儀にかなっていると、あなたは言うに違いないわ」

「よくわかっているな」ハリーはつぶやき、彼女の腕を取った。「ぼくは礼儀作法にこだわるからね」

まばゆい光に満ちた舞踏会場に連れ戻るあいだも、オーガスタがずっと歯を食いしばっていることにハリーは気づいていた。

その晩遅く、ハリーはセント・ジェームズストリートで馬車を降り、ある立派な建物の前階段をのぼった。瞬時に扉が開き、彼はすぐさま、適切に運営されている紳士のクラブだけが提供する、とびきり心地よくて、しかも重厚で男らしい暖かさのなかに足を踏み入れた。

ここのような場所はほかにないと、暖炉のそばに椅子に坐り、ブランデーをグラスに注ぎながら、ハリーは思った。このような紳士のクラブをまねて、サリーや友人たちを楽しませようとオーガスタが考えたのも不思議ではない。男のクラブは世の中から守ってくれる稜堡《りようほう》であり、ひとりになりたい時も、交友関係を求めている時も、避難所となり、家から離れた家となる。

クラブで男は友人たちとくつろいだり、卓を囲んでひと財産を勝ったり失ったりする。あるいは、もっとも個人的な仕事を処理することもあるとハリーは思った。この最後については、彼自身もこの二年間にずいぶんやった。

戦時中は、ほとんど大陸で過ごさざるを得なかったが、ロンドンに滞在中は必ずこのクラブに立ち寄ることにしていた。自分が直接監視できなかった時期も、重要なクラブのいくつかについては、自分の部下を一、二名、会員として送りこんであった。こうしたクラブで、秘密諜報部員が収集する情報の多さにはいつも驚かずにはいられない。

まさにいまいるこのクラブで、情報部でももっとも重要な人物を死に追いやった男の名前がわかったこともある。その殺し屋は、その直後、不幸な事故に遭った。

もうひとつ、やはりセント・ジェームズストリート沿いにある同じくらい格調高い別なクラブで、高級娼婦の日記を買う契約を行ったこともある。その女性が戦時中、亡命者に身をやつしてロンドンじゅうに散らばっていたフランス人スパイを多数もてなしたと聞いたからだ。

その女性が日記に書きつらねていた子どもっぽい単純な暗号を解読している時に、蜘蛛《スパイダー》という名前を見つけたのだった。直接話を聞く機会を作る前に、その女性は殺されてしまった。侍女が涙ながらに語ったところによれば、娼婦の愛人たちのひとりが嫉妬にかられて彼女を刺したらしい。取り乱した侍女は、自分の主人のあまたいる愛人たちのだれがこの殺人を犯したかを特定することができなかった。

国王のために働いているあいだずっと、蜘蛛という暗号名は、ハリーについてまわった。路地裏の暗がりで死んでいった男たちが最後に口にしたのはその名だった。つかまった秘密工作員が身につけていたフランス人スパイの手紙も、謎の人物蜘蛛について言及していた。蜘蛛に向けられたと思われる地図を差し押さえたこともある。部隊の移動を詳細に記録したものだった。

だが、ハリーが早いうちからこの男を、戦場という巨大なチェスボードにおける個人的な対戦相手と見なしていたにもかかわらず、その正体は、結局謎のまま終わった。未解決の謎を抱えたままでいるのは非常に残念なことだと思う。蜘蛛に関する真実を知ることができるならば、どんな努力も惜しまなかっただろう。

ハリーの直感は初めから、謎の男がフランス人でなく英国人であると告げていた。裏切り者が発覚を免れているのが腹立たしい。あまりに多くの優秀な諜報員とあまりに多くの誠実な兵士たちが、蜘蛛のせいで命を落とした。

「炎に映る自分の未来を読もうとしているのか、グレイストン？　そこに答えは見つからないと思うが」

ラヴジョイの間延びした言葉に沈思黙考を妨げられ、ハリーは目をあげた。「遅かれ早かれきみはここにやってくるだろうと思っていた、ラヴジョイ。話したいことがある」

「そうか？」ラヴジョイは自分のグラスにブランデーを注ぐと、無頓着な様子で炉棚にもたれた。グラスのなかの金色の液体をまわし、緑色の瞳を邪悪そうに光らせる。「まず先に、きみの婚約を祝わせてくれたまえ」

「ありがとう」ハリーは待った。

「ミス・バリンジャーがきみの好みのタイプとは気づかなかった。彼女は、一族の向こう見ずでいたずら好きの傾向を受け継いでいるのではないかな。風変わりな縁組みになるだろう。そう言わせてもらってかまわないなら」

「いや、かまう」ハリーは冷たい笑みを浮かべた。「きみがぼくの婚約者とワルツを踊ることもやめてもらいたい」

ラヴジョイの顔に悪意に満ちた表情が浮かんだ。「ミス・バリンジャーはワルツがお好きらしい。ぼくの踊りが巧みだと太鼓判を押してくれた」

ハリーは視線を戻し、暖炉の火をじっと見つめた。「ぼくら一同のために、きみはダンスの技術を披露する相手をほかで見つけるべきだろう」

「もしそうしなければ？」ラヴジョイがあざける。

ハリーは深々とため息をつき、椅子から立ちあがった。「もしそうしなければ、自分の婚約者をきみの注目から守るために、ほかの方法を取らざるを得ない」

「そんなことができると本気で信じているのか？」

「ああ」ハリーは言った。「できると信じている。しかも、するつもりだ」ハリーはグラスを取りあげ、残っていたブランデーを飲み干した。それから、なにも言わずに背を向け、扉に向かって歩きだした。

残念ながら、女性をめぐる決闘などしないという発言は撤回するしかないと、ハリーは思った。いましがた、決闘を挑む直前までいったことは、自分でもよくわかっている。ラヴジョイがこちらの含みに気づかなければ、夜明けにピストルを撃ち合うという芝居がかったことになった可能性が高い。

ハリーは頭を振った。婚約してまだ二日なのに、静かで秩序正しかった生活が、オーガスタのせいで、いっきに落ち着かないものになっている。これでは、だれであっても、彼女と結婚したあとにどんな生活が待っているか心配になるだろう。


オーガスタは、図書室の窓のそばに置かれた青い肘掛け椅子に丸くなって坐り、眉をひそめて膝の上の本を見おろしていた。目の前の小説を読もうと、少なくとも五分間は試みた。でも最初の段落の半分まで来るたびに、集中力を欠いて、もう一度冒頭に戻らねばならなかった。

最近は、ハリーのこと以外はなにも考えられなくなっている。あまりに突然、怒濤《どとう》の勢いでさまざまな出来事が起こったあげく、こんな状況に陥ってしまったことがただ信じられない。

なににもまして理解できないのは、そうした出来事に対する自分の反応だ。ハリーの図書室の床に横たわり、初めて味わう情熱の波にさらわれて以来、気づくといつも、頭がぼうっとしている。

目を閉じるたびに、ハリーのキスで感じた興奮がよみがえる。彼の唇の熱さがいまだに強く感じられる。衝撃的なほど親密な彼の触り方を思いだすたびに、いまなお膝ががくがくしてしまう。

しかも、この期に及んでもハリーは結婚すると言い張っている。

扉が開いたのに気づいて顔をあげたオーガスタは、ほっと安堵のため息をついた。

「ここにいたのね、オーガスタ。探していたのよ」クラウディアがにこにこしながら部屋に入ってきた。「なにを読んでいるの？　また別な小説ね？」

「『好古家』という本よ」オーガスタは本を閉じた。「冒険あり、命からがらの逃亡あり、相続人の行方不明ありでとてもおもしろいわ」

「ああ、それ。ウェイヴァリーの新刊。聞くまでもなかったわね。いまだに作家がだれかわかっていないんでしょう？」

「絶対にウォルター・スコットよ。確信しているわ」

「でも、だれであってもおかしくないわけでしょう？　作者が正体を隠しているという事実が、本の売り上げに多大な貢献をしているのは間違いないと思うけれど」

「そればかりじゃないと思うわ。どの本もとてもおもしろい話ばかりですもの。バイロンの叙事詩もそう。売れるのは同じ理由だわ。読んでいて楽しいということ。次になにか知りたくて、ページをめくらずにはいられない」

クラウディアはとがめるように、優しいまなざしを向けた。「あなたはもう婚約した女性なのだから、そんなふうに考えないで、もう少し自分が向上できる本を読むべきじゃないかしら？　もしかしたら、わたしの母の本のどれか一冊が、これから教養あるまじめな男性の妻になるレディが読むにはぴったりかもしれないわ。あなたも見識に欠ける話をして、伯爵に恥ずかしい思いをさせたくないでしょう？」

「わたしに言わせれば、グレイストンは多少見識のない話も聞いたほうがいいと思うわ」オーガスタはつぶやいた。「あまりにまじめすぎるもの。わたしになんと、ラヴジョイとワルツを踊るべきでないと言ったのよ」

「本当に？」クラウディアは従姉の向かいの椅子に坐り、サイドテーブルに置かれたポットから茶碗に紅茶を注いだ。

「実際に、わたしにそう命じたの」

クラウディアは考えこんだ。「そんなにひどい忠告ではないと思うわ。ラヴジョイはたしかにさっそうとしている。それは認めるけれど、好意的な対応をする女性を平気で利用する男性に見えるわ」

オーガスタは天を仰ぎ、忍耐が続くように祈った。「ラヴジョイは話しやすい方だし、あくまでも紳士だわ」そう言ってから唇を噛んだ。「クラウディア、聞きにくい質問をしてもいいかしら？　適切性ということに関して助言がほしいのだけど、正直に言って、あなた以外に、そういうことについて正確な情報をくれる人を思いつけないのよ」

クラウディアが、すでにぴんと張っていた背筋をさらに伸ばして姿勢を正し、真剣な表情を浮かべた。「わたしにできるかぎりの助言をさせていただくわ。なにを困っているの、オーガスタ？」

オーガスタはこの話を始めなければなかったとふいに思った。でも、もう手遅れだ。昨夜の舞踏会以来、まったく眠れない原因となっていることについて話すしかない。「紳士にキスをすることを許したという理由だけで、それなりのことを約束したとか、そういう意味をほのめかしたと、紳士が感じるのが当然だというのは真実だと思う？」

クラウディアは眉をひそめ、いまの質問について考えこんだ。「レディは、婚約者か夫以外の人に、キスをさせるべきでないというのは明らかだわね。母もその点は、『若いレディのための行儀と立ち居振る舞いの指導』のなかではっきり述べているわ」

「ええ、それはわかっているわ」オーガスタは苛立ちを募らせた。「でも、現実的に考えてちょうだい。そういうことはあるわ。庭でキスを盗んだり盗まれたりすることはよくあるでしょう？　だれもがわかっていることよ。でも、慎み深くしているかぎり、そのあとで婚約の告知をしなければならないと感じる人はいないわ」

「仮の話をしているのよね？」クラウディアのまなざしがふいに鋭くなった。

「もちろんよ」オーガスタは手を軽く振った。「ほかの人たちと、ほら、〈ポンペイアズ〉で議論している時にその話題が出たのよ。そうした状況において、女性に期待されることはなにかについて、適切な結論を出したいの」

「そうした議論に引きこまれないようにするのが間違いなく一番いいことよ、オーガスタ」

オーガスタは唇を噛みしめた。「そのとおりだわ。でも，疑問に対する答えはあるでしょう？」

「そうね。男性にキスを許すのは、嘆かわしい行為の一例ではあるけれど、常軌を逸しているというほどではないわね。言っている意味わかるかしら？　レディは適切な考え方を求められるけれど、一回キスを盗まれたくらいで糾弾されることはないでしょう。少なくとも、わたしは責めないわ」

「そうよね。わたしが感じているのはまさにそういうこと」オーガスタは熱心にうなずいた。

「そして、その男性は、自分がキスを盗むようなろくでなしだったからと言って、そのレディは当然結婚を約束したと決めつけることはできないわよね」

「そうねえ……」

「舞踏会のあいだに庭をぶらついていて、紳士とレディが抱き合っているところを何度も見かけたわ。でも、その人たちが舞踏会場に急いで戻って、婚約を発表するわけじゃないでしょう？」

クラウディアはゆっくりうなずいた。「キスを一回したからといって、そのレディが確約したと紳士が思うのはフェアとは言えないわね」

オーガスタは嬉しさと安堵に思わずにっこりした。「そうよ、フェアじゃないわよね。わたしが考えたとおりよ、クラウディア。あなたが同意してくれて嬉しいわ」

「もちろん」クラウディアが考えながら言葉を継いだ。「もしも一回のキス以上のことがあったら、まったく異なる見方をすべきでしょう」

オーガスタはふいに気分が悪くなった。「そうかしら？」

「ええ、当然のことよ」クラウディアはこの仮定の微妙な状況を考慮しながら、紅茶をひと口すすった。「間違いないわ。紳士の側のそうした振る舞いに対して、相手のレディがほんの少しでも熱意を持って応えたならば――つまり、それ以上に親密なことを許したとしたら、あるいは、相手を形はどうであれ、うながすようなことがあれば……」

「あれば？」オーガスタは話がどの方向に行くのか不安で、思わず急かした。

「その場合は、そのレディが彼の愛情に応えていると、その紳士が見なすのは当然だと思うわ。そうした行動は女性が結婚の約束をしているゆえのことと、男性は当然信じるでしょう」

「たしかに」オーガスタは暗い気持ちで、膝の上の小説をじっと見おろした。突然、彼の図書室の床の上で、グレイストンの腕のなかに恥じらいもなく身を任せている自分の姿が脳裏いっぱいに広がった。頬がかっと熱くなるのを感じ、従妹が気づいて、なにか言わないことを祈る。「その紳士の接近の仕方が少しばかり熱烈すぎたらどうかしら？」言葉を選びながら、あえて訊ねてみた。「うまく説き伏せて、彼女が最初は受け入れると考えてもいなかったような親密さを許すようにもっていったとしたら？」

「レディは自分自身の評判に責任を持つべきだわ」クラウディアの確信に満ちた高慢な言い方はプルーデンスおばにそっくりだ。「そもそも、そういう不幸な状況が起こらないように、適切な振る舞い方をつねに心がけていなければならないのよ」

オーガスタは鼻の頭に皺を寄せたがなにも言わなかった。

「それに、もちろん」クラウディアが重々しく続ける。「問題の紳士がたまたますばらしい家柄の方で、名誉と礼節において申し分のない評判をお持ちならば、その出来事の意味はより明白だわね」

「そうなの？」

「そうよ。約束がなされているとその方が信じる理由は、だれが見ても明らかでしょう。威厳と洗練された感性を持つ紳士は、レディがほのめかした約束は守られると期待するものよ。彼女自身の名誉のために」

「それこそ、わたしがあなたを尊敬する理由のひとつだわ、クラウディア。あなたはわたしよりも四歳年下なのに、なにが適切かについて明確な考えを持っているのね」オーガスタは小説を開きながら、従妹にこわばった笑みを向けた。「教えてちょうだい。たまに、そういう完璧な適切さだけの人生は少し退屈だと思うことはないの？」

クラウディアは温かい笑みを浮かべた。「あなたがわたしたちと一緒に暮らし始めてから、人生は少しも退屈じゃなくなったわ、オーガスタ。あなたのまわりで、いつもなにかしら、おもしろいことが起こるんですもの。ところで、あなたに質問があるの」

「なにかしら？」

「ピーター・シェルドレイクのことをどう思うか、意見がほしいの」

オーガスタは驚いてクラウディアを見つめた。「でも、わたしの意見は知っているでしょう？ 彼をあなたに紹介したのはわたしですもの。大好きだわ。彼を見ていると、兄のリチャードを思いだすの」

「それこそ、わたしが気になっていることのひとつだわ」クラウディアがうなずいた。「彼はどこか向こう見ずだし、無頓着なところがあるわ。でも、最近はますます優しくて、それを嬉しく思うべきかどうか迷っているのよ」

「シェルドレイクに問題はないと思うわ。子爵の地位と多額の財産を受け継ぐ方だし、さらにいいのは、ユーモアのセンスがあること。彼の友人のグレイストンには望めないことだわ」

5

「あなたの兄上に、亡くなる数カ月前にお会いする機会があったと言いましたかな、ミス・バリンジャー？」向かい側に坐ったラヴジョイが、カードを配りながらオーガスタにほほえみかけた。

「リチャードに？　兄をご存じですか？」そろそろカード室をあとにして、レディ・リーブルックの美しい舞踏室の混雑のなかに戻る頃合いだと自分に言い聞かせていたオーガスタは、驚いて目をあげた。カードのこともその戦略のことも、すべてが瞬時に頭から消え去る。

胃を締めつけられながら、ラヴジョイが次に言うことを待った。いつものことだが、兄の名前を耳にするたび、オーガスタは守りを固め、リチャードの名誉に疑問を抱く者と戦う準備をする。リチャードの名前と思い出のために戦えるバリンジャー家の人員はオーガスタひとりだから、その話題が出るたび、その任務に全力を尽くす。

もう三十分もラヴジョイとカードゲームをやっているのは、とくにカードに熱心なわけではなく、グレイストンが舞踏会場に入ってきて、自分を探してくれることを期待していたからだ。彼は苛立つだろう。もしかしたらショックを受けるかもしれない。レディがこのような公的な場で紳士とカードゲームに興じることが適切かどうか疑念を申し立てるだろう。

実際のところ、不適切とは言えない。いま、この部屋のなかでも、カードゲームにいそしんでいる女性は何人かいる。熱中するあまり、夫がクラブでたまに失うのと同じくらいの損失を作るレディも何人かいる。しかし、上流社会のなかでとくにうるさい人々は、グレイストンもそのひとりだが、こうした行状をよしとしない。そのうえ、よりにもよってラヴジョイとカードをやっているのを見たら、伯爵は心底怒るだろう。

これは、先日の晩に庭で、名誉に賭けて婚約を継続するよう、高圧的に要求されたことに対するささやかな仕返しのつもりだった。自分を弁護する議論は徹底的に考えてある。実際、それを彼に言えることを期待していた。

ラヴジョイとカードをしていることを非難されたら、男爵とワルツを踊ることを禁じただけだから、文句は言えないはずと指摘するつもりだ。カードに関する規定はなかったと。グレイストンは自分が論理的であることに誇りを持っている。今回は言葉に詰まるはずだ。

そして、カードで遊ぶという罪が我慢できないほど重大と思えば、暗黙の約束を免除し、婚約を破棄させてくれるだろう。

でも、彼が今夜、リーブロック邸の上品な催しに参加しないという選択をしたことは明らかで、そうなれば、彼に挑戦しようと準備した努力は無駄に終わる。勝ってはいたが、オーガスタはすでにゲームに飽きていた。ラヴジョイは一緒にいて楽しい人だが、いまオーガスタが考えられるのは、グレイストンがいないという事実だけだった。

しかし、ゲームを終わりにして、舞踏会場に戻るという考えは、リチャードの名前が出た瞬間に粉砕した。

「あなたの兄上のことは、よく知らなかったが」ラヴジョイがカードを配りながら、さりげなく言う。「しかし、とても感じのよい方だった。競馬大会でお会いした。彼はかなり勝ちましたよ。あれは、ぼくだったら絶対に賭けない馬だったが」

オーガスタは悲しい笑みを浮かべた。「リチャードはあらゆる種類のスポーツ大会に参加していましたわ」配られたカードを取って目をやったが、実際にはよく見ていなかった。手に持った札に集中できない。リチャードのことしか考えられなかった。彼は無実だったと声高に言いたい。

「そうらしいですね。父上に似ていたのかな?」

「ええ。母はいつも、ふたりは同じ布から切り取ったみたいと言っていました。真のノーサンバーランドのバリンジャーですわ。つねに冒険を望み、興奮を求めている」もしかしたら、兄が田舎の寂しい街道で殺されたあとにしばらく流れていた噂の含みをラヴジョイは知らないかもしれない。この数年間、男爵は連隊に属して大陸にいたはずだ。

「二年前の兄上の早すぎる死を知って、大変残念でした」ラヴジョイが言葉を継ぎ、顔をしかめて手札を見おろした。「遅ればせながら、お悔やみ申しあげます、ミス・バリンジャー」

「ありがとうございます」オーガスタは自分のカードを眺めるふりをしながら、ラヴジョイが次に言うことを待った。リチャードの笑いや温かさに満ちた古い記憶がどっと押し寄せ、部屋の喧噪を消し去った。つぶやかれていた非難はまったく当たらない。リチャードを知っている人なら、彼がけっして祖国を裏切らないことはわかるはず。

カードテーブルがしんと静まる。リチャードの記憶と、彼に向けられた不当な非難に対する憤懣に気を取られ、オーガスタは手札に気を向けることができなかった。この晩、初めて負けた。

「幸運に見放されたようですわ」自分がラヴジョイから勝った十ポンドの大半を彼が取り返したことに気づき、オーガスタは椅子から立ちあがろうとした。

「そんなことはないと思うが」ラヴジョイはほほえみ、カードを集めてまた切り始めた。

「ちょうど五分五分くらいだと思いますわ、男爵さま」オーガスタは言った。「引き分けにして、ダンスに戻りませんか？」

「兄上の事件に、不幸な噂がありませんでしたか？」

「嘘ですわ。すべて嘘です、男爵さま」オーガスタはあげかけた腰をゆっくりおろした。母のルビーのネックレスに触れた指は小さく震えていた。

「もちろんだ。ぼくは一瞬たりとも信じなかった」ラヴジョイが請け合うように重々しくうなずく。「信頼してくれていい、ミス・バリンジャー」

「ありがとう」胃の締めつけが少し緩んだ。ラヴジョイが最悪のことを鵜呑みにしているわけではないとわかったからだ。

また沈黙に包まれたが、オーガスタはなにを言えばいいかわからなかった。新しく配られたカードを眺め、震える指でなにも考えずに一枚選んだ。

「亡くなった時、ある書類を身につけていたと聞きましたが」ラヴジョイが自分の手を見て顔をしかめる。「軍情報部の書類だったとか」

オーガスタは身をこわばらせた。「あれは兄が背信行為をしたかのように見せるため、わざと彼のポケットに入れられたものですわ。そうだと証明する方法を、いつかわたしが見つけますから」

「それは気高い目標だ。しかし、どうやって見つけるつもりですか？」

「わかりません」オーガスタはこわばった声で答えた。「でもこの世に正義があれば、きっと道が開けるはず」

「おお、愛しいミス・バリンジャー。知らないのかな？　この世に正義などないに等しい」

「そうとは思いません」

「なんと純粋な人なんだ。よかったら、状況をもう少し説明してくれませんか？　こうしたことにいくらか経験があるので」

オーガスタは驚いて目をあげた。「そうなんですか？」

ラヴジョイが甘い笑みを浮かべた。「大陸で働いていた時は、連隊で発生する犯罪行為を調べる任務に就いていたこともある。ほら、見知らぬ街の路地で起こるナイフの死傷事件とか、士官が敵に情報を流した疑いをかけられた件とか、そんなものです。不愉快な事件だが、戦争ではよく起こるんですよ、ミス・バリンジャー。それに、そうした調査は非常に慎重にやらねばならない。連隊の名誉がかかっていますからね」

「ええ、わかりますわ」オーガスタは希望の炎がともるのを感じた。「そうした調査で成功していたということですか？」

「かなり成功したと言えるでしょうね」

「こんなことを訊ねるのも恐縮ですが、わたしが兄の無実を証明するのを手伝ってくださることに関心はありませんか？」息を止めて答えを待った。

ラヴジョイがカードを集め、次のゲームの用意をしながら眉をひそめた。「お役に立てるかどうか、ミス・バリンジャー。あなたの兄上が亡くなられたのは、一八一四年のナポレオンの退位の少し前でしたね？」

「ええ、そうですわ」

「いまとなっては、彼が接触した人物や連携した者をたどるのはむずかしいでしょう。証拠が残っているとは思えない」ラヴジョイが言葉を切り、もの問いたげな視線をオーガスタに向けた。「どこから始めるかについて、あなたがなにか指針を持っているならば別ですが」

「いいえ、なにもありません。どうしようもないことですね」ほんの短いあいだ膨らんでいた希望がすっとしぼんで消えた。

視線を落とし、絶望的な思いでテーブルに張られた緑色の布地を見つめ、化粧台の上に置かれた宝石箱のなかにしまいこんである詩のことを思った。リチャード自身の血の染みがついた用紙に書かれた詩は、オーガスタが兄から遺された唯一の遺品だった。あれはさすがに手がかりではないだろう。そもそも詩自体が意味をなさない。あの詩のことを話す必要はない。リチャードが最後にくれたものだから、とってあるだけだ。

ラヴジョイが慰めるようにほほえみかけた。「とは言っても、少しでも知っていることがあれば、話してほしい。なにか思い浮かぶかもしれない」

カードゲームを続けながら、オーガスタは少しずつ話しだした。ラヴジョイが脈絡なく投げてくるさまざまな質問に答えるためには、かなりの努力が必要だった。兄の友人や知人の名前や、死ぬ前の数カ月にどこで過ごしたかを必死に思いだそうとがんばった。

しかし、ラヴジョイはそのなかのひとつたりとも、重要性を認めなかった。それにもかかわらず、彼はカードを配る手を止めずに質問し続けた。オーガスタは、ゲームのことはなにも考えず、ただ配られるカードを無意識に扱い、次々とゲームをこなしていた。ラヴジョイがリチャードについて訊ねる質問に全神経を集中していたからだ。

ついにオーガスタの情報が尽きた時、ラヴジョイが点数をつけていた用紙を眺めて、ようやく自分が彼に千ポンドも負けたことに気づいた。

千ポンド。

「まあ大変」オーガスタはぞっとして、思わず片手を口に当てた。「こんな額のお金をすぐにご用意できないと思います」あるいは、すぐでなくても用意できないかもしれない。こんな巨額のお金をいったいどこで工面するというのか。

自分の負債を払ってくれるようにおじに頼みにいくなんて、考えるのもおぞましい。サー・トーマスはオーガスタが彼の屋敷で暮らすようになってから、驚くほど寛大に接してくれた。賭け事の借金千ポンドなんて、その親切を仇で返すようなことだ。考えてもいけない。自分の名誉にかけても。

「どうか気にしないでください、ミス・バリンジャー」ラヴジョイがカードを集めながら穏やかな口調で言う。「急ぐことはない。誓約さえ今夜のうちにもらえれば、あなたが借りを返すちょうどいい時を喜んで待ちますよ。折り合いはつけられるはずだ」

やってしまったことの重大さに心臓をばくばくさせながら、オーガスタは声を出せずに千ポンドの借用証書を書き、署名をした。立ちあがったが、このまますおれて恥を掻きそうなほど、体がひどく震えている。

「失礼しますわ」称賛に値する冷静さをなんとか保った。「舞踏会場に戻らなければ。従妹がわたしのことを探しているでしょうから」

「もちろんですよ。だがその前に、いつ、借金を支払う用意ができるかを教えてもらいたい。相互的な合意のもと、取り決めをしたいですからね」ラヴジョイがゆっくりと媚びるような笑みを浮かべる。

彼のキツネのような緑色の瞳にこんな不快な光が宿っていることを、なぜもっと前に気づかなかったのだろう。オーガスタは頼みごとをするために勇気をふり絞った。「約束してくれますか？　紳士として、この件をだれにも言わないと。おじや……ほかの人たちに知られたくないので」

「ほかの人たちというのは、たとえばあなたの婚約者かな？　あなたの心配は理解できる。グレイストンは、レディの賭け事の負債に寛大そうではないからねえ。彼のように礼儀作法にうるさい男は、そもそもレディがカードをするのをよく思わない」

オーガスタの心がさらに深く落ちこんだ。なんと面倒なことになってしまったのだろう。しかも、それはすべて、自分のせいだ。「ええ、そうでしょうね」

「ぼくは黙っているから安心して大丈夫」ラヴジョイがからかうように、わざと大仰に頭をさげた。「約束しますよ」

「ありがとう」

オーガスタは背を向け、舞踏会場のまばゆい光と笑い声のなかに走り戻った。自分がいかに愚かだったかという思いに頭がくらくらする。

当然と言えば当然かもしれないが、カード室を離れて最初に目にとまった人物はハリーだった。彼がオーガスタを見つけて、華やかな人々のあいだをこちらに向かって歩いてきたからだ。彼を一目見たとたん、彼の腕に飛びこみ、すべてを告白して助言を請いたいというあふれんばかりの願望が湧きおこった。

飾りのない夜会服を着用し、がっしりした首まわりに完璧に折られたクラヴァットを巻いたグレイストンはいかにも強靭で、ラヴジョイのふたりや三人相手にしても、さっさと片づけられそうに見える。自分の婚約者は、安心させてくれる力強さと堅実さを持つ人だとオーガスタは気づいた。全面的に頼れる男性だ。みずからの愚かさのせいで窮地に陥ったのでなければ。

残念ながら、グレイストンは愚かさに対して寛容ではない。

　オーガスタは肩をぐっと張った。これは自分が起こした問題であり、自分の借金なのだから、自分で支払う方法を見つけるべきだ。この失態にハリーを巻きこむことはできない。ノーサンバーランドのバリンジャー家の人間は自分で自分の名誉を守る。

　オーガスタはハリーが人混みを抜けて自分のほうにやってくるのを身守った。不機嫌そうな様子に気づき、さらに不安が募る。目を狭めたそのまなざしが一瞬オーガスタの肩越しにカード室の入り口をきらりと見やり、それからオーガスタの顔をじっと見つめた。

「大丈夫か、オーガスタ？」鋭い口調で訊ねる。

「ええ、大丈夫です。ここは少し暑いみたい。そう思いません？」オーガスタは扇子を開いて忙しく仰ぎながら、彼の注意がカード室に行かないような話題を必死に探した。「今夜はいらっしゃらないのかと思いました。だいぶ前にいらしたのですか、伯爵さま？」

「数分前に着いた」彼が目を狭め、オーガスタの火照った顔を観察する。「遅い夜食の準備が整ったようだ。なにか食べますか？」

「ええ、ぜひそうしたわ。少し坐りたいし」倒れる前に坐りたいというのが本音だった。ハリーが腕を差しだしてくれた時には、荒れ狂う海で放られた命綱のようにしがみついた。

　ロブスターのパテを食べ、ハリーが取ってきてくれた冷えたパンチを飲むうちに心が落ち着き、オーガスタはようやく明瞭に考えられるようになった。この窮地を解決する方法はただひとつしかない。母のルビーのネックレスだ。

　あのネックレスと別れると思うだけで、目に涙がこみあげてきたが、それは受けて当然の苦しみだとオーガスタは自分に言い聞かせた。自分が愚かだったのだから、そのつけは払わねばならない。

「オーガスタ、本当になにも問題がないのか？」ハリーがまた訊ねる。

「本当に大丈夫」ロブスターのパテがおがくずのような味がする。

ハリーの眉がわずかに持ちあがった。「なにか深刻なことで困っているならば、ぼくに言ってくれていいとわかっているはずだが？」

「場合によりますわ、伯爵さま」

「どんな場合？」いつも感情をまったく示さないハリーの声が、いくらか張りつめていたのは予想外だった。

オーガスタは落ち着かない気持ちで坐り直した。「あなたが親切でものわかりよく、助力を惜しまずに応えてくれるかもしれないとわたしが思うかどうかです」

「なるほど。それで、ぼくがそのように応えないだろうと恐れた場合は？」

「その場合は、あなたにはなにひとつ言わないでしょう」

ハリーがまた少し目を狭めた。「ぼくたちは婚約していると、念を押す必要があるかな、オーガスタ？」

「その事実を思いださせてくれる必要はありませんわ、伯爵さま。この数日、わたしの頭を占めているのはまさにそのことですから」

高価なネックレスを質に入れる方法を教えてもらえる場所はひとつしかなかった。カード室の衝撃的な厄災の翌日、オーガスタはまっすぐに〈ポンペイアズ〉に行った。

機嫌の悪いスクラッグズが扉を開けて、もじゃもじゃの眉の下からオーガスタをにらみつけた。

「あなたでしたかね、ミス・バリンジャー？　あなたの婚約に関して、掛け金を確定するのに、会員の皆さんは大わらわですがね」

「儲かる方がいると聞いて嬉しいわ」オーガスタはつぶやき、彼の脇を通りすぎた。

そのあと、廊下で立ちどまったのは、数日前に彼のために持ってきた薬のことを思いだしたからだ。「忘れていたわ。あの薬はリウマチに効いたかしら、スクラッグズ？」

「レディ・アーバスノットの最上級のブランデーの瓶と一緒に飲んだら、奇跡が起こりましたよ。残念ながら、その治療の効果を試す手助けをしてくれるように女中を説得できませんでしたがね」

オーガスタは落ちこんでいたが、それでも思わず小声で笑った。「それはよかったこと。嬉しいわ」

「どうぞこちらへ、ミス・バリンジャー。奥さまがお喜びになるでしょう」スクラッグズが〈ポンペイアズ〉の部屋に入る扉を開けた。

クラブには数人のレディがいて、そのほとんどは新聞に没頭したり、書き物机でなにか書いたりしていた。バイロンとシェリー両方のスキャンダラスな恋愛に関する噂話も、クラブの作家志望たちにとっては、自作を刊行するという決意を燃え立たせる燃料だ。

貞淑さが、あるいは貞淑さの欠如がどれほど人に影響を及ぼすかを考えるとても奇妙だとオーガスタは思った。バイロンやシェリーの明らかに高潔とは言えない恋愛関係が、もしかしたら〈ポンペイアズ〉の会員のひとりに、自分の作品に必要なすばらしい霊感を与えるかもしれない。

オーガスタは足早に部屋を通り抜け、まっすぐ暖炉のほうに歩いていった。心地よい暖かな日だったが、炎は普段通りごうごうと燃えさかっていた。最近のサリーはつねに寒がっている。サリーは暖炉のそばに置いた椅子に坐り、オーガスタにとって幸運なことに、たまたまだれも一緒にいなかった。膝の上には本が開かれている。

「ごきげんよう、オーガスタ。きょうはいかが？」

「最悪です。サリー、おそろしい状況に陥ってしまって、あなたに助言をいただきに来たんです」オーガスタは年上の女性のすぐそばに坐り、顔を近づけてささやいた。「どうすればネックレスを質に入れられるか教えていただきたいの」

「あらまあ、ずいぶん深刻なようね」サリーは本を閉じ、問いかけるようにオーガスタを見つめた。「最初から全部を話してくれたほうがよさそうね」

「本当に愚かだったんです」

「そう。でも、わたしたちはみんなそうよ、多かれ少なかれ。さ、話してちょうだい。白状すると、きょうの午後はとても退屈だったのよ」

オーガスタは深く息を吸い、自分の大失敗について、不愉快な細部まで詳しく説明した。サリーは時折うなずきながら、じっと聞いていた。

「当然、あなたは借金を返さなければならないわね」サリーが言う。「名誉の問題だから」

「ええ、そうですね。ほかの選択肢はありません」

「それで、質に入れる価値のあるものは、お母さまのネックレスしかないの？」

「残念ながらそうなんです。ほかの宝石はすべて、トーマスおじからいただいたものですから、売るのは正しくない気がして」

「おじさまのところへ行って、このことを助けていただくという気持ちはないの？」

「ありません。おじはこのことを知ったら狼狽するでしょう。当然なことですし、きっとわたしにすごく失望されるわ。千ボンドは大変な額ですもの。すでに寛大すぎるほど寛大にしてくださっているのに」

「グレイストンとの結婚のために、おじさまはある程度の持参金を用意しているはずよ」サリーが指摘する。

オーガスタは驚いて目をぱちぱちさせた。「そうでしょうか？」

「そう思いますよ」

「知りませんでした」オーガスタは顔をしかめた。「男性はなぜ、そういうことを関わっている女性に話さないのでしょう？　わたしたち女性がまるで愚か者であるかのように扱いますよね。そうすることで、わたしたちより優れていると思うんだわ」

サリーがほほえんだ。「それも理由のひとつでしょうけれど、ほかにもあると思うわ。少なくとも、あなたの婚約者とおじさまに関して言えば、ふたりともあなたを守らなければいけないと感じているからそうするのですよ」

「ばかげているわ。でも、仮にそうだとしても、その持参金の決済、というか、なんというか知りませんが、それがなされるのは四カ月後でしょう。そんなに長くは待てないわ。ラヴジョイはすぐにも、早く返すよう急かし始めるだろうという印象を受けましたもの」

「そうなのね。それで、あなたはこの件をグレイストンに言う気もないのかしら？」

オーガスタはぎょっとしてサリーを凝視した。開いた口を閉じるのに数秒かかった。「グレイストンに言うんですか、ラヴジョイに千ポンド負けたと？　正気ですか？　そういう情報に対して彼がどう反応するか知っていますか？　わたしがこのことを彼に告白した時にどんな爆発が起こるか、考えることさえできないわ」

「たしかにそうかも。彼はきっと喜ばないでしょうね」

「彼の不機嫌には耐えられるかもしれません」オーガスタはゆっくりと言った。「どうなるかはわからないですものね。もしかしたら、それを理由に婚約破棄を受け入れてもらえるかもしれない。でも、これほどばかなことをした理由が、彼を懲《こ》らしめてやりたいと願ったためだと彼に説明する屈辱には絶対に耐えられない」

「ええ、その気持ちは理解できるわ。女性にも自尊心はありますもの。少し考えさせて」サリーは膝に載せた本の革表紙をぼんやり叩きながらしばらく考えていた。「もっとも簡単な方法は、そのネックレスをわたしのところに持ってきてくれることね」

「あなたに？　でも、わたしはそれを質に入れなければならないんです、サリー」

「ええ、そうするのよ。でも、だれにも気づかれずに、レディが高価な品を質入れするのはとてもむずかしいわ。もしもわたしに預けてくれれば、代わりにスクラッグズを質屋に行かせられる。彼はだれにも言わないわ」

「ああ、そういう意味ですね」オーガスタは少しほっとして、椅子に深くもたれた。「ええ、それならうまくいきますね。助けてくださって本当にありがとう、サリー。どうやってご恩をお返しすればいいか」

サリーがほほえむと、その上品な顔立ちに一瞬、かつてロンドンの花形だった輝かんばかりの美しさがよみがえった。「わたしのほうこそ、あなたがわたしのためにしてくれたすべてのことに、こんなことで少しでもお返しできれば嬉しいわ、オーガスタ。さあ、走って帰って、お母さまのネックレスを取ってきてちょうだい。日が暮れるまでには、千ポンドが手に入るわ」

「ありがとうございます」オーガスタは少しためらい、うかがうように友人を見やった。「どう思いますか、サリー？　ラヴジョイ卿が、わざと兄の死に関する情報を調べるふりでおしゃべりに引きこみ、わたしがゲームに負けるように誘導した可能性はあるかしら？　言いわけはしたくないけれど、考えずにはいられないんです、もしかしたら……」

「その可能性は大いにあり得ると思うわ。平気でそういうことをする悪辣《あくらつ》な男もいるわ。あなたの弱みを見抜き、それを使ってあなたの気を逸らそうとしたのでしょう」

「リチャードが裏切り者でないと証明するのを手伝う約束は最初から本気でなかったということ？」

「おそらくそうでしょうね。彼に助けられるはずないですもの。オーガスタ、あなたは現実と向き合わなければいけないわ。なにをしてもリチャードは戻ってこないし、あなたが心のなかで信じる以外に、彼の潔白を証明する方法もない。彼が無実であることをあなたは知っているのだから、それだけで満足しなければならないわ」

オーガスタは膝の上に置いた手をぎゅっと握りしめた。「なにか方法があるはず」

「わたしの経験から言って、こうした事の最善の解決策はなにも言わないこと」

「でもそれは公平じゃないと思います」オーガスタは反論した。

「人生のほとんどは公平じゃないのよ。オーガスタ、出ていく時にスクラッグズに言って、だれか女中に薬を持ってこさせてくれるかしら？」

その瞬間に、オーガスタ自身の問題はどこかに消え去った。サリーの病気に関して、自分がなにもできないのがつらくてたまらない。サリーの薬は、ケシの乳液を溶かした溶液だ。一日のこんな早い時間にそれを必要とするのは、痛みがますますひどくなっているということだろう。

オーガスタは手を伸ばし、サリーの壊れそうな手を取った。少しのあいだ、しっかり握りしめる。ふたりともなにも言わなかった。

少し経ってオーガスタは立ちあがり、薬を持ってくるようスクラッグズに言いにいった。

「一週間は馬に乗れなくなるくらい、彼女の尻を叩くべきだろう。鍵をかけて、閉じこめ、監視つきでなければ外に出さないくらいにすべきだな。あの女性は脅威だ。ぼくの人生を生き地獄にしようとしている」ハリーはサリーの小さな図書室のなかを歩きまわっていた。本棚に阻まれたことに気づくときびすを返し、逆方向に歩く。

「彼女は、あなたの人生をおもしろくしてくれるわ」サリーがシェリーをすする。その笑顔はおもしろがっていることを隠そうともしていない。「オーガスタのまわりでは、いろいろなことが勝手に起こるのよ。本当に楽しい」

ハリーは暖炉の上の灰色の炉棚を片手で叩いた。「本当に腹立たしい、の間違いだろう？」

「まあまあ、落ち着いてちょうだい、ハリー。この事件をあなたに話したのは、どうなっているか知りたいとあなたが言い張ったからでしょう。ここで言わなかったら、あなたがあちこち聞いてまわる恐れがありますからね。あなたは調べて、必ず答えを手に入れる。だから、わたしが答えることで、その面倒を省いてあげたんですよ」

「オーガスタはぼくの妻になる人だ。彼女がいつもなにをしているのか、ぼくには知る権利がある」

「ええ、そして、あなたは知ったのだから、これを終わらせなければならないわ。あなたが口出しをしてはいけないのよ、わかっているわね？　これはオーガスタにとって名誉の問題だから、あなたが介入して問題を解決したと知れば、とても傷つくでしょう」

「名誉？　このどこに名誉が関係あるんだ？　彼女はぼくに逆らうために、わざとラヴジョイと遊び、そのせいで深刻な問題にはまりこんだ」

「ばかげたことをしたのは、本人が一番よくわかっていること。あなたに説教をされる必要はないわ。これは賭博の負債であり、解決する必要がある。お願いだから、自分で解決させてあげてちょうだい。彼女の自尊心を傷つけたくないでしょう？」

「これは許容できることではない」ハリーは足を止め、旧友を見おろしてにらみつけた。

「ぼくが自分でラヴジョイと話す」

「だめよ」

「男は妻の債務の責任を負うものだ」英国社会のしきたりをサリーに思い出させる。

「オーガスタはまだあなたの妻ではないわ。自分でやらせましょう。すぐに解決するはずだし、彼女にとってもいい勉強になるでしょう」

「そう信じられればいいのだが」ハリーはつぶやいた。「いまいましいラヴジョイのやつ。意図的にやったのは間違いない」

サリーは少し考えた。「そうね。わたしもそうだと思いますよ。ついでながら言えば、オーガスタもそう考えていたわ。彼女は決してばかではない。カードテーブルを立って、舞踏会場に戻ろうとした時に、ラヴジョイが彼女の兄の問題を持ちだしたのは偶然ではないでしょう。彼女の関心を確実に引ける話題はただひとつ、リチャード・バリンジャーの無実に関することだから」

ハリーは無意識に片手で髪を掻きあげた。「彼女は、あの放蕩者の兄と非常に親しかったとみえる」

「両親が馬車の事故で亡くなったあと、オーガスタに残った家族はお兄さまだけでしたからね。兄を崇拝していた。国家機密を売ったという咎《とが》は冤罪《えんざい》と信じていて、その汚名を晴らすためならなんでもするつもりだわ」

「だれに聞いても、バリンジャーは彼の父と同じく、激しくて向こう見ずな性格だったと言う」ハリーは行ったり来たりするのをやめて、窓の前に立った。真夜中を過ぎて、外は雨が降っている。オーガスタは今頃、賭博の負債を払っているだろうかとハリーは思った。「その冒険心のせいで、彼がなにか深刻なことに巻きこまれた可能性は多いにある。自分の行動がなにを意味するかも気づいていなかったかもしれない」

「ノーサンバーランドのバリンジャー家の人々はたしかに多少向こう見ずなところがあるけれど、裏切り者と言われたことはないはず。むしろ、自分たちの名誉をなんとしても守る人たちよ」

「だが、彼の遺体と一緒に文書が見つかったのでは？」

「そう言われているわ」サリーはしばらく黙っていた。「彼を見つけたのはオーガスタだったのよ。銃声が聞こえたから、急いで街道に出ていったそうよ。田舎ではかなり遠くの音も聞こえるから。彼女の腕のなかでリチャードは息を引きとったと聞いているわ」

「なんてことだ」

「文書は、捜査のために呼ばれた治安判事が見つけたの。それがなにか判明した段階で、サー・トーマスがその事実を伏せるようにできるかぎりのことをしたのよ。噂話が広がるのを止めるほどの影響力はなかったようね。でも、もう二年経ったし、ほとんどの人はあの事故のことを忘れているわ」

「あのろくでなしめ」

「だれ？　ラヴジョイ？」いつもながら、サリーはハリーの思考の流れに難なくついてくる。「ええ、そのとおりだわ。でも、社交界には彼のような人間がたくさんいますからね、ご存じのとおり。でも、オーガスタはこの苦境を自分で解決しようとしている。前にも言ったとおり、彼女は失敗から学ぶでしょう」

「そうとは思えないが」ハリーは諦めのため息をついた。それでも、決断せざるを得ない。「いいだろう。オーガスタが自分で借金を払って借用書を回収し、自尊心を保つあいだは静観する」

サリーが片方の眉をあげた。「それから？」

「それから、ラヴジョイと少しばかり雑談する」

「そう言うと思っていましたよ。ところで、オーガスタのためにあなたができることがひとつあるわ」

ハリーはサリーを見やった。「なんですか？」

サリーはほほえみ、坐っているそばのテーブルの上のベルベットの小袋を取りあげた。小袋を結んでいたひもをほどき、逆さにして中味を手に取る。手を広げると、赤い石がきらきらと輝いた。「質屋から、彼女のお母さまのネックレスを引きとること」

「まだネックレスがここにあったんですか？　宝石店に届けたのかと思っていたが」

「オーガスタは知らないのだけど、わたしが金貸し業者の役を務めたんですよ」サリーが肩をすくめた。「この状況で、わたしにできるのはそれしかなかったから」

「ネックレスを手放さなければならない彼女が気の毒で放っておけなかったと？」

「いいえ、これが千ポンドの価値がなかったからですよ」サリーがそっけなく言う。「ガラス玉なの」

「ガラス玉？　それはたしかなんですか？」ハリーは部屋を横切って、サリーの手からネックレスを取りあげた。持ちあげて、間近でじっくり眺める。サリーの言うことは正しい。赤い石は華やかに輝いているが、その奥に燃える炎が見られない。

「たしかよ。わたしは宝石のことは熟知しているわ、ハリー。でも、気の毒なオーガスタは、このネックレスの石が本物だと思っているから、真実を知らせたくないの。彼女にとって、これは心情の面で大きい価値を持っているんですもの」

「それはわかっている」ハリーはネックレスを袋に戻した。眉をひそめて考えこむ。「彼女の兄が将校の地位を買う時に、本物のルビーを質入れしたのかな」

「そうではないと思うわ。この石の細工はすばらしいし、とても古めかしいから、何年も前に作られたものだと思う。代々受け継がれた本物のルビーは、過去のどこか、おそらく二代か三代前に売り払われたのでしょう。ノーサンバーランドのバリンジャー家は機知だけで切り抜けてきた長い歴史があるから」

「なるほど」小袋を持ったハリーの手に力が入る。「つまり、ぼくはあなたに、偽のルビーと偽のダイヤモンドのネックレスのために、千ポンド払わなければならないということか？」

「そのとおりよ」サリーがくすくす笑った。「ああ、ハリー、今回の件、とても楽しい話だと思わないこと？　わたし、すごく楽しんでいるのよ」

「ひとりでも楽しんでいる人がいてよかったですよ」

6

エメラルドグリーンのドレスを着て、それに合った緑色の長手袋をはめ、髪に緑色の羽根を飾ったオーガスタは、劇場のロビーで立ちすくんでいた。ようやく隅のほうにいざなうことができたラヴジョイを呆然と見あげる。

「借金を返させてくれない？　本気ではないですよね？　あなたにお返しするために、母のネックレスを質に入れたんですよ」

ラヴジョイのほほえみにはひとかけらの温かみもなかった。「返させないとは言っていませんよ、オーガスタ。支払ってもらうことには同意している。なんといっても、名誉の負債ですからね。あなたのお金は受け取れないと言っただけだ。それは良心に照らしても受け入れがたい。なんと、母上のネックレスとは。そんなことをしては、良心に恥じないで生きられませんよ」

オーガスタは途方に暮れて小さく首を振った。こちらに来る前に〈ポンペイアズ〉に寄り、スクラッグズが午後に質に入れた分のお金を受けとった。そして、すっかりラヴジョイに完済するつもりで劇場に急いだのだった。

それなのに、そのお金の受け取りを彼が拒否するとは。

「おっしゃっていることがわかりません」混み合ったロビーでほかの人々に聞かれるのを恐

れて、オーガスタは声をひそめた。

「単純なことだ。熟考の結果、あなたからの千ポンドなど、とても受け取ることなどできないと気づいただけです、ミス・バリンジャー」

オーガスタはあきれかえって、彼を見つめた。「それはご親切なこと。でも、どうしてもお支払いします」

「そういうことなら、ぼくたちは、もう少し人目につかないところで相談する必要がある」

人々で混雑したロビーを意味ありげに見まわした。「ここは時も場所も適切ではない」

「でも、その額の為替手形をいまここに持っているのですから」

「だから、あなたのお金は受け取れないと言ったでしょう」

「この債務をわたしに弁済させてくれるよう、強く求めます」オーガスタは苛立ち、絶望的な気持ちになった。「そして、千ポンドの借用証書を返していただきます」

「そんなに借用証書を返してもらいたいのかな？」

「もちろんですわ、当たり前でしょう。どうかお願いします、男爵さま。こんな気まずいことはやめてください」

ラヴジョイは彼女の要求を考慮するような様子を見せたが、おもしろがっているようにきらめくその目は悪意に満ちていた。「いいでしょう。段取りをつければいいことだ。二日後の晩に訪問してくれれば、借用証を返しましょう。夜の十一時頃でよろしいかな、ミス・バリンジャー？　その時に、負債の清算をするということで」

　彼が言っていることを理解したとたん、オーガスタの全身が凍りついた。乾いた唇を湿らせ、なんとか冷静な声を保とうとする。だが、自分の耳にさえ、不自然に弱々しく聞こえた。

「夜中の十一時にお宅を訪問することなどできるはずがありませんわ。それはあなたもおわかりでしょう」

「評判のような小さいことは気にしなくていい、ミス・バリンジャー。あなたの訪問のことは他言しないと約束する。もちろん、あなたの婚約者にも」

「あなたに、そんなことを強制できるはずないわ」オーガスタはささやいた。

「まあまあ、ミス・バリンジャー。一族に伝わるという恐いもの知らずの冒険心はどこに行ったのかな？　友人宅のささやかな夜中の会合くらい、恐れるに足らないはずだ」

「男爵さま、理性的にお考えください」

「ああ、もちろんだ、これ以上に理性的な解決策はないと思うが？　明後日の十一時にお待ちしますよ。ぼくをがっかりさせないように。もしそうなれば、ノーサンバーランドのバリンジャー家最後の人が賭博の負債を払わなかったという事実をおおやけにせざるを得ない。その不名誉をよく考えたほうがいい、オーガスタ。そして、短い訪問によって、それを簡単に避けられるということを」

　そう言うなり、ラヴジョイは背を向けて混み合った人々のほうに歩き去った。

　その後ろ姿を見送りながら、オーガスタは胃が激しく掻きまわされたかのようにむかむかするのを感じた。

「ああ、そこにいたのね、オーガスタ」背後にやってきたクラウディアが声をかけた。「桟《さ》敷《じき》席のヘイウッド家に合流しましょうか？　そろそろ公演が始まる時間だから、もうお待ちだと思うわ」

「ええ、そうね。もちろんよ」

エドマンド・キーンの舞台はいつものように感動的だったが、オーガスタの耳にはひと言も入ってこなかった。そのあいだずっと、自分に降りかかった厄災の新たなおぞましい展開を解決する方法を考えていたからだ。

この状況をどの方向から検討しても、自分がラヴジョイに千ポンドを借金していると記した書類をあの忌まわしい男が所有し、オーガスタが自分の信用を落とす危険を冒さないかぎり、それを返す意図がないという恐ろしい事実を回避する方法はない。

たしかに自分は向こう見ずかもしれないが、そこまでうぶなわけではない。ラヴジョイの言う真夜中の訪問がただの社交を意味しているとは、一瞬たりとも信じなかった。あの男は明らかに、ささやかな会話以上のものを要求するつもりだ。

ラヴジョイが紳士でないことはもはや明白だった。明後日の晩にオーガスタが訪問しない場合に、彼女の借用書をどうするかはまったくわからない。だが、彼の目には、冷ややかな決意が浮かんでいた。遅かれ早かれ、なにか悪意のあるやり方でオーガスタの証書を使うに違いない。

借用証をグレイストンのもとに持ちこむかもしれない。オーガスタはその思いに目を閉じ、身を震わせた。ハリーは激怒するだろう。自分の愚かさの証拠が、彼女の性格に対して彼が抱いている最悪の疑念すべてを裏づけることになる。

屈辱的であっても、いまなら、すべてをハリーに話すことができる。オーガスタの振る舞いにすっかり愛想を尽かすだろうし、嫌悪感をあらわにするかもしれない。この件こそ、オーガスタが婚約破棄することに同意する最後のひと押しになるのは間違いない。

その思いつきに、くらくらするほどの安堵感を覚えていいはずなのに、なぜかそうはならなかった。そうしたくはないが、あえてその理由を検証する。婚約がこのまま続くことを自分は望んでいないはず。そもそもの最初からこの話に抵抗していたのだから。

そうよ、とオーガスタは自分にきっぱり言い聞かせた。ハリーとの結婚が正しいと思っているわけではない。ただ、彼の前で気まずくて恥ずかしい思いをしたくないだけだ。

自分にも自尊心というものがある。バリンジャー一族の大胆不敵なほうの家系の最後のひとりという自尊心だ。

ヘイウッドの馬車に送られて家に戻るあいだに、オーガスタは気が重くなるような結論を出した。なんとしてでも、自分に不利な証書を回収する方法を見つける。それでオーガスタを辱める方法をラヴジョイが思いつく前に。

「いったいどこにいたんだ、グレイストン？　きみを探して、この街のあらゆる舞踏会と夜会をまわったぞ。両手いっぱいに大変な災難を抱えていながら、クラブであんのんと坐って、クラレットを飲んでいるのか」ピーター・シェルドレイクがハリーの向かいの椅子にどさっと坐り、瓶に手を伸ばしながら暗い声で言い続けた。「まずここをのぞくべきだった」

「ああ、そうするべきだった」ハリーは、カエサルの軍事行動に関する本のために作成している覚書から目をあげた。「家に戻る前に、ここに来てカードゲームに少し参加しようと思ってね。なにが問題だ、シェルドレイク？　そんなに動揺しているのを見たのは、フランス人将校の妻といるところを危うく捕まりそうになった晩以来だが」

「それが、ぼくの問題ではないんだな」ピーターの目が満足げにきらめいた。「きみの問題だ」

ハリーは最悪を察してうめき声を漏らした。「もしかして、オーガスタのことを話そうとしているのか？」

「残念ながらそうなんだよ。きみが自宅にいないのが明らかになり、サリーから、きみを探してくるように頼まれた。きみのレディが新しい職業に就いたらしい、グレイストン。押し込み強盗だ」

ハリーは凍りついた。「そんなはずがないだろう。いったいなんの話をしているんだ？」

「サリーによれば、きみの婚約者は押し入るために、ラヴジョイが今シーズンのために借りた屋敷に向かっているそうだ。借金を返そうとしたが、ラヴジョイが金を受け取るのを拒否したらしい。しかも、個人的にもらいに来ないかぎり、借用書を返さないと言ったそうだ。彼の家に。あすの夜十一時だ、正確に言えば。ひとりで来いと指示された。あの男がなにを考えているかは、だれでも想像できる」

「最低な野郎だ」

「その通り。あいつは、きみのミス・バリンジャーとかなり危険なゲームをやるつもりらしい。だが、心配するな。きみの機知に富んだ勇敢な婚約者が、自分でなんとかすると決心した。そしていま、ラヴジョイが出かけているあいだに、自分で借用書を取りに行っている」

「今回は、必ず尻を叩いてやるぞ」ハリーは立ちあがり、ピーターがいたずらっぽくにやりとするのを無視して戸口に向かった。そしてそのあとは、ラヴジョイを殺してやる。

兄のものだったズボンとシャツを着て、こういう時用の格好をしたオーガスタはラヴジョイの屋敷の出窓の下にかがみこんで状況を確認していた。

ラヴジョイの小さな図書室の窓は簡単に開いた。なかに入るために、小さい窓枠のガラスのひとつを割らねばならないかもしれないと心配していた。しかし、使用人のだれかが窓の鍵を閉めるのを忘れたようだ。

オーガスタは安堵のため息をつき、もう一度庭を見まわして、だれにも見られていないことを確認した。すべてが静まりかえり、二階の窓はどれも真っ暗だ。ラヴジョイの少人数の使用人は寝ているか、出かけているかだろう。ラヴジョイ自身は、ベルトン邸の夜会に参加していて、夜明けまで戻らないことをサリーが突きとめてくれた。

すべてが単純かつすみやかに進行していることを確信すると、オーガスタは窓枠に両手を置いて跳びあがり、両脚を振って勢いをつけて縁を越え、音もなく絨毯を敷いた床に降り立った。

その場でしばらくじっとして、暗い部屋のなかで方向を見きわめようとした。静寂が重くのしかかる。屋敷のどこからも、物音ひとつ聞こえてこない。開いた窓から、外の通りを走る馬車の音や、葉がこすれるかすかな音が聞こえるが、それだけだ。

窓から入るかすかな月明かりで、ラヴジョイの執務机とほかのいくつかの家具の場所がかろうじてわかった。暖炉の前には大きな袖つき安楽椅子が置かれている。暗がりに本棚がふたつそびえているが、棚には数冊の本しか並んでいない。隅の重厚な木製の花瓶立ての上には大きな地球儀が乗っている。

オーガスタは小さな部屋を見渡し、扉が閉まっていることを確認した。

男性観察によって数年前にオーガスタが得た情報によれば、紳士はもっとも価値のある書類を、図書室の机の引き出しに鍵をかけてしまっておくことが非常に多い。オーガスタの父、兄、そしておじも皆、そのやり方を踏襲していた。ロザリンド・モリッシーの盗まれた日記のありかを推測できたのも、その観察のおかげだ。自分の借用書も、今夜、ラヴジョイの机で見つかるとオーガスタは確信していた。

この冒険に一緒に来られないかとハリーに聞けなかったのが残念だと、机をまわりこんで後ろにしゃがみながら、オーガスタは思った。針金で鍵を開ける方法に関する彼の知識が非常に役立っただろう。彼はいったいどこでその技術を覚えたのだろう。

　オーガスタは引き出しをそっと引っ張ってみたが、もちろん鍵は閉まっていた。鼻の頭に皺を寄せ、机を観察した。もしも今夜、自分が彼に助力を依頼したら、彼がどう反応したかは容易に想像できる。彼は冒険心をまったく持ち合わせていない。

　ラヴジョイの机の鍵を暗がりで開けるのは困難だった。細いろうそくをともすことを考える。カーテンを閉めれば、図書室の窓から漏れる光に気づく人はいないだろう。

　オーガスタは立ちあがり、ろうそくを探し始めた。開いている窓に背を向け、ろうそく立てと思われるものを取ろうと高い棚の上に手を伸ばした時、気配を感じた。図書室のなかにだれかいる。見つかってしまった。

　ショックと恐怖の震えがオーガスタの体を駆け抜けた。パニックの叫びがこみあげて、喉が詰まりそうになる。しかし、振り返るとか悲鳴をあげるとかの行動ができるようになる前に、力強い手のひらがオーガスタの口をがっしりとふさいだ。

「これはもっとも不愉快な習慣になりつつあるな」ハリーが彼女の耳元でささやいた。

「グレイストン」彼の手がはずされると、オーガスタは安堵のあまりくずおれそうになった。

「ああ大変。驚かせないでください。ラヴジョイかと思ったわ」

「おばかさんだな。そうであってもおかしくなかった。実際、ぼくの罰を受けたあとは、ラヴジョイであったほうがまだよかったと思うだろう」

　オーガスタは振り返ってハリーと向き合った。影になっているせいで黒く高くそびえて見える。全身真っ黒で装い、革のブーツも、服を覆い隠している長い外套も黒い。黒檀のステッキを持っている。だが、白いクラヴァットはつけていない。つけていない彼を見たのは初めてだった。

「いったいなぜここにいるんですか?」小さい声で訊ねる。

「それは明白だと思うが。ぼくの未来の妻がニューゲート監獄に入るのを防ごうとしている。目当てのものはもう見つけたのか?」

「いいえ、いま来たところですもの。この机は鍵がかかっているし。あなたに後ろから忍び寄られた時、ろうそくを取ろうとしていたんです」ある思いが浮かび、オーガスタは顔をしかめた。「わたしがここにいると、どうやって知ったのですか?」

「いまこの瞬間、それは重要ではない」

「あなたは、わたしがなにをしようとしているかを、どんな恐ろしい方法で知るんですか? 心を読めるのではないかと信じてしまいそう」

「言っておくが、大した方法じゃない。それより、ぼくがいまこの瞬間になにを考えているか、きみのほうこそがんばれば読めるはずだ。たとえば、いまぼくがなにを考えていると思う、オーガスタ?」ハリーが窓に戻り、音を立てないようにそっと閉めた。それからまた机のほうにやってきた。

「わたしのことを怒っているのではないかと思います、伯爵さま」オーガスタは彼のあとについて歩きながら、思い切って言ってみた。「でも、すべてをご説明します」

「きみの説明はあとでいい。どちらにしろ、そのほとんどは、このばかげた振る舞いの言いわけにしかならないだろう」ハリーが机の後ろに片膝をつき、ポケットから見覚えのある針金を取りだした。「だが、まずはこの仕事を終わらせて、早く出よう」

「すばらしい考えですわ、伯爵さま」オーガスタも彼の後ろにしゃがんで、彼がやっていることをのぞきこんだ。「手元を照らすろうそくは必要ないんですか?」

「いらない。感触だけで机を開けるのは初めてではないからね。エンフィールドのところで少し練習したことをきみが思いだせばだが」

「ええ、そうでした。それで思いだしたわ、ハリー。あなたはどこで覚えたんですか、その——」

小さな鍵穴がかすかにかちりと鳴った。机の鍵がはずれたのだ。

「よし」ハリーが小さくつぶやく。

オーガスタは称賛の気持ちでいっぱいになった。「そんなに上手に開ける方法をどこで習ったのですか? すばらしい技術だと断言します。わたしもヘアピンを使ってトーマスおじの机を開ける練習をしたけれど、できるようになりませんでしたもの」

ハリーはオーガスタを横目で見やり、抑圧的なまなざしを向けながら机の引き出しを引いて開けた。「だれかの机を開けてのぞく才能など、褒められるものではない。そもそも、若いレディが学ぶべきこととは思っていない」

「もちろん、思っていないでしょう、グレイストン。この世の中で、男性しか、心躍るようなことをしてはいけないと思っているんですもの」オーガスタは引き出しの中をのぞいた。

きちんと整理された書類のなかに、借用書らしきものは見えない。邪魔になる小物をずらそうと手を伸ばした。

ハリーが片手をオーガスタの両手にかぶせて動きを止めた。「待て。ぼくが探そう」

オーガスタはため息をついた。「つまり、わたしがなにを探しているのかをご存じなんですね？」

「きみがラヴジョイに千ポンド借りているという証書だ」ハリーは中央の引き出しの中をすばやく調べた。なにも見つからないと、その引き出しを閉めて、ほかの引き出しを開けた。

ハリーがすべてを知っているのは明らかだ。オーガスタは早めに説明を始めることに決めた。「これはですね、グレイストン、すべてはひとつのあやまちから来ているんです」

「それは同意する。非常に愚かしいあやまちだ」彼が最後の引き出しを探し終えて身を起こすと、眉をひそめた。「しかし、いまはもっと大きな問題を抱えている。きみの借用証は影も形もない」

「ああ、どうしましょう。ここにしまってあると確信していたのに。わたしが知っている男性は全員、大事な書類を図書室の机にしまっていたわ」

「きみがそんなに多くの男を知っているわけでもないし、彼らの秘密のすべてに通じているわけでもない。大事なものを金庫にしまう男もたくさんいる」ハリーは机をまわり、本棚のほうに歩きだした。

「金庫、もちろんそうだわ。なぜそのことを考えなかったのかしら？　ラヴジョイも金庫を持っていると思いますか？」

「間違いなく」ハリーが本棚に入っている本を何冊かずらした。大きな本数冊を引き抜き、なかを開いた。そして内側が紙のページだけであることを確認すると、見つけた時とぴったり同じ位置に戻した。

彼がしていることを見て、オーガスタも本棚の低い段を調べ始めた。なにも見つからない。借用証が見つからないかもしれないという不安にかられる。絶望的な気持ちになって衝動的に振り返り、危うく地球儀にぶつかりそうになった。慌てて両手を伸ばし、地球儀を持って身を支える。

「信じられない、とても重たいものなのね」思わずつぶやいた。

振り向いたハリーの視線が地球儀に釘づけになった。「もちろんそうだ。ちょうどいい大きさだ」

「なんのことですか？」彼が地球儀に近寄り、かたわらにひざまずくのを、オーガスタは感嘆の面持ちで見守った。ふいに、彼がなにを考えているのか気づいた。「なんて頭がいいんでしょう。ラヴジョイの金庫がこれだと思うのですね？」

「可能性はあると思う」ハリーはすでに木の枠組みのなかに地球儀を支えている仕組みを解明しようとしていた。愛人に触れるように、木の表面に指を滑らせて少しずつ調べる。そして、ふいに手を止めた。「あったぞ、ここだ」

一瞬後、隠れていたバネがはずれ、地球儀の上部半分が開いて中の空洞が現れた。一筋の月明かりがなかに入っている数枚の紙と小さな宝石箱を浮きあがらせる。

「ハリー、あったわ。わたしの借用証」オーガスタは手を伸ばし、自分の借用証書を引き抜いた。「取ったわ」

「よし。では早く出よう」ハリーは地球儀を閉じた。「くそっ」

屋敷の玄関が開いて閉まるかすかな音に、ハリーがぴたりと動きを止めた。廊下を歩くブーツの音が聞こえてくる。

「ラヴジョイが帰宅したんだわ」オーガスタとハリーの目が合う。「急いで。窓から」

「間に合わない。彼はこちらにやってくる」

ハリーは立ちあがった。杖とオーガスタの手首を取り、オーガスタを部屋の一番奥に置かれたソファまで連れていってその後ろに隠れさせる。そして自分もその横に杖を持ってかがみこんだ。

オーガスタはごくりとつばを飲みこんだが、ほんのわずかも動かなかった。

図書室の扉の外で足音が止まった。オーガスタは息をこらした。ハリーが隣にいてくれることが心から嬉しい。

扉が開き、だれかが図書室に入ってきた。オーガスタは息を止めた。ああ、神さま、なんという窮地。しかもそれはすべてわたしのせい。しかも今夜、清廉潔白の鑑、グレイストン伯爵をスキャンダルの渦中に引きずりこんでしまうかもしれない。彼はわたしを許さないだろう。

オーガスタの隣で、ハリーは微動だにしない。個人的な屈辱と社会的な破滅が差し迫っているという現状に強い危惧を抱いていたとしても、おくびにも出さなかった。不自然なほど冷静で、危機に瀕していることなど気にもしていないように見える。

足音が絨毯を横切った。安楽椅子の近くでガラスがカチンと鳴り、その人物がブランデーのデカンタを取りあげたのがわかった。だれであるにしろ、いまにもランプをつけるに違いない。そう思い、オーガスタは恐怖におののいた。

しかし、一瞬ののち、足音は戸口に戻っていった。扉が静かに閉じられ、足音が廊下を去っていく。

ふたたび、図書室はオーガスタとハリーだけになった。

ハリーは数秒待ってから立ちあがった。オーガスタも引っ張って立たせ、小さく押した。

「窓だ、急げ」

オーガスタは窓辺に駆け寄り、急いで窓を開けた。ハリーがオーガスタのウエストをつかみ、窓枠の上に押しあげる。

「そのズボンは、いったいどこで手に入れたんだ？」彼がつぶやく。

「兄が持っていたものです」

「きみは適切という概念をまったく持ち合わせないのか？」

「まったくではないけれど、少ないかもしれないわ」オーガスタは草の上に飛び降り、振り向いて、彼が窓から出てくるのを見守った。

「通りの先の路地に馬車が待っている」

ハリーが窓を閉め、オーガスタの腕を取った。「行こう」

オーガスタが肩越しに振り返ると、二階の窓に明かりがついたのが見えた。ラヴジョイが寝る用意をしているのだろう。危機一髪だったが、危険はまだ去っていない。ラヴジョイがもしも窓辺に立って小さな庭を見おろしたら、門に向かって走っていくふたりの人影にすぐ気づくだろう。

しかし、怒りの叫び声も警戒の悲鳴も鳴り響かず、ハリーとオーガスタは無事に庭から脱出した。

手錠のように上腕をつかんでいるハリーの指の強さを痛いほど感じながら、オーガスタは急かされるまま、急ぎ足で通りを移動した。

辻馬車が一台通りすぎ、そのあとは一頭立て二輪馬車が止まり、明らかに酔っ払っているだて男ふたりが降りてきて、大騒ぎで通りを歩いていった。しかし、黒い外套を着た男性とその同行者にはだれも注意を払わなかった。

通りの半ばまで来ると、ハリーは唐突にオーガスタの向きを変えさせ、路地ほどの狭い通りに入った。そこには、通りを塞ぐように、馴染みある紋章がついた覆い付きの馬車が止まっていた。

「レディ・アーバスノットの馬車ですよね？」オーガスタは驚きの目をハリーに向けた。

「なぜ彼女がここにいるんですか？　あなたの友人であることは知っているけれど、こんな時間に彼女を連れだすべきじゃないわ。体調が悪くて出かけられないのに」

「彼女はいない。街のこのあたりでぼくの馬車が目撃されることを避けるために、親切に馬車を貸してくれたんだ。乗りなさい。急いで」

オーガスタは指示に従おうとしたが、御者台に坐っていた、どこか見覚えがある人物を見あげて動きを止めた。何層にも重なったマントに身を包み、もじゃもじゃ眉の際まで帽子を目深にかぶっていたが、オーガスタはすぐにだれかわかった。

「スクラッグズ、あなたなの？」

「ええ、ミス・バリンジャー。残念ながらそうですが」スクラッグズがいかにも腹立たしそうな口調でうなった。「温かなベッドから呼び出されたんですよ。有無を言わさず。自分は一流の執事と自負してますが、手綱を扱うために給金をいただいているわけじゃない。御者のまねをせよと指示されたからには、最善は尽くしますがね。チップをたくさんもらえるわけでもないのに」

「あなたは、こんな夜気のなかを外出するべきじゃないわ」オーガスタは眉をひそめた。「リウマチによくないもの」

「はい、その通りですな」スクラッグズが不機嫌な顔で同意する。「こんな真夜中に走りまわりたがる御仁に、ぜひそう言ってください」

ハリーが馬車の扉を開けた。「スクラッグズのリウマチなど心配するな、オーガスタ」オーガスタのウエストを軽くつかむ。「心配しなければならないのは、自分のことだろう」

「でも、ハリー――つまり、伯爵さま――うわっ」ハリーに暗い車内に向かって無造作に放り投げられ、オーガスタは緑色のベルベットのクッションの上にどさっと着地した。弁解しようとした時、ハリーがスクラッグズに向かって言うのが聞こえた。

「レディ・アーバスノットのところに戻るようにぼくが言うまでは、ずっと走り続けてくれ」

「走るってどこを?」馬車の音で遮られたせいか、スクラッグズの声が違って聞こえた。しゃがれた耳障りな口調が消えている。

「どこでもかまわない」ハリーが強い口調で言い返した。「公園の周囲をぐるぐるまわるか、郊外に出てもいい。違いはない。とにかく、注意を引かないようにしてくれ。いくつか、ミス・バリンジャーに言うことがあって、馬車のなか以外、ふたりだけでゆっくりと話せる場所がほかにない」

スクラッグズが咳払いをした。ふたたび話し始めた時も、声は違ったままで、でもどこか聞き覚えがあった。「おやおや、グレイストン。あてどなく馬車を走らせるという考えは再考したほうがいいかもしれないぞ。いま上機嫌じゃないだろう?」

「きみの助言がほしい時は、スクラッグズ、こちらから頼む」ハリーの口調はナイフのように鋭かった。「わかったか?」

「はい、伯爵さま」スクラッグズがそっけなく言う。

「よし」ハリーが馬車に飛び乗り、扉をばたんと閉めた。手を伸ばし、ガラス窓のカーテンを引く。

「彼に怒鳴る必要はありませんわ」ハリーが自分の向かいの席に腰をおろすと、オーガスタは言った。おのずと非難めいた口調になる。「彼は年寄りだし、リウマチでつらいのだから」

「スクラッグズのリウマチには、なんの関心もない」ハリーが優しすぎる声で言う。「いまこの瞬間にぼくが関心を持っているのはきみだ、オーガスタ。正確に言えば、ラヴジョイの屋敷に押し入るなんて、いったいなにを考えているのかということだ」

オーガスタはようやく、ハリーが激怒していることに気づいた。今夜初めて、自分の寝室に無事に帰れるように願った。「わたしがなにをしているかを、あなたが理解しているのかと思っていました。わたしの借用証をラヴジョイが持っていることも知っていたようですし。わたしがなぜ彼に千ポンド失うことになったかもご存じかと。サリーが話したのですか？」

「サリーのことをとがめるべきではない。非常に心配していた」

「ええ、そうですね。わたしは借金を返そうとしましたが、ラヴジョイがお金を受けとらなかったんです。はっきり言って、彼は紳士じゃないわ。わたしの署名した書類を、わたしだけでなくあなたまで辱める卑劣な企みに利用するつもりという印象だったわ。だから、取り戻すのが一番いいと思ったんです」

「くそっ、オーガスタ。そもそもカード賭博に引きこまれたのがおかしい」

「ええ、振り返ってみれば、わたしも間違っていたとわかります。でも、勝っていたんです。別なことで気を逸らされるまでは。お聞きになったと思いますが、兄のことを話し始めて、それでふいに手元を見たら、すでに大金を失っていたんです」

「オーガスタ、適切な礼儀作法という概念を持つレディは、そもそも、そういう状況にはならない」

「おっしゃる通りです、伯爵さま。でも、わたしは、あなたが本来結婚を考えるべき適切なレディとは違うと、前にも警告したでしょう？」

「それは別な問題だ」ハリーは歯を食いしばった。「事実として、ぼくたちは結婚することになっているのだから、いまここで言わせてもらう、オーガスタ。今後、このような事件は二度と許容できない。その点は、はっきりさせられたかな？」

「はい、非常にはっきりわかりました。ただ、わたしとしては、こうなったのは、わたしの自尊心と名誉のためであることを知っていただきたいです。どうにかしなければならなかった」

「すぐにぼくのところに来るべきだった」

オーガスタは目を狭めた。「失礼ですが、伯爵さま、それがいい考えだったとは、とても思えません。それでどうなりますか？　あなたに説教をされて、非常に不愉快な状況になったでしょう。いまあなたがしているように」

「きみのために、ぼくがこの件を引き受けることができた」ハリーが厳しい声で言う。「そうすれば、きみが今夜のようなことをして、自分の身と評判を危険にさらさなくてすんだ」

「でも、今夜、自分の身と評判を危険にさらしたのは、ふたりとものような気がしますけれど」オーガスタはおずおずとほほえみ、雰囲気を和らげようとした。「あなたは本当にすばらしかったわ。あなたが現れた時はとても嬉しかったですもの。地球儀が秘密の金庫だとあなたが見抜かなければ、借用証を見つけることはできなかった。結局はすべていい方向に向いて、なんとか終わったことに感謝すればいいのでは？」

「ぼくがこの件をそんなことで収めると、きみは本気で信じているのか？」

オーガスタは背筋をぴんと伸ばした。「もちろん、今夜のわたしの行動が常軌を逸していたとあなたが感じるのはよく理解できます。もしもあなたがわたしと結婚するという考えを許容できないと感じるならば、わたしの最初の申し出がまだ有効ですわ。わたしが破棄をして、あなたをこの婚約から自由にして差しあげます」

「ぼくを自由に、オーガスタ？」ハリーが手を伸ばしてオーガスタの手首をつかんだ。「残念ながら、それはもはや不可能だと思う。ぼくがきみから自由になることは決してないという結論に達したからね。きみは一生ぼくを悩ませるだろう。そして、それがぼくの運命だとすれば、耐えねばならないことの見返りに、手に入る慰めを手に入れるべきだろう」

彼がなんのことを言っているかをオーガスタが理解する前に、ハリーは、わずかしか離れていない向かい側に坐ったオーガスタをいっきに引き寄せた。そして一瞬のち、オーガスタは気づくと彼の力強い腿の下に横たわっていた。彼の唇が唇に重なるのを感じ、オーガスタは彼の肩にしがみついた。

7

「ハリー」

オーガスタの驚きの悲鳴が、荒々しく押し当てられたハリーの唇でくぐもった。一瞬のうちに、オーガスタの五感は彼に支配された。図書室の床の最初の時と同じように、驚きの当惑が震えるような興奮に変わる。

最初のショックが冷めると、オーガスタは両手をゆっくりハリーの首にまわした。口を開くように彼の唇に要求され、従順に開く。その瞬間、彼がなかに滑りこんで、ぬくもりを独占した。オーガスタは身を震わせた。

体の反応が早すぎて、明晰に考えられない。彼女の一部はたしかに、馬車の揺れや動き、車輪の音や石畳を蹴る馬の蹄の響きを感じていた。でも、いま馬車のなかでハリーの両腕に包まれて、オーガスタは別な世界にいた。

初めてハリーにこうして抱かれた時以来ずっと、ひそかに恋い焦がれていた世界だ。でも、現実となったいま、幾度となく思いだしていた想像のなかの親密さは色褪せた。ハリーのキスという驚異をもう一度経験できるとわかったとたん、彼女のなかで幸福感がいっきに花開いた。

彼がラヴジョイや借金も含め、一連の事件のことを許してくれたに違いないと思うとオーガスタは嬉しかった。怒っていたら、こんなふうにキスをするはずがない。オーガスタは彼にしがみつき、黒い外套の分厚い生地に指を深く食いこませた。

「ちくしょう、オーガスタ」ハリーが頭をいくらかあげる。暗がりで瞳がきらめいた。「きみはどうしてこんなにぼくを夢中にさせるんだ。きみのことを怒っているのに、次の瞬間には、一番近くにあるベッドに引きずりこみたくなる」

オーガスタは彼の顔の横側に触れ、期待をこめてほほえんだ。「もう一度キスをしてくれる、ハリー？　あなたがキスしてくれるのがとても好き」

くぐもった悪態と共に、ハリーの唇が彼女の唇に戻ってきた。彼の手が彼女の肩に移動し、優しく撫でる。そのあと、彼の指がシャツの生地越しに胸に触れるのを感じて、オーガスタは身をこわばらせた。それでも、身を離そうとはしなかった。

「これが好きかい、ぼくの向こう見ずなおてんばさん？」オーガスタのシャツのボタンをはずし始めたハリーの声はかすれていた。

「ええ」オーガスタはあえいだ。「キスしてほしいし、永遠にしていてほしい。これまで一番すてきな経験だと誓って断言するわ、伯爵さま」

「そう思ってくれて嬉しい」

彼の手が開いたシャツの内側に滑りこみ、裸の乳房を包みこんだ。親指が乳首を丸くなぞるのを感じ、オーガスタは目を閉じて、息を止めた。

「ああすごい」ハリーがしゃがれた声でささやく。「熟した甘い果物のようだ」

それから頭をさげて、バラのつぼみを口に含んだ。それに反応して思わずうめく。

「しーっ、ラヴ」彼はつぶやくと、片手をさげてオーガスタのズボンの締め具に触れた。

馬車が往来のある通りを走っていて、数メートルしか離れていないところでは、スクラッグズが、幸い車内でなにが行われているかは少しも気づかずに馬車を御していることは、オーガスタもおぼろげながら認識していた。静かにしなければならないとわかっていたが、そのたびに出る小さい叫び声を呑みこむことができなかった。触れられるたび、体が喜びで歌っている。無言のなかのやりとりに、耐えがたいほどの切望がさざ波のように全身を走り、経験したことのないあまりに不思議な緊張を生みだした。

開かれたズボンの内側にハリーの指が入ってきて、太腿のあいだの温かな秘所を探るのを感じ、オーガスタは息を呑んで小さく叫び声をあげた。「ああ、ハリー」

それに応じたハリーのうめきは、笑い声とののしり声が混じり合っていた。「静かに、聞こえてしまうぞ、ラヴ」

「ごめんなさい、でも、そんなふうに触られると声が出てしまうの。とても不思議な感じ、ハリー。これまで感じたことがない感覚だと誓えるわ」

「くそっ、きみは自分がぼくになにをしているか、まったくわかっていないだろう?」ハリーは体を動かして、すばやく位置を変えた。外套を脱いで緑のクッションの上に広げる。それからまた動き、オーガスタをその上に横たえた。狭い幅のせいで、オーガスタの膝が持ちあがる。

目を開けると、ハリーがかたわらにしゃがんでいた。オーガスタの上にかがみこみ、乳房をあらわにしたいという熱い切望にかられているかのように、性急な動きでオーガスタのシャツを広げている。

彼の手に上半身を触られることにようやく慣れてきた時、ふいに、ハリーが彼女の靴を脱がせて、ズボンを腿のあたりまで引きさげたことに気づいた。

「伯爵さま？　なにをしているの？」オーガスタは自分を包む官能的な感覚にぼうっとしながら、クッションの上でそわそわと身を動かした。ハリーの温かい手に、柔らかい部分を信じられない親密さで包まれると、オーガスタは身を震わせた。

「ぼくがほしいともう一度言ってくれ」彼女の胸に向かって彼がつぶやく。

「あなたがほしいわ。人生でこんなにほしいと思ったことはないくらい」身をそらして彼の手に押しつけると彼がうめくのが聞こえた。異議を申し立てようという思いはふたたび消え去り、渦を巻くような欲求に置き換わった。また悲鳴をあげると、ハリーの唇が戻ってきて優しくオーガスタを黙らせた。

彼がもう一度位置を変えるのを感じて、オーガスタは身を震わせた。彼女の両脚のあいだに膝をついていて、すばやくズボンをさぐっているのがわかった。

「ハリー？」

「しーっ、ラヴ、静かに」

彼の体重がのしかかって、クッションに押しつけられ、オーガスタは思わずあえいだ。彼がなにをするつもりか充分理解する前に、彼が太腿のあいだに押し入った。

ふたりの体のあいだに彼の指が滑りこみ、急かすように撫でて脚を開く。「そうだ、ラヴ。ぼくのために開いてくれ。そうだ、それでいい。ああ、なんて柔らかいんだ。柔らかくて、濡れている。きみを感じさせてくれ、ダーリン」

かすれ声でなだめる言葉を言い続ける。硬くて揺るぎないなにかがゆっくりと、しかし確実にオーガスタの柔らかい部分を押しているのを感じる。

つかの間、パニックが湧き起こる。彼を止めるべきだとぼんやり思う。朝になったら、彼は絶対に後悔するだろう。今度もまたオーガスタを責めるかもしれない。前の時のように。

「ハリー、こんなことすべきじゃないわ。あとになって、あなたはわたしをふしだらだと思うでしょう」

「あり得ない。ラヴ、きみがとてもすてきだと思うさ。とても柔らかいと」

「きっと、わたしが誘ったと言うわ」彼にさらに強く押しつけられて、はっと息を呑んだ。

「また、約束をしたと言うでしょう」

「約束はすでにできていて、それは守られる。きみはぼくのものだ、オーガスタ。ぼくたちは婚約している。きみの夫になる男に自分を与えるのだから、恐れる必要はない」

「本当に？」

「絶対に本当だ。両腕をぼくにまわしてくれ、ラヴ」ハリーが彼女の唇に向かってつぶやく。

「抱いてくれ。ぼくをきみのなかに受け入れて。本心でぼくを望んでいると示してくれ」

「ああ、ハリー、あなたを望んでいるわ。あなたが本当にわたしを望んでいるなら、あとでわたしを、貞淑でない女と思わないのなら――」

「きみがほしい、オーガスタ。その思いが強すぎて、受け入れてもらえなかったら、あすまで生きていられそうにないほどだ。これほど正しいと感じたことはない」

「ああ、ハリー」彼がわたしを望んでいる。その認識に目がくらむような思いだった。彼がわたしを絶望的なほど必要としている。そして、わたし自身も彼に身を任せたいと、彼のものになるのがどんな感じか知りたいと心から願っている。

オーガスタは彼の首にまわした両腕に力をこめ、ためらいながら身を持ちあげて彼を抱きしめた。

ハリーに必要なのはその後押しだけだった。

「ああ、そうだ、オーガスタ、そうだ」キスで唇をふさぎながら、彼が彼女のなかにずっしりと押し入った。

燃えるような官能の寸前で、ふいに氷の池に投げこまれたかのような感覚を覚える。あまりに親密な侵略に、衝撃が全身に響きわたった。これは予想と全然違う。

驚きと困惑に思わず息を呑む。悲鳴をあげたが、その抗議はくぐもった声にしかならなかった。彼女の口をハリーの唇が荒々しく封じこめたからだ。オーガスタの小さな叫びを彼が呑みこみ、キスでなだめる。どちらも動かない。

一瞬のち、ハリーが慎重に頭をあげた。馬車の室内灯の淡い光が、彼の額に浮かんだ汗と食いしばった顎を浮きあがらせた。

「ハリー？」

「大丈夫だ、ラヴ、力を抜いて。少ししたら、大丈夫になる。許してくれ、ラヴ。急ぎすぎた」彼がオーガスタの頰から喉に熱いキスを降らせた。両手でしっかり彼女を支えている。「きみへの欲望に酔いしれて、もっと優しく、うまくするべきだったのに、酔っ払いのような不器用さで進めてしまった」

オーガスタは答えなかった。自分の奥深いところまでハリーが入っている不思議な感覚に順応するのが忙しかったせいだ。

永遠とも言える一瞬、ハリーは彼女に体を重ねたまま動かなかった。自分を抑えているせいか、彼のなかに激しい緊張が感じられた。

「オーガスタ」

「はい、ハリー？」

「大丈夫か、ラヴ？」食いしばった歯のあいだから彼が問いかける。持てうる自己抑制心のすべてを修練しているかのような口調だ。

「ええ、大丈夫だと思うわ」あり得ないほどきつく、あり得ないほど伸び広がる感覚に体が少しずつ慣れていくのを感じて、オーガスタは顔をしかめた。初めて感じる感覚だった。

その時、通りのくぼみを踏んだせいで、馬車が大きく跳びはねた。予期せぬ動きに、ハリーのものがオーガスタのさらに奥まで深く押しこまれた。彼がうめき、オーガスタは息を呑んだ。

ハリーが口のなかでなにかをつぶやき、額をオーガスタの額に押し当てた。「もっとよくなる。約束するよ、オーガスタ。きみはすてきだ、とても反応がいい。ぼくを見てくれ、スイートハート」両手でオーガスタの顔をそっと包みこむ。「ほら、オーガスタ。目を開けて、ぼくを見て。いまも、ぼくがほしいと言ってくれ。きみを傷つけることだけはしたくない」

彼の言葉にうながされて目を開く。まつげの下から彼のこわばった顔を見つめると、彼がみずからを必死に抑えながらも、彼女に不快感を与えた自分を責めているのがわかった。その優しい配慮に深く心を動かされ、オーガスタはそっとほほえんだ。彼を愛していると感じても不思議はない。ふとそう思う。

「心配しないで、ハリー。そんなでもないわ、本当に。どこかが傷ついたわけでもないと思う。今夜、ラヴジョイの図書室でもわかったように、冒険は、すんなり進んだら冒険とは言えないわ」

「ああ、すごい、オーガスタ。なんてすてきなんだ」ハリーが彼女の喉のくぼみに顔をうずめ、彼女のなかで動きだした。

この新しい感覚は、最初は好きとは思えないものだったが、次第に気が変わった。それなりにいい感じだと思い始めた時、それは突然止まった。

「オーガスタ」ハリーがもう一度彼女のなかに自分を押しこんで背をそらし、体を激しく硬直させた。彼の体の張りつめた力強さと、こわばった顔に浮かんだ荒々しい野性的な表情にオーガスタは魅了された。しゃがれた叫び声をこらえるために歯を食いしばっているのがわかる。そのあと彼はひと声うなり声をもらし、彼女の上に重たく崩れ落ちた。

少しのあいだ、馬車の車輪の規則的な音と、遠くの往来の音しか聞こえなかった。オーガスタはなだめるようにハリーの背中を撫でながら、彼の激しい息遣いに耳を澄ませた。押しつぶされそうだったが、それでも、彼が上に重なっている温かくて重たい感触が好きだと思った。彼の匂いも好きだった。それは紛れもない男の匂いだった。

そしてなによりも、この状況の不思議な親密さが好きだった。自分が彼の一部になったかのように感じる。互いに大事なものを与え合ったような、正式な婚約とはまったく関係のない、言葉には言い表せない絆が結ばれたような、そんな感じがした。

数秒かかってようやく、自分がなにを感じているかをはっきり理解した。それは自分がいるべきところにいるという喜ばしい感覚だった。自分とハリーが一緒になって、今夜、新しい家庭の土台を作ったように思えた。まさにオーガスタの居場所となる家庭の土台を。

「くそっ」ハリーがつぶやく。「信じられない」

「ハリー」オーガスタは考えながら言った。「婚約している四カ月のあいだに、これをもっとできる機会はあるかしら？　もしあるなら、ほかの御者を手配しないと」くすくす笑う。「スクラッグズに毎晩、街を走りまわらせるわけにはいかないわ。リウマチがひどいから」

ふいにハリーが身をこわばらせ、唐突に顔をあげた。その目にはがく然とした表情が浮かんでいた。口を開いた時、その声から恋人らしいぬくもりや性急さの痕跡は完全に消えていた。「四カ月だと。くそっ。それは不可能だ」

「なにかまずいことでも、伯爵さま？」

彼が身を起こして彼女から離れ、乱れた髪を指で梳いた。「修正できないものはない。だが、数分待ってくれ。まだちゃんと考えられない。それより、坐ってくれ、オーガスタ。急がせてすまないが、早く服を着ないと」

ハリーのせっかちな命令口調は、オーガスタが感じていた親密な余韻を一瞬にして消滅させた。オーガスタは思わずたじろぎ、不器用に起きあがって座席に座ると、手探りで服を探し始めた。

「信じられないわ。ハリー、理解できないわ。なにをそんなに怒っているの？」突然恐ろしい考えが浮かび、服の上で手が止まった。「やっぱりわたしを責めているのね？　数分前に起こったことがわたしのせいだと？」

「くそっ！　違う、きみのことを怒っているわけではない、オーガスタ。少なくとも、これについては」彼がぞんざいに手を振って馬車のなかと、そのなかで行われたことを示した。

「ラヴジョイの屋敷に忍びこんだことは別な問題で、それを看過するつもりはないが」

彼は自分のズボンの前を留めて、シャツをまっすぐにすると、オーガスタが服を着るのを手伝おうと手を伸ばした。彼の片手が一瞬、オーガスタの腿の上で止まる。

彼が相反する感情のあいだで板挟みになっているのを感じとり、オーガスタはほほえんだ。

「大丈夫？　もっと多くを望んでいたのでしょう？」

「ああ、もっとずっと多くだ」彼がオーガスタのズボンの位置を直しながら、むっつりした表情で頭を振った。

「そのために、これから四カ月も待てない。それだけは間違いない」

「もっと頻繁にこういうことをしようということ？」

彼が目をあげてオーガスタを見つめる。その目には紛れもなく官能の約束が浮かんでいた。

「そうだ。しかし、ロンドンの真ん中を走る馬車のなかではない。早くシャツを留めるんだ、オーガスタ」そううながしながら、自分でも留め始めた。「できるだけ早く結婚特別許可証を取って、一日、二日のうちに結婚しよう」

「結婚。特別許可証で？」オーガスタは彼を凝視した。すべてが早く進みすぎて、理路整然と考えることができない。「そんな。なぜですか、ハリー。婚約期間はどうなるの？」

「残念ながら、ぼくたちの婚約期間は記録的な短さで終わる運命らしい。しかも、できるだけ短くしたい」

「問題は、わたしが短くしたいという気持ちでないことだわ」

「この件に関するきみの気持ちは、もはや重要ではない」彼が優しい口調で言う。「ぼくはたったいまきみと愛し合い、非常に近い将来、またそうしたいと思っている。そのためには、すぐに結婚しなければならない。きみを次に抱くまでに四カ月も待てない。そんな拷問には耐えられない」

「でも、ハリー――」

彼が手をあげてオーガスタを黙らせた。「話は終わりだ。もうなにも言うな。この件は決まったことだ。この状況になったのはぼくの責任だから、ぼくがやるべきことをやる」

「でも、このことは」オーガスタは考えながら言った。「完全にあなたのせいとは言えないでしょう。礼節に関するわたしの常識が欠如していることはあなたから何度も指摘されているし、向こう見ずなこともみんな知っている。だから、わたしのせいでもあるわ、ハリー」オーガスタは、その話を相談した時のクラウディアの反応を思い浮かべ、悔しい気持ちでつけ加えた。「すべてがわたしの責任と言う人もいるでしょう」

「この話はもう終わりだと言ったはずだ」ハリーが座席に敷いた自分の外套を取りあげ、小さく濡れた染みを見おろして少し黙った。大きく深呼吸をする。

「なにかまずいことでも、ハリー？」

「すまなかった、オーガスタ」彼がまたぶっきらぼうに謝る。「今夜、きみをぼくのものにする権利はなかった。抑制心がどうなってしまったのか自分でもわからない。きみは蜜月のために用意したベッドと支度のなかで初体験を迎えるべきだったのに」

「そんなこと、悩まないでください。正直に言って、第一歩としては、とてもわくわくするやり方だったわ」オーガスタは窓にかかったカーテンを押し開け、外の通りを眺めた。「通りを走っている馬車のどれだけ多くが、いまわたしたちがやったことをしている男女を乗せているのかしら？」

「考えただけでぞっとするほど多いだろう」ハリーは天井についた跳ねあげ戸を黒檀の杖で

押し開けた。「スクラッグズ、すぐにレディ・アーバスノットのところに戻ってくれ」

「ようやくですかね」スクラッグズが御者台でうなる。「少しばかり遅いんじゃないですかね？」

ハリーはそれに答えず、がちゃんと戸を閉めた。それから、オーガスタの向かいに坐り、しばらく黙っていた。「たったいま、ロンドンの街を走る馬車のなかで、婚約者と愛し合ったとは到底信じがたいことだ」

「気の毒なハリー」オーガスタは、彼のいかめしい顔に浮かんだ奇妙な表情を眺めた。「あなたはご自分の持つ礼儀作法の概念に照らし合わせて、これが許せないと思っているのね、伯爵さま？」

「もしかして、きみはぼくを笑っているのか、ミス・バリンジャー？」

「いいえ、伯爵さま。笑うなんて、夢にも思いませんわ」口元が引きつって笑みになるのをなんとか隠そうとする。あんな驚きの経験のあとで、なぜこんなにうきうきして幸せな気分なのか、自分でも不思議だった。

ハリーが小さい声で悪態をついた。「よほど用心しないかぎり、きみから甚大な悪影響を受けることが実感としてわかってきたよ、オーガスタ」

「そうなるように全力を尽くしますわ」オーガスタは小さい声で請け合い、それから真顔になった。「でも、特別許可証で結婚する件は、そんな思い切ったことが本当に必要とは思えないわ、ハリー」

「思えない？」ハリーの眉が持ちあがった。「だが、ぼくは思う。そして、いまできることはそれしかない。あしたには、時間と場所をきみに伝えられるだろう。きみのおじ上には話をして、それしか選択肢がないことを説明する」

「まさにそのことだわ。ほかにも選択肢はあるということ。わたしは急いでいません。それに、結婚は永続的なものでしょう？　自分が本当にそうしたいかどうか、あなたが確信を持ってからにしてほしいんです」

「つまり、きみはまだ不安を抱いているということか？」

オーガスタは唇を嚙んだ。「そうとはっきりは言っていませんが」

「言わなくてもわかる。きみは最初からこの婚約に二の足を踏んでいたからね。しかし、いまとなっては、事態はその段階を越えてしまい、どちらにとっても、最短で結婚式を挙げること以外に名誉を損なわずにすむ選択肢はない」

オーガスタは恐怖に貫かれた。「どうか、正しいことしなければならないと感じているからという理由でそうするのはやめてほしいです。責任や適切であることが、あなたとって重要なのは理解していますが、実際、そんなに急ぐ必要はないでしょう」

「ばかなことを言わないでくれ、オーガスタ。この結婚を急ぐあらゆる必要がある。すでにきみが妊娠しているかもしれない」

オーガスタは目を見開いた。「まあ、そうだわ。それは考えてもいなかった」それだけでも、頭のなかがいかに混乱しているかがわかると、オーガスタは思った。妊娠しているかもしれない。ハリーの子どもを。本能的にお腹にそっと手を当てて、赤ん坊を守る動作をする。その手をハリーの視線が追った。口元に笑みを浮かべる。「明らかに、きみの頭からは、その可能性が抜け落ちていたらしい」

「でも、はっきりわかるまで待つことはできるわ」オーガスタは思い切って言ってみた。

「いや、必要以上は一日も待たない」

彼の断固とした口調を聞いて、これ以上の反論は無駄だとわかった。それに自分がこれ以上反論したいかどうかもわからない。いまや、自分がなにを望んでいるかもわかっていなかった。

ハリーの赤ちゃんを産むのはどんな感じだろう？

オーガスタは緊張したまま、馬車がレディ・アーバスノットの屋敷に着くまで黙って坐っていた。

馬車から降り立つと、オーガスタは最後にもう一度ハリーと向き合った。「伯爵さま、再考するなら、まだ遅くありません。どうか、あすの朝までは、いかなる決断もしないでください。朝になれば、あなたはきっと、まったく違うふうに感じるでしょうから」

「あしたは、特別許可証を取るほか、片づけねばならない件もある。忙しくて再考する暇はないだろう」彼が答える。「さあ、庭を抜けて、裏口まで連れていこう。サリーの客用寝室で服を着替えられる。そのあと、サリーがほかの友人ときみを家まで送り届ける手はずを整えてくれているはずだ」

「片づけねばならない件で忙しいって、どういう意味ですか？」彼にせかされて屋敷の裏口に急ぎながら、オーガスタは訊ねた。「特別許可証を取る以外になにをなさるんですか？」

「いくつかあるが、ひとつはラヴジョイを訪問する。頼むから、もう少し早く歩いてくれ、オーガスタ。その服装のきみと戸外にいるのは、それだけで非常に不安だ」

だが、オーガスタは唐突に脚を踏ん張り、完全に立ちどまった。「ラヴジョイ？　いったいどういう意味ですか、彼を訪問するというのは？」思わず手を伸ばし、彼の外套の襟の折り返しをつかむ。「ハリー、まさか、彼に決闘を申しこむようばかげたことはしないでしょう？」

ハリーがオーガスタを見おろした。陰になって目の表情がわからない。「ばかげたこととときみは思うのか？」

「なんてこと、もちろんです。非常にばかげています。論外です。考慮にも値しません。ハリー、そんなことは絶対にしないでね。聞こえました？　わたしが絶対に許しません」

彼がオーガスタをまじまじと眺めた。「なぜいけない？」

「恐ろしいことが起こるかもしれないからです」オーガスタはあえいだ。「殺されてしまうかもしれない。そうなったら、すべてわたしがいけないんだわ。そんなこと耐えられません。わかるでしょう？　そんなことになったら、一生自分を許せない。借金はすべてわたしの問題で、しかも解決したんですもの。ラヴジョイと決闘する必要はないわ。どうか、ハリー、お願いです。そんなことしないと約束して」

「聞いた話から考えて、もし生きていれば、きみの父上も兄上もラヴジョイと夜明けの約束をしただろう」ハリーが静かに指摘する。

「でも、それは同じではないわ。父も兄も、まったく違うタイプの男性ですもの」オーガスタは必死だった。

「父も兄も向こう見ずで大胆なたちだったから、たしかに、多少やり過ぎることもあったわ。それでも、父にも兄にもラヴジョイと決闘してほしくはありませんでしたが、何度も言いましたが、この災難はわたし自身のことですから」

「オーガスタ――」

オーガスタは念を押すように、彼の襟を強く揺さぶった。「だれであっても、わたし自身のあやまちのために命を賭けてほしくないんです。お願い、ハリー、そんなことしないと約束して。わたしのせいであなたになにかあったら、とても耐えられない」

「決闘した場合にぼくが負けるときみは確信しているようだ」彼が言った。「ぼくのピストルの技術をそこまで信頼されていないとは、かなり傷つくと言わざるを得ないな」

「いいえ、いいえ、そんな意味じゃないんです」オーガスタは激しく首を振り、恥を掻かせずに彼を説得できる言葉を必死に探した。「ただ、わたしの兄のような男性は、もともと危険な活動をしたがる傾向にある。でも、あなたはそうじゃない。あなたは学者であって、すぐかっとする熱気盛んなコリント人じゃないんですもの」

「きみがぼくに、多少なりとも愛情を抱いてくれているのではないかと思い始めたよ、オーガスタ。決闘の腕前は評価していないようだが」

「もちろん、あなたのことは高く評価しているわ、ハリー。これまでもずっと尊敬していましたもの。最近はいくらか好きになってきたみたい」

「なるほど」

彼の返事にからかうような口調を感じて、オーガスタは頰を赤らめた。ついさっき、馬車のクッションの上で愛を交わしたばかりなのに、「いくらか好き」と言うなんて、あまりに間が抜けている。

大ばかだと、彼は思ったに違いない。とはいえ、彼を熱烈に愛していると言うわけにもいかない。いまは、そういう情熱的な告白にふさわしい場所でも時間でもない。すべてが大混乱の状況だ。

「とにかく、今夜、手伝ってくださったことにはとても感謝していて、わたしの行動のせいで、あなたに苦しんでほしくありません」断固たる口調で締めくくった。

ハリーはしばらく黙っていた。それから、皮肉っぽくほほえんだ。「では、取引をしよう、オーガスタ。特別許可証を取って二日後に結婚することについて、きみがこれ以上反論しないならば、ぼくもあした、ラヴジョイに決闘を申しこむのをやめる」

「でも、ハリー――」

「そういう条件でどうかな？」

オーガスタは罠に嵌まったことに気づき、大きく息を吸った。「わかりました。それで取引しましょう」

「よかった」

突然疑念が湧き、オーガスタは目を細めた。「グレイストン、あなたのことはまだよくわかっていないけれど、とても賢い、というよりむしろ、とてもずる賢いひどい人のような気がしてきたわ」

「だが、きみはぼくをよく知っているから、そんな結論にはならないだろう？　ぼくはただの退屈な古典学者だからね」

「その古典学者が、馬車のなかで愛し合い、たまたま、鍵や秘密の金庫を開ける方法を知っていたということ？」

「人は本から、驚くような知識を得ることができる」ハリーがオーガスタの鼻のてっぺんにキスをした。「さあ、走っていって、そのいまいましいズボンを早く脱ぎなさい。レディにはきわめてふさわしくない。ぼくの未来の伯爵夫人には、適切な女性の服装をしてもらいたい」

「そう言われても、驚きもしませんわ、伯爵さま」オーガスタは背を向けて歩きだした。

「オーガスタ？」

肩越しに見やると、彼は外套のポケットに手を入れ、小さな袋を引っ張りだしていた。

「はい、ハリー。なにかしら？」

「これはきみのものだと思うが。きみが二度と、これを質に入れる状況に陥らないと信じている」

「まあ、わたしのネックレスね」オーガスタは満面の笑みを浮かべて彼を見あげ、その手から袋を受け取った。つま先立ちになり、彼の顎にそっとキスをする。「ありがとう、伯爵さま。わたしにとって、これがどんなに大切なものか、きっとおわかりにならないわ。でも、どうやって見つけたんですか？」

「きみの金貸し業者が、こころよく手放してくれた」ハリーがそっけなく答えた。

「もちろん、質に入れた時に受け取った千ポンドはお返ししますね」オーガスタは急いで言い、嬉しさにわくわくしながらネックレスをしまった。

「千ポンドは気にしなくていい。夫婦財産契約の一部と思ってくれ」

「なんて寛大な方でしょう。ありがとうございます。でも、その贈り物は受け取れないわ」

「きみは受け取れるし、受け取ることになる」ハリーがあっさりと言う。「ぼくはきみの婚約者だ。その事実をきみが思いだしてくれればの話だが。時々贈り物をするのは、ぼくの特権だからね。それに、今夜、きみが教訓を学んだとすれば、それでぼくも充分報われる」

「ラヴジョイのこと？　心配には及びません。彼についての教訓はしっかり学びましたから。彼とは二度とカードをやりません」オーガスタは言葉を切り、それから、自分でも信じられないくらい気前よくつけ加えた。「彼とは二度とダンスも踊らないわ」

「オーガスタ、今後は、あの男と話もしてもいけない。わかったかな？」

「はい、わかりました」

彼がオーガスタをじっと見つめ、いくらか表情を和らげた。所有欲に満ちたまなざしに見つめられると、オーガスタの全身に震えが走った。

「さあ、行きなさい」ハリーが言う。「もう遅い」

オーガスタは身をひるがえし、大急ぎで屋敷に駆けこんだ。


翌日の正午少し前に、ハリーはラヴジョイのこぢんまりした図書室に入った。さりげなく部屋を見まわし、本棚の近くに置かれた地球儀も含め、すべてが昨夜と変わっていないことを確認する。

ラヴジョイが執務机の椅子にゆったりもたれたまま、見たところ、さほど関心も持たない様子で予期せぬ客を眺めた。だが、緑色の目が用心深くきらめくのがはっきり見てとれた。

「おはよう、グレイストン。きょうはなんの用事でいらしたのかな?」

「個人的な用件だ。長くはかからない」ハリーは暖炉のそばの肘掛け椅子に腰をおろした。昨夜のオーガスタの推測とは違って、もともとラヴジョイに決闘を申しこむ気は毛頭なかった。敵に対処する適切な方法を選択する場合は、その前に敵をよく知ることが大事だと信じている。

「個人的な用件とおっしゃったかな。それを聞いて驚いたことは認めざるを得ないな。ミス・バリンジャーが、賭博の負債程度のささやかなことできみの手をわずらわせるとは思っていなかった。それで、彼女に払ってほしいと頼まれたわけかな?」

ハリーは問いかけるように眉を持ちあげた。「いや、まったく違う。賭博の負債のことは、まったく知らなかった。しかしながら、ミス・バリンジャーのやることは、だれにも推測できないからね。ぼくの婚約者は完全に予測不可能だ」

「それはぼくも理解している」

「しかしながら、ぼく自身はきわめて予測可能な人間だ。それはきみも知っていておくべきだろう、ラヴジョイ。ぼくがなにかすると言えば、それは必ず実行されることになる」

「なるほど」ラヴジョイは重たい銀製の文鎮をいじった。「それで、きょうは、なにをすると提案するつもりかな？」

「きみが女性たちと楽しんでいるらしいゲームから、ぼくの婚約者を守るということだ」

ラヴジョイが深く傷ついた表情を浮かべてみせた。「グレイストン、きみの婚約者がたまにカードを楽しんでいるのは、ぼくのせいではない。もしも本当にあのレディと結婚するつもりならば、彼女の性格をよく考えたほうがいい。彼女は無謀な楽しみに飛びつきがちだからね。あの一族に共通する傾向だと聞いている。少なくとも、ノーサンバーランドのほうの一族には綿々と伝わっているはずだ」

「ぼくが心配しているのは、自分の婚約者がカード好きなことではない」

「違うのか？　心配したほうがいいと思うが、グレイストン。きみの財力という後ろ盾を得たら、彼女は間違いなく、さらに賭博にのめりこむだろう」ラヴジョイが意味ありげにほほえむ。

ハリーはそっけなくほほえみ返した。「先ほども言ったように、ぼくが心配しているのは、彼女の娯楽の選び方ではない。きょうここにやってきたのは、きみが彼女の兄の死に関して、彼女を悩ませたことだ」

「彼女はそんなことまできみに話したのか？」

「きみが事実上、あの事件の調査を手伝う約束をしたと聞いている。きみが彼女になんらかの役立つ助力を提供できるという話に、ぼくは強い懸念を抱いている。さらには、過去を掘り返したいとも思っていない。そんなことをしても、ぼくの婚約者が苦しむだけで、彼女が苦しむのを許容するつもりはない。だから、きみには、この件からいっさい手を引いてもらいたい、ラヴジョイ。わかったかな？」

「ぼくが彼女を助けて、彼の死亡時に流れた暗い疑惑から兄の評判を取り戻すことができないと、なぜそこまで確信できるんだ？」

「あの時に戻って、バリンジャーの罪を証明したり反証したりするすべがないことは、どちらもわかっているはずだ。だから、あの事件は埋もれたままにしておくのが最善だ」ハリーはラヴジョイの視線を見つめ返した。「ただし、当然ながら」静かにつけ加える。「この件に関して、きみがなんらかの特別な情報を持っていれば、話は別だ。その場合は、それをぼくに教えてほしい。なにか知っているのか、ラヴジョイ？」

「とんでもない、知らないさ」

「そうだと思った」ハリーは立ちあがった。「きみが真実を述べていると信じよう。そうでないとわかれば、非常に不幸なことになる。では、失礼する。そういえば、ぼくの婚約者がたまにカードゲームをするのを禁止するつもりはないが、きみとやるのは禁じておいた。きみの卑劣なやり方は、どこかほかの場所で披露してくれたまえ、ラヴジョイ」

「それはがっかりだ。ミス・バリンジャーとのゲームはとても楽しかったのだが。それに、彼女がぼくに返すべき千ポンドというささやかな借金もある。教えてくれ、グレイストン。次の伯爵夫人にきわめて厳しく高潔な振る舞いを要求しているという噂を考えれば、賭博にのめりこむ傾向がある女性との婚約は心配じゃないのか？」

ハリーはかすかな笑みを浮かべた。「きみは勘違いをしているようだ、ラヴジョイ。ぼくの婚約者は、きみに借金などしていない。少なくとも千ポンドの借金がないことは確実だ」

「そこまで確信を持たないほうがいいと思うが」ラヴジョイがその目に満足げな表情を浮かべて立ちあがった。「彼女の借用書を見たいかな？」

「きみがそれを出せるものなら、もちろん、借金はいまここで清算させていただこう。しかし、きみがいかなる借用書も見せられるとは思えないが」

「ちょっと待ってくれ」

ラヴジョイが部屋を横切って地球儀に近づき、ポケットから鍵を出すのを、ハリーは関心を持って見守った。ラヴジョイが隠された鍵穴に鍵を差しこむと、昨夜と同じように、地球儀の半球が勢いよく開いた。

しんと静まりかえったなか、ラヴジョイはかなり長いあいだ、地球儀の下側の半球を凝視していた。それからゆっくりと振り返り、ハリーと向き合った。その顔は無表情だった。「どうやら勘違いをしたようだ」ラヴジョイが静かな声で言う。「きみのレディの借用証は持っていなかった」

「そうだと思った。お互いに理解し合ったということでいいかな、ラヴジョイ？　では、失礼しよう。そういえば、きみにもぜひ祝ってもらいたいものだ。ぼくはあした結婚するのでね」

「そんなにすぐに？」ラヴジョイは驚きを隠し切れずに、目が狭めた。「きみには驚かされる。そんなに急ぐとは予想していなかった。とはいえ、だれに聞いても、ミス・バリンジャーと結婚する男は、非常に多くの冒険を覚悟しなければならないようだからな」

「ぼくにとって、おもしろい変化になることは間違いない。本に埋もれて、あまりに長い年月を過ごしてきたとまわりからも言われている。少しばかり冒険を導入するいい機会だと思っている」答えは待たずに、ハリーは扉を開けて図書室をあとにした。背後で、地球儀の金庫を叩き閉める音が聞こえた。廊下に鳴り響いてこだまするほど激しい音だった。

ラヴジョイがいかがわしい賭け事の標的にオーガスタを選んだのは、非常に興味深いことだと、屋敷を出ながらハリーは考えた。あの男の過去を調べる頃合いだと判断する。ピーター・シェルドレイクにとっては、執事のスクラッグズを演じるよりはやりがいのある任務になるだろう。

8

クラウディアはオーガスタの寝室に入ってくると、大混乱のまっただ中で、眉ひとつ動かさずに立ちどまった。そして、海のように広がるドレスや靴、帽子の箱や羽根飾り越しに従姉を優しくにらんだ。

「こんなふうに大急ぎで荷造りする必要がどこにあるのか理解できないわ、オーガスタ。四カ月後に立派な結婚式を挙げる予定なのに、特別許可証で結婚するなんて理にかなわない。結婚は、こんなふうに急いでいい事柄ではないわ。だれよりもグレイストンがそのことを理解すべきでしょう」

「疑問があるならば、直接グレイストンに聞いてちょうだい。すべて彼の考えだから」衣装だんすの横に陣取って忙しく作業の指示を出していたオーガスタが、顔をしかめて侍女をたしなめた。「違うわ、ベッツィ、夜会服はもうひとつのトランクでしょ。そのペティコートはあちらのトランク。わたしの本は詰めてくれたかしら？」

「はい、お嬢さま。けさ、わたしが自分で詰めました」

「よかった。夫の図書室の本しか読むものがない状態でドーセットに閉じこもりたくないわ。きっと古代ギリシャと古代ローマに関する分厚い本ばかりで、小説は一冊もないでしょうから」

ベッツィがひとつのトランクから山のようなシルクとサテンを持ちあげて、もうひとつのトランクにおろした。「田舎でこんなにたくさんのドレスが必要かどうか」

「備えあれば憂いなし。それぞれのドレスに合う上靴と手袋も忘れないでね」

「はい、お嬢さま」

クラウディアが山積みになったトランクや帽子の箱のあいだをすり抜け、ペティコートやストッキングやガーターが散らかったベッドのそばまでやってきた。「オーガスタ、話がしたいわ」

「話してちょうだい」オーガスタが振り返り、寝室の開いた扉から外に呼びかけた。「ナン、そこにいるの？　すまないけれど、ここに来てベッツィに手を貸してくれないかしら？」

女中が戸口から顔をのぞかせた。「荷造りを手伝うということですか、お嬢さま？」

「ええ、お願い。あまりにもたくさんやることがあって、時間が足りないの。わたしの婚約者からは、結婚式を終えたら、翌朝に出発すると言われているから」

「まあ、そんな。それでは、ほんとに時間が足りませんね、お嬢さま」ナンが小走りで部屋に入ってきて、疲れはてたベッツィの指示で作業を開始した。

「オーガスタ、お願い」クラウディアがきっぱりと言う。「こんな混乱状態のなかで話はできないわ。下の図書室でお茶を一杯いただきましょう」

オーガスタは襞のついたモスリンの縁なし帽子の形を整えながら、寝室を見渡した。やるべきことはまだたくさん残っていて、しかも、オーガスタが荷造りを終えられないせいで出発が遅れたら、ハリーが喜ばないだろうという心配もある。その一方で、濃いお茶を必要としているのも事実だった。「わかったわ、クラウディア。ここはしっかりやってくれているから、下に行きましょう」

五分後、オーガスタは肘掛け椅子に深くもたれ、室内履きを履いた足を足置きに載せて、ゆっくりお茶を飲んでいた。茶碗を受け皿に戻し、ほっとため息をつく。「あなたの言う通りね、オーガスタ。これはとてもいい考えだったわ。ひと休みする必要があったもの。明け方から飛びまわっていたから。ドーセットに向けて出発する前に疲れ切ってしまいそう」

クラウディアが茶碗の縁越しに従姉を見つめる。「なぜこんなに急がなければならないのか、話してほしいわ。なにかがおかしいように感じるわ」

「さっきも言ったけれど、グレイストンに訊ねてくれないと」オーガスタは疲れた様子で額をこすった。「個人的には、彼が少しどうかしていると思うのよ。それって、彼の妻というわたしの将来にとって、幸先がいいとは言えないと思わない？　もしかしたら、彼の一族にそうした傾向があるのかも」

「嘘でしょう？」クラウディアは本気で心配になったらしい。「あなたは彼の気が変になったと思っているの？」

オーガスタは心のなかでうめいた。クラウディアの家系はどうもユーモアのセンスが欠如している傾向がある。むしろ、グレイストンに似ているかもしれないと、ふと考える。「とんでもない、そんなはずないでしょう？　皮肉を言っただけよ、クラウディア。言いたいのは、わたし自身は、特別許可証もこんなに急ぐ必要も感じていないということ。これから四カ月でグレイストンをもっとよく知って、わたしのことも知ってもらえたらどんなによかったか」

「その通りだわ」

オーガスタは暗い気持ちでうなずいた。「彼はわたしと結婚することで、みずから進んで困難に巻きこまれようとしているとしか考えられないわ。しかも結婚してしまえばもう手遅れでしょう？　一生わたしに縛られてしまうのに」

「グレイストンが無謀な方とは思ってもいなかったけれど。彼はなぜ、そんなに結婚式を急いでいるのかしら？」

オーガスタは咳払いをして、上靴のつま先を眺めた。「それは、毎度のことながら、全部わたしのせいなのよ。もちろん、彼は紳士らしく否定するでしょうけれど」

「あなたのせい？　オーガスタ、なんの話をしているの？」

「男性に害のない程度に親密な行為を許した場合に起こるかもしれない問題について、前に話したことを覚えているでしょう？」

クラウディアの眉がくっつきそうなくらい狭まり、頬がかすかに紅潮した。「その話のことは、もちろんよく覚えているわ」

「ええ、それでね、クラウディア、いろいろ理由はあるんだけど、まあ予期せぬ状況のせいで、昨夜たまたま暗い馬車のなかでグレイストンとふたりきりになったの。これ以上言わなくてもわかると思うけれど、今回は数回のキス以上のことを彼に許したのよ。もっとずっと多くのことを」

クラウディアの顔が真っ青になり、それからみるみる鮮やかなピンク色に変わった。「あなたが言っているのは……オーガスタ、そんなこと信じられないわ。信じることを拒否するわ」

「でも、残念ながら事実なの」オーガスタは深いため息をついた。「念のために言っておくけど、もしももう一度やり直すとすれば、きっと躊躇するでしょう。そこまですばらしかったとは言えないから。でも、最初はいい感じで始まったのよ。そのうちちくつろげるようになるとグレイストンは約束してくれたし、彼は確信があってそう言っているのだと信じるしかないわ」

「オーガスタ、あなたはまさか、彼が馬車のなかで、あなたとあの行為を行ったと言っているの？」クラウディアの声はショックのあまり消え入りそうだった。

「あなたが愛想をつかして、徹底的に非難すべきだと思うのはわかっているわ。でも、その時はそんなふうに思えなかったのよ。理解できないと思うけれど」

「グレイストンがあなたを誘惑したの？」クラウディアが問いただす。今度は強い口調だった。

オーガスタは顔をしかめた。「正確に言えば、誘惑されたとは言えないわね。思いだしてみると、最初は、わたしの礼節の欠如に関する厳しい叱責から始まったのよ。彼はわたしに怒っていたわ。猛烈に怒っていたと言ってもいいくらい。その熱烈さが別な情熱につながったのよ。言っている意味わかるかしら」

「まあ、信じられない。彼に襲われたの？」

「いいえ、そうではないわ、クラウディア。わたしが言ったのは、彼がわたしにその行為をしたということ。全然違うわ」オーガスタは言葉を切り、もうひと口お茶を飲んだ。「でも、そのあとしばらくは、わたしも違いがあるか怪しんでいたけれど。こわばっていたし、多少不快感もあったし。でも、けさ、お風呂に入ったあとはずっとよくなったわ。もちろん、きょうの午後に公園で馬に乗りたいとは思わないわね」

「とんでもないことよ」

「それはよくわかっているわ。このどこかに教訓があるとすれば、そうね。プルーデンスおばさまだったら、きっと要約してくださるでしょう。なにか簡潔で要を得た言葉で、たとえば、紳士と箱形馬車に乗らない。急いで結婚して、ゆっくり後悔することにならないように、とか」

「その状況を考えれば、結婚する意志を示したグレイストンに、あなたは感謝すべきだと思うわ」クラウディアがきっぱりと言う。「結婚前に、そうしたふしだらな行動に及ぶのは、その女性が貞淑でないからという見方を取る男性もいるんですからね」

「グレイストンはむしろ自分の行動にショックを受けていたようだわ。ほら、礼節にこだわる方でしょう？　だから、自分自身に戸惑っていて、四カ月の婚約期間が終了する前に、ふたたび礼節にもとることをしてしまうと感じているのよ。だから、特別許可証のためにこうして急いだというわけ」

「そう」クラウディアがためらった。「事態がこんなに急激に進んでしまって、あなたは本当にそれで不幸ではないの、オーガスタ？」

「不幸ではないけれど、全体的にものすごく不安なことは確かね」オーガスタはうなずいた。「これからの四カ月で、自分がなにをしようとしているのかを確認したいと思っていたから。グレイストンがわたしを愛してくれるかどうかもわからない。もちろん、昨夜は愛情のことはひと言も言わなかったわ、その時でさえ――」オーガスタは言葉に詰まり、顔を赤くした。

クラウディアが目を丸くした。「グレイストンはあなたをまったく愛していないということ？」

「疑わざるを得ないわ。そういう無意味な考えには関心がないという意味のことを言っていたから。問題は、クラウディア、わたしを愛することを彼に教えられるかどうか、自信を持てないことよ。それこそ、結婚を急ぐことを恐れる理由だわ」オーガスタは憂鬱な気持ちで窓の外を眺めた。「彼がわたしを愛してくれたのならよかったけれど。それなら、どんなに安心だったでしょう」

「彼があなたに対してよき夫であるかぎり、不満を覚える理由はまったくないと思うけれど」クラウディアがぴしりと言う。

「ハンプシャーのバリンジャーはそういう意見を言うだろうと思っていたわ」

「わたしたちのまわりでも、愛し合って結婚した人はほとんどいないはずよ。お互いに、敬う気持ちとある程度の好意があれば、それでよしとしなければ。大半の夫婦は、それさえもないのだから。あなたもわかっているでしょう、オーガスタ？」

「ええ。でもわたしは何年前から、愚かな夢を描いてきたのよ。わたしの両親のような結婚をしたいという夢を。愛と笑いと温かさに満ちた結婚を。でも、グレイストンとそうなるためにどうすればいいかもわからない。しかも最近、彼には、わたしに隠している一面があると気づいたの」

「おかしなことを言うのね」

「はっきり説明できないのよ、クラウディア。ただ、グレイストンに関する多くのことが闇の奥深くに隠れている気がするの。どんな暗闇なのかわからないけれど」

「それでも、彼に惹かれているんでしょう？」

「最初に会った時から」オーガスタは認めた。「でもそれは、知性とはまったく異なる観点によるものだと思う」そう言い、茶碗を受け皿に置いた。「それに、彼の娘さんのこともあるわ。会ったことがないし、わたしを好きになってくれるかどうか、心配で仕方ないのよ」

「あなたを好きにならない人はいないわ、オーガスタ」

オーガスタは目をぱちくりさせた。「あなたがそんなふうに言ってくれるなんて、とても嬉しいわ」思わずにっこりする。「でも、こんな憂鬱な話は終わりにしましょう。わたしはあした結婚することになっている。そういうこと。最善を尽くすしかないでしょう？」

クラウディアがちょっとためらい、それから身を乗りだして早口で言った。「オーガスタ、グレイストンと結婚することが本気で心配ならば、お父さまに言うべきかもしれないわ。父はあなたのことをとても大事に思っているから、あなたの意志に反する結婚を強制したりしないわ」

「トーマスおじさまでも、この結婚をやめるようにグレイストンを説得することは、もはやできないでしょう。彼は決心しているし、とても頑固な人だから」オーガスタは沈んだ気持ちで首を振った。「それに、わたし自身も引き返すには遅すぎるわ。自分を汚したんですもの。堕落した女。純潔を失うのに手を貸した男性が、正しいことをする意志がある紳士だったことに感謝するしかないわ」

「でも頑固というなら、あなたも負けないでしょう？　あなたが本当に望んでいないなら、だれも強制はできないし――」クラウディアはふいに言葉を切って、オーガスタを見つめた。「まあ、いまわかったわ。あなたは本当にグレイストンを愛しているのね、そうでしょう？」

「そんなにはっきりわかる？」

「あなたをよく知っている人にしかわからないでしょうね」クラウディアが優しく請け合った。

「それなら安心。グレイストンが恋に悩む妻を歓迎するとは思えないもの。彼はそういうことを重荷と感じるはずよ」

「つまりあなたは、あなたのほうの家に受け継がれる大胆で向こう見ずという評判通りに、よく考えもせずにこの結婚に飛び込むというわけね」クラウディアが考えこむ。

オーガスタは自分のためにもう一杯お茶を注いだ。「しばらくは困難が続くでしょうね。わたしがたどらねばならない道が、最初の奥さまが確実にそうであった高潔で立派な妻の鑑になる道でないことを願うしかないわ。前妻と比較されるなんて最悪だけど、わたしの場合は避けられない運命ですもの」

クラウディアがうなずいて理解を示した。「ええ、グレイストンの最初の奥さまが築いた高い基準に沿おうとするのはとても大変なことでしょう。だれに聞いても、キャサリン・モントローズは貞淑な女性の鑑だったそうですもの。でも、あなたが自分を向上させて前妻の基準にもっていくために努力をすれば、グレイストンは必ず支えてくれるはずよ」

オーガスタはたじろいだ。「そうでしょうね」図書室が沈黙で包まれた。トランクを引きずって動かす音が頭上から聞こえてくる。「でもね、クラウディア、わたしがいま一番気がかりなのは、これから数週間、サリーを訪問できないことなの。とても具合が悪いのよ。大好きな彼女が気持ちよく過ごせるかどうか、心配でたまらないわ」

「あなたがサリーや、彼女が運営しているクラブと深く関わっているのをいいと思ったことはないけれど」クラウディアがゆっくり言う。「でも、あなたが彼女をとても大切な友人と思っていることは理解できるわ。もしよければ、あなたの不在中、週に一度か二度、わたしがサリーを訪問してもいいけれど。あなたからの知らせを伝えられるし、あなたへの手紙に彼女の様子を書くこともできるわ」

オーガスタは計り知れないほどの安堵感を覚えた。「わたしのために、本当にそんなことまでしてくれるの、クラウディア？」

クラウディアが背筋を伸ばした。「そうしていけない理由が見当たらないもの。あなたがいないのだから、わたしが行っても喜んでくれるでしょう。それに、わたしが見守っていれば、あなたも安心するでしょう？」

「言葉に出せないほど感謝しているわ、クラウディア。よかったら、まずきょうの午後訪問しましょう。あなたを紹介するわ」

「きょう？　でも、出発の準備でこんなに忙しいのに？」

オーガスタは笑った。「この訪問のためならば時間を作るわ。というより、これは絶対に逃せない。あなたはきっととても驚くわ、クラウディア。これまでなにを経験し損ねてきたかわかるでしょう」


ピーター・シェルドレイクは、ハリーのクラレットのデカンタの中味を自分のグラスに注ぎ、それから屋敷の主のほうを向いた。「ラヴジョイの背景を探ってほしいというのか？　なぜそんなことをする必要があるんだ、グレイストン？」

「うまく説明できない。だが、あの男がオーガスタを不快きわまりないゲームの標的にしたことを問題視しているわけではないとだけは言っておこう」

ピーターが肩をすくめた。「たしかに不快きわまりない行為だが、別段珍しいことでないのは、きみもぼくも知っている。ラヴジョイのような男は四六時中レディをつかまえて、そういうゲームをしている。たいていは、単にほかの男のものである女性をもてあそんで楽しみたいだけだ。彼から遠ざけておけば、オーガスタは安全だろう」

「ありがたいことに、ぼくの婚約者もラヴジョイに関してはさすがに教訓を学んだようだ。向こう見ずな傾向はあっても、オーガスタは愚かではない。彼のことは二度と信頼しないだろう」ハリーは机の上に置いてあった本の背表紙を指でなぞった。

『リウィウスのローマ史に関する所見』という題の薄い本で、彼自身が書いたものだ。つい最近出版されたばかりで、自分では非常に気に入っているが、ウェイヴァリーの小説やバイロンの叙事詩ほどの大評判を得ることはないとわかっている。オーガスタは死ぬほど退屈だと思うに違いない。読者層が違うと思うことで、自分を慰めている。

ピーターが考えこみながらハリーを見やり、落ち着かない様子で窓辺に移動した。「ミス・バリンジャーが教訓を学んだと感じているなら、なにを気にしている?」

「ラヴジョイの悪意に満ちた賭け事には、オーガスタをもてあそんだり、誘惑したりする以外になにかあるとぼくの直感が語っている。計算された企みが見え隠れしていて、それが気に入らない。しかも、ぼくが会いに行った時、オーガスタがぼくの妻にいかにふさわしくないかを、あえて匂わせた」

「ゆすろうと思っているのかな? この事件全体を表に出さないためなら、きみが千ポンド以上払うと信じているのかもしれない。こう言って差し支えなければだが、きみはきわめて道徳的という評判だからな」

「なぜ差し支えがあると思う？　オーガスタはあらゆる機会を見つけて、ぼくにその事実を投げつけてくる」

ピーターはにやりとした。「ああ、そうだろう。それこそ、彼女がきみを信頼する理由のひとつだからな、グレイストン。それで、ラヴジョイのことだが、なにを見つけだしてほしいんだ？」

「さっきも言ったように、ぼくにもわからない。なにが発見できるか、やってみてくれ。だれも、あの男のことをよく知らないようだ。あの男は謎だとサリーも認めていた」

「彼について良かれ悪しかれなにか聞いているとすれば、それはサリーだろう」ピーターが考えこんだ。「この調査に関して、彼女に助力を求めるべきだろうな。きっと喜ぶぞ。昔を思いだせると言って」

「きみの判断に任せるが、彼女を疲れさせないようにしてくれ。体力はもうほとんど残っていない」

「それはぼくも気づいている。しかし、彼女は体力を温存して、ただベッドで横になっているよりも、最後まで日々を大事に生きるのを選ぶ女性だろう」

ハリーはうなずき、窓から庭を眺めた。「きみの言う通りだと思う。よし、彼女が昔を思いだしたいかどうか、やってみよう」友のほうに鋭い視線を投げる。「当然ながら、きみたちふたりにはきわめて慎重にやってもらいたい」

ピーターがいかにも侮辱されて傷ついたという表情を浮かべた。「慎重さはぼくの数少ない美徳のひとつだぞ。知っているだろう」それから、いたずらっぽく笑った。「名前を言ってもいいが、箱形馬車のなかの慎重さを欠いた行為によって、きょう特別許可証を手に入れた紳士とは違うぞ」

ハリーは顔をしかめて警告を発した。「昨夜のことをひと言でも漏らしてみろ、シェルドレイク、自分自身の墓碑銘を彫るはめになるぞ」

「心配はいらない。ぼくは内容によっては、墓のように沈黙していられるんだ。だがな、おい、ミス・バリンジャーと馬車から降りてきた時にきみの顔に浮かんでいた表情を見せたかったよ。あれは値がつけられない。きわめて貴重だ」

ハリーは小さくののしった。昨夜のことを考えるたびに――ほかのことはほとんど考えられていないが――自分でも呆然としている。あまりに嘆かわしいみずからの行動にいまだ納得できていない。ここまで肉体的欲求の言いなりになったことは一度もなかった。そして、なにより悪いのは、起こったすべてを自分が後悔していないことだ。

オーガスタがいまや彼のものとなり、しかもほかの男のものだったことは一度もないとわかったことがなにより嬉しい。しかも、この出来事のおかげで、結婚を早めなければならない言い訳ができた。

唯一の、しかも非常に深刻な後悔は、自分が制御不能となったせいで、オーガスタにこの経験を充分楽しませてやれなかったことだ。ただし、それによる悪印象はすぐに修復する自信があると自分に言い聞かせる。彼女のように反応してくれた女性はこれまでいなかった。彼女は彼を心から望んでいた。そして、無垢ゆえの優しさと熱意で彼に身を任せた。あの純真さをハリーは生涯忘れないだろう。

あの嘘つきのくそ女キャサリンとはまったく違う。

ピーターがまた窓のほうに目を向けた。「どうだろう、グレイストン。箱形馬車で天使とふたりだけになれる確率はどのくらいだと思う?」

「彼女が執筆中の本に、きみがどれほどの関心を示せるかによるだろう」ハリーはつぶやいた。

「信じてくれ、きみにその話を聞いてからは、彼女と話す機会があるたびに、『若いレディに役立つ知識の手引き』の話しかしていない。くそっ、ハリー、ぼくはなぜ、面倒なほうのミス・バリンジャーに惚れてしまったのかな?」

「天使を見つけたのだから、幸運と言うべきだろう。それにもうひとりのミス・バリンジャーは売約済みだ。ラヴジョイについてなにか興味深いことが見つかったら、ドーセットに知らせてくれ」

「すぐに」ピーターがうなずいた。「さて、ぼくはもう行かなければ。スクラッグズが一時間以内に〈ポンペイアズ〉の玄関前に立つ予定で、そのためにはあのいまいましい衣装を着て、偽の口ひげをつけなければならない」

ピーターが部屋から出ていくまで待ってから、ハリーは『リウィウスのローマ史に関する所見』を開き、印刷された状態で自分の研究がどう見えるか知るために最初の数ページを読もうと努力した。しかし、うまくいかなかった。考えられるのは、ちゃんとしたベッドで新妻とどうやって愛を交わそうかということだけだ。

ほどなくハリーは、たとえ自分が執筆したものであっても、いまはローマ史に関する論文を読む気分ではないと判断した。そして著書を閉じ、本棚まで行ってオウィディウスの詩集を取った。

「説明しておくけど、クラウディア」レディ・アーバスノットの街屋敷の玄関前の石段をあがりながら、オーガスタは従妹にささやいた。「〈ポンペイアズ〉はもともとサロンのような形で始まったの。でも、わたしがある日思いついたのよ。セント・ジェームズの施設のように本物のクラブに変えればもっと楽しいはずだと。あなたは少しばかり、そうね、普通じゃないと思うかもしれないけれど」

「〈ポンペイアズ〉に入っていく覚悟はできているわ。あなたを困らせないように努力するつもりだから大丈夫」クラウディアはそっけない口調でささやき返した。

「ええ、わかっているわ。でも、礼儀作法に関するあなたの考えはとても上品だから、〈ポンペイアズ〉で目撃することに、あなたを嫌な気持ちにさせることもあるかもしれないわ」

「たとえば？」

「たとえば、執事とか」オーガスタがつぶやいたちょうどその時、スクラッグズが扉を開けた。

「これは、これは、ミス・バリンジャー」スクラッグズが戸口に立ったオーガスタをじろじろと眺めた。「ここであなたさまを見るとは、なんたる驚き。理不尽なほど急ぐ輩と結婚することになっていると聞きましたがね」

「あなたには関係ないことでしょう」クラウディアがきっぱりと言う。

スクラッグズは横に立っていたクラウディアに気づくと、口をぽかんと開けた。きらきら輝く青い目を大きく見開き、それから理解できないというように狭める。だが、スクラッグズはすぐに気を取り直した。「いやあ、驚きました。天使が〈ポンペイアズ〉に来られるとは。地獄を訪問というわけですかな、ミス・バリンジャー? 世の中どうなってしまうのか?」

クラウディアがスクラッグズに非難のまなざしを向け、その場が一瞬ぴりぴりした沈黙に包まれた。クラウディアは気品は保ったまままさげすみの表情を浮かべ、オーガスタのほうを振り返った。「このお年寄りはどなた?」

「こちらはスクラッグズ」オーガスタは満足の笑みを押し隠して説明した。「気にしてはだめ。レディ・アーバスノットが彼を雇っているのは、この場所に変わった雰囲気をつけ加えたいからだと思うわ。彼女は風変わりなことが好きなの」

「そうでしょうね」クラウディアはゆっくりと頭のてっぺんから足の先までスクラッグズを観察し、それから彼のそばを通り抜けて玄関広間に入った。「この場所でほかにどんな奇想天外なことが見られるのか楽しみだわ。さあ、案内してちょうだい、オーガスタ」

オーガスタは笑いを呑みこんだ。「こちらのミス・バリンジャーは〈ポンペイアズ〉の新しい会員よ、スクラッグズ。わたしが街を離れているあいだ、レディ・アーバスノットを訪問して、彼女の具合をわたしに報告してくれると申し出てくれたの」

「あなたさんが来てくれて、この場所を活気づけて、奥さまを楽しませてくれないと、ここも退屈になりますかね」そう言いながらも、スクラッグズの視線は、客間の扉近くに傲慢とも言える態度で立っているクラウディアに釘づけになっている。

オーガスタは、花で縁取りをした最新流行の大きな帽子を取りながら、スクラッグズにほほえみかけた。「あら、なにもかも楽しく続いてくれると、わたしは確信しているわ。ただひとつ残念なのは、自分がここにいて、それを見られないこと」

スクラッグズが嬉しそうに〈ポンペイアズ〉の扉を開け、オーガスタとクラウディアはサリーの客間に足を踏み入れた。

サリーが坐っている暖炉のほうに歩いていくあいだ、従妹が持ち前の観察眼で周囲の様子をしっかり観察していることにオーガスタは気づいた。

「なんてすばらしいんでしょう」古代ギリシャとローマの著名な女性たちを描いた絵画を眺め、クラウディアが小さい歓声をあげる。

サリーは膝の上の本を閉じて、インド製のショールの位置を直すと、近づいてくるオーガスタとクラウディアを嬉しそうに見あげた。「ごきげんよう、オーガスタ。新しい会員を連れてきてくれたのかしら？」

「わたしの従妹のクラウディアです」オーガスタは急いで紹介した。「これから数週間、わたしの代わりにあなたを訪問しますわ、サリー」

「それは嬉しいわ。いらしてくださるのを楽しみに待っていますね、ミス・バリンジャー」サリーがクラウディアにほほえみかけた。「オーガスタがいなくて寂しいでしょうから。いつも、ここを活気づけてくれていたのよ」

「ええ、そのようですね」クラウディアは言った。

「どうぞ、掛けてくださいな」サリーが片手を上品に振って、そばの椅子を示した。

オーガスタはサリーが読んでいた本をちらっと眺めた。「まあ、コールリッジの『クーブラ・カーン』をお持ちなのね。わたしも読みたいと思っているんです。いかがでした？」

「すばらしいわよ。なにより幻想的なのがいいわ。アヘンを吸った眠りから目覚めた時に頭に浮かんだ話と著者は言っているけれど、たしかに、描かれている幻想的な心象が魅力的なのよ。それでいてどこか馴染みがあって、よく説明できないけれど、心が癒やされるわ」サリーはクラウディアのほうに向いてほほえんだ。「感想はおしまい。それより、聞かせてくださいな。このささやかなクラブをどう思う？」

「まず思ったのは」クラウディアが考えこんだ。「こちらの執事が、なんとなく、知っている人のような気がするということ」

「足を引きずっているからじゃないかしら」オーガスタはあっさり言った。「ほら、覚えていない、オーガスタ？　わたしたちの庭師も同じような姿勢で歩いていたわ。リウマチなのよ、知ってのとおり」

「そうかもしれないわね」クラウディアがうなずいた。

サリーが今度はオーガスタのほうを向いた。「それで、あなたは特別許可証で結婚して、ドーセットに連れていかれてしまうのね」

「噂話が社交界を駆け抜ける速さは驚くばかりですね」

「そして、最後に必ず〈ポンペイアズ〉にたどりつく」サリーが締めくくった。「あなたがこういうことに関しても、一般的に受け入れられているやり方で行うはずがないとわかっていたのにね」

「でも、これはわたしの考えではなく、グレイストンの考えなんですよ。わたしは、彼が自分の決断を後悔しなければばと願うばかり」オーガスタは言葉を切り、首を少し傾げながら、お茶の茶碗を受け取った。「その一方で、自分の婚約者が衝動的な性質を持ち合わせていると知って、ほっとしているところもあるわ」

「衝動的？」サリーが考えるような表情を見せた。「グレイストンを表す言葉として、ぴったりとは言えないと思うけれど」

「では、ぴったりの言葉はなんだと思いますか？」オーガスタは好奇心にかられて訊ねた。

「狡猾、抜け目ない、賢い。非情な時もあるかもしれない。とにかく、普通ではない人よ、グレイストンは」サリーが紅茶をすする。

「まったく同感ですわ」オーガスタは言った。「はっきり言って、不安を感じずにはいられないわ。わたしの計画を必ず察知するというぞっとする習性の持ち主なんですよ。どんなに秘密にしても気づかれてしまう。まるで、復讐の女神本人《ネメシス》に追いかけられているみたい」

サリーがすすっていたお茶を吹きだし、あわててハンカチで青ざめた唇を拭いた。彼女の目が笑いできらめく。「ネメシス？　まあ、なんて奇妙なことを言うんでしょう」

ネメシス。オーガスタは翌朝、幹線道路をドーセットに向かって走るグレイストンの旅用馬車のなかで、揺れる動きに身を任せながら、まだその印象について考えていた。

その朝の結婚式は迅速かつ効率的なものだった。グレイストンは心ここにあらずといった様子で登場し、オーガスタが入念に選んだモスリン地の白いドレスにもほとんど注意を払わなかった。オーガスタの指示で深い襟ぐりを隠すように縫いつけられた慎み深い襞飾りを褒めることもなかった。夫にいい印象を与えたいという妻の最初の努力は徒労に終わったと言えよう。

グレイストンは、蜜月を送る予定の彼の地所に向け、ただちに出発することを主張した。そしていま、オーガスタの向かい側の席にゆったりと坐っている。ロンドンを発ってからずっと物思いに沈んでいる。

馬車のなかで愛し合った晩以来、ふたりきりになったのはこれが初めてだった。

オーガスタは落ち着かない気分で、読書はおろか、景色にも集中できなかった。銅色の旅用ドレスの組紐を引っぱったり、手提げ袋をいじったりするしかなく、その合間に何度も、グレイストンをそっとうかがった。ピカピカに光るブーツを履き、ぴったりしたズボンと上品な仕立ての上着で装ったグレイストンは、全身が引き締まっていて、いかにも強そうに見える。染みひとつない真っ白なクラヴァットも、いつも通り完璧な形に結ばれている。まさに紳士の鑑。

紳士の鑑、と考えただけで、オーガスタは悲しくなった。どうすれば、ハリーの基準にかなう生活ができるだろう。

「なにか困ったことがあるのか、オーガスタ？」ハリーがようやく口を開いた。

「いいえ、ありません」

「本当にないのか？」彼がもう一度優しく訊ねる。

オーガスタは肩をすくめた。「ただ、きょうはすべてが現実じゃなかったような奇妙な感じがして。今にも目が覚めて、夢だったとわかるような」

「夢ではないと誓うよ。きみは間違いなく結婚した」

「ええ、そうですね」

彼が深々と息を吐いた。「心配しているのか？」

「ええ、少し」自分を待ち受けるさまざまなことを考える。会ったことがない彼の娘、新しい家、最初の妻があらゆる点で女性的美徳の模範だった夫。オーガスタは背筋を伸ばし、肩を果敢にいからせた。「よい妻になるよう努力しますわ、ハリー」

彼がかすかにほほえんだ。「そうなのか？　それは興味深い発言だ」

オーガスタはおずおずした笑みを引っこめた。「あなたから見れば、わたしが欠点だらけなことも、困難な課題が待ち受けていることもわかっています。たしかに、最初の伯爵夫人による高い基準に沿って暮らすのはとてもむずかしいでしょう。でも確信しています。時間と忍耐によって、ある程度は達成できると――」

「ぼくの最初の妻は、嘘つきでずるくて誠実さのかけらもない最悪の女だった」ハリーが冷静な声で言う。「きみに彼女の先例に倣《なら》うことだけはしてほしくない」

9

オーガスタは仰天のあまり声も出せずにハリーを凝視した。「おっしゃっている意味がわかりません」ずいぶん経ってからようやく言う。「わたし――というか、みんなが――あなたの最初の奥さまはとても立派な女性という印象を持っているかと」

「それは知っている。世間のその意見をあえて訂正しようとは思わない。結婚する前は、ぼくもキャサリンが女性の鑑だと信じていた」ハリーの口が皮肉っぽく曲がる。「言うまでもなく、彼女は非常に気をつけて、ぼくとの婚約期間中は慎み深いキス以上のことを許さなかった。そしてもちろんぼくは、彼女の温かみの欠如を貞淑さの証と勘違いした」

「そうですか」結婚式の前にハリーになにを許したかを思いだしてオーガスタは頰を赤らめた。

「彼女がぼくに対してわずかな愛情も抱いていないことをようやく理解したのは、結婚式の夜に、彼女が婚約期間中と同じように冷たかった時だ。そして、だれかほかに相手がいるという強い疑念も持った。そのことを面と向かって訊ねると、彼女は泣き崩れ、ぼくと結婚せざるを得なくなった時には、ほかに恋人がいて、すでに自分自身をその男に与えていたことを白状した」

「なぜ、あなたと結婚せざるを得なかったのですか？」

「よくある現実的な事情だ。爵位、財産。キャサリンの両親がこの縁談を強く望み、彼女も同意した。恋人は一文なしで、さすがのキャサリンも、その男と駆け落ちするほど分別をなくしてはいなかったらしい」

「なんて悲しいことでしょう。おふたりのどちらにとっても」

「彼女がそのろくでなしと駆け落ちしてくれていればと思わずにはいられない。自分の運命を知っていたら、その男に喜んで金を払い、彼女を連れて逃げてもらっただろう。だが、結婚してしまったからには仕方がない」ハリーは肩をすくめた。「彼女は後悔していて、よい妻になる努力をすると言った。ぼくは彼女を信じた。というより、信じたかった」

「それに、純潔を失っていたことを根に持つのは、正しくないことですもの」オーガスタは眉間を寄せて、真剣に言った。「あなた自身が、その、つまり、経験がなかったのでないかぎり」

ハリーは片方の眉をあげたが、それには答えなかった。「どちらにしろ、その状況では、最善を尽くす以外にぼくにできることはなかった」

「わかります。結婚は一生続くものですから」オーガスタはつぶやいた。

「キャサリンが最初に嘘をつかなければ、ふたりでなんとかうまくやっていけたと思う。不誠実はぼくがもっとも許せないことだ」

「ええ、嘘をついた女性を大目に見るのはむずかしいでしょう。あなたは事柄によっては、とても厳しい方だから」

　彼がオーガスタに厳しいまなざしを向けた。「キャサリンは、真の妻になるために努力する意志を持っていなかった。彼女の一番いいところを言うとすれば、少なくとも、結婚した時に愛人の子を宿していなかったことだ。しかし、ぼくとの初夜で妊娠すると、その事実に対してものすごく腹を立てた。ぼくの子のせいでお腹が大きくなるにつれ、愛人が彼女に関心を失ったからだ。そこで、彼を自分に引き留めておくために、金を払い始めた」

「ハリー、なんて恐ろしいこと。奥さまがそうしていると気づかなかったの？」

「しばらくは気づかなかった。人を信じこませることに関して、彼女は長《た》けていたからね。ぼくのところに来てもっと金がほしいという時はいつも、関与している慈善事業に資金が必要だと言っていた。まあ、必ずしも嘘とは言えなかったかもしれない。彼女の恋人は生計を立てられず、完全に彼女に依存していたらしいからな」

「まあ、ひどい」

「メレディスを出産したあとの産褥熱で亡くなったという噂をぼくは否定しなかった」ハリーが抑揚のない声で言う。「だが実際は、産後、順調に回復しているあいだに、愛人がほかの女性と会っていることを知った。産褥期なのに床から起きて抜けだし、彼に会いに行った。帰宅した時は錯乱状態だった。ひどい風邪も引いてしまい、肺炎になった。床に伏し、二度と回復しなかった。最後の頃には完全に正気を失い、愛人の名前を呼んでいた」

「それで、相手がだれかわかったのね」

「そうだ」

「その人はどうなったんですか？」不吉な結末になる予感がして、オーガスタは思わず問いただした。

「安定した財政支援の道を断たれたので、軍に入らざるを得なくなった。そして比較的すぐに、半島戦争で英雄的に死んだ」

「なんて恐ろしい皮肉でしょう。このことは、だれも知らないんですか？」

「これまで、だれにも打ち明けたことはない。話したのはきみだけだ。そして、この件に関して、きみが沈黙を守ることを期待している」

「ええ、もちろんです」弱々しい声になったのは、もしもおおやけになったら、ハリーの名誉がどれほど傷つけられるかを考えたせいだ。「そんな不幸な経験のあとならば、あなたが礼節に重きを置くのは当然ですね」

「重きを置いているのは自分の自尊心だけではない」ハリーがぶっきらぼうに言う。「メレディスのために、キャサリンが完璧だったという作り話をそのままにしておきたい。子どもにとって、親を尊いと思えることが必要だ。メレディスは九歳だが、彼女にとってキャサリンは愛する母親であり、貞淑な妻だ」

「よくわかりました。お母さまの印象をわたしが変えてしまわないかと心配する必要はありません」

ハリーがかすかにほほえんだ。「ああ、きみはそんなことはしないだろう。きみは自分が愛する人たちに対しては非常に親切で忠実だ、そうだろう？　ぼくがきみと結婚した理由のひとつだ。ぼくはきみが娘の面倒を見てくれることを願っている」

「わたしもそのつもりです」オーガスタはうつむき、手袋をして膝の上で組んだ手を見つめた。「わたしを愛するようになってくれればいいのですが」

「すなおな子だから、よく言うことを聞くだろう。きみが新しい母親であることはもう知っている。敬意をもって接するはずだ」

「敬意は愛情と同じではありません。子どもにある程度の敬意と礼儀を強制することはできます。でも、子どもに限らず、愛情を強いることはできないですよね？」横目で彼をちらっと見る。「妻や夫に対してでも」

「ぼくは、子どもからも妻からも、敬意と礼儀を示されるだけでよしとする」ハリーは言った。「加えて、妻には忠誠を期待したい。ぼくの考えをわかってもらえるかな？」

「ええ、もちろんです」オーガスタはドレスの組紐をいじる作業に戻った。「でも、わたしは初めからあなたに伝えようとしてきましたが、完璧なお手本になるという約束はできません」

彼が暗い顔でほほえんだ。「完璧な人間などいない」

「あなたがそれを理解してくれていてよかったわ」

「しかしながら、そちらの方向に多少なりとも真剣な努力をしてくれることを期待する」彼がつけ加える。

オーガスタは目をあげた。「わたしをからかっているんですか？」

「いや、違う、オーガスタ。ぼくはおもしろみのかけらもない平凡な学者だ。からかうことを思いつくような陽気な面は持ち合わせない」

オーガスタは顔をしかめた。「やっぱりからかっているんですね、ハリー。あなたに聞きたいことがあるのですが」

「なんだ？」

「あなたは妻の欺瞞を許せないと言いましたが、わたし自身も、あなたにすべてを正直に告げてきたわけではありません。たとえば、ラヴジョイに対する賭博の負債についても話さなかったわ」

「あれは、意図的な欺瞞ではない。きみはただ、ノーサンバーランドのバリンジャー家の名誉にかけて、いつもの向こう見ずなやり方で行動し、その結果、ごく自然に面倒に巻きこまれただけだ」

「ごく自然に？　でも、あれは、ハリー――」

「きみにわずかでも分別があるなら、あの出来事をぼくに思いださせるのはやめたほうがいい。頭から追いだそうとしているところなのでね」

「あなたのいわゆる〝出来事〟のせいで、あなたがほかに打つ手なく、わたしとけさ、結婚しなければならなくなった事実を考えれば、それはむずかしいと思います」

「遅かれ早かれ、ぼくはきみと結婚しただろう、オーガスタ。そう言ったはずだ」

オーガスタは戸惑い、彼をじっと見つめた。「でも、なぜですか？　ふさわしい花嫁候補者が、リストにはたくさん載っていたはずなのに、なぜわたしに決めたのか、いまだに理解できません」

ハリーは考えているように、かなり長くオーガスタを見つめていた。「ほかの人々の意見とは違って、非の打ちどころない礼儀と完璧な振る舞いは、ぼくが妻に求める主要なことではない」

オーガスタは驚いて目を見開いた。「違うのですか？」

「たまたまだが、キャサリンの礼儀作法や立ち居振る舞いは模範的だった。彼女を知るだれに聞いてもそう言うだろう」

オーガスタは眉をひそめた。「礼儀や振る舞いの完璧さでないなら、具体的に、あなたはなにを妻に求めているんですか？」

「エンフィールドの図書室に忍びこんだきみをぼくが発見した晩に、きみが自分自身で言ったことだ。偽りのない貞淑さ、それこそぼくが妻に望むものだ」

「ええ、それはわかっています。でも、あなたのような方にとって、その貞淑さとは、礼儀作法の知識とそれを大事にする気持ちも伴うのでは？」

「必ずしもそうではないが、たしかにそれもあれば好都合だろう」ハリーはどこか悲しそうに見えた。「女性の美徳は、誠実になれるかどうかの人間性に基づいているとぼくは考えている。これまでの観察によれば、きみは、残念ながら衝動的で頑固な傾向があるが、一方で非常に誠実な女性だ。ぼくが出会った女性のなかで、おそらくもっとも誠実だと思う」

「わたしが？」オーガスタはその言葉に仰天した。

「そうだ、きみだ。サリーなど、友人たちに対して示す強い忠誠心も、ノーサンバーランドのバリンジャー家の思い出に対する心からの敬意もぼくは見のがしていない」

「つまりスパニエル犬のような忠誠ということですね」

妻の不機嫌そうな口調に彼はほほえんだ。「スパニエル犬は好きだが」

オーガスタのなかで怒りが燃えあがった。顎をぐっと持ちあげる。「忠誠心も愛情と同じです。少なくともわたしの考えでは。結婚指輪で忠誠心を買うことはできません」

「それどころか、まさにそのことを、ぼくは数時間前にやった」彼が静かに言う。「きみも覚えているはずだが、オーガスタ。ぼくは、きみの言う愛という感情にはなんの関心もない。しかし、敬意と忠誠に関しては、過去現在を問わずきみが家族に対して示してきたのと同程度のものを期待している」

オーガスタは誇り高く胸を張った。「そして、そのお返しにわたしにも同じものを示していただけるということですね？」

「それは大丈夫だ。夫としての義務は果たすつもりだからね」彼の目が官能の約束できらめく。

オーガスタは目を細め、からかうような優しさに取りこまれるのを拒んだ。「わかりましたわ、だんなさま。忠誠心ですね。ただし、わたしが別な選択をするまでは、それがすべてということになります」

「その謎めいた発言は、いったいどういう意味だ、オーガスタ？」

オーガスタは窓の外に目を向けながら、強い決意を固めた。「あなたが愛情に価値を見いださないかぎり、わたしはあなたに、ほんのわずかの愛情も提供しないということです」結婚には、忠誠心に基づく冷たいやりとり以上のものが必要であることを、なんとしても彼に理解させるべきだと、オーガスタは自分に言い聞かせた。

「好きなようにすればいい」ハリーが肩をすくめた。

オーガスタは横目で彼に鋭い視線を投げた。「わたしがあなたを愛するつもりがなくても、平気なんですか？」

「きみが妻としての責任を果たしてくれるかぎり、ぼくはかまわない」

オーガスタは身を震わせた。「あなたは本当に冷たい方なんですね。そこまでとは理解していませんでした。あなたの最近の行動から、むしろノーサンバーランドのバリンジャーと同じくらい向こう見ずで情熱家なのかと期待し始めていました」

「ノーサンバーランドのバリンジャーほど向こう見ずで情熱的な者はいないだろう」ハリーが言う。「少なくともぼくは違う」

「残念なこと」オーガスタは手提げ袋に手を入れて、旅で読むために持ってきた本を引きだした。膝の上で本を開き、当てつけるようにページを熟視する。

「なにを読んでいるのかな？」ハリーが優しい口調で訊ねた。

「あなたの最新の著書です」あえて顔をあげない。「『リウィウスのローマ史に関する所見』」

「きみにとっては退屈だと思うが」

「そんなことありません。あなたのほかの本も何冊か読みましたが、どれもとてもおもしろいと思いました」

「そうなのか？」

「ええ、もちろんですわ。明らかな不備について目をつぶれば、どの本もとてもおもしろいです」

「不備？　どんな不備だ、聞かせてもらおうじゃないか」ハリーが明らかにむっとした口調で言った。「そもそもそんな指摘をするとは、きみは何者だ？　古典の研究者でないと思うが、マダム？」

「あなたの研究の不備に気づくために、古典学者である必要はありませんわ」

「そうかな？　では、どこか不備なのか教えてもらおうか」彼の口が真一文字に結ばれる。

オーガスタは眉を持ちあげ、彼をまっすぐに見つめた。それからにっこりほほえんだ。

「あなたの歴史研究を読んでいて一番気になるのは、あなたの著書の一冊として例外なく、女性の役割と貢献をあえて無視しているところです」

「女性？」ハリーが一瞬ぽかんとオーガスタを見つめた。だが、すぐに気を取り直したらしい。「女性が歴史を作っているわけではない」

「その印象が一般的なのは、歴史書があなたのような男性によって書かれているせいだとわたしは思っています」オーガスタは言った。「なんらかの理由により、男性の著者は女性の偉業に注意を払わないことを選択します。〈ポンペイアズ〉の装飾のためにあれこれ調べていた時にとくにそう感じました。必要な情報を見つけるのがとてもむずかしかったので」

「なんてことだ。こんなことに自分が耳を貸していることが信じられない」ハリーはうなった。いくらなんでもひどい。スコットやバイロンばかり読んでいる過剰に感情的な小娘に非難されるとは。だがそう思いながらも、ハリーは思わずほほえんでいた。「どうやら、きみはぼくの家庭にとって非常におもしろい存在になりそうだ」


ハリーのドーセットの地所の中心にあるグレイストン邸は、主人と同じように、人を寄せつけない厳しさを持つ大邸宅だった。古代ギリシャ・ローマ風のパラディオ様式の堂々たる建造物が、完璧に手入れされた庭々を見おろすようにそびえ立っている。だが、その屋敷を目の前にしても、オーガスタはきょうの朝以来自分の人生に起きている変化を、充分理解できていなかった。自分はグレイストン伯爵夫人。ハリーの妻。ここの人々は彼女の人々。

ついに自分の家庭を手に入れた。

その思いがじわりと心に染みこんできたちょうどその時、開いた扉から黒髪の小さな女の子が走り出て、石段を駆けおりてきた。リボンもひだ飾りもついていない白いモスリン地の地味なドレスを着ている。

「お父さま、お父さま、お帰りなさい。とても嬉しい」

ハリーが表情を和らげ、愛情あふれる心からの笑みを浮かべて、挨拶するためにかがみこんだ。「どこにいるかと思っていたよ、メレディス。さあ、新しいお母さまに挨拶しなさい」いかなる歓迎を受けることになるかわからず、オーガスタは固唾を呑んだ。「こんにちは、メレディス。お会いできてとても嬉しいわ」

メレディスが振り向き、いかにも聡明そうな、父親から受け継いだとはっきりわかる水晶のような灰色の瞳でオーガスタを見つめた。美しい子どもだとオーガスタは思った。

「あなたはわたしのお母さまにはなれないわ」メレディスが揺るぎなき論理を展開する。「わたしのお母さまは天国にいるんですもの」

「こちらのレディが代わりになる」ハリーがきっぱりと言う。「お母さまと呼ばなければいけない」

メレディスはオーガスタを注意深く観察し、それから父親のほうを向いた。「お母さまほど美しい方じゃない。絵画展示室で肖像画を見たもの。お母さまは金髪で、きれいな青い瞳なの。こちらのレディをお母さまと呼ばないわ」

オーガスタは落胆したが、ハリーが娘の意見に顔をしかめるのを見て、急いでにっこりした。「わたしは、あなたのお母さまのように美しくはないと思うわ、メレディス。あなたがお母さまに似ているなら、お母さまは本当に美しい方だったでしょうね。でも、あなたはきっと、わたしについても、なにか好きなところを見つけてくれるでしょう。それまでは、好きな呼び名で呼んだらどうかしら？　お母さまと呼ぶ必要はないわ」

ハリーが今度はオーガスタに渋面を向けた。「メレディスはきみにきちんと敬意を示すべきだし、そうするはずだ」

「わたしもそうしてくれると思っていますわ」オーガスタは、ふいに傷ついた様子を見せた小さな少女に向かってほほえんだ。「でも、敬意を示せる呼び方はたくさんあるわ、そうでしょう、メレディス？」

「はい、マダム」子どもは不安げに父親を見やった。

ハリーの眉毛が抑圧的に持ちあがる。「この子にはきみをお母さまと呼ばせる。この件は終わりだ。さあ、メレディス、クラリッサおばさまはどこかな？」

質素な型でまったく飾りがないスレート色のドレスを着た背の高い瘦せた女性が、石段の上に現れた。「ここにおります、グレイストン。おかえりなさいませ」

クラリッサ・フレミングが堂々とした足取りで石段を降りてきた。端正な目鼻立ちの四十代半ばくらいの女性だが、威厳に満ちた様子はまさに厳格そのものだ。灰色の瞳はよそよそしく、その用心深いまなざしは、まるで失望に備えて防備を固めているかのように見えた。白髪まじりの髪も、頭の後ろできつくまとめている。

「オーガスタ、こちらはミス・クラリッサ・フレミング」ハリーが言い、さっさと紹介を終えた。「彼女のことは前に話したと思う。親戚で、ぼくのために、メレディスの家庭教師をしてくれている」

「はい、うかがっていますわ」オーガスタは年上の女性に挨拶をして、またなんとか笑みを浮かべたが、内心、憂鬱なため息をついた。こちらの方角からも温かな歓迎は望めないらしい。

「結婚なさった知らせを、ついけさがた、使いの者から受け取りました」クラリッサが当てつけるように言う。「少しあわただしすぎるのでは？　お日取りは四カ月後だったかと思いますが」

「急に状況が変わった」ハリーが謝罪も説明もなくただ言う。そして、冷たくそっけない笑みを浮かべた。「非常に驚かせたことはわかっている。そうだとしても、きみはぼくの花嫁を歓迎してくれると思うが、クラリッサ？」

クラリッサが考えこむようなまなざしでオーガスタを眺めた。「もちろんです」そう答える。「ついてきてくだされば、寝室にご案内しましょう。旅のあとでお休みになりたいでしょう」

「ありがとう」オーガスタがハリーを見やると、彼はすでに使用人たちに指令を出すのに忙しそうだった。メレディスが彼の横にいて、小さな手で父親の手を握りしめている。どちらも連れていかれるオーガスタのほうは見もしなかった。

「聞いたところでは」クラリッサが石段をのぼり、広大な大理石の玄関広間に入りながら厳かに言う。「娘たちのためのみごとな指導書の著者、レディ・プルーデンス・バリンジャーのご親戚とか」

「ええ、大まかに言えばおばですわ」

「まあ、では、あなたもハンプシャーのバリンジャー家のご一族ですか？」クラリッサが熱意を示した。「すばらしいご家族で、聡明な方を多く輩出されているとか」

「わたしは」オーガスタは胸を張った。「一族の分家筋の出です。ノーサンバーランドのバリンジャー家ですわ」

「そうですか」クラリッサが言った。彼女の目からかすかな称賛が消え失せた。


その夜遅くなって、ハリーは自分の寝室でひとり、片手にブランデーのグラス、もう片手にトゥキュディデスの『ペロポネソス戦史』を持って坐っていた。かなり前から一語も読んでいない。考えられるのは、隣の部屋でひとり横になっている花嫁のことだけだ。もうずいぶん長いあいだ、続き部屋のほうからなんの音も聞こえてこない。

これは明らかに、自分の屋敷で新妻と過ごす最初の夜として彼が描いていたものと違う。

ブランデーをひと口飲み、本に集中しようとした。だが、無駄だった。本をばたんと閉じて、そばのサイドテーブルにぞんざいに置く。

旅のあいだ、ハリーはずっと、オーガスタに対して多少は自制心を示すべきだと自分に言い聞かせていた。いまは示しすぎたかもしれないと思い始めている。

サリーの馬車で彼が無責任な性行為を行ったという事実を、彼女はまるで戦いを挑むように、面と向かって投げつけてきた。ハリーを肉欲の奴隷と決めつけ、そうでないことを証明しろと言ってきたのも同然だ。彼としては、彼女のクレオパトラに対してアントニウスを演じるつもりはない。

とはいえ、そう決めてかかったオーガスタを責めることはできない。サリーの馬車のなかであして誘惑したのだから、彼が彼女に手出しせずにはいられないと結論づけて当然だろう。多かれ少なかれ、女性はその種の力を持っている。しかも、オーガスタのような大胆で向こう見ずな女性の手にかかれば、その力はきわめて危険だ。

だからこそ、ハリーはこの結婚における自分の立場をはっきりさせ、自制心を失うことはないと明示するのが最善策だと判断した。もともとの意図の通りに始めるべきだと自分に言い聞かせた。

昨夜、宿屋に泊まった時も、オーガスタのためにもうひとつ部屋を頼み、侍女と一緒のほうが休まるという理由を述べた。実際には、結婚式の夜に、同じベッドで隣にいる妻に触れることなく過ごせる自信がなかったせいだ。

今夜も彼女の寝室の扉の前でなんとか自制し、きわめて礼儀正しくおやすみの挨拶をした。彼の意図をわからせるそぶりは、あえて見せなかった。今頃彼女は目を覚ましたまま横になり、夫が来るかどうかと考えているだろうか。

このあいまいさは、彼女を利することになるかもしれないとハリーは思った。妻がすぐに無鉄砲に挑もうとすることは、ラヴジョイの賭博を含めた一連の事件が示している。彼女があの危険な状況にあえて足を踏み入れたのは、ハリーの希望に屈する義務がないことを彼に表明したいがためだった。

ハリーは椅子から立ちあがり、大股で部屋を横切って、ブランデーをもう一杯注いだ。自分はこれまでオーガスタに対して寛大に接してきた。それが問題だ。甘やかしすぎた。なんといっても、彼女はノーサンバーランドのバリンジャー家の人間。手綱を引き締めるしっかりした手が必要だ。彼女の向こう見ずな傾向を抑制できるかどうかに、この家の幸福な将来がかかっている。

しかし今夜は、それについて考えれば考えるほど、妻の寝室から遠ざかっているのが正しい行動かどうか疑問に思わずにはいられなかった。

もうひと口ブランデーを飲み、熱くうずいている股間を凝視する。

ブランデーに誘発された英知のひらめきにより、現在の状況に関しては別な見方もあるとハリーは判断した。非常に論理的な考察をするとすれば——そして、自分は論理的に考える能力に長けている——、初めから夫としての特権を行使するほうがいいと考えることもできる。

そうだ、この理屈は、これまでの考えよりもはるかに健全だろう。結局のところ、行動で示すべきは彼の自制心ではなく、むしろこの結婚における彼の支配的役割だ。自分はこの屋敷の主人なのだから。

この新しい論理的思考に大いなる満足を覚え、ハリーはグラスを置くと、つかつかと部屋を横切って妻の部屋に通じる扉を開けた。

戸口に立ち、ベッドを包む深い闇をのぞきこむ。「オーガスタ？」

答えはなかった。

ハリーは寝室に入っていき、天蓋つきのベッドにだれも寝ていないことに気づいた。「くそっ、オーガスタ、どこにいるんだ？」

それでも返事がないので、ハリーは部屋を見まわして、寝室の廊下に出る扉が少し開いているのに気づいた。彼女が部屋にいないことを理解した瞬間、ハリーは胸がよじれるような痛みを感じた。

今夜はどんな企みを思いついたんだ？　戸口まで歩いていって廊下をのぞきながら、ハリーは思った。もしも、彼を戸惑わせようという企みのひとつならば、今度こそ曖昧さのかけらもない言葉でやめさせてやる。

廊下に出ると、幽霊のような人影が見えた。淡い色の部屋着が背後にひるがえって浮かんでいるように見える。片手にろうそくを持ち、屋敷の前方に位置する長細い絵画展示室に向かっている。好奇心にかられ、ハリーは幽霊のあとについていくことにした。

音を立てずに彼女の後ろをつけながら、ハリーは自分が安堵していることに気づいた。どこかで、彼女が荷物をまとめて夜の闇に逃げていったかもしれないとひそかに恐れていた。ぼくとしたことが、と心のなかで思う。オーガスタはなにがあっても、逃げだすことはしない。

彼女を追って絵画展示室に入り、端で立ちどまって、ゆっくり歩きながら並んだ絵画を眺めているオーガスタを見守った。一枚一枚の前で足を止め、ろうそくを高く掲げて、金縁の重たい額のなかの肖像を鑑賞する。絵画展示室の片側に並んだ高い窓から月明かりが差しこみ、その銀色の輝きを浴びたオーガスタはますます幽霊のように見えた。

ハリーはしばらく待っていたが、彼女がハリーの父親の肖像画を眺めるのを見て、そちらに向かって歩きだした。

「父にはよく似ているとつねづね言われる」静かに話しかける。「褒め言葉とはとても思えないが」

「ハリー」オーガスタがくるりと振り返ったせいで、ろうそくの光が激しく揺らめいた。喉元に手を当てる。「ああ驚いた。あなたがそこにいらっしゃるのを知らなかったわ。ほんとにびっくりしました」

「申しわけない。こんな真夜中に、ここでなにをしているのかな、マダム?」

「興味があったんです」

「ぼくの先祖に?」

「ええ」

「なぜ?」

「ベッドに横になっていて、あなたのご先祖はわたしの先祖にもなると思ったの。そうですよね? それで、その方々のことを全然知らないと気がついて」

ハリーは胸の前で腕組みをして、父の厳しい顔の真下の壁に片方の肩をもたせた。「ぼくがきみだったら、そんなに急いで自分の先祖と宣言しないだろう。ぼくが知るかぎり、愛すべき人物はひとりもいない」

「あなたのお父さまは？　とても強くて気高そうに見えるけれど」オーガスタが肖像画を見あげた。

「その絵のために坐っていた時はそうだったかもしれない。ぼくが知っている父は、冷酷で怒りっぽく、母がぼくを産んだすぐあとにイタリアの伯爵と駆け落ちした事実と、一生折り合いをつけることができなかった」

「まあ、そんな。なんてお気の毒な。それでどうなったのですか？」

「母はイタリアで亡くなった。訃報が届いた時、父は何本ものお酒と共に一週間図書室に閉じこもり、正体がなくなるまで酒を飲んだ。書斎から出てきたあとは、この家で母の名前が口にされることを決して許さなかった」

「そうでしたか」オーガスタは横目で彼を盗み見た。「グレイストン伯爵は代々、女性運が悪いのかしら、もしかして？」

ハリーが肩をすくめた。「代々のグレイストン伯爵夫人もおしなべて不徳の悪名高い。ぼくの祖母など、数え切れないほど情事を重ねていた」

「それは社交界の慣習ですもの、ハリー。愛情でなくお金と地位のための結婚が多ければ、そういうことが起きて当然だわ。人は本能的に愛を求めるもの。だから、結婚で愛を見つけられなければ、多くの人が外にそれを求める」

「ぼくたちの結婚で見つからないものがあると感じたら、きみもそれを外に求めることになるのか、オーガスタ？」

オーガスタは黒髪を片方の肩の後ろに払い、彼をにらんだ。「正直におっしゃって、代々のグレイストン伯爵は、それぞれのご夫人よりも多少なりとも高潔だったのでしょうか？」

「それはないな」ハリーは祖父の数々の情熱的な密通や、父が囲っていた金のかかる愛人たちのことを思いだしてうなずいた。「しかし、不徳というのは、男性よりも女性のほうが問題視される。そう思わないか？」

そう言った瞬間にオーガスタがかっとしたのがわかった。そうなるだろうとハリーが予想した通りだった。挑戦的な光で瞳をきらめかせ、ささやかな戦闘のために背筋を伸ばすのをハリーは見守った。自分の前に、まるで剣のようにろうそくを掲げる。炎の輝きが彼女の顔に映ってゆらめき、高い頬骨を際立たせて異国的な魅力を与えている。

ギリシャ神話の女神のようだと、ハリーは思った。おそらく戦いの女神、若きアテーナーか。その思いにハリーは思わずほほえみ、それと共に、今夜ずっと股間でくすぶって彼を悩ましていた炎が熱く燃えあがった。

「なんとひどい言い方でしょう」オーガスタは激怒していた。「極端に傲慢で、極端に不快な男性がするような言動だわ。あなたはまがりなりにも古典学者なんだから、そのばかげた、根本的に不公正な発言について謝罪すべきです」

「そうかな？」

「絶対にそうです」

「いいだろう。だが、あとでだ」

「いまです」オーガスタが言い返す。「いま謝罪してください」

「きみの寝室まできみを抱いて戻ったあとは、謝罪はおろか、なにか言える息も残っていないだろう」

彼は腕組みをほどき、なめらかな動きで壁から離れた。

「わたしを抱いて戻るって――ハリー、あなたはなにをしているの？　すぐにおろして」

彼が両腕で抱きあげると、彼女は少しもがいた。だが、そのまま廊下を歩いて彼女の寝室まで行き、天蓋の下におろした時には、抵抗するそぶりさえしなかった。

「ああ、ハリー」切望に満ちた声でささやく。そして、彼が横に横たわると、両手を彼の首にまわした。「わたしを抱こうとしているのね？」

「そうだ、マイディア。もちろんそうする。そして今回は」彼は優しく言った。「もっとうまくやるように努力しよう。きみを美しき戦士アテーナーから、情熱の女神アフロディーテに変えるつもりだ」

10

「ハリー、ああ。ハリー、お願い。もう耐えられない。こんなにすごい感じは初めて」

ハリーは頭を持ちあげ、オーガスタが甘美な震えと共に初めての絶頂に達するのを見守った。全身をそらし、引いた弓矢のように張りつめている。髪が枕の上に黒い雲のように広がっている。目をぎゅっと閉じて、両手で白いシーツを握りしめている。

ハリーはオーガスタの折り曲げた太腿のあいだにうつぶせに横になった。彼女の熱い香りに頭がぼうっとし、舌にはいまだ言葉で言い表せない美味が残っている。

「そうだ、ダーリン、それでいい」彼は指をまた彼女のなかに差し入れ、ゆっくりと引きだした。きつい通路の入り口の小さい筋肉がそっと締まる。驚くほど感じやすい小さな突起を親指でいじりながら、まとわりつく熱さのなかに、また指を滑りこませる。

「ハリー」

「すごく美しい」ハリーはあえいだ。「気持ちよくてとても熱い。そのまま行っていいよ。身を任せるんだ」ゆっくりじわじわと指を引きだすと、彼女の内側の全部が激しく締まるのがわかった。「そうだ、ダーリン。もう少しだけ締めてごらん。もうすぐだ。もう一度、ぎゅっと締めるんだ、マイラヴ」

指をもう一度差し入れながら、小さな突起をそっと撫でる。そして、頭をかがめ、膨張したその部分にそっとキスをした。

「ああ、だめよ、ハリー」

オーガスタが彼の髪に挿しこんでいた両手をぎゅっと握り締め、ベッドから腰をあげると、侵入してきた彼の指と、じらすように動く舌に、自分が強く押しつけた。太腿が震え、足がこわばるのがハリーにもはっきり感じられた。

顔をあげる。ろうそくの淡い光のなかで、オーガスタのかすかに開けた口と、女性の秘めた場所を守っている滑らかな花びらの両方がバラ色に染まり、濡れてきらめくのを見守る。

オーガスタが身を震わせ、廊下に聞こえるくらい大きくて甲高い悲鳴をあげた。快感がさざ波のように次から次へと打ち寄せて、ハリーに抱かれたまま全身を痙攣させた。

ハリーはそのすべてを感じ、聞いて、そして吸いこんだ。彼女の反応のすべてが彼に訴えかける。オーガスタが最初の絶頂に屈する姿を見守りながら、これほど女性的で、これほど情熱にあふれ、これほど官能に満ちたものを、これまでの人生で見たことがないと気づいた。

彼女の反応が、彼のなかですでに燃えていた炎に油を注いだ。これ以上一秒も待てない。ハリーは体を滑らせて彼女の震える全身に重ね、最後のさざ波が消える前に、自分自身をきつい通路に押し入れた。

「真夜中のこの逢瀬に、ぼくは絶対に飽きないと思う、美しい妻よ」しゃがれ声でささやく。

一瞬のち、彼のなかで破壊的な快感が爆発し、渦のように巻かれながら無の境地に押しあげられた。荒々しい勝利の叫びは、彼がオーガスタの濡れた柔らかな体にくずおれたあとも寝室に響いていた。

ずいぶん経ったのち、ハリーはくしゃくしゃのシーツのなかで目を覚まし、オーガスタのほうに手を伸ばした。手探りした手にシーツしか触れないことに気づき、はっと目を開ける。

「オーガスタ？　どこにいるんだ？」

「ここにいるわ」

首をまわすと、彼女は開けた窓のそばに立っていた。すでにナイトガウンを着ている。ほっそりした姿に白いモスリン地が薄がすみのようにまとわりつき、優しい夜風にリボンがなびいている。ふたたびこの世のものではない、まるで幽霊のように見えた。触れられない存在のように感じる。ふいに、彼女が窓から漂い出て、二度と彼のもとに戻ってこないような恐ろしい気持ちに襲われた。

説明しがたい切迫感に圧倒されて、思わず身をまっすぐ起こして坐り、上掛けを脇に押しやった。いますぐに妻をつかまえて、安全に抱いておく必要がある。オーガスタのほうに手を伸ばしかけて、ようやく愚かしい考えだと気づいた。

オーガスタは幽霊ではない。つい先ほどこれ以上ないほど親密に睦み合ったばかりだ。ハリーは立ちかけていた自分を無理に引き戻し、部屋を横切って走り寄る代わりに、ゆったりと枕にもたれた。彼女は間違いなく現実であり、もっと間違いなく彼のものだ。すべてを彼に与えてくれたのだから。

彼女は彼のもの。それは、彼女が彼の腕のなかで絶頂を迎えて激しく痙攣した瞬間に、肉体的なつながりをはるかに越えた事実となった。オーガスタは彼女自身という贈り物をすることで、彼に守るべきものを与えたのだ。

彼女をしっかりつかまえておくと、ハリーは心のなかで誓った。たとえ彼女が保護を望んでいなくても、徹底的に保護する。そして、できるだけ頻繁に愛を交わし、ふたりのあいだの身体的絆を強め、確固たるものにする。

オーガスタが性行為を、古代の忠誠の誓いと同じくらい深くて拘束力のある義務と見なしていることは、言われなくてもわかる。

「ベッドに戻っておいで、オーガスタ」

「ちょっと待って。いま、わたしたちの結婚について考えていたんです」オーガスタが窓の外の暗がりを見つめた。両腕を胸の下あたりで交差させて、自分を抱き締める。

「結婚のなにを考えていたんだ？」ハリーは用心深く妻を見やった。「ぼくにはきわめて明解に思えるが」

「ええ、あなたにとってそうであることは、容易に想像がつきます。あなたは男性ですもの」

「なるほど、これは一連の議論のひとつというわけか？」ハリーは口をゆがめた。

「あなたがそんなにおもしろいと思ってくれて嬉しいわ」彼女がつぶやく。

「おもしろいというよりも時間の無駄だ。きみとは以前もこうした議論をしたことがあるからね。きみの理論はすぐにあいまいになる」

オーガスタが振り向いて彼をにらんだ。「ひどいわ、ハリー。あなたは時々、とても尊大で傲慢な人になるわ。ご存じ?」

ハリーは小さく笑った。「耐えがたい時はきみがそう言ってくれると期待しているよ」

「ちょうどいま、耐えがたい感じだわ」オーガスタが完全に振り返って彼と向き合った。ナイトガウンの白いリボンがひらめく。「あなたに言いたいことがあるので、真剣に聞いていただきたいんです」

「わかった、マダム。拝聴しよう」ハリーは頭の後ろで両腕を組み、生まじめな表情を浮かべようと試みた。簡単ではない。くそっ、ナイトガウンを着て立っている姿があまりに魅力的すぎる。彼のものは、すでに抑えられないほどうずいていた。

背後から差す月明かりが、薄いモスリンの布地越しに尻の輪郭を浮きあがらせている。賭けてもいいが、わずか一分で彼女をベッドに戻らせ、もう一度、腿を大きく開かせることができる。すぐに脚のあいだに熱い蜜があふれるはずだ。彼女は驚くほど反応がいい。

「ハリー、真剣に聞いていますか?」

「もちろんだ、マイラヴ」

「それならいいわ。わたしが話したいのは、ふたりの関係に関するわたしの考えです。わたしたちはもともとまったく違う世界の人間ですよね、あなたとわたし。あなたは古風な方で、軽薄なことはしないまじめな学者で著作家でしょう。かたやわたしは、何度も言いましたが、現代的な考え方に傾きがちで、性格も違う。わたしが時折ちょっとした娯楽を楽しむことがあるという事実を直視する必要があります」

「そうした娯楽が時折あるくらいは、とくに問題とは思っていない」そうだ、二分以内にはしとどに濡れた状態にさせられる。そのあとせいぜい五分で、彼女の唇から興奮のうめき声を引きだせるだろう。

「わたしたちが多くの点で正反対であることに疑問の余地はありません」

「男と女だから、もともと正反対だ」彼の腕のなかで身をよじり、触れられて身をそらすまでに七分から十分。そう判断する。基本的な動きにいくつか変化を加えてみよう。

「それなのに、気づいたら生涯を共にすることになっていた。法的にも道徳的にもお互いに誓ったのですから」

ハリーは自分の前に広がる可能性を考えながら、うなって生返事をした。オーガスタをうつ伏せにし、腰を引きあげて膝で立たせてみてはどうだろう。腿のあいだに入って、その方向から彼女のきつく締まってまとわりつくような通路を探究する。それを試みるまでに少なくとも二十分から三十分はかけるべきだと自分に言い聞かせる。過度に驚かせたくない。彼女がまだ官能の技巧に不慣れということを忘れてはならない。

「あなたが結婚の日取りを繰りあげたのは、レディ・アーバスノットの馬車で起こったことのせいで、わたしと結婚する義務を感じたからということは、よくわかっています。でも、わかっていただきたいのは……」

それからもう一度、自分が仰向けになり、彼女を太腿にまたがらせようとハリーは思った。その姿勢なら、彼女が絶頂に達した時の恍惚の表情をすべて見ることができる。

オーガスタが大きく息を吸い、言葉を継いだ。「わかってほしいのは、向こう見ずとか大胆という評判はあるにしろ、わたしたちノーサンバーランドのバリンジャーは、この国の貴族の方々と同じく義務の観念を強く持っているということです。あえて言えば、あなたと同じくらい強いはず。だから、もしもわたしを愛せないとあなたが感じて、しかも、わたしがあなたを愛するかどうかはどうでもよくても——」

「なんの話だ、オーガスタ？」

「わたしは妻としての義務を理解し、それを尊重するつもりだと言いたいだけですわ。あなたが夫としての義務を尊重するつもりであるのと同じように。ノーサンバーランドのバリンジャーのひとりとして、義務を怠ることはしません。この結婚は愛情によるものではないけれど、妻としての責任を充分に果たすことを当てにしていただいてかまいません。道義心と責任感はあなたと同じくらい強いと、だから信頼できるとわかっていてほしいんです」

「つまり、いい妻になるつもりなのは、あくまで義務感によるものだと言っているのか？」

ふいに激しい怒りがハリーの全身に込みあげた。

「わたしが言いたいのはまさにそういうことです」オーガスタがためらいがちにほほえむ。

「名誉を誓うことに関して、ノーサンバーランドのバリンジャーは決して揺るがないということ」

「やれやれ。なんでまたこんな時に、義務と責任の講義をする？　ベッドに戻ってきなさい、オーガスタ。議論するなら、もっとおもしろい議題を提案できる」

「そうなの、ハリー？」彼女は動かなかった。いつになく厳粛な表情を浮かべ、その目は陰になった彼の顔を探っている。

「もちろんだ」ハリーは上掛けを押しやった。そして一瞬で裸足を床につけると、三歩で寝室を横切り、オーガスタを腕に抱きあげた。

なにか言おう――おそらくは異議を申し立てよう――として、オーガスタが口を開けた。その口を口でしっかり封じこめ、妻をもう一度ベッドに仰向けに横たえるまでハリーは唇を離さなかった。

彼女が彼を受け入れる状態になるまでの所用時間を多く見積もっていたことはすぐにわかった。十五分もしないうちに、ぎょっとしているオーガスタをうつ伏せに返し、腰を持ちあげて膝をついた姿勢をさせた。

そのあとは、時間の経過について考えるのをやめたが、オーガスタが達した時に、枕に口を押し当てたまま甘い官能の調べを歌うのを聞き、彼女の頭のなかに義務や責任以外のこともあるとハリーは確信した。

翌日の朝、オーガスタはカナリア色の散歩服を着て、それに合う大きな丸い上品なつばのフランス製ボンネットを手に持ち、新しい継娘を探しにいった。

彼女を見つけたのは、大きな屋敷の二階にある教室だった。きのうとは別だが、同じように簡素な白いモスリンの服を着て、インクの染みがついた木製の机に向かって坐っていた。目の前に本を開いていたが、オーガスタが部屋に入っていくと、驚いてちらりと見あげた。

クラリッサ・フレミングは部屋の前方に置かれた大きな机の後ろにでんと構えていたが、決められた手順を妨害する者を見て眉をひそめた。

「おはようございます」オーガスタは明るく挨拶をした。教室をさっと見まわしただけで、選び抜かれた地球儀や地図、羽ペン、書物が飾られているのを見てとった。教室というのはなぜか、その家族の住む場所や財政状態にかかわりなく、どれも同じように見える。

「おはようございます、奥さま」クラリッサが言い、自分の生徒のほうにうなずいた。「新しいお母さまにお辞儀をしなさい、メレディス」

メレディスは素直に立ちあがり、オーガスタに挨拶した。まじめそうなまなざしはいくらか用心深く、少し確信がなさそうに見える。

「おはようございます、マダム」

「メレディス」クラリッサがぴしりと言った。「あなたは奥さまをお母さまと呼ぶようにと、お父さまから指示されているでしょう」

「ええ、クラリッサおばさま。でも、それはできません。わたしのお母さまじゃないもの」

オーガスタは内心たじろぎながらも、手を振って、クラリッサ・フレミングに黙っているように指示した。「あなたがわたしを好きな呼び方で呼ぶことでわたしたちは同意したわよね、メレディス。そうしたければ、オーガスタと呼んでくれてもいいわ。お母さまと呼ぶ必要はありません」

「お父さまが、そう呼ばなければいけないと」

「ええ、そうね、お父さまは時々、少し専制的になることがあるわ」

クラリッサの目に非難のきらめきが浮かんだ。「なんということを、奥さま」

「専制的ってどういう意味？」メレディスが純粋な好奇心で訊ねる。

「あなたのお父さまが、指示を出すのがお好きすぎる時もあるということ」

クラリッサの表情が一瞬にして非難から怒りに代わった。「奥さま、お嬢さまの前で、旦那さまを非難するのを許すことはできません」

「そんなこと夢にも思っていないわ。ただ、旦那さまの、だれにとっても明白な性格について述べただけ。彼がここにいたとしても、否定するとは思えないわ」オーガスタはリボンが飾られたボンネットを手でまわしながら、教室のなかをぶらぶら歩き始めた。

「よかったら、あなたの教科課程を教えてくれるかしら、メレディス？」

「午前中は数学、古典学、自然哲学、そして地球儀の見方。午後はフランス語、イタリア語、そして歴史です」

オーガスタはうなずいた。「九歳の少女にとって、総括的でよく考えられた科目であることは間違いないわ。お父さまがあなたのために考えてくださったのかしら？」

「はい、そうです」

「旦那さまはお嬢さまの教育課程にきわめて強い関心を持っておられます」クラリッサが暗い声で言う。「それに関する批判は歓迎されないと思いますが」

「もちろんそうでしょう」オーガスタは見慣れた本の前で立ちどまった。「まあ、ここにある本は？」

「レディ・プルーデンス・バリンジャーの『若いレディのための行儀と立ち居振る舞いの指導』です」クラリッサが険悪な口調で言う。「あなたの立派なおばさまが書かれたこのきわめて教育的な本は、メレディスの愛読書です。そうよね、メレディス？」

「はい、クラリッサおばさま」メレディスはそう答えたが、その本に夢中になっているようにはまったく見えなかった。

「わたし自身は、死ぬほど退屈な本だと思ったけれど」オーガスタは言った。

「奥さま」クラリッサが喉を絞められたような声を出した。「わたしの生徒に誤った印象を与えるのはおやめください」

「ばかなことおっしゃらないでくださいな。元気な女の子ならだれだって、わたしのおばの本をとても退屈だと思うはずよ。気のめいるような規則ばかり、お茶はどう飲みなさい、ケーキはどう食べなさい。会話の適切な話題に関するばかげた決まりも暗記しなければならない。勉強のためには、もう少しおもしろい本を用意すべきだわ。こちらの本はなにかしら？」オーガスタは何冊もの革表紙の重たい研究書を眺めた。

「古代ギリシャとローマの歴史です」クラリッサが、この教室におけるその全集の存在を最後まで守り抜く覚悟であるかのように言う。

「もちろんそうよね。グレイストンの個人的関心を考えれば、その種の本がたくさんあるのは当然だわ。それで、この小さな本は？」オーガスタはもう一冊、つまらなそうな本を手に取った。

「マングノールの『若い人々のための歴史および諸般の問題に関する質問集』ですよ、もちろん」クラリッサが辛辣に答えた。「教室の蔵書として、もっとも適切な本であることは、あなたも同意されると思いますよ、奥さま。あなたも間違いなく、その本で教育を受けたはず。メレディスはすでに、その本に書かれた多くの質問の答えを暗唱できますわ」

「できると確信しているわ」オーガスタはメレディスにほほえみかけた。「それに比べてわたしは、答えをほとんど覚えていないわ。例外はひとつだけ、ナツメグはどこに生えているか。まあ、わたしは軽薄な性格と言われていたから、仕方ないけれど」

「そんなことはないでしょう、奥さま」クラリッサがこわばった声で言う。「旦那さまはそんな性格の方と――」言葉を切り、顔を真っ赤に染めた。

「旦那さまは軽薄な性格の女性とは結婚しないはず？」オーガスタは年上の女性に、問いかけのまなざしを向けた。「そう言いたかったのかしら、ミス・フレミング？」

「とんでもありません。旦那さまの個人的な事柄に関して批評するなど夢にも思っておりません」

「そんな細かく気にしないほうがいいわ。わたしはしょっちゅう彼の個人的な事柄を言いますから。それから、時には、軽薄なことや無責任なことも言ったりやったりするわ。けさはたまたま、そうすると決めて、メレディスを迎えに来たの。一緒にピクニックに行くわ」

メレディスが驚いた顔でオーガスタを凝視した。「ピクニック？」

「行きたいかしら？」オーガスタはまたメレディスにほほえみかけた。

クラリッサが関節が真っ白になるほど強く羽ペンを握り締めた。「それは不可能だと思います、奥さま。旦那さまはメレディスの勉強に関してはとても厳しいですから。いかなる軽薄な理由でも妨げられることはあってはなりません」

オーガスタは眉を持ちあげて、穏やかな非難を表明した。「お言葉ですが、ミス・フレミング、わたしはきょう、こちらの地所を案内してもらう必要があるんです。旦那さまは家令と一緒に書斎に閉じこもっておられますから、メレディスに彼の代わりを務めてもらえないかお願いしているの。しばらく出かけることになるから、もちろん、ピクニック用の昼食を用意するようコックに頼みました」

クラリッサは疑わしそうな顔をしたが、援護してくれる伯爵がいないかぎり、自分にできることはほとんどないとわかっているのは明らかだった。伯爵の手が空いていないことは、オーガスタがすばやく指摘した通りだ。

「わかりました、奥さま」クラリッサはこわばった表情で立ちあがった。「けさは、案内役としてメレディスが同行してよいことにします。でも今後は、教室の課程を尊重してくださることを期待します」彼女の目がきらめいて警告を発する。「それに関しては、旦那さまも支持してくださるでしょう」

「そうでしょうね」オーガスタはつぶやいた。メレディスを見やる。少女の表情は、折に触れて父親が見せるのと同じく、判読不可能だった。「行きましょうか、メレディス？」

「はい、マダム。いいえ、オーガスタ」

「あなたのおうちはとても美しいわ、メレディス」

「ええ、わかっているわ」メレディスは落ち着いた様子で、オーガスタと並んで小道を歩いていた。簡素なドレスと同じく簡素でつばの狭い帽子をかぶっている。

彼女が頭のなかでなにを考えているか言い当てるのはむずかしかった。無表情に徹するハリーの才能を受け継いでいることは明らかだ。

これまでのところ、礼儀は正しいが、話し好きにはほど遠い。オーガスタは、さわやかで心地よい天気と戸外運動で会話がはずむことを期待していた。それでもだめならば、マングノールの『若い人々のための歴史および諸般の問題に関する質問集』の答えを暗唱してほしいと頼めるだろう。

「わたしもノーサンバーランドのすてきな家に住んでいたけれど」ピクニックのかごを振りながら、オーガスタは言った。

「そのおうちは？」

「両親が亡くなったあとに売り払われたわ」

メレディスが驚いたように、オーガスタを横目で見やった。「お母さまとお父さまとどちらも亡くなったの？」

「ええ、わたしが十八歳の時よ。時々、いないことが悲しくてたまらなくなるわ」

「お父さまも何週間も出かけてしまうから、会えなくてとても寂しいわ。戦争の時もそうだったけど。帰ってきてとても嬉しい」

「そうでしょうね」

「ずっとおうちにいてくれるといいのに」

「これからは、たいてい、ここにいらっしゃると思うわ。お父さまは田舎がお好きですもの」

「社交シーズンの最初に花嫁を見つけにロンドンに出かけてしまった時は、これは必要なことだからって言っていたわ」

「お腹が痛い時に仕方なく薬を飲むようなものね」

メレディスがまじめな顔でうなずいた。「ええ。クラリッサおばさまの話では、跡継ぎをもうけるために妻を見つけなければならないんですって」

「あなたのお父さまは、ご自分の義務をとても大事にされている方ですものね」

「クラリッサおばさまが、わたしのお母さまの輝かしい足跡を受け継ぐことができるような女性の鑑をお父さまが見つけてくるって言っていたわ」

オーガスタはうめき声を呑みこんだ。「それは大変な課題だわ。昨夜、絵画展示室であなたのお母さまの肖像画を拝見したわ。あなたの言う通り、とても美しい方」

「だからそう言ったでしょう？」メレディスが眉間に皺を寄せた。「でも、お父さまが、女性は美しさだけじゃないって言うの。ほかにもっと大切なことがある。貞淑な女性はルビーよりも価値があるって。すてきな言葉じゃない？　ほら、お父さまは文を書くのがとても上手なのよ」

「あなたをがっかりさせたくないけれど」オーガスタはつぶやいた。「でも、それはお父さまが考えた文じゃないと思うわ」

メレディスは気にした様子もなく肩をすくめた。「書こうと思えば書けたはずよ。お父さまはとても賢いの。以前は、とても複雑な言葉ゲームもしていたのよ」

「そうなの？」

父という大好きな話題が出て、ようやくメレディスが会話に乗ってきた。「小さい頃に、図書室でそれをやっているのを見て、なにをしているか聞いたのよ。とても重要なパズルを解いているんだって言ってたわ」

オーガスタは興味をそそられ、首を傾げた。「そのゲームはなんという名前？」

メレディスが顔をしかめた。「覚えてない。ずっと前のことですもの。小さい時のこと。なにか蜘蛛の巣と関係ある名前だったと思うけど」

オーガスタはメレディスの帽子のてっぺんを見おろした。「蜘蛛の巣？　それはたしか？」

「ええ。でも、なぜ？」メレディスが顔をあげ、帽子の縁の下からオーガスタを見あげた。

「そのゲームを知っているの？」

「いいえ」オーガスタは首をゆっくり横に振った。「でも、わたしの兄が、『蜘蛛の巣』という題の詩をくれたことがあるから。とても奇妙な詩だったわ。いまだに理解できていないのよ。そもそも、それをもらうまで、兄が詩を書いていることさえ知らなかったわ」

その詩が書かれていた紙が兄の血に染まっていて、その詩自体が不快な内容だったことを言う必要はない。

しかし、メレディスの関心はすでに新しい話題に移っていた。「お兄さんがいるのね？」

「ええ。でも、二年前に亡くなったのよ」

「まあ。お気の毒に。わたしのお母さまのように、天国に行かれたと思うわ」

オーガスタはほほえんだ。「それは神さまが、ノーサンバーランドのバリンジャー家の者を天国に入れてくださるかどうかによるわね。リチャードがハンプシャーのバリンジャーだったら、絶対に大丈夫だったと思うわ。でも、ノーサンバーランドのバリンジャーだと、検討の対象になるでしょうね」

メレディスが小さい口をぽかんと開けた。「お兄さまが天国にいると信じていないの？」

「もちろん、信じているわ。冗談を言っただけ。わたしの言うことは気にしないで、メレディス。ユーモアの感覚が適切でないと、みんなに言われるわ。それより、お腹がすいたし、あそこの場所、昼食にぴったりじゃないかしら？」

オーガスタが示した小川のほとりの草に覆われた土手を見て、メレディスは用心するような様子を見せた。「クラリッサおばさまに、ドレスを汚さないように気をつけなければいけないと言われたわ。真のレディは絶対に泥だらけにならないものですって」

「そんなことないわ。わたしなんか、子どもの時はいつも泥だらけだったもの。今でも、時々そうなるけれど。どちらにしろ、あなたの洋服だんすに、同じようなドレスがたくさんかかっているでしょう？」

「ええ」

「では、いま着ているのが万が一ひどいことになっても、それは貧しい人にあげて、別なのを着ればいいわ。使わないのなら、たくさん持っていることになんの意味があるかしら？」

「そんなふうに考えたことなかった」メレディスが新たな興味を持って昼食の場所を眺める。

「きっと、あなたの言う通りね」

オーガスタはにっこりすると、かごから布を出し、振って広げた。「それで思いだしたわ。あした、村の裁縫師に来てもらうように手配しましょう。あなたには新しいドレスが必要だから」

「わたしに？」

「絶対に」

「クラリッサおばさまに、いま持っている服で、半年か一年は大丈夫と言われたわ」

「それは無理でしょう。もっとずっと前に、体に合わなくなると思うわ。今週末には着られなくなるはず」

「今週末？」メレディスがオーガスタを凝視し、それからおずおずとほほえんだ。「わかった。また冗談を言っているのね？」

「いいえ、まじめな話よ」

「まあ。それより、お兄さまのことをもっと話して。お兄さんがいたらよかったといつも思うの」

「そうなの？　そうねえ。男のきょうだいってとてもおもしろいものよ」オーガスタはリチャードと過ごしたよき日々のことを気安く話しながら、メレディスと一緒にミートパイやソーセージ、果物、ビスケットなどの美味しそうな食事を並べた。

オーガスタとメレディスが食べようと坐ったちょうどその時、食事の上に長い影がかかった。光沢のある黒いブーツが白い布の縁の手前で止まった。

「三人に充分なほどあるかな？」ハリーが訊ねる。

「お父さま」メレディスが驚いた顔でぴょんと立ちあがったが、すぐに心配そうな表情になった。「オーガスタが、きょうはだれかにこの地所を案内してもらわなければなくて、お父さまが忙しくてできないと言ったのよ。それで、わたしが頼まれたの」

「すばらしい考えだ」ハリーが娘にほほえみかけた。「ここを一番よく知っているのはおまえだからな」

メレディスは明らかにほっとしたらしく、嬉しそうにほほえみ返した。「ミートパイはいかが、お父さま？　コックがいくつも入れてくれているわ。それに、ビスケットとソーセージもたくさんあるわ。さあ、どうぞ」

オーガスタはしかめ面をしてみせた。「わたしたちの昼食を全部あげてしまわないでね、メレディス。あなたとわたしが先に選んでいいのよ。お父さまは招かれていないお客さまなんだから、残り物を食べるのよ」

「なんと冷酷な女性だろう、うちの奥さまは」ハリーが言う。

パイを持っていたメレディスの指がぴたりと止まった。あぜんとした顔でまずオーガスタを見やり、それから父のほうを向いた。「たくさんあるのよ、お父さま。本当よ。わたしのを食べてもいいわ」

「ありがとう、大丈夫だよ」ハリーが言う。「オーガスタの分を食べるからね。むしろ彼女の分を食べるほうがいい」

「でも、お父さま――」

「大丈夫よ」メレディスの真剣な表情を見て、オーガスタは笑いだした。「お父さまはあなたとわたしをからかっていて、わたしはお父さまをからかっているだけ。気にしなくていいのよ、メレディス。みんながたっぷり食べられるだけあるわ」

「そう」確信が持てずに父を見やりながらも、オーガスタはまた腰をおろした。ドレスのスカートを、草のほうに出ないようとても注意深く整える。「お父さまも参加してくれて嬉しいわ。楽しいと思わない？　これまでピクニックしたことがないと思うわ。オーガスタはお兄さまとしょっちゅうピクニックに行ってたんですって」

「そうなのか?」ハリーが足を投げだし、片肘をついてゆったり坐り、パイを食べながら、無表情な目でオーガスタを見た。

ハリーが乗馬服を着て、喉元もはだけていることに気づき、オーガスタは少し驚いた。いつもの完璧に結ばれたクラヴァットもつけていない。普段着の装いはこれまで見たことがなかった。もちろん寝室は別だけどと思い、オーガスタは頰を赤らめ、それを隠そうとパイをかじった。

「そうなのよ」メレディスはみるみる饒舌になった。「お兄さまとオーガスタはノーサンバーランドのバリンジャーなのよ。大胆なことで有名ですって。そのことご存じ、お父さま?」

「ああ、聞いたことはある」ハリーはパイを食べながら答えたが、その目はオーガスタの紅潮した顔から一度も離れなかった。「というより、ぼく自身も、ノーサンバーランドのバリンジャー家の大胆な性格を証言できる。ノーサンバーランドのバリンジャーにどんな大胆なことができるか、おまえは想像もできないだろうな。とくに真夜中に」

自分の顔が真っ赤になるのがはっきりわかり、オーガスタは彼にちらりと警告の視線を向けた。「代々のグレイストン伯爵も驚くほど大胆だとわかりましたわ。大胆すぎるくらい」

「たまにすごい人物もいる」ハリーがにやりとして、また大きくひと口パイをほおばった。

メレディスは脇で起こっている無言のやりとりを気づかず、父親に向かって話し続けた。

「オーガスタのお兄さまは、とても勇敢だったのよ。それに、すばらしい馬の乗り手よ。競馬に出たこともあるんですって。それもオーガスタに聞いた？」

「聞いていなかった」

「そうなの。それで勝ったんですって。競馬にいつも勝っていたのよ」

「すごいな」

オーガスタは小さく咳払いをした。「果物はいかが、メレディス？」

食事が終わる頃には、なんとか子どもの関心をそらすことができたので、オーガスタは遊びを提案した。川に二本の枝を投げこみ、決めた場所にどちらが先に流れ着くかというゲームだ。

メレディスはためらったが、ハリーが立ちあがり、どうやるかを示すと、すぐにやる気になった。ハリーは土手に立って、その上流で娘が熱心に遊ぶのをしばらく眺めていたが、それから戻ってきて、またオーガスタの横に坐った。

「楽しそうに遊んでいる」片肘をついて寝そべり、片脚を立てたのんびりした様子は、男性的な優雅さにあふれていた。「それを見て、こうした戸外活動が、あの子にはもっと必要だとわかった」

「同意してくださって嬉しいわ、旦那さま。ある程度の量の遊びは、子どもたちにとって、歴史や地球儀と同じくらい大切だと思います。許可をいただければ、教科課程にいくつか科目を追加したいのだけど」

ハリーが眉をひそめた。「たとえば、どんな？」

「手始めに、水彩画と読書かしら」

「やれやれ、それはだめだ。絶対に禁じる。そんなばかげたことをメレディスにやらせるつもりはない」

「でも、もう少しいろいろな活動が必要だとご自分でおっしゃいました」

「ぼくは、もう少し戸外活動が必要だと言ったんだ」

「わかりました。外で絵が描けるし、外で本も読めるわ」オーガスタは陽気に言った。「少なくとも夏のあいだは」

「くそ、オーガスタ――」

「しー。わたしたちが喧嘩しているのをメレディスに聞かれたくないでしょう？　あなたの結婚に適応するだけでも大変なんですもの」

ハリーがオーガスタをにらみつけた。「きみの兄が勇敢で冒険好きという話を彼女に吹きこんだようだが」

オーガスタは眉をひそめた。「リチャードは勇敢で冒険好きでした」

「ふーむ」ハリーがあいまいな調子で言う。

「ハリー？」

「なんだ？」彼がメレディスを見つめた。

「リチャードが亡くなった時に流れた噂はあなたの耳にも届いたのね？」

「もちろんだ、オーガスタ。重要だとは思っていないが」

「ええ、もちろんです。全部嘘ですもの。でも、兄が殺された晩に書類を持っていたのは否定できない事実なの。その書類がどうなったか、いつも疑問に思っているわ」

「オーガスタ、探している答えがつねに手に入るとは限らないという考えを、受け入れなければならない時もある」

「わかっているわ。でも、兄の死に関してはずっとひとつ仮説を持っていて、それをなんとしても証明したいんです」

ハリーはしばらく黙っていた。「どんな仮説だ？」

オーガスタは息を吸いこんだ。「リチャードがその晩にその書類を持っていた理由は、彼が国王の軍諜報部の秘密諜報員だったからじゃないかと思うの」

答えが返ってこなかったので、オーガスタはハリーを見やった。まぶたが半分閉じて表情は判読できなかったが、彼は娘のほうに目を向けていた。

「ハリー？」

「ラヴジョイに調査してほしいと思ったのはその仮説か？」

「ええ、実を言えばそうです。どうでしょう、あり得ると思いませんか？」

「ぼくは、ほぼあり得ないと思う」ハリーが静かな声で言う。

長く抱えてきた仮説をそっけなく却下されて、オーガスタはかっとした。「忘れてください。この件を話すべきじゃなかったわ。そもそも、そういう種類のことなど、あなたはなにもご存じないですものね？」

ハリーが深く息を吐いた。「知っているかもしれない、オーガスタ」

「あり得ません」

「知っているかもしれないというのは、どんな状況であったにしろ、リチャードが国王のための正規の諜報部員だったとすれば、十中八九ぼくの下で働いていたからだ」

11

「戦争のあいだ、兄が英国のために秘密で働いていたとすれば、あなたの下にいたというのはどういう意味ですか？」オーガスタは身をこわばらせた。頭のなかで、彼の言葉がぐるぐるまわっている。「それに、そもそもそんな情報を持っているなんて、あなたはいったい、なにをしていたんですか？」

ハリーは寝そべった姿勢を変えなかったが、ようやくメレディスから視線を離し、まっすぐにオーガスタを見つめた。「ぼくがなにをしていたかは、もはや重要ではない。戦争が終わって、自分の役割を忘れられたことに、ぼくはきわめて満足している。英国のために情報収集の仕事に関与していたと言えば充分だろう」

「あなたがスパイ？」オーガスタはぼう然とした。

彼の唇がかすかに曲がった。「きみはぼくを活動的な人間とはまったく見ていないようだが」

「ええ、全然」オーガスタは眉をひそめ、すばやく考えた。「たしかに、錠前をこじ開けるやり方をどこで覚えたかとか、まったく予期していない時に現れる癖とか、不思議だと思っていたわ。スパイの行動だと想像できたはずなのに。そうは言っても、やっぱりそういう職業についているあなたは想像できないわ、ハリー」

「ぼくもまったく同意見だ。実のところ、自分でも、戦時中の自分の活動を仕事とは思っていない。むしろ最悪な厄介事だ。古典研究と地所管理というぼくの本来の仕事にとって、この中断は非常に迷惑だった」

オーガスタは唇を嚙んだ。「とても危険なことだったんでしょう?」

ハリーが肩をすくめた。「たまにはね。だが、ほとんどの時間は執務机の後ろでほかの諜報員の活動を指示し、暗号かあぶり出しインクで書かれた手紙を解読していた」

「あぶり出しインク」オーガスタの関心が一瞬それた。「紙に書くと見えなくなるインクのこと?」

「うむ」

「なんてすごいんでしょう。わたしも見えなくなるインクがほしいわ」

「いつか、きみのために少し作ろう」ハリーはおもしろがっているようだった。「だが、一般的な書簡に非常に役立つとはいえないと警告しておく。受取人はその字を見えるようにする科学薬品を持っていなければならない」

「それで日記を書くことができるわね」オーガスタは考えた。「でも、暗号のほうがいいかもしれない。そうだわ、暗号を使いたいわ」

「ぼくの妻が日記を書くのに、見えないインクや暗号を使わなければならないような秘密を持っているとは思いたくないが」

オーガスタは彼の声にさりげなく含まれた警告を無視した。「戦争のあいだ、ずっと大陸で過ごしていたのは、そのためだったのね？」

「残念ながら、そうだ」

「古典学の研究を進めていると思われていたのに」

「それもできるかぎりやった。とくにイタリアとギリシャにいた時は。だが、たしかにぼくの時間のほとんどは、国家の任務に費やされたな」ハリーはかごから、温室で採れた桃を選んだ。「しかし、もう戦争は終わったから、もっとおもしろい目的のために大陸に戻ることを考えてもいい。きみは行きたいか、オーガスタ？　もちろん、メレディスも連れていく。旅はいい教育になる」

オーガスタは眉を持ちあげた。「あなたが教育を必要と感じているのは、わたしですか、それともメレディス？」

「メレディスがその経験から多くを得ることは間違いない。きみに関しては、これ以上きみを教育するために寝室以外に旅をする必要はない。しかも、断言できるが、きみは非常に才能ある生徒だ」

オーガスタは慌てふためいた。「ハリー、あなたは時々、信じられないくらい不適切なことを言うわ。恥ずかしいと思わないんですか？」

「これは失礼した、妻よ。きみが適切かどうかについて、それほどの権威とは気づかなかった。では、そうしたことに関するきみの豊富な知識に従おう」

「やめてください、ハリー。さもないと、ピクニックの食事の残りをあなたの頭にぶちまけるから」

「御意のままに、マダム」

「それより、わたしの兄が国家の諜報活動に関わっていなかったという確信が、なぜそこまであるのか教えてください」

「彼がそうだったとすれば、直接にしろ、間接的にしろ、ぼくの下で働いていたはずだからだ。説明した通り、ぼくの任務の主な部分は、ほかの諜報員の活動を指示することだった。諜報員たちは、それぞれの情報提供者から情報を集め、そのすべてがさまざまな中継点を経てぼくにまわってくる。ぼくはそれをより分けて、籾殻《もみがら》から小麦を拾い集める」

オーガスタはあっけにとられて頭を振った。いまだにハリーがそんな仕事をしている姿を思い浮かべられない。「でも、そうしたことには、たくさんの人が従事しているんでしょう？　この国でも、外国でも」

「時には多すぎるほどだ」ハリーがそっけなく同意する。「戦時中の諜報員は、ピクニックに集まる蟻のようなものだ。大抵の場合は非常にわずらわしいが、彼らがいなくては、作戦は実施できない」

「もしもその人たちが虫のようにその他大勢ならば、リチャードもそうした活動に従事していて、あなたが知らなかったかもしれないわ」オーガスタは言い張った。

ハリーは桃を食べながら、しばらく黙っていた。「その可能性も考えた。だから、いくつか問い合わせをしてみた」

「問い合わせ？　なんの？」

「古い仕事仲間数人に、リチャード・バリンジャーが諜報活動に関わったことがないか聞いてみた。だが、答えはノーだった、オーガスタ」

オーガスタは立てた膝を両腕でかかえ、彼の最後通牒という口調になんとか立ち向かおうとした。「それでも、わたしの仮説も一理あると思うわ」

ハリーが黙りこんだ。

「リチャードがそういう仕事に関わっていた可能性も、ほんの少しはあるとあなたも認めなければ。自分でなにか発見して、その情報をしかるべき当局に持っていこうとしていたのかも」

ハリーはそれでもなにも言わずに、桃を食べ終えた。

「どうかしら？」オーガスタは訊ねた。戻ってくるであろう返事に対する不安を押し隠す。

「少なくとも、その可能性があることは認めるでしょう？」

「ぼくに嘘をついてほしいのか、オーガスタ？」

「いいえ、もちろん違うわ」オーガスタは両手を小さい拳に握り締めた。「戦時中の諜報活動について、すべてを知っていなかった可能性もあることを認めてほしいだけ」

ハリーはぶっきらぼうにうなずいた。「いいだろう。それは認める。すべてを知ることができた者はいないだろう。戦争というのは、濃霧にすっぽり包まれている。戦地でも、戦地以外でも、ぼくたちの活動の多くは灰色の霧のなかで行われる。そして、霧が晴れた時にできるのは、生存者を数えることだけだ。霧に包まれているあいだに、なにが起こったか実際にはわからない。おそらく、それがいいのだろう。知らないほうがいいこともたくさんある」

「わたしの兄が実際になにをやっていたかというようなこと？」オーガスタは強い口調で言い返した。

「きみが知っていた兄上を覚えていればいい、オーガスタ。彼はきみの記憶のなかで、大胆で向こう見ずなノーサンバーランドのバリンジャーの最後のひとりとして生き続ける。その姿の裏にあるかないかわからないもので悩むのはやめたほうがいい」

オーガスタは顎をついと持ちあげた。「あなたはひとつだけ間違っているわ」

「なにが間違っている？」

「兄はノーサンバーランドのバリンジャー家の最後のひとりではありません。わたしがその家系の最後です」

ハリーがゆっくりと身を起こして坐った。冷ややかなまなざしが警告を発する。「きみは新しい家族を得た。自分でも昨夜、絵画展示室でそう言っていただろう」

「気が変わりました」オーガスタは彼ににこやかすぎる笑顔を向けた。「あなたの先祖はわたしの先祖ほどいい感じではないと判断しました」

「その点に関しては、きみが間違いなく正しい。ぼくの先祖をいい感じと形容する人はいない。しかし、きみはいまや、もっとも新しいグレイストン伯爵夫人であり、ぼくはそれをきみに忘れさせないつもりだ」

一週間後、オーガスタは二階の陽の当たった絵画展示室に行き、彼女の美しい前任者の肖像画の真下に置かれたソファに坐った。前グレイストン伯爵夫人の楚々とした偽りの姿をちらりと見あげる。

「あなたがここに遺していった傷をわたしが修復するわ、キャサリン」声に出して宣言する。「わたしは完璧ではないけれど、愛することを知っている。その言葉の意味をあなたは知らなかったでしょうね。結局、あなたはお手本ではなかったのね？　偽りの幻想を追いかけることで、多くを無駄にした。わたしはそんな愚かなことはしない」きっぱりと言う。

鼻の頭に皺を寄せて肖像画を眺め、それから、従妹のクラウディアから届いた手紙を開けた。

愛するオーガスタ

あなたと、あなたの尊敬すべきご主人におかれては、健やかにお過ごしのことと思います。あなたがこの街にいなくて、とても寂しいことを告白しなければならないわ。社交シーズンも終わりに近づいたいま、あなたなしでは、すべてが活気を失っているようです。約束通り、いろいろな機会を見つけて〈ポンペイアズ〉を訪れています。あなたのお友だち、レディ・アーバスノットを訪問するのは興味深いことばかりで、とても楽しいわ。

たしかに、レディAは魅力的な女性ね。風変わりで有名な方だから、きっと好きになれないだろうと思っていたけれど、そんなことは全然ありませんでした。とても楽しい方だと知って、病気のつらい症状を本当に悲しく思います。

それに比べて、執事はとても不愉快な人ね。そのことについて言えることがあるとすれば、わたしだったら一日でも彼を雇わないということ。訪問するたびに、どんどんあつかましくなっていくから、そのうち、度を超していると言わざるを得ない日がくるでしょうね。でも、やはりどこかで会ったことがあるという感じを拭い去れません。

自分でも驚きだけど、〈ポンペイアズ〉の訪問が楽しいことは認めなければならないわ。とはいえ、クラブの賭け台帳などは賛成できません。会員の何人かが、あなたの婚約がどのくらい続くか賭けていたのをご存じ？　それに、カードゲームに広い場所を割いているのも感心しません。でも、書きたいという欲求を分かち合えるレディにも何人か会いました。わくわくするような議論をたくさんしたわ。

社交界のおつき合いについては、もう一度言うけれど、あなたがいなかったら楽しくないわ。あなたがいつも、もっとも変わっていて、もっともすてきな友人たちやダンスのパートナーを引き寄せていたということがわかったわ。あなたが隣にいないと、わたしに近寄ってくるのは平凡な方ばかりのような気がします。もしもピーター・シェルドレイクがいなかったら、とても退屈だったでしょう。ミスター・シェルドレイクがすばらしい踊り手なのが幸いです。彼の説得に負けて、なんと、ワルツも一緒に踊りました。彼がもう少しまじめで知的な方向に向いてくれることを期待しているのですが。でも、彼はもともと軽薄な感じですものね。それに、いつもわたしをからかうのよ。

あなたを訪問することを心から楽しみにしています。あなたはいつ頃ロンドンに来る予定かしら？

愛を込めて
クラウディア

オーガスタは手紙を読み終わると、ゆっくりとたたんだ。従妹からの便りは自分でも驚くほどありがたかった。堅苦しくてつねに適切なクラウディアに、いなくて寂しいと言われるのも嬉しかった。

「オーガスタ、オーガスタ、どこにいるの？」メレディスが絵画展示室の長細い広間の真ん中を、手に持った大きな紙を振りながら走ってきた。「水彩画を仕上げたわ。これ、どうかしら？　クラリッサおばさまが、あなたの意見を聞かなければだめって。わたしが絵を描くことになったのは、あなたの考えだからって」

「ええ、もちろんよ。ぜひ見せてほしいわ」オーガスタは、自分の生徒のあとについて、堂々と歩いてきたクラリッサを見あげた。「水彩画を描くことを許可してくれてありがとう」

「この件については、あなたの希望に沿うようにと旦那さまから言われましたので。ただし、旦那さまもわたくしも、水彩画はメレディスが真剣に取り組む課題ではないと考えていますが」

「ええ、わかっているわ。でも、楽しいはずよ、ミス・フレミング」

「勉強というのは、勤勉に取り組むものです」クラリッサが指摘する。「〝楽しく〟ではなく」

オーガスタは、ふたりの女性を不安げに見比べているメレディスにほほえみかけた。

「メレディスはとても勤勉にこの絵に取り組んだと思うわ。なぜなら、すばらしい絵ですもの。だれが見てもわかる通り」

「本当にそう思う、オーガスタ？」メレディスがそばでうろうろしながら熱心に見守るなか、オーガスタは作品をじっくり鑑賞した。

子どもの絵を前にかかげ、頭を片方に少し傾げて眺める。かなりの部分に淡い青色が塗られている。そのなかに緑色と黄色の斜線が何本も無作為に描きこまれ、その前にかなり大きいが、輪郭がぼやけた金色の物体が描かれている。

「これはみんな木なのよ」メレディスが緑と黄色の斜線を指差して説明した。「絵筆が揺れて、絵の具が垂れちゃった」

「この木々はとてもすてき。それに、わたしはこの空がとくに好きだわ」緑色と黄色の斜線が木々だとわかったおかげで、青く塗られたところは空だと推測できた。「それに、これがとてもおもしろいわ」金色の塊を差し示した。

「それはグレイストン」メレディスが誇らしげに説明する。

「お父さま？」

「いいえ、違うわ、オーガスタ。わたしたちの家よ」

オーガスタはくすくす笑った。「わかっていたわ。あなたをからかっただけ。そうね、あなたはすばらしい作品を描きあげたわ、メレディス。あなたがよければ、掛かったところを見たいわね」

メレディスの目がまん丸になった。「これを壁に掛けるの、どこに？」

「そうね、この絵画展示室がふさわしい場所だと思うわ」オーガスタはずらりと並ぶ恐ろしげな肖像画の列を見やった。「あなたのお母さまの絵の真下はどうかしら」

メレディスが嬉しそうに飛びあがった。「お父さまがお許しになると思う？」

「そう思うわ」

クラリッサが咳払いをした。「レディ・グレイストン、わたくしには、賢い提案とはまったく思えません。ここは、著名な画家が描いた一族の肖像画のための絵画展示室です。授業で描いた絵を掛けるような場所ではありません」

「それどころか、この絵画展示室にはまさに授業で描かれた絵が何枚か必要だと思うわ。陰気すぎるもの。そうでしょう？　メレディスの絵を掛ければ、ずっと活気づくわ」

メレディスが顔を輝かせた。「額縁に入れる、オーガスタ？」

「もちろんよ。すばらしい絵は額縁に入れなければね。額縁を作ってもらうようにすぐに手配しましょう」

クラリッサはわざとらしく咳払いをして、厳しい顔で自分の若い生徒を見おろした。「気晴らしはもう充分でしょう。勉強に戻る時間です。走って行きなさい。数分経ったら、わたくしも行きますから」

「はい、クラリッサおばさま」まだ喜びで目を輝かせながら、メレディスは膝を曲げてお辞儀をすると、絵画展示室から走り去った。

クラリッサが厳しい表情を浮かべて、オーガスタのほうに振り返った。「奥さま、あなたがメレディスにやらせたこの活動についてお話しせねばなりません。旦那さまがお子さまの教育に関して、あなたが役割を担う許可を出されたことは理解していますが、勤勉な勉強でない方向に彼女を押しやっているように感じずにはいられません。旦那さまは以前からずっと、メレディスには怠惰な会話と社交以外はなにもできない浅薄な女性に育ってほしくないという希望をはっきり示されています」

「わかっているわ、ミス・フレミング」

「メレディスは、厳格な教育課程に慣れています。非常によくやっていますから、この習慣を変えるのは好ましくありません」

「あなたの考えは理解したわ、ミス・フレミング」オーガスタはなだめるようにほほえみかけた。一文なしの女性が親戚の家にやっかいになっている運命は幸せとは言えないだろう。クラリッサが、自分にとって居心地のいい場所を作るために最善の努力をしてきたはずだと思うと、共感を覚えずにはいられなかった。他人の家で暮らすのが簡単でないことは、自分が一番よく知っている。「あなたの有能な指導によって、メレディスは力をつけてきたのだから、わたしもそれを変えたいとは思っていないわ」

「ありがとうございます、奥さま」

「でも、あの子には、まじめ一点張りではない活動が多少は必要だと思っています。わたしのおばのプルーデンスでさえも、若い人たちが進歩するためには、さまざまな余暇を楽しむ能力を伸ばすことが重要だと感じていたわ。そして、わたしの従妹のクラリッサも母親の足跡をたどっているわ。若いレディのために役立つ知識に関して執筆しているけれど、写生と水彩画の重要性についてまるまる一章を割いているわ」

クラリッサがフクロウのように目をぱちぱちさせた。「あなたの従妹さんが、教室で使う本を執筆しているのですか？」

「ええ、そうよ」オーガスタはふいに、クラリッサの目に浮かんでいる表情を以前にどこで見たかを思いだした。〈ポンペイアズ〉の会員の何人か、とくにクラブの書き物机に向かって長時間を過ごしているレディたちのまなざしだ。クラウディアも、天使のような青い瞳によくその表情を浮かべる。「まあ、そうなのね、ミス・フレミング。あなたも、若い人々の啓発のための本を書こうと思っているのね」

その質問によほど狼狽したらしく、クラリッサが驚くほど赤面した。「考えたことはあります。でも、実際に原稿があるわけではありません。自分の限界はわきまえていますから」

「そんなこと言わないで、ミス・フレミング。自分の限界なんて、試してみるまでわからないものよ。なにか書いてみたことは？」

「数枚のメモだけです」自分のずうずうしさに戸惑っている様子で、クラリッサが小さくつぶやいた。「旦那さまにお見せしようと思いましたが、つまらないと思われるのが恐くて。旦那さまの知的能力は秀でていらっしゃいますから」

オーガスタは手を振ってその言葉を却下した。「すばらしい知性を否定するわけではないけれど、彼があなたの努力を適切に判断できるかどうかは疑問だわ。グレイストンが書いているのは少数の学究的な読者に向けた本ですもの。あなたの読者は子どもたちでしょう？まったく異なる分野だわ」

「ええ、それはそうですね」

「いい考えがあるわ。原稿がある程度できあがったら、わたしのところに持ってきてくださらない？　おじのトーマスに読んでもらうわ。彼はあなたの作品を出版業者に送ってくれるでしょう」

クラリッサが大きく息を吸った。「サー・トーマス・バリンジャーに原稿を見せるのですか？　レディ・プルーデンス・バリンジャーのご主人に？　そんなことはできません。厚かましい女とお思いになるでしょう」

「ばかなことを。どちらにしろ、負担にはならないわ。トーマスおじは喜んでやってくれるでしょう。プルーデンスおばの著書を出版するのもいつも手伝っていたから」

「そうなんですか？」

「ええ、そうよ」オーガスタは自信たっぷりにほほえみながら、サー・トーマスが日常生活にほとんど関心を示さない点を思った。レディ・プルーデンス・バリンジャーのあとを継ぐ作品という推薦状を添えて、クラリッサの原稿を出版社に郵送するようにおじを説得するのは、ほぼ不可能だろう。サー・トーマスの手間を省くために、推薦状は自分で書こうと心に決める。

「なんとご親切なことでしょう、奥さま」クラリッサは表情だけでなく、声まで夢見心地だった。「以前からずっと、サー・トーマスの研究に畏敬の念を抱いてきました。歴史への造詣の深さは類い稀なるものですわ。重要な細部や微妙な違いを見抜く洞察力のすばらしいこと。あの文章の学術的な完成度。教科書を書いてくださらなかったのがとても残念です。若者の人格形成にとても役立ったと思いますわ」

オーガスタは思わずにやりとした。「それはどうかしら。個人的には、おじの文章はつまらないといつも思っていたわ」

「なぜそんなことが言えるんですか？」クラリッサが熱意をこめて主張する。「つまらないなんてとんでもない。すばらしい文章です。そんな方がわたくしの原稿を見てくださるかもしれないなんて。気が遠くなるようなことです」

「ええ、それより、言おうと思っていたことがあるの。わたし個人の意見として、教科書に完全に欠けているのは、歴史上の著名な女性の功績ではないかしら？」

クラリッサが驚いたようにオーガスタを見た。「著名な女性ですか、奥さま？」

「過去には勇敢で高潔な女性がたくさんいたわ、ミス・フレミング。たとえば、有名な女王の名前はいくつもあげられるでしょう？　荒々しいアマゾンの部族とか、古代ギリシャやローマにも興味深い女性が何人もいる。女性の怪物とかも。女性の怪物というのはとても魅力的だと思うのよ。どうかしら、ミス・フレミング？」

「女性の怪物のことなど考えたことがありません」クラリッサは認めながらも、関心を引かれたようだった。

「考えてみて」思わず熱を入れてこの話題を展開する。「メドゥーサとかセイレーンのような女性の怪物に心底怯えていた古代の英雄たちがどれほどたくさんいるか。その当時に、女性が大きな力を持っていると信じられていたことを示す証拠だと思わない？」

「とても興味深い考えですね」クラリッサがゆっくりと言う。

「想像してみて、ミス・フレミング。女性のことだからという理由で、世界の歴史のまるまる半分が書かれていないことを」

「なんとまあ、刺激的な考えですね。探究すべき新しい分野です。でも、サー・トーマスは、適切な研究分野とお思いになるでしょうか？」

「おじは知的な問題とあらば、どんな新しい考えも受け入れるわ。歴史研究の新しい道を非常に刺激的だと思うはず。それに、考えてみて、クラリッサ。あなたがそのことを彼に指摘する人になれるのよ」

「それはあまりに恐れ多いですわ」クラリッサはあえいだ。

「もちろん、大きな主題だから、研究を進めても初めはむずかしいこともあるでしょう」オーガスタは考えこんだ。「でも、幸いなのは、わたしの夫のあの巨大な図書室を利用できることよ。あなたは、この課題を研究してみることに関心がおありかしら？」

「とても関心があります、奥さま。女性の先祖についてなにも伝わっていないことに、つねづね疑問を感じていましたから」

「では、あなたとわたしで取引を結びましょう」オーガスタは締めくくった。「月曜日と水曜日の午後には、わたしがメレディスに水彩画と読書を指導する。あなたはその時間を使って、研究調査を進める。これは理にかなった取引だと思う？」

「ええ、思います、奥さま。とても理にかなっていますわ。こう言ってはなんですが、とても慈悲深いお取りはからいです。それに、サー・トーマスのご意見やご支援をいただけるなんて、もう、夢のようですわ」クラリッサは落ち着こうとものすごく努力をしていた。「失礼して、仕事に戻らなければ」

クラリッサは急いで絵画展示室を出ていったが、初めて見る快活できぱきした足取りに、くすんだ茶色のスカートが元気よく揺れていた。

オーガスタは彼女の後ろ姿を見送り、思いを巡らせてひとりにっこりした。クラリッサはまさにおじが必要としている女性だ。クラリッサとサー・トーマスの結婚は、志を同じくするふたりの結婚になるだろう。クラリッサはサー・トーマスの知的な情熱を理解できるし、サー・トーマスはクラリッサをレディ・プルーデンスと同じくらい称賛すべき女性だと思うだろう。一考の価値があるとオーガスタは確信した。

そのあと、オーガスタはその考えを脇に追いやり、クラウディアの手紙を読み返した。もう一度折りたたみながら、新しいグレイストン伯爵夫人が女主人役を務める最初の機会を計画しようと思いついた。

パーティを企画するのは、ノーサンバーランドのバリンジャー家が得意とすることのひとつだ。生来の楽しいこと好きな性格を考えれば当然だろう。一族の最後のひとりとして、この伝統を守るべきだ。

この田舎の屋敷で、グレイストン家の社交史に残るようなハウスパーティを開こう。

あわよくば、それによって、きのうのピクニックでハリーと交わした兄に関する会話を頭から消すことができるかもしれない。オーガスタはあの悲しい議論の記憶にいまだ心を苛《さいな》まれていた。

リチャードがフランスに秘密を売っていたとはとても信じられないし、信じる気もない。考えられないことだ。ノーサンバーランドのバリンジャーの人間がそんな深みにはまるはずがない。

とりわけオーガスタの愛するリチャード、あれだけ名誉を重んじ、颯爽と生きていたリチャードがそんなことをするなど、絶対にあり得ない。

グレイストンが国王の諜報員として働いていたほうが、兄がそうだったというよりもはるかに信じがたいと、オーガスタは思った。どう考えても、ハリーはスパイという感じがしない。

もちろん、錠前をこじ開けられるし、まったく予想しない時に現れるという腹立たしい癖の持ち主ではあるけれど。

そうだとしても、ハリーが？　優秀な諜報員？

諜報活動をするというのは、厳密に言えば、真の紳士にふさわしい経歴ではない。不適切で不快な仕事だと考える人が大半だろう。しかも、ハリーは適切かどうかをこだわる人なのに。

ふたりだけの寝室で伯爵が非常に不適切なことをした記憶が心に浮かび、オーガスタは立ち止まった。

彼はとても複雑な男性だ。彼の冷たい灰色の瞳を初めてのぞきこんだ時から、彼のなかに、表に出ていない広い部分があることをオーガスタは気づいていた。

ハリーが諜報員だった。その思いにオーガスタは奇妙な不安を覚えた。ハリーが重大な危険を冒していたとは考えたくなかった。その可能性を脇に押しやり、ハウスパーティに招待する客のリストを作り始めた。

さらに数分計画を練ってから、オーガスタはハリーを探しにいった。見つけた時、彼は図書室でカエサルの軍事作戦を記した地図を眺めていた。

「なにか用かな、奥さま？」仕事から顔をあげずに彼が訊ねた。

「このグレイストンでパーティをしたらどうかと思ったのよ、ハリー。計画を進める許可をいただければと思って」

彼がしぶしぶエジプトから目を離した。「パーティ？　この屋敷が人でいっぱいになる？　このグレイストンが？」

「親しい友人だけお招きしたらどうかしら。わたしのおじと従妹。〈ポンペイアズ〉の友人たち何人か。もちろん、ミスター・シェルドレイクも。あとはあなたが招待したい方。サリーが旅行できないのが残念だわ。ここに来てくれたらどんなに嬉しいでしょう」

「いいことかどうか、ぼくにはよくわからない。とりたてて客をもてなしたことがないからね」

オーガスタはにっこりした。「あなたがとりたてて、なにかしてくださらなくて大丈夫。わたしが全部やりますわ。こうしたことは母から教わりました。ハウスパーティは、隣人たちをもてなす絶好の機会でもありますわ。そろそろいい時期だと思います」

ハリーが陰気な顔でオーガスタを見やった。「本当に必要だと思うのか？」

「ええ、信じてください。これはわたしの得意分野ですから。人はだれでも得意不得意があるでしょう？」オーガスタは彼の机の上に広げられた昔の地図をちらっと見やった。

「一回だけ。それで充分だ。頻繁に客をもてなす習慣を導入する気はない、オーガスタ。パーティはもっとも軽薄でもっとも時間の無駄なことだ」

「ええ、旦那さま。もっとも軽薄ですね」

ハリーが気むずかしくて不可解な男性であるという直感と、しばしば謎めいた独裁者のように振る舞うという認識にもかかわらず、一週間後にグレイストンから一階の図書室に呼ばれた時、オーガスタにはなんの心構えもできていなかった。

寝室の扉をノックした女中から、ハリーがすぐに階下に来てほしいと言っていることを告げられた時、オーガスタはとても驚いた。

「すぐに、とおっしゃったの？」女中に訊ねる。

「はい、奥さま」娘は明らかに心配していた。「緊急だと言うようにと」

「まあ、大変。メレディスになにかあったのではないでしょうね？」オーガスタはペンを置き、サリーに書いていた手紙をしまった。

「いいえ、そういうことじゃないです。レディ・メレディスはさっきまで旦那さまとご一緒でしたが、もう勉強に戻られました。教室にお茶をお持ちしたので知っています」

「そう、わかったわ、ナン。すぐに行きますと旦那さまに伝えてちょうだい」

「はい、奥さま」ナンはすばやく膝を折ってお辞儀すると一階に降りていった。

予期しない緊急の招集にどんな理由があるのかいぶかりながら、オーガスタは鏡の前で一瞬足を止めて、自分の姿を確認した。クリーム色のモスリン地に緑色の繊細な模様が描かれたドレスを着ている。低い襟ぐりは緑色のリボンで縁取られ、襞になったスカートの裾も緑の縁がついている。

女中の心配そうな表情から、グレイストンが不機嫌なことを想定し、オーガスタは鏡台の引き出しから緑色の薄い肩掛けを取りだして、首のまわりをゆるく覆った。彼女の服の露出度が少々高すぎるという考えを、ハリーは一度ならず表明している。そもそもなにかで怒っているところに、わざわざ低い襟ぐりの胴衣を見せて、彼を苛立たせても意味がない。

オーガスタはため息をつき、戸口に急いだ。夫のちょっとした癖や気分は、妻となった女性がつねに考慮に入れておくべき大切なことのひとつだ。

公平を期すために言えば、ハリーが結婚以来、気が進まないながら、いくつかの点で態度を改めたことは間違いない。メレディスに水彩画と読書の科目を導入することについても譲歩してくれたと、オーガスタは自分に言い聞かせた。

数分後、懐柔を目的とした快活な笑みを浮かべて、オーガスタは図書室に入っていった。ぴかぴかに磨かれた執務机の奥でハリーが立ちあがった。

彼をひと目見るなり、オーガスタは挨拶の笑みをかき消した。女中は正しかった。ハリーはいかにも暗い危険な雰囲気を醸しだしている。

オーガスタはふいに、彼のこれほど冷たい表情をこれまで見たことがないことに気づいた。こわばらせた顔の輪郭に、捕食者のような容赦ない意図がはっきり見えている。

「お話があるとか、旦那さま？」

「そうだ」

「ハウスパーティのことでしたら、すべてうまく言っていると保証します。招待状も数日前に発送済みで、すでにお返事が届きだしていますわ。演奏者にも連絡しましたし、調理場も材料の注文を始めています」

「きみのパーティなどどうでもいい」ハリーが険しい顔で遮った。「ぼくはつい先ほど、娘との非常に興味をそそる会話を終えたばかりだが」

「はい、旦那さま？」

「娘の話では、きみは先日のピクニックの日に、兄の美徳をほめそやし、彼が遺した詩について話したそうだが」

この話がどの方向に向かうのかわからなくても、オーガスタの口のなかは一瞬にして乾ききった。「その通りです」

「その詩は蜘蛛と蜘蛛の巣について書かれているそうだが」

「旦那さま、ただの詩ですわ。メレディスに見せるつもりなどありませんでした。それを心配しているのなら。見せたとしても、怖がるとは思えませんけれど。ちょっと恐い詩を、子どもはかえっておもしろがりますから」

オーガスタが急いで請け合った言葉をハリーは無視した。「それを心配しているのではない。その詩をいまも持っているか？」

「はい、もちろんです」

「すぐに取ってきてくれ。見たいから」

オーガスタの全身に怖気《おぞけ》が走った。「どういうことでしょう。リチャードの詩を見たいとおっしゃるなんて。それほどいい詩ではありません。むしろ意味をなさない文が多くて、はっきり言ってひどい詩です。亡くなった晩に兄がわたしの手に押しこんで、しまっておいてくれと頼んだので、とってあるだけですわ」

「すぐに取ってきなさい、オーガスタ」

オーガスタは困惑して頭を振った。「なぜ見る必要があるんですか？」

その時急にある考えが浮かんだ。「兄に対するあなたの疑念に関係があるんでしょうか？」

「その詩を見るまではなんとも言えない。すぐに持ってきてくれ、オーガスタ。どうしても見たい」

オーガスタは確信を持てないまま、戸口に行きかけて足を止めた。「あれをあなたに見せたいとは思えません。なにか証明するとあなたが思っているならともかく」

「長年抱えてきた疑問の答えになるかもしれない」

「諜報員に関する疑問ですか？」

「単なる可能性だ」ハリーが嚙みしめた歯のあいだから言葉を押しだす。「可能性は低いが、ないわけではない。きみの兄上がフランスのために働いていたとすれば、なおさらだ」

「彼はフランスのために働いていたわけではありません」

「オーガスタ、リチャード・バリンジャーが亡くなった時の状況を弁護するためにきみが考えた理屈を聞きたいわけではない。これまでは、きみが幻想を抱き続けていることを反対しなかった。むしろ、いいことだと思っていた。しかし、蜘蛛とその巣に関する詩が存在するなら、すべてが変わる」

オーガスタは自分を震い立たせ、必死に考えを巡らせた。「リチャードの反逆罪を証明するために使うことはないと約束してくれないかぎり、お見せできません」

「ぼくは、彼が有罪か無罪かに関心はない。自分自身の疑問に答えがほしいだけだ」

「でも、その疑問に答えが得られれば、リチャードの罪を証明しようとするわ。そうでしょう？」

ハリーが大股で歩き、わずか二歩で机の後ろから出てきた。「詩を持ってくるんだ、オーガスタ」

「いいえ、あなたがなにを発見しようと、リチャードの思い出を傷つけないと約束してくれないかぎり、持ってこないわ」

「その時に起こっていたことに関する彼の役割については、いっさい言及しない。それだけは約束する、オーガスタ」

「それでは充分ではありません」

「なんてことだ。ぼくがきみに約束できるのはそれだけだ」

「では、詩は渡さないわ。リチャードの評判を傷つける可能性がわずかでもあるのなら。兄は高潔な人でした。本人がもうできないのだから、わたしが兄の名誉を守らなければならないわ」

「いい加減にしろ、妻よ、言われた通りにするんだ」

「戦争は終わりましたわ、グレイストン。あなたにあの詩を見せても、なんの役にも立たないでしょう。あれはわたしのものです。だれにも見せるつもりはないわ。とりわけ、あなたのように、リチャードが反逆罪を犯したと信じている人には」

「妻よ」ハリーが静かだが危機をはらんだ声で言う。「ぼくが命じた通りにしなさい。きみの兄上の詩を持ってくるんだ、いますぐに」

「絶対に嫌です。無理やり取ろうとするなら、燃やします。兄の血が残っている大切なものだけど、兄の思い出をこれ以上汚されるならば、破棄したほうがまし」そう言うなり、オーガスタはきびすを返し、図書室から飛びだした。

ちょうど扉を叩きつけて閉めた時、ガラスが砕ける鈍い音が聞こえた。

ハリーがなにかとても重たくて、とても壊れやすいものを図書室の壁に投げつけたのだった。

12

ハリーは、自分が自制心を失ったことに衝撃を受け、激しい怒りにかられて割れたガラスのきらめくかけらを凝視した。陽光を受け、オーガスタが誇り高くつけていた模造宝石のように輝いている。

彼をここまで追いこむことを妻に許した自分が信じられない。魔法をかけられているかのようだ。常軌を逸した欲望を抱いた次の瞬間には、ゆっくりだが確実に娘と友人になっていく彼女を見て感謝の念がこみあげる。別な瞬間には、笑わせられ、すぐあとには、予測できない行動でいらいらさせられる。

そしてついには、これまで経験したどんな感情とも違う、激しい嫉妬の渦の縁まで追いつめられた。

最悪なのは、死んだ男に嫉妬していると自覚していることだ。リチャード・バリンジャー。大胆で向こう見ずで、おそらくは裏切り者のリチャード。

オーガスタの兄であり、たとえ生きていても、性的な意味での競争相手にはなり得ない男。しかし、彼は熱血漢で有名なノーサンバーランドのバリンジャー家最後の男として葬られ、ハリーには一生閉じたままであろうオーガスタの心のなかで広い場所を独占している。

あの世という実体のない安全な領域にいるリチャードは、オーガスタの空想のなかで、理想的なノーサンバーランドのバリンジャーとして、その名誉と評判を彼女が最後まで守ると誓った栄えある兄として永遠に生き続ける。

「くそったれ、ノーサンバーランドのろくでなし」ハリーはつかつかと戻り、椅子にどしんと坐りこんだ。「もしも生きていれば、くそったれ、決闘を申しこんでやったのに」

それによって、新妻との、あるかなきかの脆弱な絆が断ち切られ、一生彼女に憎まれるわけかと、ハリーは皮肉っぽく考えた。理詰めで対処しても同じだろう。是非を論じる状況になれば、オーガスタが夫に反して兄の側につくことに疑いの余地はない。

「くそったれ」オーガスタの愛情を競わねばならないこの幽霊を示す言葉がほかに見つからず、ハリーはもう一度ののしった。

いったい幽霊とどうやって戦うんだ？

机の後ろの椅子にもたれて足を伸ばし、この悲惨な状況をあらゆる角度から考えようと努力する。

そもそもの最初からやり方が間違っていたことは認めざるを得ない。こんなに性急にオーガスタを図書室に呼びつけるべきではなかった。詩を渡せと命令すべきでもなかった。分別を失っていなければ、すべてを違うやり方でできただろう。

しかし、実際のところ、明晰な思考はまったくできなかったのが真実だ。メレディスのなにげない話から、リチャード・バリンジャーの蜘蛛と蜘蛛の巣に関する詩の存在を知ったあとは、その詩を手に入れたいという激しい欲求に圧倒されてしまった。

戦争もその恐怖もすべて忘れたと、自分とシェルドレイクの双方を納得させることができたと思っていた。しかし、蜘蛛《スパイダー》と呼ばれた男を忘れられることはあり得ないと自分でもわかっている。あいつのせいであまりに多くの男が命を失った。ピーター・シェルドレイクのような善人が、あまりに多くの危険を冒さねばならなかった。あの裏切り者が原因で、あまりに多くの戦死者が出た。

蜘蛛が英国人らしいと知ったことが、ハリーを苛む挫折感と憤りをさらに増幅した。自分が冷血な判断と氷の論理によって諜報活動を行う人物と評価されていたことは知っている。しかし、あの不快な任務を実行するには、そうするほかはなかったというのが本当のところだ。感情が入りこむのを許してしまったとたん、自分は無力となる。作戦行動、報復行動、決断と評価と分析、そのすべてが、間違いを犯すかもしれない恐怖によってゆがめられてしまう。気力を粉々にする。

冷静かつ明確な論理だけが、任務を続行する唯一の手段だった。しかし、氷のうわべの下では、つねに怒りが荒れ狂っていた。そしてハリーの場合は、やむなく演じてきたその役割ゆえ、抑えこんできた復讐欲が敵方で対等の地位にいる者、すなわち蜘蛛に向かったのだった。

ハリーの天分である論理的思考と、生き続けたいという強い欲求のおかげで、ワーテルローの戦い直後の数カ月間、復讐心を脇に押しやっておくことができた。そして、心を悩ませる疑問について、夜も眠らずに考え続けたあげく、おそらく答えは見つからないという結論に至り、それを受け入れたのだった。戦争という濃霧に巻かれて、多くの事実が永久に埋没したのは、ピクニックの日に彼がオーガスタに説明した通りだ。蜘蛛の真の正体もまた、失われた事実のひとつとなった。

しかしきょう、娘がたまたま口にした言葉によって、蜘蛛の正体の新しい手がかりが明るみに出るかもしれない。リチャード・バリンジャーの蜘蛛と蜘蛛の巣の詩は重要か無価値のどちらかだ。どちらにしても、それを調べなければならないことはわかっている。そのいまいましい詩を見るまでは平安を得られない。

それにしてもやはりこの件にはもっと慎重に取り組むべきだった。詩を見たい気持ちがあまりに強かったうえに、オーガスタが彼の言うことを聞くと過信し、立ち止まって、彼女の忠誠心がどこにあるかについて考えなかった。

ハリーは自分に残っている選択肢を考えた。

このまま二階にあがり、オーガスタから強制的に詩を奪えば、どんなものであれ、彼女が彼に対して抱いている優しい感情がすべて失われるのは確実だ。彼女は決して彼を許さないだろう。

一方で、兄の思い出に対する彼女の忠誠心が、妻としての忠誠心よりも強いことが、ハリーの心をむしばんでいた。

椅子の肘掛けに拳を叩きつけて、立ちあがる。ロンドンからここに来る旅の途中で、自分は愛情に関心がないとオーガスタに言った。妻に要求するのは忠誠であると。そして、それを彼に与えることに彼女は同意した。妻としての義務を果たすと約束した。

彼女はそれを正しく実行するべきだ。

ハリーは決断をくだした。オーガスタはすでに自分の要求を示している。今度は彼が要求を突きつける番だ。

彼は東洋緞通《だんつう》の上をつかつかと横切って図書室の扉を開き、タイル張りの玄関広間に出た。赤い絨毯を敷いた階段を二階までのぼって廊下を歩き、オーガスタの寝室の扉の前に来た。

ノックを省略して扉を開け、部屋に入る。

オーガスタは金箔を施した自分の書き物机の前に坐り、レースのハンカチを顔に当てて、すすり泣いていたが、扉が開く音に驚き、すぐに顔をあげた。恐れと怒りと溜まった涙で目がきらめく。

ノーサンバーランドのバリンジャーはあまりに感情的すぎると思い、ハリーはため息を呑みこんだ。

「なにしに来たんですか、グレイストン？　力づくでリチャードの詩を奪いに来たのなら、やめたほうがいいわ。絶対に見つからないところに隠しましたから」

「探せば、ぼくに見つけられない隠し場所を考えつくなどあり得ないと言っておこう、マダム」ハリーは寝室の扉をそっと閉めると、オーガスタと向き合って立った。妻との戦いに備え、ブーツを履いた足を少し離して踏みしめる。

「わたしを脅しているんですか？」

「とんでもない」オーガスタは傷ついていて、みじめそうに見えた。身を震わせながら、誇り高くいようとする様子に、ハリーは自分の心が弱くなるのを感じた。「こんなふうに争う必要はない、マイラヴ」

「マイラヴとわたしを呼ばないで」彼女が吐き捨てるように言う。「あなたは愛を信じてないのだから」

ハリーは大きく息を吐くと、寝室を横切ってオーガスタの化粧台まで行った。上に並んでいるクリスタルの容器の列と銀の背のブラシ、その他、いかにも浮ついて楽しげな女性専用の品々を眺める。

続き部屋の戸口からこの寝室に歩み入り、鏡の前に坐ったオーガスタの姿を見るのがどれほど楽しみかを考える。髪飾りがふんだんについたネグリジェを着て、栗色の髪の上にレースの小さなキャップをちょこんと載せた彼女を見つけるのが好きだった。その状況の親密さと、彼の登場がもたらす彼女の頰の赤みに喜びを感じた。

だがいま、彼女は彼を恋人ではなく、敵と信じている。

ハリーは化粧台に背を向け、彼を心配そうに見守っていたオーガスタと向き合った。

「いまは、愛に関するきみの見解を議論するのにいい機会とは言えない」ハリーは言った。

「そうかしら？　ではなにを議論しましょうか？」

「きみの忠誠心について」

オーガスタは戸惑ったように目をしばたたいた。ますます不安げに見える。「なんの話をしているんですか、グレイストン？」

「結婚式の日、きみはぼくへの忠誠を誓った、オーガスタ。それとも、そんなにすぐ忘れてしまったのか？」

「いいえ、でも――」

「そして、この寝室で過ごした最初の夜、きみはそこの窓のそばに立ち、妻としての義務を尽くすと誓った」

「ハリー、それを持ちだすのは公平じゃないわ」

「なにが公平じゃないんだ？　きみの誓いを思いださせることがか？　たしかに、そうする必要があるとは考えていなかった。きみが誓いを尊重すると信じていたからだ」

「でも、この件はまったく違うことだわ」オーガスタが反論する。「兄のことですもの。あなたも理解できるはず」

ハリーはうなずいて共感を示した。「きみが兄上の思い出に対する忠誠心と夫に対する忠誠心の板挟みになっているのは理解している。きみにとってはむずかしい状況で、その状況の原因になったことについてはすまないと思っている。危機に陥った時の人生は単純でも公平でもない」

「ひどいわ、ハリー」オーガスタが両手を握り締め、涙に濡れた目で彼を見つめた。

「きみがどう感じているかはわかっている。きみにはその権利がある。よく考えもせず、唐突に要求を突きつけたことを謝る。性急なやり方で詩を出せと命じたことをどうか許してほしい。ただ、それがぼくにとって重要かもしれないとしか言いようがないんだ」

「わたしにとっても重要なものだわ」オーガスタが激しい口調で言い返した。

「もちろんだ。だから、きみは決断した。兄の思い出を守ることのほうが、妻としての義務を果たすよりも重要だと表明した。きみの忠誠心はまず、ノーサンバーランドのバリンジャー家の最後の男に向けられる。法的な夫は、残りものしか受けとれない」

「ひどいわ、グレイストン。あなたは冷酷すぎる」オーガスタは立ちあがり、ハンカチを握り締めた。彼に背を向けて目を拭った。

「なぜだ？　この件について、ぼくに従うように頼んだからか？　夫としてきみの忠誠心のすべてを求めたからか？　ほんの少しではなく？」

「あなたは、義務と忠誠心のことしか考えられないの、グレイストン？」

「必ずしもそうではないが、いまはそのふたつが最優先される」

「それで、あなたの妻に対する義務と忠誠心はどうなの？」

「ぼくはきみの兄上の戦時中の活動について、それがなんであれ、だれにも言及しないと誓った。ぼくが約束できるのはそれだけだ、オーガスタ」

「でも、もしもその詩に、わたしの兄が……反逆者だったことを示すなにかがあったら、その約束を反故にするかもしれない」

「それは関係ない、オーガスタ。きみの兄上は亡くなった。死人を追及することはない。彼は法律の力も、ぼく自身の制裁の手も及ばないところにいる」

「でも、兄の名誉と評判は死んでいないわ」

「自分に正直になるべきだ、オーガスタ。きみこそ、その詩に隠されているかもしれないことを恐れている。きみは崇拝するお兄さんが、地面に叩き落とされるのを恐れている」

「戦争が終わったのに、なぜその詩がそんなに重要なの？」オーガスタが肩越しに振り返り、彼の顔をさぐった。

ハリーはその視線を受け止めた。「戦争の最後の三、四年間、蜘蛛《スパイダー》と呼ばれる謎の男が、ぼくが英国のためにやっていたのと同じようなことを、フランスのためにやっていた。ぼくたちはその男が英国人だと判断した。情報が非常に正確であるのと、彼の作戦実施のやり方からだ。非常に多くの善良な男たちの命が犠牲になった。もしもまだ生きているならば、反逆の報いを受けさせたい」

「その人に復讐したいということ？」

「そうだ」

「そして、そのために、夫婦の関係を壊してでも？」

ハリーはしばらく黙りこんだ。「この件にぼくたちの関係が影響されるとは思わない。もしそうなったら、それはきみがそうさせるからだ」

「ええ、そうかもしれない」オーガスタがつぶやいた。「結局そうなるのだわ。なんて賢いんでしょう。あなたが原因でいかなる不信感が生じても、わたしの責任というわけね」

ハリーの怒りがふたたび燃えあがった。「ぼくに対するきみの残酷な仕打ちはどうなんだ？　きみが夫に忠誠を尽くすよりも、兄の思い出を守るほうを選んだと知って、ぼくがどう感じたと思う？」

「わたしたちのあいだには、大きな隔たりがあるようだわ」彼女が振り返り、真っ正面から彼と対峙した。「どんなことがあっても、元通りにはならないでしょう」

「その深い溝には橋がかかっている。きみとしては、永遠にそちら側、勇敢な熱血漢のノーサンバーランドのバリンジャー側に立っていることも、ぼくの側、きみの未来があるこちら側に渡ってくることもできる。その決断は全面的にきみにゆだねる。力づくで詩を奪うことはしないから、安心してくれ」

答えは待たず、ハリーは背を向けて寝室から出ていった。


それから二日間、屋敷は礼儀正しいが凍てつくような静けさに包まれた。陰鬱な雰囲気と、先立つ何週間かの思いやりあふれた温かさとの差異があまりに顕著だったから、ハリーもすぐに気がついた。

グレイストン邸にいる全員の気分ががらりと変わったせいで、オーガスタが女主人となってからのこの屋敷の変容ぶりを痛感せざるを得なかった。

もともとよく訓練された使用人たちだが、オーガスタの到着以来、これまでと違って、楽しそうに気持ちよく仕事をするようになっていた。それに気づいたハリーは、オーガスタが使用人にも優しいというシェルドレイクの言葉を思いだした。

きまじめな態度と従順な性格で、学者の子ども版という感じだったメレディスも、絵を描き、ピクニックに行くようになった。簡素なモスリン地のドレスもこのところ襞飾りやリボンが増えたような気がする。それに、オーガスタが読んでやる文学の登場人物について熱心に語るようになった。

つねに厳しく自制心にあふれ、家庭教師という任務にすべてを捧げていたクラリッサにまで変化が見えた。結婚から数週間のうちになにが起こったのか定かではないが、オーガスタに対するクラリッサの気持ちが和らいだことは間違いない。和らいだだけでなく、なにに対してかわからないが、情熱的な感情を抱き始めたらしい。ほかの女性ならば、だれかに恋をしたのかと思っただろう。

最近のクラリッサは、なにかと理由をつけてピクニックの計画に参加せず、夕食後の家族の団らんからも退席して、そそくさと二階の自室に戻ってしまう。なんらかの研究課題に取り組んでいるような印象を受けているが、ハリーは訊ねることを躊躇していた。もともと自立したよそよそしい感じの女性だったから、ハリーもずっと彼女の私生活を尊重してきた。フレミング家の人間は、多かれ少なかれそういう傾向がある。

教室という制約された狭い空間だけで過ごしているクラリッサに恋愛の機会はないと確信しながらも、初めて見る彼女の目のきらめきに、ハリーは少なからず好奇心をそそられていた。その変化もまた、ほかの全員と同様にオーガスタによるものと考えられたからだ。

しかし、オーガスタとの交戦勃発から二日間、この屋敷はふたたび目に見えるように変化した。堅苦しい品行方正な雰囲気に支配されたのだ。だれもが痛々しいほど礼儀正しく、間違いのないように振る舞っていたが、グレイストン家の住人全員がこの冷ややかさをハリーの責任と見なしているのはハリーにもはっきりわかった。

この状況はきわめて悩ましいものだった。三日目に、教室に行くために階段をのぼりながらハリーは考えた。彼とオーガスタのあいだで意地の張り合いという無言の戦いが勃発し、この屋敷の人々がどちらかを支持しなければならなくなったら、彼らは当然彼の味方につくべきだろう。

自分はこのグレイストンを統率する立場であり、この地所の全員の生活は彼の肩にかかっている。少なくとも、使用人たちとクラリッサはその事実をはっきりわかっているはずだ。オーガスタもわかっていると考えていいはずだろう。

しかし、オーガスタの忠誠心は彼女の心の赴くところにあり、彼女の心は過去の思い出にある。

ハリーはこの二晩、ベッドでひとり横になって、オーガスタの寝室の閉じた扉をじっと見つめて過ごした。この扉を開けるべきは妻であると自分に言い聞かせ、いつかは妻が開けると信じてきた。しかしながら、三日目の晩もひとりで過ごす見通しに直面し、さすがに自分の仮定に疑問を抱き始めた。

階段のてっぺんで向きを変え、教室の戸口まで廊下を歩いた。そして、静かに扉を開けた。

クラリッサが目をあげて、眉をひそめた。「ごきげんよう、旦那さま。きょう、こちらにいらっしゃるとは存じませんでした」

その口調に歓迎しない意向をはっきり感じたが、それは無視することにした。この数日はとくに、この屋敷のどこでも歓迎されていないとわかっていたからだ。「少し時間が空いたので、絵の教科がどうなっているか見にきたのだが」

「そうですか。メレディスはけさ早くから取りかかっています。奥さまがもうすぐ教えに来てくださる予定です、いつものように」

メレディスが自分の水彩画から顔をあげ、一瞬目を輝かせたが、すぐに目をそらした。

「ごきげんよう、お父さま」

「作業を続けなさい、メレディス。しばらく見ていたいだけだから」

「はい、お父さま」

ハリーが見守っていると、メレディスは新しい色を選んだ。絵筆にその色の絵の具を慎重に含ませ、白い紙を黒く塗った。

娘が作品にこんな暗い背景を選ぶのを見るのは初めてだとハリーは気づいた。最近定期的に絵画展示室に飾られる絵はどれも、明るい色で輝き、いきいきした活気に満ちたものばかりだった。

「グレイストンの夜の風景を描くつもりなのか、メレディス？」ハリーは前に出て、その絵をじっくり眺めた。

「そうよ、お父さま」

「なるほど。暗い絵になりそうだな？」

「ええ、お父さま。描きたいと感じることをなんでも描いていいとオーガスタに言われたから」

「つまり、きょうは暗い絵を描きたいと感じているわけか、外は晴れているのに？」

「はい、お父さま」

ハリーは口元をこわばらせた。メレディスまでが、この屋敷内の暗黙の交戦状態に影響されているとは。これもすべて、オーガスタの責任だ。「せっかく晴れているから、外で過ごしたらいいだろう。厩舎に連絡して、きみのポニーに鞍をつけさせよう。午後は馬に乗って小川まで行くのは、どうかな？」

メレディスがはっと目をあげたが、その目の表情から確信を持って喜んでいないのがはっきりわかった。「オーガスタも一緒に来られるかしら？」

「誘ってみよう」ハリーは内心たじろぎながら言った。オーガスタの返事はわかっている。もちろん丁重に断るだろう。この二日間、オーガスタは言外に、夕食の席をのぞき、ハリーと過ごす時間はないことを表明している。「だが、午後はほかの用事を予定しているかもしれないよ、メレディス」

「たまたまですが」オーガスタが戸口から静かに言った。「ほかの用事はありません。小川までの乗馬に喜んで参加しますわ」

メレディスが瞬時に顔を輝かせた。「きっと楽しいわ。わたし、行って、新しい乗馬服に着替えてくるわね」クラリッサをちらりと見やる。「失礼してよろしいですか、クラリッサおばさま？」

クラリッサが女帝のように堂々と承認した。「ええ、もちろんですよ、メレディス」

ハリーはゆっくりと振り向き、オーガスタと目を合わせた。彼女が礼儀正しく頭を少しさげる。

「失礼してよろしければ、わたしも着替えをしてきます。メレディスもわたしも、すぐに一階で合流しますね」

さて、この展開はいったいどういう意味だ？　メレディスに続いてオーガスタが姿を消すのを見ながらハリーはいぶかった。その一方で、あまり詳しく訊ねないほうがいいかもしれないと思う。

「奥さまとレディ・メレディスとご一緒の乗馬を楽しまれることを願っていますわ」クラリッサが、すました口調で言う。

「ありがとう、クラリッサ。そうするつもりだ」

オーガスタがなにを企んでいるかをはっきりさせたらすぐに、と声に出さずにつけ加え、ハリーは教室をあとにした。

三十分後、ハリーはまだ、彼の暗黙の疑問に対する答えを待っていた。少なくとも、メレディスの気分は晴れて、子どもらしく興奮している。濃緑色の乗馬服を着たメレディスはとてもかわいらしい。きらめく巻き毛の上に載せた羽根飾りつきの粋な帽子に至るまで、オーガスタの装いとよく似ている。

まだら模様の灰色のポニーをうながして進んでいく娘を見守りながら、ハリーはオーガスタをちらりと見やった。

「午後の乗馬にきみが一緒に来てくれて嬉しい」沈黙を破ろうと決意してハリーは言った。

オーガスタは片鞍に優雅に坐り、手袋をはめた手で上品に手綱を持っている。「新鮮な空気を吸うのは、あなたのお嬢さんにとって、とてもいいことですもの。最近、家のなかが息苦しくなっていたでしょう？」

ハリーは片眉を持ちあげた。「ああ、そうだった」

オーガスタが唇を噛み、問いかけるように一瞬ハリーを見やった。「やめてください、旦那さま、わたしがきょう一緒に来た理由はわかっているはずだわ」

「いや、マダム、わからない。誤解しないでくれ。もちろん、一緒に来るというきみの選択は非常に嬉しい。だが、なぜそうしたかを理解しているとは言えない」

彼女がため息をついた。「リチャードの詩をあなたに渡そうと決心しました」

こみあげてきた安堵感は圧倒的だった。ハリーはすんでのところで、手を伸ばしてオーガスタを馬から乗り移らせ、膝に抱きそうになった。だが、その衝動をなんとか抑えこんだ。このところ、衝動的に行動する傾向が著しく強くなっている。気をつけなければならない。

「ありがとう、オーガスタ。なぜ考えを変えたのか、聞いていいだろうか？」緊張して答えを待つ。

「このことについて、ずいぶんいろいろ考えた結果、選択肢がほとんどないことに気づいたからです。あなたが何度も指摘したように、あなたに従うのは、妻としての義務ですもの」

「なるほど」しばらく黙っていた。安堵感のほとんどが落胆に変わる。「きみが義務感だけで、そう決断せざるを得なかったのは残念だし、すまなく思う」

オーガスタが眉をひそめた。「義務でなければ、ほかになにで決断しろと？」

「信頼感かな？」

彼女が丁重に頭をさげた。「それもあります。あなたは絶対に約束を守るという結論に達したんです。兄の秘密を世の中に出さないとおっしゃった。それを信じます」

そもそも、自分の言葉を疑問視されることなどあり得ないハリーは、苛立ちを抑えこむことができなかった。「ぼくの誓いを信じられるという結論に達するのに丸三日近くかかったわけか？」

彼女がまたため息をついた。「いいえ、ハリー。あなたの言葉は最初から信じていたわ。真実を知りたいと言うなら、それが問題だったことは一度もないのよ。あなたは高潔な方ですもの。それは周知の事実」

「では、なにが問題だ？」ハリーは問い詰めた。

オーガスタが馬の耳のあいだをまっすぐ見つめたまま言う。「恐れていたんです」

「恐れていたとは、いったいなにを？　兄について真実を知ることを？」メレディスに聞こえないように声を低めるために、自制心のすべてを必要とした。

「正確には違うわ。兄の無実は一瞬たりとも疑ったことはないから。でも、あなたがその詩を読んで、なんらかの理由でリチャードが反逆者だったと結論づけた時に、わたしのことをどう思うかが心配だったんです」

ハリーはオーガスタを凝視した。「なんてことだ、オーガスタ。きみの兄がしたかもしれないことのせいで、きみを軽蔑すると思ったのか？」

「わたしもノーサンバーランドのバリンジャーですもの」こわばった声で指摘する。「そのひとりが反逆を犯せると思うなら、家族のほかの者が誠実かどうかも疑うかもしれない」

「ぼくがきみの誠実さを疑うと思ったのか？」彼女の心の動きにがく然とする。

オーガスタは鞍の上で背筋をぴんと伸ばした。「あなたはもともと、わたしをひどく軽薄で、間違いを犯しやすいと思っている。さらに、道義心まで疑問視されたくなかったんです。わたしたちは一生を共にします。ノーサンバーランドのバリンジャーは道義心に欠けるとあなたに思われたら、それは、とてもむずかしくて長い道になるでしょう」

「なにを言っているんだ、マダム。きみに欠けているのは道義心ではない、知性だ」ハリーは馬を止め、手を伸ばしてオーガスタを片鞍からすくいあげた。

「ハリー」

「ノーサンバーランド側の家系は全員がそんなに鈍いのか？　この先、その傾向が受け継がれないことを願うしかないな」

彼はオーガスタを自分の太腿の上に抱き寄せ、熱い口づけをした。乗馬服の重たいスカートが雄馬の片側にばさりとかかったせいで、馬が飛びあがった。ハリーは手綱を持つ手を締めたが、押し当てた唇を離そうとしなかった。

「ハリー、わたしの馬」一瞬唇が離れたすきに、オーガスタがあえぎながら言う。片手で小さな緑色の帽子をつかんでいる。

「お父さま、お父さま、オーガスタになにをしているの？」メレディスが父のほうに速足で寄ってきて、かぼそい声で心配そうに訊ねた。

「きみのお母さんにキスをしているところだ、メレディス。彼女の雌馬を見てくれるか？ 逃げては困る」

「キスをしているの？」メレディスが目を見開いた。「まあ。わかったわ。オーガスタの馬のことは心配しないで、お父さま。わたしがつかまえてくるわ」

雌馬のことをハリーは少しも心配していなかった。さまよって、そばの草地に入りこむのがせいぜいだ。いまの瞬間、ハリーが気にかけているのは、オーガスタをベッドにつれていけるかどうかだった。戦いは三日と二晩しか続かなかったが、三日と二晩でも絶対に長すぎる。

「ハリー、やめて。すぐにおろしてちょうだい。メレディスがなんと思うか」オーガスタが彼の両腕のなかで丸くもたれたまま、彼を見あげてにらんだ。

「きみはいつから、適切な礼儀作法をそんなに気にするようになったのかな？ 奥さま？」

「娘の母親になってからよ。次第に気にかかるようになって」オーガスタがぶつぶつ言う。

ハリーは大笑いした。


その晩遅く、ハリーがオーガスタの寝室を開けた時、彼女は化粧台の前に坐っていた。ちょうど侍女が女主人の寝る支度を終えたところだった。

「これでいいわ、ベッツィ」オーガスタが鏡に映るハリーと目を合わせたまま侍女に言う。

「はい、奥さま。お休みなさいませ、旦那さま」ベッツィが訳知り顔で嬉しそうに目をきらめかせ、膝を折ってお辞儀をすると戸口から出ていった。

オーガスタが立ちあがり、おずおずとほほえんだ。部屋着の前が開き、これ以上ないほど薄いモスリン地のネグリジェが現れる。透き通るような布地を柔らかな乳房が押しあげているのが見える。視線を下にさげると、太腿の頂に三角の黒い影が見えた。ハリーはふいに自分が痛いほど張り詰めるのを感じた。

「詩を取りにいらしたのよね？」オーガスタが言った。ハリーは首を振り、ゆっくりほほえんだ。「詩は待ってくれる、マダム。ぼくが来た目的はきみだ」

13

長い時間が経ったのちに起きあがった時、オーガスタの体はハリーの愛の行為でまだ火照っていた。ろうそくに火をつけ、それを持って寝室を横切り、化粧台まで行く。ハリーがベッドで身動きした。

「オーガスタ？　なにをしている？」

「リチャードの詩を出しているところ」オーガスタは母のネックレスと折りたたまれた紙を入れた小さな箱を開けた。二年間大事にしまってあったものだ。

「手紙は朝まで待ってくれる」ハリーが肘をついて上半身を起こし、目を狭めてオーガスタを見つめる。

「いいえ、いま終えたいの」オーガスタは折りたたんだ紙を持って彼のところに戻った。

「さあ、読んでみて」

ハリーは彼女の手から紙を受けとった。黒い眉が両方持ちあがる。「ちょっと読んだだけで、なにか言えるとは思えない。調べる必要がある」

「意味をなさない詩よ、ハリー。国家的事件とは無関係。言葉の羅列にすぎないと思うわ。わたしにこれを大事にしまっておくよう頼んだ時、兄は死にかかっていたんですもの。最期の苦しみのなか、奇妙な幻想を見たのかもしれない」

ハリーが見あげると、彼女はふいに口を閉じた。ため息をつきながらベッドの縁に腰をかけ、紙についた恐ろしい茶色の染みを見つめる。オーガスタはその詩の一言一句を記憶していた。

蜘蛛の巣
きらめく蜘蛛の巣の上で戦う勇敢な若者たちを見よ
彼らの軍刀がきらめくのを見よ
三番地でお茶を楽しみ、もう一度戻って、主人の夕食を供する
彼は食事をする。絹のより糸の真ん中で食事し、不注意な若者たちの血を飲む
三時に、そして光が薄暗くなる九時に好機が訪れるのを待つ
いまや、多勢は少数、少数は無
蜘蛛はカードで遊び、勝者となる
二十を三と数え、三を一と数えろ、そのきらめきが見えるまで

ハリーがなにも言わずにもう一度その詩を読むのを、オーガスタは緊張して待った。読み終わると、彼は冷静だが真剣な表情でオーガスタに問いかけた。「きみのお兄さんが亡くなったあと、これをだれかに見せたか、オーガスタ？」
オーガスタはうなずいた。「兄が亡くなって数日後に、男性の方がトーマスおじに会いに

来たわ。兄の持ち物を見たいと要請され、おじに言われて、わたしがすべてをお見せしたの。彼は詩を読んだわ」

「なんと言っていた？」

「それが不思議だったのよ。彼は詩にまったく関心を示さなかった。リチャードの死体から見つかった書類だけ。それを見て、リチャードがフランスに情報を売っていたとほのめかし始めたのよ。そして、その件を内密にしておくことで、おじとその人が合意した」

「その男の名前を覚えているか？」

「クローリーだったと思うわ」

ハリーは嫌悪感に襲われて、一瞬目を閉じた。「クローリー。なるほど。あの愚かでとんまな道化師か。それ以上調査が行われなかったのも無理はない」

「なぜそう言えるの？」

「クローリーはばか者だったからだ」

「だった？」オーガスタは眉をひそめた。

「一年前に死んだ。愚かなだけでなく、軍諜報部のあり方について、きわめて旧式な考えしか持っていなかった。諜報活動はきわめて低俗で、真の紳士にふさわしくない任務だと考えていた。その結果、手順をほとんど理解していなかったから、たとえ目の前にぶらさげられても、暗号化された通信文だと気づかなかったはずだ。最悪なやつだった」

オーガスタはろうそくを置くと、持ちあげた膝に顎を乗せた。「この詩が暗号だと思う？」

「ほぼ間違いないだろう。朝になったら、もっとよく調べる必要がある」ハリーは紙を注意深く折りたたんだ。

「もしも暗号化された通信だとしても、フランスではなく、英国の諜報員に運んでいたのかもしれないわ」

ハリーはベッド脇のテーブルに詩を置いた。「大事なのは、それは問題でないということだ、オーガスタ。ぼくたちふたりにとって。二年前にきみのお兄さんがなにをしようと、ぼくは気にしない。彼の行動によってきみを判断することもない。ぼくを信じてほしい」

オーガスタは彼と目を合わせてゆっくりとうなずいた。「あなたを信じるわ」ハリーがこの点に関してきわめて公平なことを知ってほっとする。彼の妻は、実家のほかの家族の行動に関して責任を負う必要はない。

「体が冷たくなっている、オーガスタ。ここに来て、上掛けのなかに入りなさい」ハリーがろうそくの火を吹き消し、オーガスタを抱き寄せた。

そのあと彼女を抱きながら、彼が眠らずに長いあいだ起きていたことをオーガスタは知っていた。自分も長いあいだ眠れなかったからだ。ハリーに詩を渡したのが正しいことだったかどうかという疑問は、頭のなかでぐるぐるまわり続けていた。

夜明け前に、眠りと覚醒の中間の不安定な状態から目を覚ました。ハリーがベッドからそっと抜けだすのを感じたが、枕に乗せた頭は動かさず、目も開けなかった。

紙がかさっと鳴る音が聞こえ、彼がナイトテーブルから、血に染まった詩を取りあげたのがわかった。そのあと寝室の扉が静かに開いて、そして閉じる音が聞こえた。

オーガスタははやる気持ちを抑え、空が白むまでベッドに横になっていた。それから起きだして、長い一日のために身支度をした。

窓の外に目をやる。雨を予感させる鉛色の雲の天蓋の下に、新しい夜明けが訪れていた。


ハリーは朝食の席に一瞬顔を出したが、サイドボードに置かれたさまざまな卵や肉の料理を自分の皿に盛ると、オーガスタとメレディスともほとんど言葉も交わさずに、また書斎に引きこもった。完全に心ここにあらずの不機嫌な様子だったが、屋敷の人々は冷静に受けとめているようだった。明らかに、以前からしばしば目撃されている状況らしい。

「お父さまは原稿を書いている時は、いつもこんなふうになるの」メレディスがオーガスタに説明し、澄んだ灰色の瞳で心配そうに継母を見つめた。「あなたに対してまだ怒っていると考えないでね」

「わかったわ」オーガスタは思わずほほえんだ。「そう考えないようにするわね」

「あと三日したら、お客さまがいらっしゃるのよね？」メレディスが不安そうに訊ねたが、その深刻なまなざしには内心の興奮が見え隠れしていた。

「その通りよ。そして、きょうの午後にミス・アプリーが来て、あなたの新しいドレスの最後の一枚の仮縫いをしてくれるわ。その分、授業を短く切りあげてくれるように、クラリッサおばさまに念を押してね。かなり時間を取ると思うから」

「そうするわ、オーガスタ」メレディスは席を立ち、教室に向けて急ぎ足で出ていった。

朝食室でひとりになると、オーガスタはゆっくりコーヒーを飲んだ。朝届いた手紙の束に目を通し、一緒に配達されたロンドンの新聞のひとつを読んだ。

読み終わったあとは、ハウスパーティのために臨時の使用人を雇う件について、執事や家政婦と相談した。

午前中ずっと、図書室の扉は固く閉じられたままだった。一階の玄関広間を通り抜けるたびに、オーガスタの目はその扉に引き寄せられた。ハリーの聖所からなんの音も聞こえない状態が続けば続くほど、オーガスタは耐えられなくなった。あの恐ろしい詩から、ハリーがリチャードについて、どのような結論を下すか、思いめぐらさずにはいられなかった。

それでも、どうにも我慢できなくなると、オーガスタは彼女の雌馬に鞍をつけて、連れてくるように指示を出し、二階に行って乗馬服に着替えた。玄関広間に戻ってくると、執事が心配そうな顔で待っていた。

「午後は雨になるかもしれません、奥さま」

「そうかもしれないわね」オーガスタは力なくほほえんだ。「心配しないで、スティープルズ。多少の雨くらいなんでもないわ」

「本当に、馬番の同行は必要ありませんか、奥さま？」スティープルズが長い顔を心配そうに曇らせる。「旦那さまは、奥さまがおひとりで馬に乗られることを好まないかと思いますが」

「ええ、そうね。でも、必要ないわ。ここは田舎ですもの、スティープルズ。ロンドンで、女性がひとりで出かける時に起こるような問題は心配しなくていいでしょう。だれかに聞かれたら、夕方には戻るからと答えておいて」

スティープルズは不賛成を示すこわばった態度で頭をさげた。「仰せのままに、奥さま」

オーガスタはため息をつき、石段を降りて馬に乗った。このグレイストンでは、執事を満足させることもむずかしい。

不吉な雲行きの下で一時間近く走ると、ようやく少し明るい気持ちになった。近づいてくる雷雲を前にして物思いに沈んでいるわけにもいかず、オーガスタは決断した。吹きつける風に向かってあげた顔に、最初の雨粒を感じる。その冷たい感覚が、この憂鬱な日になによりもオーガスタを元気づけ、震いたたせた。

徴候はたくさんあったものの、最初の雷鳴はオーガスタを驚かせた。嵐になるまでにグレイストンに戻るには遅すぎるとすぐにわかった。遠くに朽ちかけた小さな家が見えたので、すぐにそちらに向かった。そこは廃屋だった。

裏にあった小さな家畜小屋に雌馬を入れると、自分も一部屋しかない家に入り、開けたままにした扉から、大雨が吹き荒れて景観を席捲するさまを眺めた。

二十分後、嵐のなかからふいに馬に乗った人の姿が現れた時も、オーガスタはまだそこに立っていた。雄馬のひづめの音と雷鳴が混じり合って鳴り響き、空に稲妻が弧を描くなか、馬が戸口の前で勢いよく急停止した。

馬の上から、ハリーがオーガスタを見おろし、にらみつけた。何層にもなった外套を、黒いマントのように体に巻きつけている。黒いシルクハットから雨がしたたり落ちている。

「こんな嵐の真最中に出かけるなんて、いったい全体なにを考えているんだ、オーガスタ？」ふたたび稲光が走り、馬がまたはねた。「なんてことだ。きみは女学生ほどの常識も持ち合わせないのか？　馬はどこだ？」

「裏の小屋に入れたわ」

「ぼくの馬も入れて、すぐに戻る。扉を閉めておきなさい。びしょ濡れになっているじゃないか」

「わかりました、ハリー」オーガスタがつぶやいた返事は、叩きつける雨の音に掻き消された。

数分後、ふたたび扉が勢いよく開き、ハリーが土の床に水をしたたらせながら、大股で部屋に入ってきた。小屋で見つけたらしい焚きつけを抱えている。蹴って扉を閉めると、炉端に焚きつけを落とし、外套と帽子を脱いだ。

「このばかげた行為の説明は、もちろんしてもらえると思うが？」

オーガスタは肩をすくめた。身構えるように自分を両腕で抱き締める。ハリーが一緒だと、この田舎家《コテージ》がとても小さく感じることに気づいた。「馬に乗りたい気分だったの」

「こんな天気なのに？」ハリーが手袋を剝ぎ取った。左右の足を踏み鳴らし、美しく磨かれたブーツについた水滴を落とす。「それなら、なぜ馬番を同行させなかった？」

「必要だと思わなかったんですもの。それより、わたしをどうやって見つけたの？」

「つねに冷静沈着なスティープルズが、きみが出かけた時に向かった方向を記憶していた。だが、足取りを追うのはかなりむずかしかった。数人の借家人が、彼らの家の前をきみが通ったのに気づいていて、そのひとりが、この場所を覚えていて、ここに避難しているかもしれないと教えてくれた。何マイルかのあいだで、空き家はここだけだ」

「なんて論理的でしょう。でも、わかってくださると思うけれど、危険なことはなかったわ」

「それが問題ではない、マダム。きみが分別に欠けているのが問題だ。いったいなんで、こんな日に馬に乗りに行こうと思ったんだ？」ハリーが暖炉の前で片膝をつき、熟練したすばやい動きで火を熾し始めた。「きみが自分のことを考えなければ、ぼくの娘はどうなる？」

その発言にオーガスタは驚いた。体のなかで、幸せの小さな泡がふつふつと湧きおこる。

「メレディスも心配していたの？」

「メレディスは、きみが出かけたことも知らない。教室で勉強している」

「まあ」幸せの小さい泡は即座に消滅した。

「ぼくが言っているのは、ぼくの娘にとって、このような行動はいい模範にならないということだ」

「でも、わたしが出かけたことも知らないならば、ハリー、その問題は生じないと思うけれど」

「それは、きみが出かけるところをたまたまメレディスが見なかっただけだろう」

「ええ、もちろん。あなたの言いたいことはわかるわ」最初に感じた反抗心がふいにしぼむのを感じた。「あなたの言う通りだわ。とてもよくない先例になってしまったわね。きっと今後も、そういう例をたくさん作ってしまうに違いないわ。ノーサンバーランドのバリンジャーなんですもの。ハンプシャーのバリンジャーではなく」

ハリーがすばやく立ちあがった。その危険をはらんだ動きにオーガスタは思わず一歩さがった。

「いい加減にしろ、オーガスタ。きみ自身の行動の言い訳に、きみの家系の評判を使うのはやめるんだ。わかったか？」

オーガスタの背筋を怖気が走った。ハリーはとても怒っていて、それはオーガスタが、嵐の接近する時に馬に乗って出かけたからだけでないとわかったからだ。「ええ、旦那さま。よくわかりました」

彼が苛立ちにかられた様子で、濡れた髪を指で掻きあげた。「敵と戦うべく、城壁の前に立ちはだかるノーサンバーランドのバリンジャー家最後のひとりのような目で、ぼくを見るのをやめろ。ぼくはきみの敵ではない、オーガスタ」

「でも、そういう口ぶりだったわ。今後の結婚生活でも、ずっとお説教をし続けなければならないと思っているのね、グレイストン？　そうだとすれば、不幸な見通ししか思い描けない」

彼がオーガスタに背を向け、熾した火の様子を確認した。「ぼくはきみがいつか、その衝動的な傾向を抑える能力を獲得するとかなり確信している」

「それはありがたいこと。少なくとも、きょう、あなたがわたしを追いかけざるを得ない状況にしてしまったことは残念に思っていますわ」

「ぼくもだ」

オーガスタは彼の幅広い背中を眺めた。「最悪なことははっきり言ってくださったほうがいいわ、ハリー。あなたが怒っているのは、午後にわたしがひとりで乗馬に出かけたことだけではないでしょう？　リチャードの詩でなにがわかったの？」

彼がゆっくりと振り返り、オーガスタに暗いまなざしを向けた。「きみが兄上の行動に対してなんの責任もないことを、ぼくたちはすでに合意している。そうだね？」

オーガスタの心が凍りついた。違う、リチャード、あなたは反逆者じゃない。だれがなんと言おうと関係ない。オーガスタはなんとか自分を抑え、無頓着な様子で片方の肩をすくめてみせた。「そうだったわ。それで、詩になにが書かれていたの？」

「蜘蛛と呼ばれる男が、サーベルという名前のクラブの会員だったことを伝える通信文のようだ」

オーガスタは眉をひそめた。「そんな名前のクラブ、聞いたことがないわ」

「無理もない。軍関係者のための非常に小さなクラブだったからね。セント・ジェームズストリートのはずれにあった。長くは営業していなかった」ハリーは一瞬言葉を切った。「火事があった。二年ほど前のことだ。建物が焼け、クラブは再開しなかった。ぼくの知るかぎりでは」

「リチャードが、そのサーベルというクラブの会員だと言っていた記憶はないわ」

「会員ではなかったかもしれない。だが、なんらかの方法で、蜘蛛が会員だと発見したのだろう。残念ながら、あの詩には、その男の正体は書かれていない。会員だったというだけだ」

オーガスタは考えこんだ。「でも、会員名簿を手に入れれば、だれが蜘蛛か見つけだすことができるかもしれない。あなたはそう考えているのね？」

「まさにそう考えている」ハリーが眉を持ちあげた。「きみは非常に鋭いな」

「たぶん、天職を間違えたのかも。あなたの優れた諜報部員になったかもしれないわね」

「その可能性は追及しないでもらいたい。きみが諜報員としてぼくのために働くと考えただけで、夜も眠れない」

「それで、このあとはどうするの？」

「少し問い合わせて、クラブの経営者が見つかるかどうか調べる。まだ会員名簿を持っているか、会員の名前を覚えているかもしれない。何人かは、追跡調査が可能だろう」

「蜘蛛と呼んでいる人物を見つけると断固決意しているのね」

「そうだ」

彼の口調に恐れている感じはなかった。完全に冷静さを取り戻している。オーガスタはハリーの背後で燃えている火を見つめた。「リチャードの詩を調べ終わって、彼が反逆者だと確信したんでしょう？」

「それにまだ解明されていないし、おそらく今後もわからないだろう、オーガスタ。きみが言ったように、兄上がその情報を当局に届けようとしていた可能性もある」

「でも、可能性はかぎりなく低い」

「そうだ」

「いつものように、あなたは悲しくなるほど正直ね」オーガスタはなんとか笑みを浮かべた。「でも、わたしは自分の意見を追及するわ」

ハリーが重々しく頭をさげた。「もちろんだ。その点に関して、きみは自分の思う通りに信じ続けるべきだ。いまとなっては、リチャードが反逆者であろうがなかろうが、だれにとっても重要な影響はない」

「わたし以外には」オーガスタは果敢に胸を張った。「わたしは彼の無実を信じ続けます。もしも逆の状況だったから、兄はわたしを信じてくれると思うから。わたしたちノーサンバーランドのバリンジャーは、なにがあっても、いつも協力した。信頼し合っていました。自分の家族に背を向けることはできません。すべてが思い出のなかだけにしかなくても」

「きみにはいま、新しい家族がいる、オーガスタ」狭い室内にハリーの厳しい声が響いた。

「ほんとに？　わたしにはそうは思えません。新しい家族というのは、実のお母さまほど美しくないという理由で、わたしをお母さんと呼ぶことができない娘と、歴代のレディ・グレイストンの皆さんに似ていることが判明するかもしれないという理由で、わたしを愛する危険を冒す気になれない夫」

「いい加減にしてくれ、オーガスタ。メレディスはまだ子どもで、しかも、きみと知り合ってまだ数週間しか経っていない。時間を与えるべきだ」

「そして、あなたは、ハリー？　わたしが前任の奥方さまとは違うと判断するのに、どのくらい時間が必要なの？　絶えず試され、判断されて、欠けていると思われていると感じながら、どのくらい長く過ごせばいいんですか？」

ふいにハリーがオーガスタの背後にまわり、片手をオーガスタの肩に置いた。彼のほうに向かせられ、オーガスタは彼の厳しい顔を見あげた。

「くそ、きみはぼくになにを望んでいるんだ？」

「わたしがほしいのは、自分が育つ時に持っていたもの。真の家族のひとりになりたい。愛情と笑いと信頼がほしい」

どこからともなく涙が湧きあがり、オーガスタの目を焦がして頰を伝った。

ハリーはうなり声を漏らし、オーガスタを両腕のなかに抱き寄せた。「お願いだ、オーガスタ。泣かないでくれ。きっとすべてうまくいく。いまにわかる。きょうのきみは、詩のことで気持ちが昂ぶっている。だが、それのせいでぼくたちふたりの関係が変わることはいっさいない」

「ええ、わかっているわ」オーガスタは彼の上着の温かな羊毛に顔を当てて鼻をすすった。

「だが、きみの威勢のいいノーサンバーランドのバリンジャーの先祖と、新しい家族の者たちを比較しないほうがいいと思う。歴代のグレイストン伯爵はみな、感情を表さないたちで、基本的につまらない人間だったという事実にきみは慣れる必要がある。だからといって、ぼくがきみのことを大切に思っていないわけではないし、メレディスも母親としてきみを受け入れることを学べないわけでもない」

オーガスタは最後にもう一度鼻をすすりあげると、顔をあげた。なんとか笑みを浮かべる。「ええ、もちろんだわ。愚かしい涙を許してください。自分でも、いったいどうしてしまったのかわからないわ。きっとものすごく気持ちが落ちこんでいたせいね」

ハリーがほほえみ、雪のように白いハンカチをオーガスタに渡した。「そうだと思う。もっと火のそばに来て、温まりなさい。嵐が通りすぎるまで、まだ少しかかるだろう。待っているあいだに、ハウスパーティの計画を話してくれないか？」

「それはまさに、軽薄な女の気持ちを巧みにそらす話題だわ、旦那さま。この際だから、わたしのハウスパーティ計画について、徹底的に議論しましょう」

「オーガスタ……」ハリーが言葉に詰まり、顔をしかめた。

「ごめんなさい、あなたをからかっただけよ。わたしを慰めようと思って言ってくれたとわかっているのに、よくないわね」オーガスタはつま先立ちをして、彼の顎にそっとキスをした。「舞踏会の晩の夜食用に作成したメニューのことを聞いてくれるかしら？」

目にはまだ慎重な表情が残っていたものの、ハリーはゆっくり笑みを浮かべた。「グレイストンで舞踏会が開かれるのはいつぶりだろう。あそこがパーティのために飾られた様子など、まったく想像できないな」

予定した日の午後早いうちから、招待客が到着し始めた。オーガスタも女主人役として、階段の通行の向きを指示することから、調理場との打ち合わせ、宿泊設備の最後の確認など、いっきに忙しくなった。

メレディスはつねにオーガスタの横に控え、寝室の適切な準備の仕方から、規則正しい一日を送る気など毛頭ない大勢の人々に美味しい食事を提供するやり方などを夢中で観察していた。

「とても複雑なのね。そうじゃない？」途中でメレディスが訊ねた。「このおもてなしのことだけど」

「ええ、そうね」オーガスタはうなずいた。「なにもかもが、いともたやすく用意されているかのように見せるのは、なかなかむずかしいわね。わたしの母はこういうことがとても得意だったの。ノーサンバーランドのバリンジャーは、もてなしを楽しむたちなのよ」

「お父さまは楽しまないたちなのね」メレディスが所見を述べる。

「きっと、そのうち慣れると思うわ」

その午後遅く、葦毛の馬二頭に引かれ、輝かんばかりに磨かれた緑色の二頭立て四輪馬車が車寄せに入ってきた時、オーガスタは、メレディスと家政婦のミセス・ギボンスに挟まれて石段の上に立っていた。

「ミセス・ギボンス」美しい馬車からピーター・シェルドレイクが降りてきて、手綱を馬番に渡すのを見守りながら、オーガスタは言った。「ミスター・シェルドレイクは黄色の間に入っていただくようになっているわね」

「はい、ミス・クラウディア・バリンジャーのお隣の部屋ですね、奥さま?」ミセス・ギボンスが紙に書いた表を見ながら答える。

「そう、その部屋よ」オーガスタはほほえみ、ピーターを迎えるために石段を降りていった。「いらしてくださってありがとう、ミスター・シェルドレイク。こんな田舎で退屈なさらないことを願っていますわ。田舎で数日も滞在するパーティはあなたの好みではないと、グレイストンが言っていました」

ピーターが美しい青い瞳を笑いできらめかせ、オーガスタの手を取って頭をさげた。「あなたの客間で退屈することなどあり得ない、マダム。従妹さんもおいでになると聞きましたが」

「従妹とトーマスおじは三十分ほど前に到着して、いま休んでいますわ」オーガスタはメレディスを見おろしてにっこりした。「グレイストンの娘はご存じのことと思いますが?」

「何度かお会いしたことがある。だが、こんなに美しいお嬢さんとはすっかり忘れていた。とてもすてきなドレスだね、レディ・メレディス」ピーターが魅力あふれる笑顔を少女に向けた。

「ありがとうございます」メレディスはピーターの魅力になんの関心もないらしい。その日は彼を通り越し、車軸の高い大胆かつ優雅な形の緑の馬車に向けられていた。「世界一美しい馬車ですね、ミスター・シェルドレイク」

「ぼくもそう思うよ」ピーターがうなずいた。「先週末もレースで勝利したばかりだ。あとで乗りたいかな？」

「まあ、ええ」メレディスが息を呑んだ。「それは、なによりも嬉しいけれど」

「では、計画しよう」ピーターが言う。

オーガスタはいたずらっぽくほほえんだ。「あなたの馬車に乗ることならば、わたしも反対しませんけれど、ミスター・シェルドレイク。グレイストンはあなたもご存じのように、こういうしゃれた乗り物はよしとしないので。むだに危険だと思っていますわ」

「ぼくがお乗せするかぎり、ふたりとも絶対に安全ですよ、レディ・グレイストン。遅い速度で走って、危険は冒さない」

オーガスタは笑いだした。「安全すぎますわ。それでは、あの馬車の魅力が全部なくなってしまいます。速く走らなければ、二頭立て四輪馬車を走らせる意味がないでしょう」

「あなたがそう言ったとは、夫君に知らせないほうがいい」ピーターが警告する。「知ったら、あなたとメレディスがぼくと一緒にあの馬車に乗るのを禁止するだろう。グレイストンにとって、興奮する瞬間というのは、キケロやタキトゥスに関するラテン語の古い文献を発見した時だからね」

メレディスが心配そうな顔になった。「二頭立ての馬車はそんなに危険なんですか、ミスター・シェルドレイク？」

「無謀な走らせ方をすれば、たしかに危険だ」ピーターがメレディスに向かってウインクをした。「ぼくの馬車に乗るのが恐いかな？」

「まあ、いいえ」メレディスが果敢に否定した。「わたしがそんなに危険なものに乗ることを、お父さまが嫌がると思っただけです」

オーガスタは傍らのメレディスを見おろした。「いい考えがあるわ、メレディス。ミスター・シェルドレイクの馬車で速く走ったことをお父さまに言わない。その考えはどう思う？」

父に真実をあえて告げないという、いかにも小説に出てきそうな思いつきにメレディスは目をぱちくりさせた。それから、真剣な声で言った。「わかったわ。でも、お父さまに直接聞かれたら全部話すわ。お父さまに嘘をつくことはできない」

オーガスタは鼻の上に皺を寄せた。「ええ、もちろん。よくわかるわ。もしも、馬車が溝に落ちてしまったら、すべてわたしのせいにしていいわ」

「なんの話だ？　陰謀かな？」ハリーが石段を降りてきて訊ねた。おもしろがっているらしい。「シェルドレイクは勝手に溝に落ちればいいが、ほかのだれかを落としたら、大変な説明責任を負うことになるぞ、ぼくに対して」

「それは恐ろしいな」ピーターがものうげに言う。「きみはあやまちや計算違いに関して、非常に理解があるとは言えないからな」

「よく覚えておけよ」ハリーが車寄せに近づいてくるほかの馬車をちらりと見やった。「ミセス・ギボンスに部屋へ案内させよう、シェルドレイク。ぼくは図書室にいるから、着替えが終わったら来てくれ。きみと話したいことがある」

「もちろんだ」ピーターはオーガスタにまた笑顔を向けると、家政婦について石段をのぼっていった。

メレディスが心配そうに父親を見あげた。「ミスター・シェルドレイクのあの美しい馬車に乗ってもいいって、本当？」

娘の頭越しに、ハリーがかすかな笑みをオーガスタに向けた。「安全だと思うよ。ぼくにとって、この世でもっとも大切なふたりの女性を乗せて過度な危険を冒すほど、シェルドレイクもばかではないだろう」

夫の目に浮かんだ表情に、オーガスタは心が温まる気がした。彼に見つめられて感じた狼狽を押し隠し、メレディスにほほえみかける。「さあ、これで決まったわね。ミスター・シェルドレイクの馬車に乗るためにこそこそしなくていいことになったわ」

かすかに笑みを浮かべた父に向かって、メレディスがほほえみかけた。「お父さまも、わたしたちに二頭立て四輪馬車を買ってくださったらいいのに」

「ばかなこと言わないでくれ」ハリーがぶつぶつ言う。「あんな軽薄な乗り物に多額の金を使うつもりはない。どちらにしろ、オーガスタが最近充実させているらしい、彼女自身ときみの衣装にかかった高額の出費のせいで、すでに破産寸前だ」

オーガスタはハリーをにらんだ。「メレディス、お父さまは、あなたをからかっているだけよ。わたしたちの衣装くらいでは、お父さまの収入はほんのわずかもへこまないし、それに、お父さまは新しいドレスをきっと気に入ると思うわ。そうでしょう、グレイストン？」

「たとえ借金してでも、それだけの価値はあると思うよ」ハリーが優しく言う。

メレディスがほっとしたようにほほえみ、小さな手をオーガスタの手にそっと滑りこませながら、緑色の馬車に視線を戻した。「本当に美しい馬車だわ」

「そうね」オーガスタは同意した。メレディスの手を優しく握り締める。

ハリーが娘を見おろした。「グレイストンでも、冒険好きな傾向が育ちつつあるようだ。ぼくの娘も、新しいお母さんを見習っているらしい」

なぜかわからないが、この言葉にオーガスタは途方もない喜びを感じたのだった。

14

「ぜひ言わせてくれ、グレイストン、きみは結婚生活を非常にうまくやっているようだ」ピーターが図書室に用意されたデカンタから自分でクラレットをグラスに注いだ。

「ありがとう、シェルドレイク。オーガスタと結婚してうまくやれる男はそうはいないとぼくも自負しているよ」

「かなりの気力を必要とすることは間違いないだろう。だが、きみは非常に元気そうだ。むしろ、性格までが劇的に変わったと言いたいくらいだ。きみがハウスパーティをやる気になるなんて、だれが想像しただろうか」

ハリーは皮肉っぽく口角を持ちあげ、自分のクラレットをひと口飲んだ。「だれもしなかっただろう。だが、オーガスタはこういうことが好きらしい」

「つまり、きみは彼女に、やりたいようにやらせているわけか？　驚いたな。女性を甘やかすタイプではなかったのだが」ピーターがにやりとした。「彼女はきみに合っていると、ぼくが言っただろう、グレイストン」

「たしかに言った。それできみのほうは、もうひとりのミス・バリンジャーとうまくいっているか？」

「多大な努力の結果、彼女の注意を引くことに成功したとは言っておこう。天使に求愛するのは非常に厄介だと判明したがね。だが、スクラッグズが、彼女の趣味や意見に関して、役立つ情報をたくさんくれるのでね。ダンスフロアで会話ができるように、このところ、ぼくがどんな本を読んでいるか、聞いてもきみは信じないだろうな。きみの著書も苦労して一冊読んだところだ」

「それは光栄だ。ところでスクラッグズといえば、サリーの具合はどうだ？」

ピーターの顔から楽しそうな表情が消えた。「身体的には、非常に弱っている。もうあまり長くないだろう。だが、強い関心を持って、ラヴジョイの経歴を調べている」

「先週受け取ったきみの手紙からは、とくに使える証拠はなかった」ハリーが言う。

「あの男の過去にとくに変わったことはない。家系の最後のひとりであることはたしかだ。少なくとも、サリーもぼくも、近い親類は見つけられなかった。ノーフォークの地所は利益をあげているが、ラヴジョイはとくに関心を持っていない。鉱山にもいくらか投資している。軍人としては優れた業績を残している。カードがうまい。レディたちに人気がある。親しい友人はいない。そんなものだ」

ハリーはグラスのクラレットをまわし、聞いたことを考えた。「上流社会の無垢なレディたちに気晴らしを求める退屈した元軍人が、もうひとりというわけか？」

「残念ながらそうらしい。あの男が、わざと決闘を申しこむ状況を作ろうとしていると思うか？　娯楽として決闘する男もいないわけではない」ピーターが不快そうに顔をゆがめた。

ハリーは首を振った。「わからない。可能性はある。だが、決闘よりもむしろ、ぼくにオーガスタとの結婚を思いとどまらせることが目的だったような気がしてならない。彼女が信用できないとぼくに思わせたかったかようだ」

ピーターは肩をすくめた。「彼女を自分のものにしたかったとか？」

「サリーの話では、オーガスタとぼくの婚約が発表されるまで、ラヴジョイはオーガスタにまったく関心を持っていなかったらしい」

「前にも言ったが、世の中には、ほかの男の女を誘惑するのが好きな男もいる」ピーターが指摘する。

その指摘についてもいちおう考えたのは、なにひとつ見落としたくなかったからだ。だが、ほかにもっと重要な謎がある。「そうだな。ありがとう、シェルドレイク。ところで、もっと興味深い仕事をきみに頼みたい。蜘蛛の正体にぼくたちを導いてくれるかもしれない証拠を見つけた」

「嘘だろう？」ピーターが手に持ったグラスを机に置いた。勢いよく叩きつけたせいで、カシャンと鋭い音がした。青い瞳がハリーをじっと見つめる。「あのくそ野郎について、なにがわかった？」

「サーベルクラブの会員だった可能性がある。あのクラブを覚えているか？」

「もう存在しない。二年ほど前に火事があったクラブだ。違うか？　長くは続かなかった」

「その通りだ。ぼくたちに必要なのは」ハリーは机の引き出しを開けて、血の染みがついた詩を取りだした。「会員名簿だ」

「なんと、グレイストン」ピーターはつぶやき、ハリーの手からその小さな紙を受けとった。「きみには絶えず驚かされる。どうやって入手したか、聞いてもいいかな？」

「いや」ハリーは言った。「だめだ。だが、ある疑わしい事故のあとの取り調べに派遣されたのがクローリーでなければ、その紙はとっくに我々の手に入っていたことだけは言える」

ピーターが悪態をついた。「クローリー。あの無能な愚か者か？」

「残念ながら、そうだ」

「なんということだ。まあ、すんだことは仕方がない。これがどういう意味かを聞かせてくれ」

ハリーは身を乗りだして話し始めた。

ベッツィがオーガスタの首にルビーのネックレスをまわして留め金をはめたちょうどその時、寝室の扉をせわしく叩く音が聞こえてきた。ベッツィが扉を開け、若い女中が廊下をうろうろしているのを見て顔をしかめた。

「なんの用なの、メリー？」偉そうな口調で問いただす。「奥さまは、一階でお客さまを迎えるためのご用意でいまお忙しいのよ」

「奥さまのお邪魔をしてすみません。ミス・フレミングが、大変なことになっています。今夜のために用意を手伝うように奥さまに言われましたが、ミス・フレミングは手伝いがいらないみたいで。恐ろしいほどうろたえていて」

オーガスタが化粧台の前で立ちあがると、濃い金色のドレスがふんわりとひるがえり、金色のサテン地の上靴をかすめてさらさら音を立てた。「いったいどうしたの、メリー？」

若い女中がオーガスタに向かって訴えた。「奥さまが作らせた新しいドレスを、ミス・フレミングが着たくないと言い張るんです。色が違うと言って」

「わたしがミス・フレミングに話すわ。ベッツィ、わたしと一緒に来てちょうだい。メリー、あなたは一階に降りて、手伝いが必要なところで手伝いなさい」

「かしこまりました、奥さま」メリーが急ぎ足で廊下を立ち去った。

「行きましょう、ベッツィ」侍女を従えて、オーガスタは大急ぎで廊下を通り、クラリッサの居室がある階に向けて階段を駆けあがった。

階段のてっぺんで、オーガスタは危うく見知らぬ若者にぶつかりそうになった。グレイストン家の黒と銀色のお仕着せを着ている。「あなたはどなた？　これまで、見かけたことがないわ」

「すみません、奥さま」若者は女主人にぶつかりそうになったことに動揺し、どぎまぎしているように見えた。筋骨たくましく、肩のあたりでお仕着せがぴんと張っている。「ロビーといいます。ハウスパーティを手伝う従者として、二日前に雇われました」

「まあ、そうだったの。わかったわ、行きなさい。調理場で人が足りていないはずよ」

「わかりました、奥さま」ロビーも急ぎ足で去っていった。

オーガスタは小走りで廊下を急ぎ、クラリッサの部屋の前で立ちどまった。扉をどんどんと叩く。「クラリッサ？　いったいどうしたの？　すぐに扉を開けて。時間がないのよ」

扉がゆっくり開いて、クラリッサが苦悩に満ちた顔をのぞかせた。まだ化粧着に身を包み、古いモスリン地のキャップに髪をまとめて押しこんでいる。唇は戦闘態勢のように硬く結ばれていた。「わたしは降りていけません、奥さま。気にしないでください」

「ばかげているわ、クラリッサ。あなたは降りてこなければいけないの。今夜、あなたをおじに紹介することになっているんだから。覚えているでしょう？」

「お客さまにお会いすることなどできません」

「問題はドレスなのね？　午後遅くに届いた時、あなたが色を気にするかもしれないと心配したの」

それを聞いた瞬間、驚いたことに、クラリッサの美しい瞳にきらきら光る涙が浮かんだ。

「すべてが間違っているんです」クラリッサが声を振り絞る。

「わたしに見せて」オーガスタはつかつかと衣装だんすに近づき、扉を開けた。宝石のような深い色合いのドレスがずらりと掛かっている。スレートの灰色やぼやけた茶色の服は一枚もない。「わたしが注文した通りだわ」

「あなたはなにを注文したんです？」クラリッサがぎょっとする。「奥さま、ハウスパーティで新しい服を着るようにと言われて、承諾したのは、わたくしがそうした催しに家庭教師が出席するのは不適切だという強い意見を持っていることを、あなたが承知していると思ったからです。あの仕立屋には、どのドレスも抑えた暗い色合いにするようにはっきり言いました」

「このドレスはどれも暗い色合いよ、クラリッサ」オーガスタは深いアメジスト色のシルク地を指で撫でてほほえんだ。「それに、これを着たら、あなたはとても美しくなるわ。これに関しては、わたしを信じてくれなきゃだめよ。さあ、急いでドレスを着ましょう。ベッツィが手伝ってくれるわ」

「でも、わたくしは、こんな明るい色の夜会服など着られません」クラリッサが取り乱した様子で言い張る。

オーガスタはわざと厳しい表情を浮かべた。「あなたはいま、ふたつのことを思いださなければいけないわ、ミス・フレミング。まずひとつは、あなたは旦那さまの家族の一員であり、旦那さまは、今夜にふさわしい装いをあなたにも期待しているということ。彼に恥ずかしい思いをさせたくないでしょう？」

「まあ、そんな、ええ、でも……」クラリッサが追いつめられたような表情を浮かべた。

「ふたつ目は、わたしのおじが、たしかに学者ではあるけれど、長年ロンドンで暮らしていて、知り合いの女性たちのそれなりの装いが普通だと思っていること。言っている意味はわかると思うけれど」オーガスタは指を交差させて、この説得がうまくいくように祈った。

サー・トーマスは、女性が麻袋を着ていようが、シルクのドレスを着ていようが気づきもしないだろうと思ったが、クラリッサに関しては、よい印象を与えるに越したことはない。しかも、クラリッサがサー・トーマスにいい印象を与えたいと切に願っていることもわかっている。いまのクラリッサは、サー・トーマスに対する知的情熱しか感じていないが、ふたりがもう少し根源的な関係を築くことをオーガスタは期待していた。見栄えのするドレスをクラリッサに着せるのはそのためだ。

「そうですか」クラリッサが背筋を伸ばし、洋服だんすのなかに並んだ新しいドレスに目を向けた。「あなたのおじさまが女性の装いに意見を持っておられるとは知りませんでした」

「さらなる問題は」オーガスタは自信に満ちた口調できっぱり言った。「おじが生涯を古代人の生活の研究に捧げてきたということ。古代の女性たちはみんな、洗練されていることで有名でしょう。クレオパトラや、ギリシャの銅像がまとっている優美な衣装を考えてごらんなさい」

「まあ、たしかに。おっしゃる意味がわかりました。サー・トーマスは古代の女性の理想的な姿をいつも見ていらっしゃるのですものね。そういうことでしょう？」

オーガスタはにっこりした。「その通りよ。たまたま、わたしがあなたのために注文したドレスはどれも古典的な形に仕立てられているわ。ベッツィがギリシャ風の髪型に整えてくれますからね。今夜階段を降りていくあなたは、古代の女神のように見えるわ」

「わたくしが？」その光景を思い浮かべ、クラリッサは畏れ多いと感じたらしい。

「ベッツィがちゃんと整えてくれるわ、そうよね、ベッツィ？」

ベッツィが膝を折ってお辞儀をした。「最善を尽くします、奥さま」

オーガスタは片方の眉を持ちあげた。「あなたにすべてを任せるわね、ベッツィ。ミス・

フレミングに今夜はアメジスト色のドレスを着てもらってね。さあ、わたしは行かなければ。わたしがどこにいるかと、旦那さまが行ったり来たりして待っているはずだから」

急いで階段を降りて自分の部屋に飛びこむと、部屋の真ん中にハリーがいた。行ったり来たりしていた足を宙に浮かせたまま、苦虫を嚙みつぶしたような顔で動きを止める。そして、意味ありげに時計を眺めた。

「いったい全体、どこにいたんだ？」

「ごめんなさい、ハリー」オーガスタは彼をうっとりと見つめた。黒と白の礼装を着用したハリーは、力強く、しかも洗練されていた。「灰色と茶色以外の色のドレスを着るという考えに、クラリッサがしりごみしてしまったの。新しいドレスのどれか一枚を着ないと、あなたに恥ずかしい思いをさせることになると言って説得したわ」

「クラリッサがなにを着ようが、ぼくはまったくかまわない」

「ええ、わかっているわ。でも、そういう問題じゃないのよ、旦那さま。それより、メレディスはどこかしら？　一緒に階下に降りていけるように、必ず三十分後にはここに来るようにと、はっきり言ったのだけど」

「こうした催しに出席するには、メレディスは若すぎると、ぼくはいまだに思っているのだが」ハリーが言う。

「とんでもない。あれほど準備に役だってくれたのだから、少なくとも、短時間の参加は許されて当然だわ。わたしの両親はいつも、わたしが短時間一階に降りることを許し、友人たちに紹介してくれました。心配しないで、ハリー。メレディスは、あなたが気づく前にベッドに入っていますから」

ハリーはまだ疑わしげだったが、この件に関して言い争いはしないと決めたらしい。代わりに、視線をオーガスタの金色のドレスに走らせた。「ぼくが受けていた印象では、マダム、きみは襟ぐりを少し高くするように注文を出したようだったが」

「仕立屋が少し計算間違いをしてしまったみたい」オーガスタは呑気に言った。「もう直す時間もなくて」

「計算違い？」ハリーが大きく二歩前に出て、オーガスタの低い胴着に指を差し入れた。その指をゆっくり滑らせて、じらすように乳首に触れた。

オーガスタははっと息を呑んだ。半分は衝撃を受けたからだから、半分は彼に触れられるたびにいつも起こる激しい反応だった。「なにをするの、ハリー。すぐにやめて」

彼が灰色の瞳をきらめかせながら、ゆっくりと指を抜いた。「ぼくがなにを考えているかわかるか、オーガスタ？　計算違いをしたのはきみだと考えている。今夜遅く、ぼくがきみの部屋に行って、巻き尺で測ればすぐにわかることだ」

オーガスタは目をぱちくりさせた。体の内側から笑いがふつふつと湧きおこる。「わたしを測るということ？」

「非常に注意深く」

その発言に対して答えなくてすんだのは、ちょうどその時ノックが聞こえたからだ。扉を開けると、メレディスが真剣な表情を浮かべて廊下に立っていた。オーガスタは、レースとリボンの縁飾りがついた白いモスリン地のかわいらしいワンピースがちゃんと整っているかどうか確認した。

「まあ、メレディス、とてもかわいいわ」オーガスタはハリーのほうを振り返った。「すてきだと思いません？」

ハリーはほほえんだ。「まさに第一級のダイヤモンドだ。ここだけの話、今夜はぼくのレディふたりの魅力に、ほかのレディはみんな青ざめるぞ」

父親の称賛を受けて、メレディスの不安げな表情が笑みに変わった。「お父さまも、とてもすてきよ。オーガスタも」

「よし、では、この屋敷に集まってくれた大勢の人たちに挨拶をしに行こう」

階段の上でハリーは妻の腕を取り、娘と手をつないだ。三人揃って、玄関広間に降りていく時、オーガスタの心にささやかな満足感がこみあげた。

「今夜のわたしたち、本物の家族に見えるでしょうね、ハリー」今夜のために全員が集っている客間に入っていきながら、オーガスタはささやいた。

彼が奇妙な目つきを向けたが、オーガスタはそれを無視した。すでに、女主人の役割に取りかかっていたからだ。

目を丸くしたメレディスを隣に従えて、オーガスタは客のあいだを軽やかに移動していった。継娘のことを、彼女と初対面の人々には誇らしく紹介し、客全員がどこかの会話の輪に入っているように配慮し、飲み物が行き渡っているかどうかに目を配った。

自分自身の家で開催する、女主人として最初の社交的催しが、すべて思い通りに行っていることに満足すると、オーガスタはハリーとサー・トーマス、クラウディア、そしてピーター・シェルドレイクが集う小さい輪で立ちどまった。

ピーターはオーガスタを見たとたん、ほっとしたようににやりと笑った。「あなたが来てくれてありがたい、マダム。大昔の戦争の詳しすぎる描写に圧倒されていたところだ。有名なギリシャの英雄とローマの英雄のだれがだれで、いつなにをしたのか、完全にわからなくなってしまった」

銀色で縁取りをした淡いブルーの上品なドレスを着て、今夜も相変わらず天使のようなクラウディアが、いたずらっぽくほほえんだ。「父とグレイストンがふたりで熱い議論を交わしていたのよ。ミスター・シェルドレイクは退屈なさったみたい」

ピーターが傷ついた表情を浮かべてみせた。「退屈などしませんよ、ミス・バリンジャー。それはない。あなたがそばにいるかぎり。ただ、歴史は得意でないし、あなたも、大昔の戦争の事細かな議論が際限なく続けば、多少うんざりするのは認めるでしょう?」

従妹の頬がぽっとピンク色に染まったのを見て、オーガスタは内心ほほえんだ。「実を言えば、先日メレディスとわたしで、歴史的な問題について、非常におもしろい議論をしたところですわ。そうよね、メレディス?」

メレディスが顔を輝かせた。真剣なまなざしがきらりときらめく。時々見るこの表情は、この種の議論を始めた時の父親のまなざしによく似ている。

「ええ、そうなの」メレディスが急いで言う。「わたしがこれまで気づいていなかった、驚きの事実をオーガスタが指摘してくれたのよ。古代ギリシャとローマの英雄について、深く考えさせられたわ」

サー・トーマスが驚いたようにオーガスタを見やって咳払いをすると、少女を見おろした。

「それで、その事実とはどんなことかな？」

「昔の伝説には、英雄たちが、女性と戦って勝ったり、女性より頭がいいと証明したりする場面がしょっちゅう出てくるという事実なの。女性も、男性と同じくらい強くも荒々しくもなれることを、古代人がよくわかっていた事実を示しているんですって。古代のレディたちのことは、まだあまり知られていないとオーガスタが言うの。クラリッサおばさまも同じ考えよ」

この思いがけない発言にだれもが驚いたらしく、その場はしばし沈黙に包まれた。

「なんということだ」サー・トーマスがつぶやいた。「それは考えたこともなかった。きわめて非凡な考えだ」

ハリーがオーガスタに視線を向けたまま片眉を持ちあげる。「たしかにぼくも、その視点でその事実を考えたことはなかったな」

メレディスが真剣な顔でうなずいた。「考えてみて、お父さま。古代の英雄たちが打ち勝った女の怪物たちのことを。メドゥーサやキルケーやセイレーンや、ほかにもたくさん」

「アマゾンも」クラウディアが考えこむ。「古代ギリシャとローマの人々は、アマゾン族を撃退することにとりわけ力を注いでいた。ですよね？　よく考えるべきかもしれないわ。女性は男性よりも弱い存在だと言われ続けてきたのですから」

ピーターがくすくす笑い、悲しそうな表情を浮かべてみせた。「ぼく個人は、女性の能力を過小評価したことは一度もないぞ。女性はつねに、もっとも狡猾な敵となりうる」

「ぼくも同感だ」ハリーが言った。「しかし、友好的な気持ちでいる時のレディのほうが、はるかに好ましいと思うが」

「ええ、男性の方はそうでしょうね？」オーガスタが快活に言う。「そのほうがずっと楽でしょうから」

顔をしかめて熟考していたサー・トーマスが口を開いた。「これは、グレイストン、非常に興味深いぞ。風変わりだが、おもしろい考えだ。古代ギリシャとローマの文化における女性たちについて、ほとんど知らないことを改めて気づかされる。わかっているのは女王の名前くらいだ。もちろん、詩がいくつか残っているが」

「サッフォーによる美しい愛の詩とか」オーガスタは元気よくつけ加えた。

ハリーがまた鋭い視線をオーガスタに向ける。「きみがそうした詩を読んでいるとは知らなかった」

「わたしの軽薄な性格はご存じでしょう」

「ああ、だが、サッフォーとは？」

「人間のなかに生まれるさまざまな感情を魅力的に描いていますわ」

「しかし、我々が知るかぎり、ほとんどの詩は女性に向けて書かれていて――」メレディスの魅せられたような表情に気づき、ハリーは言葉を切った。

「真の愛情によって生じる感情は、普遍的なものだと思います」オーガスタが言う。「その感情には、男性も女性も勝つことができない。そう思いませんか、旦那さま？」

ハリーは眉をひそめた。「ぼくが思うのは」ハリーは厳しい口調で答えた。「この話題は、このへんでもう充分ということだ」

「ええ、もちろんですわ」オーガスタの関心が、新たに戸口に現れた人物のほうに向けられた。「まあ、見て。ミス・フレミングがいらしたわ。今夜はとても美しくありませんこと？」

その言葉に全員が振り向き、戸口に立って、混み合った客間を不安げにのぞいているクラリッサを眺めた。オーガスタが彼女のために選んだ深いアメジスト色のサテン地のドレスを着て、髪は古代ギリシャ・ローマ風のシニョンにまとめてリボンを結んである。慣れていない社交の場に備えて、誇り高く背筋を伸ばし、顎を高くあげている。

「どうなっているんだ」ハリーがつぶやき、クラレットを大きくひと口飲んだ。「クラリッサおばの、あんな装いはこれまで見たことがない」

サー・トーマスも心を奪われたらしい。戸口に立つ姿を凝視している。「オーガスタ、あれはどなたと言ったかな？」

「グレイストンの親戚のひとりです。この世でもっとも知的な女性ですわ。おじさまも、お話しになったらとてもおもしろい女性とわかるでしょう。先ほど話題になった、まさにその問題を研究しているんです」

「そうなのか？　それではぜひその問題について彼女と話してみたいものだ」

オーガスタはおじの反応に満足してほほえんだ。「ええ。失礼してよければ、連れてきますけれど」

「ぜひそうしてくれ」サー・トーマスが急いで言う。

オーガスタはみんなから離れて戸口に向かい、おじけづいて、階上に戻ってしまう前にクラリッサをつかまえた。

「ねえ、オーガスタ、これまでで一番楽しいハウスパーティだと思うわ」翌日の晩、クラウディアがオーガスタに言った。新鮮な空気を吸ってふたりでおしゃべりしようと、混み合った舞踏室から出てきたところだった。「きょうのウェイマスへの遠足もとても楽しかったわ」

「ありがとう」

舞踏室ではちょうどカントリーダンスの曲の演奏が始まり、客たちがこぞってダンスフロアに集っていた。上品な装いのロンドンからの訪問客たちに加えて、色とりどりに着飾った地元の地主階級も大勢参加している。また、グレイストンの地所周辺の隣人たちも舞踏会に招待されていた。オーガスタは豪華なビュッフェを準備し、シャンパンもふんだんに用意した。

こうした催しの開催がこの何十年で初めてだとしても、すべてを完璧にやりたかったから、この成功をオーガスタは内心とても喜んでいた。バリンジャーの彼女の側の家系に、もてなしの才能が受け継がれていることは間違いない。

「あなたとトーマスおじさまがドーセットまで来てくださって、本当によかったわ」円形の石の噴水の横で立ちどまり、オーガスタは新鮮な夜の空気を深く吸いこんだ。「リチャードが亡くなって以来、あなたがたがわたしにしてくれたことに対して、ちゃんとお礼をしたいとずっと願っていたから」

「でも、オーガスタ、お礼なんて必要ないわ」

「ロンドンでは、あなたとおじさまがとてもよくしてくれたわ、クラウディア。感謝をちゃんと伝えていないことも、少しも恩返しができていないことも、いつも申しわけなく思っていたのよ」

クラウディアが噴水の影になった水面をのぞきこんだ。「あなたはわかっていないかもしれないけれど、とっくにわたしたちに恩返ししてくれているわ、オーガスタ。いまになれば、はっきりわかるわ」

オーガスタは顔をあげた。「そう言ってくれるのはありがたいけれど、あなたの家でわたしが迷惑者だったことは、よくわかっていることよ」

「そんなことないわ」クラウディアが優しくほほえんだ。「たしかにあなたは型破りで予測不可能、時には人騒がせなこともしたけれど、迷惑だったことは一度もないわ。むしろ、家のなかを明るくしてくれた。あなたがいなかったら、わたしは社交界に出ていなかったでしょう。〈ポンペイアズ〉にも行かなかったし、レディ・アーバスノットと知り合う機会もなかったわ」一瞬ためらう。「ピーター・シェルドレイク。彼はあなたに惚れこんでいると思うわ。あなたは彼のことをどう思うの？」

クラウディアが舞踏用のサテンの靴のつま先を見つめ、それから目をあげてオーガスタの問いかけるまなざしを受けとめた。「なぜかわからないけれど、彼をとても魅力的だと感じていて、それが不安なのよ、オーガスタ。彼はよく褒めてくれるけれど、時々熱心すぎるように思うし、からかわれて、頭にくることも多いわ。でも、あの呑気そうな外見の下に、あふれる知性が隠れていると確信しているの。まじめな一面を注意深く隠しているような気がする」

「わたしもそう思うわ。彼は、なんと言っても、グレイストンの一番の親友ですもの。わたしはミスター・シェルドレイクが好きよ、クラウディア。これまでもずっと好きだったわ。あなたにふさわしい男性だと感じているの。あなたも彼に合っている。彼には、安定した冷静な女性が必要ですもの」

クラウディアが皮肉っぽい笑みを浮かべた。「もしかして、正反対の性格は惹かれ合うという理論かしら？」

「その通りよ。ただし、わたしの状況を考えると」オーガスタは鼻筋に皺を寄せた。「グレイストンとわたしほど、正反対のふたりはいないでしょうけれど」

「表面上はそう見えるかもしれないわね」クラウディアがオーガスタをちらりと見やった。

「あなたは結婚して幸せ？」

オーガスタはためらった。ハリーとの結婚について実際にどう感じているかについて、いまはあまり話したくなかった。こみ入った感情にいまだ慣れず、多くを願いながら、夜明け前の暗がりから抜けだせない。ハリーに望むすべてを、自分は永遠に手に入れられないかもしれない。ハリーは妻を愛する方法を一生学べないかもしれない。

オーガスタがほかの伯爵夫人たちと同じように貞淑かどうかを見きわめるまで、ハリーがどのくらい長く黙って見守っているのかもわからない。

「オーガスタ？」

「わたしは、女性が結婚に期待するすべてを手に入れたのよ、クラウディア」オーガスタは明るく笑った。「これ以上なにを望めるの？」

クラウディアが眉をひそめた。「たしかにそうだわ。伯爵は夫として望むすべてですものね」クラウディアが言葉を切り、小さく咳払いをしてから、ためらいがちにつけ加えた。

「あなたが一般的な夫について、もう少しよく知っていたらよかったと思うわ」

「一般的な夫ですって？　信じられない、クラウディア。それはつまり、シェルドレイクに関して、真剣に考えているということ？　結婚はそう遠くないの？」

暗かったから、クラウディアが顔を赤らめたかどうかは見えなかったが、間違いなく赤くなっていたはずだ。いつもの冷静で落ち着いた口調は明らかにこわばっていた。「結婚の話は出ていないわ。それに、もしも申しこみをするつもりがあるならば、ミスター・シェルドレイクはまずお父さまに話すでしょう」

「グレイストンがわたしに申しこんだ時のように？　わたしはそう思わないけれど」オーガスタは小さく笑い声を立てた。「ミスター・シェルドレイクは古風な方とは言えないでしょう。わたしの推測では、まずあなたに申しこむはずよ。それからおじさまのところ」

「そう思う？」

「絶対そう。それで、あなたはつまり、夫の扱い方についてわたしの意見を聞きたいのよね。そういう質問？」

「そうね、ええ、訊ねたいのはそういうことだと思うわ」クラウディアが認める。

「夫の操縦方法としてまず学ばなければいけないことは」オーガスタは講義する口調で言い始めた。「夫は家全体が自分の指揮下にあると思いたがるということよ。自分が陸軍元帥であり、妻は指示を実行する部下であるという幻想を抱きたいということ」

「ふーん。それは、困ること？」

「場合によるけれど、そうね、困るとは言えないかも。男性は事柄によってはまったく鈍くて気づかない。でもむしろそのおかげで、すべてがうまくいくとも言えるわね」

「鈍くて気づかない？」クラウディアは衝撃を受けたようだった。「まさか、グレイストンのことではないでしょう？　彼は知性あふれる学究的な方だわ。周知の事実よ」

オーガスタは片手を振って、その意見を却下した。「たしかに、アクティウムの戦いがあった年とか、そういう歴史上の細かい事実については知性を発揮しているわね。とにかく、自分が指揮していると夫に思わせながら、妻が自分の望み通りに計画を進めるのは、そんなにむずかしいことではないわ。つまり、事柄によって、夫が少々鈍感ということを利用すれば」

「あなたの言う通りかもしれないわ。考えてみれば、わたしもお父さまに対して、同じようにしているかもしれない。父はいつも研究に気をとられていて、家のことには注意を払わないものね。それでも、父は自分が管理していると信じているわ」

「それが、一般的な男性に共通する傾向だと思うわ。自分が小さいことまで管理できていると思っている男性のほうが協力的だから、あえて夫にその考えを捨てさせる必要はないという結論になるわね」

「おもしろい意見だわ、オーガスタ」

「ええ、でも、当たっているでしょう?」思わず熱が入る。「夫に特徴的なもうひとつの傾向は、女性の適切な礼儀作法について、きわめて限定的な考えを持っているということよ。深い襟ぐりとか、馬番を連れずに乗馬に行くとか、新しいボンネットのような最小限の必需品にいくら使っているかとか、そんなことばかり心配しているわ」

「オーガスタ――」

「さらに言えば、結婚を考える女性は、一般的に男らしいと言われる性格について、わたしが発見した事実を充分に考慮すべきだわ。つまり、男性は自分の意見を頑固に言い張る傾向があるいうこと。それにもうひとつ、男性は意見を変えたがらない。だから、女性は――」

「ねえ、オーガスタ――」

オーガスタはクラウディアが遮るのを無視した。「夫に道理をわからせるという面倒な仕事をしなければならないわ。知っているかしら、クラウディア？　もしもわたしが、夫になにを期待すべきかについて助言する立場ならば、馬を購入する気持ちで選ぶべきだと言うでしょう」

「オーガスタ」

オーガスタは手袋をした手をあげて、クラウディアがなにか言いかけるのを遮ると、てきぱきと列挙し始めた。「血統がいいこと、歯並びがいいこと、健康な四肢。蹴ったり噛んだりする傾向を示すものは避ける。なまける性格も回避。頑固すぎるのもやめる。鈍感なのはやむを得ないし、むしろ当たり前だけど、鈍感すぎるのは、本当に愚かかもしれないからやめる。つまり、訓練を素直に受け入れる協力的な人を探すということね」

クラウディアが両手を口に当てた。ショックなのか笑っているのかわからない表情が目に浮かんでいる。「オーガスタ、お願いだから、口を閉じて、後ろを見て」

オーガスタはふいに、大惨事が差し迫っているという不吉な予感に襲われた。ゆっくりと後ろを向くと、ハリーとピーター・シェルドレイクが二メートルも離れていないところに立っていた。ピーターが笑いをこらえようと必死になっている。

ハリーはさりげなく片手を木の幹に当てている。好奇心に満ちた表情はあくまで礼儀正しいものだったが、その目は疑わしげに光っている。

「いい夜だ、妻よ」ハリーが優しく言う、「気にせずに続けてくれ。従妹との会話を邪魔してはいけないからね」

「邪魔なんてとんでもありません」オーガスタは、カエサルを出迎えたクレオパトラも感心すると思えるほど冷静な口調で答えた。「よい馬を見つけるための重要事項について話していただけですから、そうよね、クラウディア？」

「ええ」クラウディアがすばやく同意した。「馬。そうですわ。馬のことを話していたんです。オーガスタは馬に関してとても詳しくて。馬を管理するとても魅力的な方法について教えてもらっていましたの」

ハリーがうなずいた。「なるほど。変わった話題に関するオーガスタの知識の深さと幅広さにはいつも驚かされる」彼は妻に向かって腕を差しだした。「ワルツが始まるところだ、マダム。一緒に踊ってくれるかな？」

それが依頼ではなく命令であることはすぐにわかった。オーガスタはなにも言わずに、ハリーの腕に手をかけ、彼が導くまま、屋敷に戻っていった。

15

「きみが馬の専門家とは知らなかった」ハリーはオーガスタの背中に片手を当ててワルツの世界に導きながら言った。

ダンスフロアで彼に身を預けた妻の姿は、ベッドで彼のもとに自発的にやってくる時の甘く官能的な姿と同じだとふと思う。ダンスフロアの彼女は軽やかで優雅で、魅力的で女性っぽい。まさに寝室と同じだ。白い枕の上に広がる髪と、女らしい歓待の表情をたたえている瞳を見た時に感じるのとまさに同じ高まりが湧きおこる。

ハリーはふいに、自分がつい最近まで、ダンスを楽しんだことがなかったと気づいた。ダンスは、社交界で生きていくために男が学ぶ必要がある教養のひとつに過ぎなかった。だが、オーガスタとだと、まったく違う。

オーガスタと一緒だと、多くのことがまったく違う。

「ハリー、わたしをからかうなんてひどいわ。どのくらい前から聞いていたの？」オーガスタがまつげの下から彼を見あげる。頬がぽっと赤く染まっている。シャンデリアの光が、彼女の美しいガラス玉のネックレスに当たってきらめいている。

「ほとんどだな。しかも、非常におもしろかった。きみはもしかして、夫を管理する方法について本を書くつもりかな？」

「文を書く才能があればいいのだけれど」オーガスタがぼやいた。「わたしのまわりの人はみんな書いているのに、わたしだけできないなんて。夫の操縦法の本はとても役立つと思うでしょう、ハリー？」

「きみの研究課題が役立つことは間違いないが、マダム、それを執筆する資格についてはまじめな話、不安を覚えている」

すぐに、オーガスタの美しい瞳が反抗的にきらめいた。「結婚してから数週間、かなりがんばって勉強したわ」

「本を執筆するにはとうてい充分ではないだろう」ハリーがいかにも学者っぽい声で言う。「絶対に無理だな。耳にしたかぎり、きみの学説には、だれでもわかる間違いがいくつもあったし、論理的にも混乱が生じている。だが、心配しなくていい。きみが正しい理解を得るまで、ぼくは喜んで指導を続けよう。たとえ何年も努力しなければならなくても」

オーガスタが彼を見あげた。彼の失礼な言葉をどう受け取っていいかわからないらしい。それから、驚いたことに首をそらしておかしそうに笑いだした。「なんとありがたいことでしょう、旦那さま。生徒に対してそこまで忍耐強い教師はめったにいないと思うわ」

「そうかな、マイディア。ぼくは大半のことに対しては、非常に忍耐強い男だ」喜びに貫かれ、妻の背中に当てた手の圧力を強める。いまこの場で妻を二階の寝室に連れていきたいと願う。この笑いを情熱に変えて、そこからまた笑いを引きだしたかった。

「教育者といえば」ハリーの手でダンスフロアを大胆にまわされてあえぎながら、オーガスタが言った。「クラリッサおばさまがわたしのおじとても気が合っていることに気づきました？　紹介して以来，ずっと一緒にいるわ」

ハリーは部屋の向こうに目をやった。輝くような赤いクラレット色の夜会服と対の縁なし帽で装ったクラリッサが、若いレディたちに歴史を教える問題について熱く語っている。サー・トーマスは時折うなずきながら熱心に耳を傾けている。年輩男性の目にともった輝きは明らかに学術的ではないとハリーは思った。

「きみは同好の士ふたりを結びつけることに成功したようだ」ハリーはオーガスタにほほえみかけた。

「ええ、おふたりがお似合いだと思ったのよ。このあと、もうひとつのささやかな計画も実を結べば、大満足でこのハウスパーティを終われるわ」

「もうひとつのささやかな計画？　まだほかにもなにか働きかけているのか、マダム？」

「あなたもきっと、もうすぐ気づくような気がするわ、旦那さま」

「オーガスタ、もしもなにか企てているのなら、すぐに話してくれ。きみが軽はずみな計画をもうひとつ進めていると思うと、不安でいてもたってもいられない」

「この計画はまったく無害ですもの」

「きみの計画で無害なものはひとつもない」

「まあ、なんてありがたい褒め言葉でしょう」

ハリーはうめき声を漏らし、オーガスタを軽やかにまわしながら、両開きの扉を抜けてテラスに導いた。

「ハリー？　どこに行くつもり？」

「きみと話をしなければならないし、それにはいまがいい機会だ」曲の最後の旋律が扉を通してまだ聞こえてきていたが、ハリーは踊るのをやめた。

「なんのことを、グレイストン？　なにかまずいことでも？」

「いやいや、まずいことはひとつもない」ハリーは優しく請け合った。妻の手を取り、影になった庭の奥に誘う。気が進まないが、言わなければならない。「あすの朝、シェルドレイクと一緒にロンドンに行くことに決めたので、今夜のうちにきみに知らせたかった」

「朝にロンドンに戻る？　わたしを連れずに？」オーガスタの声が憤りでふいに高くなった。

「どういうことですか、グレイストン？　この田舎にわたしを置き去りにするなんて、あり得ないわ。結婚してまだ一カ月も経っていないのに」

むずかしいことになるとはわかっていた。「きみのお兄さんの詩のことをシェルドレイクと話した。サーベルクラブの会員を何人か見つけるための計画を立てた」

「やっぱりあの詩に関することなのね？　そうなるとわかっていたわ。リチャードがあの詩を書いたと彼に話したの？」見開いた目に怒りと悲しみが浮かんでいる。「ハリー、だれにも言わないと誓ったのに。約束したでしょう？」

「わかっている、オーガスタ。約束は守っている。あれをだれが書いたかも、なぜぼくが持っているかも、シェルドレイクは知らない。彼はぼくと仕事をするのに慣れているから、ぼくが秘密だと言った件は追及しないほうがいいとわかっている」

「あなたと仕事をするのに慣れている？」オーガスタが息を呑んだ。「ピーター・シェルドレイクはあなたの諜報部員のひとりだったということ？」

ハリーはたじろぎ、この件を持ちだすのはもう少し待つべきだったと思った。とはいえ、ふたりだけの寝室でも、オーガスタが叫べば、周囲の部屋の人々には聞こえてしまうだろう。激しい議論になると予想したから、一番ましな場所として庭を選んだ。

「そうだ。できれば、声を低くしてくれるとありがたい、マダム。庭に、だれかほかにもいるかもしれない。それに、これは非常に個人的な問題だ。シェルドレイクが以前ぼくのために働いていたことをほかに言いふらされたくない。わかってもらえるかな？」

「ええ、もちろんだわ」オーガスタが彼をにらんだ。「あの詩をどこで手に入れたかを彼に言わなかったと誓えるのね？」

「そのことはすでにはっきり言ったはずだ、マダム。ぼくの誠実さに対するきみの信頼の欠如を嬉しいとは思えないが」冷たく言う。

「嬉しいとは思えないですって？　それは残念ですこと。でも、お互いさまでしょう。あなたも、わたしの誠実さを信頼していらっしゃるようには思えませんから。いつも見張って罰するんでしょう、ネメシスのように」

「なんのようにだって？」ハリーはぎょっとした。彼の妻は時々、自分で気づいている以上に洞察力に富んだ発言をする。

「聞こえたでしょう。復讐の女神ネメシスです。いつも、わたしが貞淑さに欠けることをするのを待っているようですもの。自分の潔白を証明する日が来ることを、いつも心配していなければならない気がするわ」

「オーガスタ、それは真実ではない」

「真実ではない？　では普段の生活でつねに、不適切な振る舞いを見張られているという感覚を抱かずにはいられないのはなぜかしら？　絵画展示室に行って、先祖の肖像画を鑑賞するたびに、同じような不安にかられるのはなぜ？　なんの物的証拠もないのに、完全に潔白の証拠がないという理由だけで、カエサルに責められるのを待つポンペイアのように感じるのは？」

怒りと苦悩に満ちた声に衝撃を受けて、ハリーは妻を凝視した。思わず妻の露出した肩を両手で抱き寄せる。「オーガスタ、そんなふうに思っているとは知らなかった」

「ほかにどう考えればいいと言うの？　あなたはわたしのドレスの襟ぐりについて絶えず文句を言う。馬番を連れずに乗馬に行ったことを怒られる。あなたの娘の悪しき見本になるかもしれないとつねに怯えざるを得ない――」

「もう充分だ、オーガスタ。きみは想像がたくましすぎる。おそらく、小説をたくさん読んでいるせいだろう。小説の影響力については、以前に警告したはずだ。さあ、気を静めてくれ。いまにもヒステリーを起こしそうだ」

「そんなことありません」オーガスタが両脇におろした手をこぶしに握り締め、震える息を深く吸いこんだ。「わたしはヒステリーなんて起こさないわ。こんなささいなことで、発作を起こしたり自制心を失ったりするような小娘ではありません。まったく大丈夫です、ハリー。ただ、とても怒っているだけ」

「それは見ただけでわかる。それにぼくはささいなことなどと思っていない。だが、それにしても、大げさすぎるだろう。どのくらい前から、そうやって悩んでいたんだ？　ぼくのことを、ポンペイアを糾弾しようとしているカエサルだと、いつから思っていた？」

「最初から感じていたわ」オーガスタがささやいた。「あなたと結婚すれば、大変な危険を冒すことになるとわかっていた。あなたの愛情を得ることは決してないと気づいていたから」

ハリーは妻の肩を持った手に思わず力をこめた。「オーガスタ、ぼくたちは愛ではなく信頼について話している」

「わたしがあなたに望んでいる信頼とは、ハリー、愛情に基づいた信頼よ」

ハリーは彼女を少し離し、人差し指を顎に当ててそっと持ちあげた。かすかにきらめく瞳をのぞきこんで慰めたいと心から思うと同時に、慰める必要があることに苛立ちを覚える。妻にはすでに、自分が女性に与えられるすべてを与えている。彼女が愛と呼ぶ感情がたとえ残っていたとしても、それはどこか奥深くの鍵がかかった場所にしまわれていて、その扉は決して開かない。

「オーガスタ、ぼくはきみを大切に思っている。きみを望んでいるし、これまでどんな女性にも感じたことがないほど信頼している。きみはぼくが妻に与えられるすべてを受けている。それで充分とは言えないのか？」

「言えないわ」オーガスタは彼の手から離れて数歩さがり、ビーズの小さな手提げ袋からレースのハンカチを取りだした。すばやく鼻をかみ、小さいバッグにレースの切れ端を戻した。「でも、わたしがそれしか得られないのは明らかですものね。不満を言う立場ではないこともね。婚約に同意するのは、とても向こう見ずなことだとわかっていたわ。いちかばちかの賭けであると知っていた」

「オーガスタ、きみは今夜、非常に感情的になっている。正しい判断をできていない」

「それは、あなたが激しい感情表明をよしとしないだけでしょう。だからといって、正しい判断ができないわけではないわ。ノーサンバーランドのバリンジャーは、感情的だからこそ、繁栄してきたのよ」

決して太刀打ちできない思い出のなかの存在と比べられて、ハリーの心に激しい怒りが燃えあがった。手を伸ばし、また彼女の肩をがっしりつかむ。彼女の体をくるりとまわして自分のほうを向かせた。

「オーガスタ、これ以上あと一度でも、きみのいまいましいバリンジャーの先祖のことをぼくに突きつけたら、きわめて過激で不快な行動に出る。わかったか？」

よほど驚いたらしく、オーガスタが口をぽかんと開けて彼を見あげた。それから、すぐに口を閉じ、反抗的な表情を浮かべた。「はい、旦那さま」

怒る原因を作ったオーガスタよりも、かっとなった自分に対して腹が立ち、ハリーは無理やり怒りを抑えこんだ。「すまなかった」そっけなく言う。「きみの傑出した先祖には、どうやっても太刀打ちできないと思うたびに、かっとしてしまう」

「ハリー、あなたがそんなことを思っているなんて、考えもしなかったわ」

「たいていは考えていない」ハリーはぶっきらぼうに請け合った。「ぼくに欠けている部分をきみに指摘された時に、たまにそうなる。だが、どちらにしろ、取るに足らないことだ。目の前の問題に戻ろう。シェルドレイクは詩の出所を知らないとぼくは言った。きみはそれを信じるか？」

オーガスタはずいぶん長く彼を観察していたが、それからそっと目を伏せた。まつげが頬に触れる。「もちろん信じます。もともと、あなたの言葉は疑っていないわ。本当よ。ただ、リチャードの話で、気持ちが不安定になってしまっただけ。その話になるだけで、いつも明晰な考え方ができなくなってしまうの」

「それはよくわかっている」ハリーは妻を抱き寄せ、頭を肩にもたせさせた。「すまなかった、オーガスタ。だが、正直に言って、兄上のことは過去にそっと置いておいて、二年前に彼がなにをしたか、しないかについて関心を持たないのが最善だと思う」

「そのことは前にも何度か聞かされたわ」オーガスタが彼の外套に向かってつぶやく。「聞き飽きちゃった」

「そうだな」彼は優しく言った。「どちらにしろ、あの詩によって生じた疑問の答えをぼくは見つけたいと考えている。シェルドレイクとふたりで調べたほうが、ひとりで調べるよりもはるかに多くの成果が出るはずだ。ロンドンを網羅的に調べなければならない、効率の問題だよ、オーガスタ。明朝ロンドンに戻るのも、そのためだ」

「わかりました。効率が大事なことは理解できるわ」オーガスタが顔をあげた。「必要ならば、どうぞロンドンに戻ってくださいな」

ハリーは胸を撫でおろした。必然であることを妻が理解してくれた。ハリーは称賛をこめてほほえみかけた。「それこそ、立派な妻が夫に対して言うべき言葉だ。えらいぞ」

「まあ、ばかげたことを。まだ全部言っていないわ。先があるのよ。明朝、あなたはロンドンに戻ってください。でも、メレディスとわたしも同行します」

「なんだって?」ハリーはすばやく思いを巡らせた。「社交シーズンは終了している。ものすごく退屈するぞ」

「とんでもない。メレディスにとってはとても教育的な旅になるでしょう」オーガスタが平然と言う。「わたしが街をいろいろ案内するわ。本屋に行き、ヴォクソールガーデンや博物館も連れていきましょう。きっと楽しいわ」

「オーガスタ、これは仕事の旅だ」

「あなたの娘の教育的な経験と組み合わせることができない論理的な理由はないでしょう、グレイストン。効率的でもあるわ」

「なんてことだ、オーガスタ。ロンドンできみとメレディスの世話をしている暇はない」

オーガスタは確信に満ちた笑みを浮かべた。「あなたがそうしてくれることは期待していないわ。メレディスとふたりで充分に楽しめると確信していますもの」

「きみを、田舎から出たことがない九歳の子どもとふたりで、ロンドンに野放しにすると考えただけで頭がくらくらする。それは許さない。この話は終わりだ。さあ、きみの招待客のところに戻ろう」

返事を待たずに、というよりむしろ、待った場合に返ってくる返事に多大な不安を覚え、ハリーはオーガスタの腕を取って家のほうに戻り始めた。

ハリーにうながされて、屋敷の開け放った窓からこぼれるまばゆい光と音楽と笑い声に向かって歩くあいだ、オーガスタはなにも言わなかった。実際、不自然なほど静かだった。もっと反論や涙、そしてノーサンバーランドのバリンジャーらしい感情的な言い方による議論を予想していた。しかし、返ってきたのは、あやしすぎる沈黙だけだった。

彼が真剣であることをオーガスタがようやく理解したのだと、ハリーは自分に言い聞かせた。この家で彼が指示を出した時は、必ず相手に従わせるつもりであることを、妻がようやく理解したのだと納得しようとした。この数週間は過剰なほど甘やかし、自由にさせてきたから、妻にとってはショックだっただろう。

いまの状況に妻が不満を感じているのは残念だが、これが最善と考える。ロンドンで自分が多忙をきわめるのは目に見えている。オーガスタやメレディスの外出に同行する時間はないし、かといって、オーガスタがひとりで出かけるという考えは許容できない。夜の催しはとくによくない。

ハリーの観察によれば、オーガスタの行動は夜間にもっとも危険度を増す。ハリーの脳裏にあまりに鮮明な情景が次々と浮かんだ。ズボンを穿いて、自分のものでない机の錠前をこじ開けようとしているオーガスタ。ラヴジョイのような放蕩者たちと踊っているオーガスタ。カードゲームに没頭しているオーガスタ。暗い馬車のなかで、情熱的に震えているオーガスタ。

知的で用心深い夫が極度に心配するのは当然と言えよう。

そうやって自分を納得させているさなかに、ハリーのブーツのつま先が草に落ちていた柔らかいものにけつまずいた。見おろすと、それは男ものの手袋だった。

「なんでこんなものが？　おそらく、ぼくたちの客のだれかが、これを探しているに違いない、オーガスタ」そう言いながら手袋を拾いあげた時、草むらで光るブーツが見えた。そのすぐ横に、水色のサテン地の上靴も並んでいる。「と思いきや、落とした本人はちゃんと場所をわかっているようだ」

「なんなの、ハリー？」オーガスタは彼のほうを振り返り、ブーツと青い上靴を見つけると、くすくす笑いそうになって、あわてて口を閉じた。

ピーター・シェルドレイクが小声で悪態をつきながら草むらから出てきた。彼の片腕は、真っ赤に顔を染めたクラウディアにしっかりまわされていた。クラウディアのほうは、青いドレスの小さな袖を肩に戻そうと必死になっている。

「きみが見つけたのはぼくの手袋だ、グレイストン」シェルドレイクが苦笑いをしながら片手を出した。

「ぼくもそうだと思う」ハリーが手袋を渡す。

「きみたちに最初に知らせたほうがよさそうだ」シェルドレイクは、クラウディアのどぎまぎした顔から目を離さずにゆっくり手袋をはめた。「ミス・バリンジャーがたったいま、ぼくとの婚約を承諾してくれた。朝ロンドンに発つ前に、お父上に話すつもりだ」

オーガスタが喜びの声をあげ、両腕をまわして従妹を抱き締めた。「まあ、クラウディア、なんてすばらしいことでしょう」

「ありがとう」クラウディアが袖をまっすぐに直しながら答える。「お父さまが認めてくだされぱいいのだけど」

「もちろん認めてくださるわ」オーガスタは満面の笑みを浮かべて一歩さがった。「ミスター・シェルドレイクはあなたにぴったりな方だとわかっていたわ。ずっと確信していたのよ」

その様子を見るうち、ハリーはふいに、ワルツを踊っている時に妻が言っていたことを思いだした。「これが、きみの言っていたふたつ目の企てか、マイディア？」

「ええ、もちろんそうよ。ミスター・シェルドレイクとクラウディアがお似合いだとわかっていたもの。それに、従妹の側から考えても、この結婚はとても実用的でしょう？」

「実用的？」ハリーは片方の眉を持ちあげた。

「ええ、そう」オーガスタの笑みは少しばかり甘すぎた。「クラウディアはもうすごくハンサムでりっぱな夫を得るだけでなく、高度な訓練を受けた執事も獲得するわけだから」

一瞬、凍りつくような沈黙が流れ、その言葉が浸透する時間が経ったのち、シェルドレイクのうめく声が聞こえた。妻の鋭すぎる洞察力に、ハリーは思わず首を振った。

「きみは称賛に値する、マイディア」皮肉っぽく言う。「紹介しよう、こちらが、多くの眼識鋭い人々をあざむいてきた執事シェルドレイクだ」

クラウディアが目を見開いた。「スクラッグズ」くるりと向きを変え、未来の夫と向き合う。「あなたが〈ポンペイアズ〉のスクラッグズなのね。どこかで見たことがあると思っていたわ。よくもそんなふうにわたしを欺したわね、ピーター・シェルドレイク! なんてずる賢い企みでしょう。恥を知りなさい」

ピーターはたじろぎ、ちらりとオーガスタに非難の目を向けた。「クラウディア、マイディア、ぼくがスクラッグズの役を演じていたのは、古い友人を助けるためだ」

「でも、あなたがそうしていることを、わたしには言うことができたはずでしょう? わたしに対して失礼なことばかり言うと思っていたスクラッグズがあなただったなんて。絞め殺してやりたい」クラウディアが誇り高く胸を張った。「申しあげておきますが、こんな無作法な紳士と婚約を続行したいかどうか、わかりませんから」

「クラウディア、理性的に考えてくれ。ぼくがやっていたのは、ささやかなゲームにすぎない」

「あなたはわたしに心から謝罪すべきだわ、ミスター・シェルドレイク」クラウディアがぴしりと言う。「ひざまずいて謝罪してほしいものだわ、本当に」

そう言うなり、クラウディアはスカートの裾を持ちあげて、屋敷の明かりのほうにとっとと歩き去った。

ピーターは、笑いにむせそうになっているオーガスタのほうを向いた。「やれやれ、マダム、今夜のこのいたずらにあなたは大満足だ。ぼくの婚約を、始まる前に終わらせたのだから」

「そんなことないわ、ミスター・シェルドレイク。ただし、わたしの従妹への求愛は、少し余計にがんばってくださらないとね。もちろん、謝罪は当然でしょう。つけ加えるなら、わたしもいい気持ちはしていないわ。あなたがリウマチのことをこぼすたびにあれほど同情したことを考えると、とても頭に来るわ」

ピーターがさらなる悪態を呑みこんだ。「つまり、その仕返しをしたというわけか」

ハリーは胸の前で腕組みして、目の前の口論をおもしろく眺めていた。

「ぼくがスクラッグズを演じていることにいつ気づいたのか、訊ねていいだろうか？」ピーターがうなる。

オーガスタがいたずらっぽく笑った。「そうね、あなたがロンドンで、グレイストンとわたしを乗せた馬車を一時間くらい走らせたあとに、レディ・アーバスノットのもとに送り届けてくれた晩かしら。街中を走るのはいい考えとは思えないと、普通の声でハリーを説得していたわ」

「そのおかげでこうして幸せな結婚をしたからには、あの晩に御者の役を演じたぼくに感謝してしかるべきと思えるが？」シェルドレイクが文句を言う。「けちな仕返しではなく、感謝を示して当然のはずだ」

「それは」オーガスタが言い返した。「意見の分かれる問題だわ」

「そうだろうか？　指摘してよければ言うが――」

「もう充分だ」この論争の方向が自分にとって好ましくないと気づき、ハリーは急いで口を挟んだ。今夜どうしても避けたいのは、サリーの馬車の暗い室内で起きたことが原因で、性急な結婚をせざるを得なかった顛末をオーガスタが思いだすことだ。

その件を掘り返さなくても、ハリーはすでに多くの難題を抱えている。「きみたちふたりのやりとりは、まるで子どもの喧嘩みたいだし、いまは客をもてなすべき時だろう」

ピーターが暗い声でぶつぶつ言う。「たしかに、謝罪について考えたほうがいいだろうな。クラウディアのあの、ひざまずいて謝罪せよという言葉は本気だろうか？」

「ええ、そうだと思うわ」オーガスタが請け合う。

その時ピーターの顔がふいに笑顔に変わった。「あのとりすました天使らしい外見の下に芯の通った気概が隠れていると、ぼくはずっとわかっていたんだ」

「当然だわ」オーガスタが言う。「クラウディアはノーサンバーランドのバリンジャーではないけれど、それでもバリンジャーの一員ですもの」

その夜遅く、屋敷全体が暗く寝静まったあと、ハリーは自分の寝室の長椅子に寝そべり、オーガスタをロンドンに連れていきたくない本当の理由を考えていた。

自分は恐れている。

ロンドンで気心が知れた友人たちに会って、オーガスタの向こう見ずな傾向が助長されることを恐れている。

社交シーズンは終わっていても、彼女が結婚前に楽しんでいたようなさまざまな催しや活動をうまく見つけて、そこに飛びこんでいくことを恐れている。

威勢のいいノーサンバーランドのバリンジャーの女性にとって、実際に結婚した男よりもはるかにふさわしいと思える男に、彼女がロンドンで出会う可能性を恐れている。

妻が本気で心を与えることができる男に出会うことを恐れている。

しかも、たとえそういうことが起こったとしても、オーガスタが結婚の誓いと、それに伴うすべてを尊重することもわかっている。彼女は世界一高潔な女性だ。

その時突然、自分が最初から望んでいると思っていたすべてを手に入れたことに思い至った。すなわち、心はほかの男性に与えたとしても、名誉を重んじるゆえに誠実を貫く女性。そうだ、自分は妻の忠誠と激しく甘く反応する体を手に入れたが、もはやそれでは充分ではない。

もはや充分ではない。

ハリーは暗い夜を見つめながら、自分の奥深くに埋もれた扉の鍵を慎重に開けた。そしてほんの一瞬、本当にわずかな一瞬、扉のなかの絶望と渇望がくすぶる暗闇をのぞきこんだ。すぐに扉を叩き閉めたが、それでも、これまで向き合いたくなかったものがはっきり見えた。

それはハリーが初めて、自分が忠誠の誓いと同じくらい、オーガスタの荒々しくも情熱的なノーサンバーランドのバリンジャーの心を望んでいると自覚した瞬間だった。

「ハリー?」

振り向くと、オーガスタの部屋に続く扉が開いたところだった。オーガスタが立っている。白いモスリン地のネグリジェを着た姿は、優しくて美しくて、うっとりするほど魅力的だ。

「なんだい、オーガスタ?」

「あなたがさっき、あしたはロンドンに行かなければならないと言った時に、あんなに騒ぎたててごめんなさい」ゆったりした足取りで彼の部屋に入ってきた姿は、ふわふわ漂う白いモスリンに包まれているように見えた。「あなたが恐れていたのは、メレディスとわたしがロンドンであなたを縛りつけてしまうことですものね。たぶんあなたの言う通りだわ。わたしたちがしょっちゅう、あなたの心配の原因を作りだしていたら、効率的な仕事はできないもの。わたしもそれは望んでいない。あなたにとって、蜘蛛の件がとても重要なことはよくわかったから」

ハリーはゆっくりほほえみ、片手を伸ばした。「ぼくの人生にいくつかある、本当に大事なことほど重要ではないよ。ここにおいで、オーガスタ」

オーガスタが彼の手を握ったので、その手を引いて膝に座らせ、自分にもたれかからせた。温かくて女性的で、とても誘惑的な香りがする。彼の一物がぐいと動き、彼女の太腿を強く押しあげ始めた。

オーガスタが少し動いて彼に体を押しつけた。「あすの早朝に出かけなければならないなら、そういうことは忘れたほうがいいと思うけれど」小さく笑い声を立てる。

「気が変わった」

「あした、ロンドンに行かないということ？」

「そうだ」彼女の肩のくぼみに鼻を擦りつけ、その特別に感じやすい部分を喜ばせる。「シェルドレイクを先に行かせて、調査を始めさせる。ぼくときみとメレディスは、あさって一緒に出かけよう。ふたりのレディが荷造りするのに、少なくとも一日はかかるだろう」

オーガスタが身を起こして彼の顔をじっと眺めた。「ハリー、わたしたちを一緒に連れていってくれるということ？」

「きみが正しかった、マイディア。きみはリチャードの詩に関して権利があるのだから、シェルドレイクとぼくが調査するあいだ、そばで観察するのは当然だ。それに、率直に言って、ぼくは幾晩もひとりで夜を過ごしたくない。きみがベッドにいるのに慣れてしまった」

「つまり、わたしを連れていく理由は、湯たんぽとして使うためということね？」暗いなかで彼女の目がきらきら輝く。

「それは、ほかにもいくつかある理由のひとつだな」

彼女が嬉しそうに彼を抱き締めた。「ああ、ハリー、絶対に後悔させないと誓うわ。完璧な模範になって、妻の鑑らしく行動するわ。つねに、適切であるように心がける。ちゃんとメレディスの世話をして、どんな面倒にも巻きこまれないように気をつける。教育的な催しか行かないようにするわね。それに――」

「しーっ、ラヴ。軽はずみな約束はしないほうがいい」ハリーはオーガスタのうなじを片手で包んで引き寄せ、唇を合わせることでうまく黙らせた。

オーガスタが小さくため息をつき、彼に身を擦り寄せて、彼の部屋着の合わせに片手を滑りこませた。

彼が手のひらでネグリジェの下の脚を撫であげると、小さく震える反応が感じられた。その上に指を這わせ、なだめたり、じらしたりしながら、そっとまさぐると、あっという間に熱い蜜があふれでるのがわかった。

「なんてすてきなんだ」彼女の乳房に向けてささやく。指で優しく試してみただけで、小さく震え、待ち切れないように彼の指をきつく包みこんでくる。ハリーは、シルクのような襞からゆっくりと指を引きだし、モスリンのネグリジェをオーガスタのウエストまで押しあげた。

自分の部屋着の前を開くと、張りつめた彼のものが解き放たれて飛びだしてきた。オーガスタの両脚をそっと広げて、彼の太腿にまたがらせる。

「ハリー？　なにをするつもりなの？」オーガスタがあえいだ。「まあ、どうしましょう。

ハリー、ここ？」

「そこだ、ダーリン。ぼくのものをなかに入れてごらん。そうだ、ああ、すごい」彼女をそっとおろしていくにつれ、荒々しいほど屹立した彼のものを、まとわりつくような熱い柔らかさが包んだ。両手を彼女の尻に当てて、そっと握り締める。

オーガスタが彼の肩に指を食いこませ、交わりのダンスのリズムを見つける。頭を後ろにそらすと、髪が背中に流れ落ちた。

彼女の奥深いところで小さい痙攣を感じた瞬間、ハリーは自分が点火した甘い炎にふたたび熱く激しく包まれるのを感じた。その炎の恍惚の渦に身を投じながら、ハリーは、少なくともここにいる自分はノーサンバーランドのバリンジャーのだれにも負けないほど自由で激しいと誇らしく感じたのだった。

16

四日後、従僕のあとについてオーガスタとメレディスが階段をあがると、レディ・アーバスノットの家政婦が戸口に出迎えた。スクラッグズがいる様子はない。

「ミスター・スクラッグズは体調がすぐれなくて、奥さま」オーガスタが彼の不在について訊ねると、家政婦はそう説明した。「というか、そう言われました。しばらくかかるそうですよ」

オーガスタは笑みを隠した。最近のピーターは、ハリーの捜査に多大な時間をとられ、さらには、執事を演じて楽しむという婚約者の性癖に対するクラウディアの厳しい批判にさらされている。気の毒ながら、メイクと頰ひげによる変装は二度とできない可能性が高い。

オーガスタとメレディスがなかに入ると、家政婦は玄関扉を閉めた。「でも、そもそも彼は、あまり頼りになりませんでしたからね。大した違いはありませんよ」そう言うと、心配そうな顔でちらりとメレディスを見やった。「レディ・アーバスノットには、おふたりでお会いになりたいのですね？　それとも、お若いレディは調理場にお連れして、なにか召しあがりますか？」

メレディスが心配そうにオーガスタを見あげた。やはりクラブを訪問するという約束はかなわないのかという無言の問いかけが伝わってくる。

「メレディスはわたしと一緒に行きます」客間の扉が開くのを待ちながら、オーガスタはきっぱり言った。

「承知しました、奥さま」

オーガスタは先に立って客間に入っていった。「さあ、ここよ、メレディス。わたしのクラブへようこそ」

午後の〈ポンペイアズ〉は社交シーズンが終わったにもかかわらず、かなりの活気に満ちていた。レディ・アーバスノットが坐っている部屋の一番奥に向かって歩きながら、オーガスタは友人たちに挨拶し、そのうちの数人とは足を止めて言葉を交わした。

ほかの人と話していたロザリンド・モリッシーが会話を中断して、メレディスにほほえみかけた。「これまでで一番若い〈ポンペイアズ〉の会員ね」

メレディスが顔を赤らめ、助け船を求めてオーガスタを見あげる。

「知性にあふれた若いレディの教育の機会は逃すべきではありませんもの」オーガスタはきっぱり言った。「娘を紹介させてくださいな。わたしが連れてきた臨時会員よ」

その場でしばらくおしゃべりに興じたあと、オーガスタとメレディスはまた先に進んだ。

メレディスは目を皿のようにして、壁にかかった絵画から、テーブルに載せてある新聞に至るまで、クラブのすべてを吸収しようとしていた。「お父さまのクラブもこれと同じようなのかしら?」

「とても近いわ。わたしたちが、できるかぎり似せたから」オーガスタは声を低めて言った。

「もちろん、レディの代わりに、紳士の方々しかいないけれど。それに、ここのカード室で賭けられる額は、セント・ジェームズストリートのクラブのカード室で賭けられるほど高額ではないわ。でも、そういう細かいこと以外は、ほぼ同じようなふさわしい雰囲気を提供できているはず」

「掛かっている絵はどれも好きだわ」メレディスも声をひそめて言う。「とくにあの絵」

オーガスタはメレディスの視線を追った。「あれはヒュパティアを描いた絵だわ。アレクサンドリアの有名な学者よ。数学と天文学の本を書いた女性」

メレディスがその情報について考えこんだ。「わたしもいつか、本を書きたいわ」

「そうね、きっと書けると思うわ」

部屋の奥を見やると、ちょうどサリーがこちらを向いて、ふたりに気づいたところだった。その瞬間に、旧友に再会できるというオーガスタの期待と興奮は、狼狽の波によって押しつぶされた。

この一カ月でサリーの健康が大幅に悪化したのは否定できない事実だった。いつも通り、服装には細心の注意を払っている。しかし、その優美なドレスも、透きとおるような青ざめた肌や消えそうなほどはかない雰囲気を隠すことはできず、その目に浮かぶ諦観の表情は、決して止まない激痛の受容を示していた。その光景は、オーガスタには耐えられない現実だった。泣きたかったが、泣いてもサリーを困らせるだけだとわかっている。

だから、オーガスタは走り寄って、友をそっと抱き締めた。「サリー、またお会いできて嬉しいわ。あなたのことをとても心配していたのよ」

「まだここにいるわ、ご覧の通り」サリーは驚くほどしっかりした声で言った。「それに、あなたが結婚した暴君を手伝うので、これまでにないほど忙しいのよ。グレイストンは以前からいつも、厄介な仕事ばかり寄こしてきたけれど」

「グレイストンを手伝う？　まさかあなたも？　まあほんとに？」オーガスタはサリーの言葉の言外の意味に気づいて思わずうめいた。「気づくべきだったわ。あなたも彼の一員で――」メレディスがいることを思いだして、口をつぐんだ。

「もちろんよ、あなた。わたしが壮絶な過去を持っていることは知っているでしょう？」サリーがくすくす笑う。弱々しかったが、心からおもしろがっているのが伝わってきた。「さあ、こちらの若いレディに紹介してくださいな。グレイストンのお嬢さんね？」

「そうですわ」オーガスタが紹介し、メレディスは膝を折ってお辞儀をした。

「よく似ていること」サリーが愛情こめて言う。「同じように知的な目。同じようなゆったりしたほほえみ。なんて美しいお嬢さんでしょう。どうぞ、好きに歩きまわってね。カウンターから自分でケーキを選んで召しあがれ」

「ありがとうございます、レディ・アーバスノット」

サリーはメレディスがうきうきした足取りで部屋の反対側に並んだ軽食の台に向かう姿をじっと見送った。それからゆっくり振り返り、オーガスタと向き合った。「本当にすてきなお嬢さんだわ」

「それに、父親と同じような学究肌なの。本を書きたいそうですわ」オーガスタはそばの椅子に腰をおろした。

「いつかきっと書くわ。グレイストンのことだから、幅広い優れた教育課程で娘に勉強させているでしょうからね。考えただけで身震いしちゃうけど」

オーガスタは笑った。「安心して、サリー。メレディスの教育課程に欠けている楽しい科目については、わたしが補充しておいたから。水彩画と読書の授業はわたしが教えているの。それに加えて、家庭教師の賛同を得て、父親の著書からは決して得られない歴史的視点も指摘しているところ」

サリーが笑った。「あなたは本当に、やりたいことをどんどんやる人ね、オーガスタ。グレイストンに合うとわかっていたわ。彼も心のどこかでそれをわかっていた。さもなければ、あなたの名前を候補者リストの一番上に置かなかったでしょう」

「候補者リストの一番上って嘘でしょう？　自分は一番下だと思っていたけれど。おまけみたいなものかと」オーガスタは自分の茶碗にお茶を注ぎ、サリーの茶碗にも注ぎ足した。ポットを置いた時、サリーの椅子の横の小卓に置かれた小さな薬瓶に気がついた。

オーガスタがロンドンを離れた時点では、サリーはまだ必要な時だけ人を呼び、薬を用意させていた。でもいまは薬瓶を常時そばに置いているようだ。

「おまけなんてとんでもない。むしろ正反対。あなたに出会った瞬間から、彼はあなたのことを頭から追いだせなくなったのよ」

「掻きたくてたまらないかゆみとか、じんましんみたいに？」

サリーがまた笑った。「あなたは自分を過小評価しているわ。それよりも、あなたに苦情を言わなければ。あなたのせいで、優秀な執事を失ってしまったわ」

「わたしを責めないでください。気の毒なスクラッグズが辞職せざるを得なかったのは、わたしの従妹のせいですもの」

サリーがほほえんだ。「聞いているわ。それに、きのうのモーニングポストに婚約の告知が掲載されたわね。最高の結婚になると信じているわ」

「トーマスおじも喜んでいます」

「そうでしょうね。シェルドレイクは放蕩者という面もあるけれど、そういう自分を変えたいと願っている。大陸から戻って以来ロンドンで遊び暮らしていたけれど、そのあいだもずっと、自分の使命を探していたのでしょう。結婚し、父親の地所管理に力を注げば、おのずと探している方向が見えてくるはずよ」

「わたしも同じように考えました」オーガスタはうなずいた。

「あなたの洞察力は本当にすばらしいわ、オーガスタ」サリーが薬に手を伸ばした。瓶の蓋を開け、中味を二滴、お茶に落とす。そして、オーガスタが悲しい表情でそれを見守っていることに気づき、小さくほほえんだ。「ごめんなさいね、オーガスタ。あなたも気づいている通り、最近はかなりつらい状態なのよ」

オーガスタは手を伸ばして、サリーの手に触れた。「サリー、わたしにできることはないかしら？　なんでもいいのよ」

「ありがとう。でも、これはわたしが自分で対処しなければならないことなの」サリーが考えこむように薬瓶に視線を移した。

「サリー？」

「心配しないで、極端なことをするつもりはないから。いまはまだ。それにいまは、グレイストンのために、サーベルクラブに関する情報を集めるのに忙しくしているわ。わたしはこういう仕事が好きなのよ。二年近く音信不通だった古い知り合いに連絡を取ったりしてね。驚くほど多くの人と旧交を温めたわ」

オーガスタは椅子にゆったり坐り直した。メレディスのほうをちらりと見やる。書き物机の横にたたずみ、カッサンドラ・パドバリーが見せてくれたものを眺めている。おそらくカッサンドラがいま創作している叙事詩だろうとオーガスタは思った。

「夫は、探している情報を必ず見つけだすと決意していますわ」メレディスが居心地よくしていることに安心し、オーガスタは声をひそめてサリーに言った。

「そうみたいね。昔からグレイストンは徹底していたから。それに、どうしても蜘蛛を追い詰めたいと思っている。蜘蛛とサーベルクラブとの関係はかなりの有力情報だわ。いろいろな意味で納得できる」

「そのクラブのことはご存じですか？」

サリーは優雅に肩をすくめた。「あまり知らないわ。長くは続かなかったクラブだから。

大胆でしゃれていると自負し、その自分たちにふさわしいクラブが必要だと考えた若い軍人たちを惹きつけた。でも、設立されて一年も経たないうちに火事になり、クラブも終了したわ。元会員はまだ発見できていないけれど、元使用人はひとり見つけたのよ。おそらくその人が会員の名前をいくつか覚えているはず」

その調査の過程で明らかになる事実に関して強い不安を拭えなかったが、それでもオーガスタはサリーの話に魅了された。「すごい、どきどきするわ。その人物とはもう話したんですか?」

「いいえ、まだよ。でも、もうすぐ話せるはず。約束はしてあるの」サリーは、洞察力に富んだまなざしで、しばらくオーガスタを見つめていた。「あなたは、グレイストンのこの調査に、個人的な関心を持っているのね?」

「結果については、ええ、たしかに関心を持っています。彼にとって重要だとわかっているし」オーガスタは質問をはぐらかした。

「そう」サリーはしばらく黙っていたが、それから、なにか決断したようだった。「オーガスタ、〈ポンペイアズ〉の賭け台帳がいつも、一番新しいページを開いて置いてあることは知っているわね?」

「ええ、それがなにか?」

「もしも台帳が閉じていたら、それをグレイストンに持っていってほしいの。開いているかどうか、いつも確認してちょうだい」

オーガスタはサリーを見つめた。「サリー、なんの話をしているんですか？」

「とても謎めいて、芝居がかっている話のように聞こえることはわかっているわ。でも、実際は違うの。万が一の予防措置。なにか予想外なことが起こった場合には、あの本がグレイストンの手に入るようにすると約束してちょうだい」

「ええ、約束します。でも、サリー、なぜそんなことを言うのか、教えてくださらなければ」

「まだ言えないわ。いまはね。わたしが、裏づけを取った情報しか渡さないことはグレイストンもわかっているわ。ハリーは裏づけのない証拠を嫌うのよ。あなたの夫は、間違いに対して寛容とは言えないから」サリーがなにか思いだしたらしく、ほほえんだ。「わたしたちの旧友スクラッグズに訊ねるといいわ。絶対忘れられないわ、彼がフランス人将校の妻と面倒を起こした時のこととか、あとは……まあ、昔の話だけど」

「そうですか」オーガスタは黙ってお茶を飲みながら、また暖かな部屋を外からのぞきこんでいるような馴染みある感覚を覚えた。ハリーとサリーとピーターをつなぐ親密な友情の輪のなかに自分の居場所はないと感じている。

よく知っている感覚だった。兄の死以来、たびたび経験してきた渇望感。とっくに慣れていていいはずなのにと思う。

数週間の結婚生活で、家族がいない孤独感は完全に消えたと思っていた。メレディスにも次第に受け入れられ、ハリーの情熱的な夜の行為によって、少なくも性的な面では望まれていると感じている。

でも、自分が現状以上のものを望んでいることを、オーガスタは知っていた。ハリーの人生の重要な一部となりたい。サリーとピーターがそうであるように。妻であると同時に、夫の親しい友人となりたかった。

「あなたがた三人は、ある意味で家族のようだったのね。違いますか?」しばらくして、オーガスタは静かに訊ねた。

サリーは驚いたらしく目を見開いた。「考えたことなかったけれど、たしかにそうだったかもしれないわね。それぞれが全然違うわ。グレイストンとピーターとわたし。でも、いくつもの危険な冒険に、力を合わせて立ち向かう必要があった。互いを必要としていた。互いに自分の命を預ける場面も何度もあったわ。そういうことがあると、人はひとつになるものじゃないかしら?」

「ええ、そうだと思います」


ようやく玄関広間が騒がしくなって、妻と娘の帰宅を告げた時、ハリーは図書室で執務机に向かって坐っていた。そろそろ頃合いだろうと不機嫌に考える。

ロンドンに戻ってきてまだ二日しか経っていないが、オーガスタはすでにメレディスを連れて街を走りまわっている。一時間前にハリーが帰宅した時、ふたりがどこに行ったかはっきり知る者はいないようだった。執事のクラドックは漠然と、オーガスタがメレディスを連れて大英博物館に行ったと思っていた。

もちろん、それを鵜呑みにしないくらいの分別はハリーにもある。九歳の子どもにどんな催しがふさわしいとオーガスタが考えるか、はっきり言って見当もつかないが、自分の妻と娘が博物館で一日を過ごしているとは、一秒たりとも信じていない。

ハリーは立ちあがり、戸口に出ていった。まだ新しいピンク色のボンネットも脱がずにいたメレディスが、すぐに父親を見つけ、ボンネットのリボンをひるがえして玄関広間を横切り、走り寄ってきた。興奮している様子で、これまで見たこともないほど目を輝かせている。

「お父さま、お父さま、わたしたちがどこへ行ってきたか、お父さまには絶対にわからないと思うわ」

ハリーは、赤と金色の大輪の花をつばに飾った美しい帽子を脱いでいるオーガスタを鋭く見やった。何食わぬ顔でほほえんでいる。ハリーはふたたびメレディスを見おろした。「絶対わからないなら、おまえが教えてくれなければならないな」

「クラブに行ったのよ、お父さま」

「なんだって？」

「お父さまのクラブとほとんど同じだって、オーガスタが説明してくれたわ。違うのは、レディだけのためのクラブということ。とてもおもしろかったわ。皆さん感じがよくて、とてもたくさんのことを話してくれたの。何人かのレディは本を書いていたわ。ひとりの方は、アマゾン族について書いていたわ。とてもすてきだと思わない？」

「そうだな」ハリーは妻に批判的な視線を向け、妻はそれを無視した。

メレディスは脇で起こったこのやりとりに気づかず、午後の出来事の説明を続けている。

「それに、古代ギリシャ・ローマの有名な女性たちの絵がたくさん掛かっていたわ。クレオパトラも。オーガスタが、わたしが絵を描く時のお手本にしたらいいって。それから、レディ・アーバスノットにもお会いしたの。好きなだけたくさんケーキを食べてもいいと言われたのよ」

「それは、ずいぶんすごい冒険をしてきたようだな、メレディス。疲れただろうね」

「いいえ、少しもよ、お父さま。全然疲れていないわ」

「そうだとしても、ミセス・ビグズリーと一緒に二階の寝室に行きなさい。ぼくはきみのお母さんと話がある」

「はい、お父さま」

メレディスはいつものように従順に、しかし明らかに興奮冷めやらない様子で忍耐強い家政婦に連れられて階段をのぼっていった。

ハリーは眉をひそめてオーガスタのほうを向いた。「図書室に来てほしい、マダム。話がある」

「はい、あなた。なにかまずいことでも？」

「ふたりだけで話したい」

「まあ、そんな。また、わたしのことを怒っているのね？」

オーガスタはおとなしく彼の脇を通り抜け、机の向かい側に坐った。ハリーも腰をおろした。目の前の磨かれた木製の机面の上で両手を組み、しばらくなにも言わなかった。あえてその沈黙によって、立腹の重みをオーガスタに感じさせたい。

「やめてください。あなたに、そのようににらまれるのは好きじゃありません。いたたまれない気持ちになるわ。なぜ単刀直入に、思っていることを言わないんですか？」オーガスタが手袋を脱いだ。

「思っていることは、マダム、きみには、ぼくの子どもを〈ポンペイアズ〉に連れていく権利はないということだ」

それを聞くなり、オーガスタは瞬時に反撃を開始した。「わたしたちがレディ・アーバスノットを訪問することには、反対できないはずですが」

「それが論点でないことはきみもわかっているはずだ。メレディスがサリーに会うことは反対しない。だが、自分の娘があのとんでもないクラブの雰囲気にさらされることには断固反対する。ある種の女性たちが集まっている場所であるのは、我々両方が知っていることだ」

「ある種の女性たち？」オーガスタの目が怒りできらめいた。「それはなにを意味しているのでしょうか、旦那さま？　まるでわたしたち全員が高級娼婦であるのような言い方をするのね。そんな侮辱をわたしが甘んじて受けるとでも？」

ハリーは堪忍袋の緒が切れそうになるのを感じた。「クラブの会員が高級売春婦だと言っているわけではない。ある種の、と言っているのは、あの場所に足しげく通う女性たちは、礼節を無視する傾向があるという意味だ。ぼくの娘の範となるような女性たちでないことは明らかだ」

「お忘れでしたら申しあげますが、あなたは〈ポンペイアズ〉の会員のひとりと結婚したんですよ」

「まさにその通り。だからこそ、ぼくには会員になる女性たちの性格を判断する資格があると思わないか？　はっきりさせておこう、オーガスタ。きみたちが一緒にロンドンへ来ることを許した時、ぼくはダンスパーティへの同行も外出の監督もできないと言った。そしてきみは、メレディスを街に連れだすに当たり、良識を働かせると約束した」

「良識は働かせています。危険の恐れはいっさいありません」

「身体的な危険のことを言っているのではない」

オーガスタがハリーをにらんだ。「おそらく、道徳的な危険について言っているのでしょうね？　クラブの会員が、あなたの娘の道徳観に悪い影響を与えるとあなたは思っている。そうだとしたら、あえて〈ポンペイアズ〉の設立者のひとりと結婚するべきではなかったわ。あなたのおっしゃる〝とんでもないクラブ〟はそもそもわたしの発案ですから」

「いい加減にしろ、オーガスタ。きみはわざとぼくの言葉を悪く解釈している」夫として、単に女性の礼儀作法について説教するつもりが、本格的な論争に発展させてしまった自分が腹立たしい。ハリーは自制心を掻き集め、癇癪を抑えようと努力した。「ぼくが心配しているのは、クラブの女性たちの道徳心ではない」

「それを聞いて安心しました」

「ただ、彼女たちはおしなべて向こう見ずと言える」

「あなたは会員のうち何人の女性をご存じなんですか？　それとも、わたしについて知ったことを元に、一括りにしているのかしら？」

ハリーは目を細めた。「ぼくを見くびらないほうがいい、マダム。ぼくは〈ポンペイアズ〉の会員名簿に載っている名前をすべて知っている」

その言葉はオーガスタを驚かせたようだった。「本当に？」

「もちろんだ。きみと結婚しそうだとわかった時に、非常に慎重に調査した」ハリーはつけ加えた。

「なんてひどい」オーガスタが立ちあがり、腹立たしげに部屋を行ったり来たり歩き始めた。「〈ポンペイアズ〉を調査したですって？　サリーに言いつけますからね。激怒すると思うわ」

「調査できるようにぼくに会員名簿をくれたのがだれだと思っているんだ？」ハリーはそっけなく訊ねた。「その名簿に載っているレディたちの背景を知り、シェルドレイクとサリーの話も聞いて、ぼくはきみの道徳観が危険でないという結論に達した。だからといって、ぼくの娘を連れていく場所として承認できるわけではない」

「そうですか」

「ぼくがきみに退会を命じなかったのは、サリーが病気で、あとわずかしか生きられないからだ。彼女があのクラブときみの訪問を心の糧にしていることはよくわかっている。だから、きみが〈ポンペイアズ〉に行くのを禁止するつもりはない」

「それはご親切なこと」

「しかし今後は、メレディスを連れていってはいけない。わかったか？」

「わかりました」オーガスタが歯を食いしばった。

「それから、今後はきみが日々計画するすべての活動について、詳細な予定をぼくに渡して出かけるように。きょうの午後帰宅して、きみたちがまだ戻っておらず、行き先もわからないと知って非常に心配した」

「予定ですね。わかりました、旦那さま。必ずお渡ししましょう。ほかにもなにか、グレイストン？」オーガスタはすさまじい勢いで行ったり来たりしている。激怒していることは明らかだ。

ハリーはため息をつき、椅子の背にもたれた。机を指で叩き、オーガスタを眺めながら考える。この論争を始めなければよかったと思わずにはいられない。しかし一方で、女性とこうした件で話し合う場合、男は毅然とした態度を取る必要があるとも思う。「いや、これで全部だ、マダム」

オーガスタは唐突に足を止め、くるりと振り返って彼と向き合った。「終わったのなら、こちらからお願いしたいことがあります」

ハリーが数秒間無言だったのは、さらなる怒りや〈ポンペイアズ〉を弁護する熱い反論に備えて心の準備をしていたからだ。ようやく準備が整うと、高圧的な夫を演じてきたいま、ふたたび寛大になる方法を見つけようと迅速な方向転換を図った。

「なるほど。なにかな？」できるかぎり温かい口調にして、発言をうながした。やれやれと、ふいに寛大な気持ちになって考える。妻の機嫌を直すためなら、新しいボンネットでも、ドレスでも買おうじゃないか。

オーガスタは絨毯を踏んで戻ってくると、机の端に両手をついた。身を乗りだし、真剣なまなざしで彼を見つめた。「ハリー、あなたの調査を手伝うことをわたしに許可してほしいの」

ハリーはあぜんとして、妻を凝視した。「なんてことだ、それはだめだ」

「お願い、ハリー。たしかに、そうした知識は持っていないけれど、すぐに学べるはずよ。あなたやピーターの役には立てなくても、サリーの助手という役目は果たせる。そうでしょう？」

「きみは正しい、オーガスタ」彼は冷たく言った。「きみはこの種のことをなにも知らない」そして、神に誓って、きみがそれを学ぶこともない、とハリーは思った。なにがあろうと、ぼくはその種のことからきみを守るつもりだ。

「でも、ハリー――」

「きみの提案は感謝する、マイディア。しかし、はっきり言って、きみは助けるより邪魔になるだけだ」

「でも、あなたの調査には、あなたや友人たちと同じくらい、わたしにとっても重要な要素があります。だからあなたの取組みに参加したい。参加する権利があるはずだわ。手伝わせてください」

「だめだ、オーガスタ。これは最終決定だ」ハリーは羽ペンを取りあげ、机に載った日誌を引き寄せた。「これで話はおしまいだ。午後はやることがたくさんあるし、夜は出かけるつもりだ。夕食はクラブでシェルドレイクと食べる」

オーガスタはゆっくりと身を起こした。こみあげた涙で目がきらめいている。「わかりました、あなた」そう言うなり、背を向けて戸口に向かった。

妻のあとを追いかけ、両腕で抱き締めてなだめたいという気持ちを、ハリーは必死に抑えた。いまいる場所にとどまることを自分に強いた。ここは毅然としなければならない。「ところで、オーガスタ」

「はい、旦那さま？」

「あしたの計画の予定表をぼくに渡すことを忘れないように」

「充分退屈で、それゆえにあなたも異論を唱えないことをなにか思いつけば、漏らさず予定表に書きこみますわ」

オーガスタは、ハリーがたじろぐほど激しく扉を叩き閉めて部屋を出ていった。

そのあとしばらく、ハリーは黙って窓の外の庭を見つめていた。この調査でわずかな役割も与えることができない真の理由を彼女に告げることはできない。

締めだされたことに怒っているだけでも充分悪い。だが、妻がこの状況に関与することで、真実を知りすぎた時に受ける痛みを目の当たりにするよりは、まだ怒りと向き合うほうがましだ。

リチャード・バリンジャーの暗号化した詩を解読することで、彼が死んだ当時に取り沙汰された噂の多くが事実に基づいているとわかった。ノーサンバーランドのバリンジャー家最後の男子後継者が反逆者であったことはほぼ間違いないだろう。

その晩遅く、ハリーはピーターと共に貸し馬車から降り立ち、ロンドンでもっとも汚いスラム街の中心に入っていった。一時間前に降りだした雨のせいで、足元の敷石が滑りやすくなっている。雲間の月明かりが濡れた表面をぼんやり光らせる。

「なあ、シェルドレイク。きみがロンドンのこのあたりを熟知していることのほうが、むしろ心配なんだが」ハリーは物陰できらりと光る一対の赤い目に気づき、黒檀の杖を無造作に振って、巨大なネコくらいの大きさのネズミを追い払った。生き物は狭い路地の入り口に積みあげられたゴミの山のなかに消えた。

ピーターが小さい声で笑った。「ぼくがどこでどうやって情報を入手しているかを考えて、その繊細な感性を悩ますことなど、昔はいっさいしなかっただろう」

「きみも既婚者になろうとしているのだから、こういう環境で気晴らしするのは控えたほうがいい。この種の外出をクラウディア・バリンジャーが容認するとは思えない」

「それはそうだ。だが、ミス・バリンジャーと結婚したら、夜にやることとして、スラム街に飛びこむよりも、はるかに楽しいことが期待できるからな」ピーターが口をつぐみ、方向を確かめた。「ぼくたちが行こうと思っているのはその道だ。この汚い小道の行き詰まりにある酒場で、探している男と会う手はずになっている」

「その情報は信頼できるのか？」

ピーターが肩をすくめた。「いや、だが、出発点にはなるはずだ。このブリーカーという男は、サーベルクラブが焼け落ちた晩の火事を目撃したらしい。その主張が真実かどうかは、すぐにわかるだろう」

薄汚れた酒場の小さい窓から、不気味な感じの黄色い光が漏れている。ハリーとピーターが扉を押して入っていくと、燃えさかる暖炉の火のせいで室内はひどくけぶり、うだるように暑かった。陰気な雰囲気が漂っている。一握りの客が、いくつか並んだ長細い木のテーブルに散らばって坐っている。扉が開くと、そのうちの数人が顔をあげた。

ネズミのような数対の目が、こんな場合にハリーとピーターが着るみすぼらしい外套を確認する。このふたりは餌食として見込みがないと判断した捕食者たちの残念そうなため息が聞こえるようだ。

「あそこにいるぞ」ピーターが言い、先に立って酒場の奥に向かった。「裏口のそばだ。首に赤いスカーフを巻いているという話だった」

ブリーカーは若い頃に、ジンを浴びるように飲んでいたらしき見かけの男だった。絶えずきょろきょろしている落ち着きのない小さな目は、一カ所を一秒以上見つめることがない。

　ブリーカーは赤いスカーフのほかに、汚れた縁なし帽を汗が浮いた額も隠れるほど目深にかぶっていた。黒々と血管が浮きでた鼻が、顔のなかでもっとも特徴的だ。口を開けてうなり声で短い挨拶をすると、隙間だらけの黄ばんだ汚い歯が見えた。

「サーベルクラブの火事について知りたいってのは、あんたらか？」

「その通りだ」ハリーは言いながら、ブリーカーの向かい側のベンチに腰をおろした。ピーターは立ったままで、無関心を装って、さりげなく暑苦しい室内に目を走らせている。「あの晩について、どんなことを話してもらえるのかな？」

「金をくれなきゃ話せねえ」ブリーカーが野卑な笑みを浮かべる。

「支払う用意はある。情報が役立てばの話だが」

「役立つさ」ブリーカーが身を乗りだし、いかにも秘密めかして顔を寄せた。「放火したやつを見たんだ。ほんとだぜ。あの通りの逆側の路地でかもがやってこないか待ってたんだよ。仕事だ、仕事。その時突然、やかましいごう音が聞こえたんだ。見あげると、クラブの窓全部から炎が出てた」

「続けてくれ」ハリーは静かにうながした。

「金がもらえなきゃやだよ」

　ハリーはテーブルの上に硬貨を何枚か置いた。「きみの情報が充分に役だつとわかったら、残りを支払う」

「なんだと、ずるいぞ」ブリーカーがさらに顔を寄せたので、悪臭を放つ息がテーブル越しに漂ってきた。「まあいい。残りはこうだ。その建物の玄関からふたりの男が走り出てきた。ひとり目のやつは、苦しそうに胸をつかんでた。血だらけだった。道を渡って、おれが立ってた路地の入り口に倒れこんだ」

「都合がいい話だな」ハリーはつぶやいた。

ブリーカーはその言葉を無視した。自分の話に熱中していたからだ。「おれが陰に隠れてたら、ふたり目のやつが走り出てきた。血を流してるやつを探して、道を見まわした。見つけると、そばに近寄ってそいつを見おろした。手にナイフを持ってるのが見えたんだ」

「興味深い話だ。続けてくれ」

「その時、死にかけたやつがそいつに言ったんだよ。おれを殺すのか、バリンジャー。なぜだ？　おれはあんたの正体をだれにも言わなかった。あんたが蜘蛛だとだれにも言ってない」ブリーカーが身を起こし、満足げな顔をした。「そう言うと、そのあわれなやつは死んだ。もうひとりは立ち去った。だから、おれも逃げた。当然だろ」

話し終えると、ブリーカーは期待に満ちた顔で待ち構えたが、ハリーはしばらく黙って考えていた。それから、ゆっくりと立ちあがった。「帰ろう、友よ」ピーターにつぶやく。「今夜は時間の無駄だった」

ブリーカーが仰天して飛びあがった。「おいおい、おれの金はどうなるんだ？　あの晩なにがあったか話したら、払うと約束したじゃねえか」

ハリーは肩をすくめ、テーブルの上にさらに数枚の硬貨を投げだした。「おまえの真っ赤な嘘には、これで充分だ。残りの分は、だれか知らないが、その話をぼくにしろと言ったやつに払ってもらえ」

「嘘？　なんの嘘だ？」ブリーカーが怒ってわめき散らす。「おれはほんとのことを言ったんだ」

ハリーがその言葉を無視したのは、酒場の客たちがざわざわし始め、部屋の奥の騒動を見ようと振り返ったのに気づいたからだ。

「裏口から出よう」ハリーはピーターに言った。「表の入り口まではかなり遠い」

「優れた観察眼だ。戦略的退却は正しいとぼくはつねに信じている」ピーターが一瞬にやりとし、裏口の扉を開けた。「お先にどうぞ」礼儀正しく手を振ってハリーを先に通す。

ハリーは路地に出た。ピーターがすぐ後ろで扉を叩き閉め、ブリーカーと酒場のほかの客たちの怒鳴り声を断ち切った。

「くそっ」悪臭に満ちた暗がりから、ナイフを持った男が出てくるのを見て、ハリーは言った。

月明かりがナイフをきらめかせた瞬間、男がハリーの喉めがけて飛びかかった。

17

ハリーの黒檀のステッキが鮮やかな弧を描いた。杖が襲撃者の伸ばした腕を強打し、手に持っていたナイフを暗がりにすっ飛ばした。ハリーは片手だけの熟練した手つきでステッキの持ち手を四分の一まわし、杖から飛びだした仕込みナイフを襲撃者の首に押し当てた。

「ちくしょう」男が飛びすさり、ゴミの山にけつまずく。そして、ぬるぬるした敷石で足を滑らせ、舗道に倒れこんだ。手をばたばたさせて、大声でののしり始める。

「帰ったほうがよさそうだな」ハリーの犠牲者を一瞥し、ピーターが陽気な口調で言う。「もうすぐ、我々の友人たちがあの戸口から飛びだしてくるだろう」

「これ以上ここにとどまる理由はない」ハリーが杖の持ち手を四分の一ひねると、刃は出てきたのと同じように音もなく消えた。

ピーターが路地の出口に向かい、ハリーもすばやくあとに続く。通りに走り出ると、ピーターは迷わず右に曲がった。

「思ったんだが」道を走りながら、ピーターがうなるように言う。「きみと一緒にいて、こういう状況に陥ったのは、一度や二度じゃない、グレイストン。きみがしかるべき額のチップを置いてこないせいじゃないかとぼくは思うんだが」

「あり得る」

「しみったれだからな、きみは。グレイストン」

「いや、むしろぼくは」友の隣を走りながら、ハリーは言った。「きみが案内してくれている時のみ、こういう状況に陥ると理解している。論理的な関連がないかどうかを検証すべきだ」

「たわごとだ。きみの想像にすぎない」

ロンドンの無法地帯とも言えるこの地域に関するピーターの知識と、スラム街の住人たちの面倒らしきことには首を突っこまない習慣のおかげで、ふたりは無事、往来の多い、比較的安全な場所に行き着いた。

ハリーが杖をあげて、酔っ払いの若者たちをおろしたばかりの辻馬車を止めた。この馬車の先客たちは、明らかにロンドンの暗部と言えるこの地域の歓楽を試してみるつもりらしい。自分は見るべきものは充分に見たとハリーは思った。馬車に飛び乗り、ピーターの向かいの席に腰をおろす。

車内に沈黙が流れた。馬車はロンドンの治安のいい地域に向かって走っている。ハリーは窓の外の暗い通りを眺めた。そのハリーを、向かいの暗がりに坐っているピーターはしばらく観察し、それから口を開いた。

「おもしろい話だ。そう思わなかったか？」ピーターが訊ねる。

「そうだな」

「どう解釈する？」

ハリーはブリーカーの話をもう一度見直し、さまざまな可能性を探った。「まだよくわからない」

「時間的には合っている」ピーターが考えながら言う。「リチャード・バリンジャーは、サーベルクラブの火事の翌日の晩に殺された。自分の痕跡を隠すために放火し、目撃者を殺したというのはあり得る。そして、翌日には自分が追いはぎに襲撃された」

「たしかに」

「我々が知るかぎり、蜘蛛の動向が伝わってこなくなったのは、一八一四年四月のナポレオン退位の直前だ。バリンジャーの死と時期が重なる。撃たれたのはその年の三月末だ。ナポレオンがエルバ島を脱出してワーテルローの戦いで完敗するまでの短いあいだも、蜘蛛が仕事を再開した徴候はなかった」

「抜け目がない蜘蛛が、二度もナポレオンと運命を共にしたとは思えない。一八一五年の復位の試みがうまくいかないことは、ナポレオン以外の全員が最初からわかっていた。二回目の敗北が避けられないことを蜘蛛が悟り、あえて関わらないようにしていたのかもしれない」

ピーターは皮肉っぽく口をねじ曲げた。「たしかにそうだな。きみには昔から、あのろくでなしの動向の裏を読む才能があった。だが、それでも結末は同じだろう。蜘蛛は一八一四年の春以降、表舞台から姿を消した。その後いっさいの消息を聞かない理由は単に、追いはぎの銃弾に倒れるという悪運に見舞われただけかもしれない」

「うーむ」

「最高の諜報部員であっても、真夜中のまずい時間にまずい道を通らねばならないこともある。たまたま追いはぎに出くわせば、たとえ優秀でもなすすべが無かったかもしれない」

「うーむ」

ピーターはうなった。「その状態に入りこむのは、はっきり言ってやめてほしい、グレイストン。いまのような時のきみは到底話し上手とはいえないからな」

ハリーはようやく振り向き、友と目を合わせた。「言うまでもないが、きみのその考察を、戻ってオーガスタに告げないでもらいたい、シェルドレイク」

ピーターがにやりとした。「ぼくにもさすがに、多少の分別はある、グレイストン。生きて結婚式の夜を迎えるつもりだからな。オーガスタを混乱させ、そのせいできみの怒りを買う危険は冒さない」彼の笑みが消えて真剣な顔になった。「いずれにせよ、オーガスタはいい友だちであると同時に未来の妻の家族のひとりだ。きみに劣らずぼくも、兄の不名誉な行動のせいで彼女が苦しむのは見たくない」

「たしかにそうだ」

三十分が過ぎ、高級地区の混雑した通りを何本も抜けたのちに、辻馬車はハリーの街屋敷に到着した。馬車から降り立ち、ピーターにおやすみの挨拶を述べると、ハリーは石段をのぼった。

クラドックがあくびを噛み殺しながら扉を開け、レディ・グレイストンを含めて全員が就寝したと主人に告げた。

ハリーはうなずき、図書室に向かった。自分で小さなグラスにブランデーを注ぎ、それを持って窓辺に行く。しばらくそこに立って窓の外の暗い庭を眺めながら、今夜の出来事について考えていた。

ブランデーを飲み終えると、ハリーは部屋を横切って机まで行き、その真ん中に一枚の紙が置いてあるのに気づいて眉をひそめた。彼が決して見落とさないように置かれたことは明らかだ。オーガスタの丸みを帯びた手書きの文字が並んでいる。

木曜日の予定
１　午前：本を購入するため、ハチャーズその他の書店めぐり
２　午後：公園で、ミスター・ミットフォードの気球が昇るのを見学する

短い活動予定の下に、走り書きで一言添えられていた。「上記の予定はあなたの賛同を得るものと信じます」

この紙を持ちあげたら、指が焦げるかもしれないと、ハリーは暗い気持ちで思った。彼の感情表現豊かなオーガスタに言えるのは、とハリーは思った。彼女がどんな気分でいるかすぐにわかることだ。文字による連絡でさえも、こんなにはっきり伝わってくる。

ミスター・ミットフォードの熱気球が雲ひとつない青空に昇っていくのを見るために、大勢の人々が公園に集まった。オーガスタと一緒に到着した瞬間から、メレディスはすっかり心を奪われたようだった。即座にいろいろ質問し始め、それは止むことがなかった。オーガスタはほとんどの質問に答えられなかったが、それでも、メレディスの質問は止まらなかった。

「気球はなにを使って、空にのぼっていくの？」

「そうね。水素が使われることもあるけれど、それはかなり危険らしいわ。きょうは、ミスター・ミットフォードは熱気を使っているようね。あの下に見える大きな火によって、気球のなかの空気が熱せられて、その熱気によって、気球があがるらしいわ。人が乗るかごのなかに砂袋が積まれているのが見えるかしら？　気球のなかの熱が冷えてきたら、ミスター・ミットフォードはあの袋を船外に捨てることで気球を軽くするんですって。そうすることで、長い距離を飛べるのよ」

「気球に乗る人たちは、太陽に近づいて、熱くならないのかしら？」

「実際には」オーガスタは眉をしかめた。「すごく寒くなっていくと聞いたわ」

「不思議、なぜかしら？」

「わたしにはわからないわ、メレディス。その質問はお父さまが答えてくださるでしょう」

「ミスター・ミットフォードと乗組員の人たちと一緒にわたしも乗れる？」

「いいえ、その計画はお父さまが断固反対すると思うわ」オーガスタは悲しげにほほえんだ。「とても素敵な冒険になると思うけれど」

「ええ、そうね。素敵でしょうね」メレディスがうっとりした表情を浮かべて、美しい色合いのシルクでできた気球を眺めた。

巨大な気球のなかに熱気が満たされていくにつれ、かごの周辺の興奮はますます高まってきた。気球は四方八方に伸びている縄によって地面につながれ、上昇する時間を待っている。痩せているが、精悍な感じのミスター・ミットフォードが周囲を走りまわって、がっしりした手伝いの若者たち数人に向かい、大声で叫んで指示を出している。

「みんな、後ろにさがれ」ようやく、ミスター・ミットフォードが指揮官らしい堂々たる声で命令した。ほか二名と一緒にかごのなかに立ち、集まっている人々に縄から遠ざかるように手を振った。「みんな、さがってくれ。おい、きみたち、縄をほどけ」

色鮮やかな気球が上昇し始めた。群衆が拍手喝采し、口々に激励の言葉を叫ぶ。

メレディスは大興奮だった。「見て、オーガスタ。ほら、昇っていくわ。ああ、一緒に乗りたかった」

「わたしもよ」オーガスタは頭をそらし、黄色い麦わら帽子が落ちないように押さえながら、気球があがっていくのを眺めた。

最初にスカートを引っ張られるのを感じた時、押し合いへし合いしている群衆のだれかが、スカートにつまずいたのかと思って気にしなかった。しかし、また引っ張られたので、見おろすと、小さな男の子が彼女を見あげていた。汚れた手を伸ばして、小さくたたんだ紙を差しだしている。

「あんた、レディ・グレイストン?」

「ええ、そうよ」

「これ、あんたにって」子どもはオーガスタの手に紙を押しこむと、群衆のあいだをすり抜けて走り去った。

「いったいなにかしら?」オーガスタはうつむいて紙切れを眺めた。メレディスはなにも気づいていない。夢中になって、ミスター・ミットフォードの果敢な乗組員たちを声援している。

オーガスタは紙を広げ、背筋に怖気心が伝うのを感じた。中味は短くて署名もなかった。

兄に関する真実を知りたければ、今夜零時、あなたの家の裏道に来るように。だれにも言ってはいけない。言えば証拠は手に入らない。

「オーガスタ、これはいままで見たなかで、一番すばらしいわ」メレディスが打ち明けるように言う。その目はまだあがり続けている気球に釘づけになっている。「あしたはどこへ行く予定なの?」

「アストリーの円形劇場よ」オーガスタはうわの空でつぶやき、紙切れを手提げ袋のなかに落とした。「タイムズ紙に載っていた広告によれば、曲馬師の妙技と花火が見られるらしいわ」

「楽しそう。でも、この気球があがるのほどじゃないと思うわ」メレディスは街の上空を遠ざかり始めた気球からようやく目を離して、振り向いた。「アストリーには、お父さまも一緒に来られる？」

「無理だと思うわ、メレディス。街に滞在しているあいだに、お父さまはやらねばならない仕事がたくさんあるの。覚えているでしょう？　わたしたちは自分たちだけで楽しまなければならないのよ」

メレディスはゆっくりとほほえんだ。「わたしたち、とても立派にやっているわよね？」

「そうね、とても立派にやっているわ」

オーガスタとメレディスが玄関広間に入っていくと、ハリーが図書室の扉を開けて出てきた。彼がオーガスタと目を合わせ、かすかにほほえんだ。

「気球の見物は楽しかったかな？」

「非常に楽しく、教育的でした」オーガスタは冷たい口調で言った。いまは、手提げ袋に入っている手紙のことしか考えられない。すぐにも二階に駆けあがり、自分の寝室でひとりきりになって、もう一度念入りに読み返したかった。

「お父さま、本当にすごかったわ」メレディスが熱心に答える。「おみやげに、ミスター・

ミットフォードの気球の絵の美しいハンカチをオーガスタが買ってくれたの。それから、気球で昇っていくと、太陽に近づくのにすごく寒くなる理由は、お父さまが説明してくださるって」

ハリーは片方の眉を持ちあげ、面白がっている顔で横目でちらりとオーガスタを見やりながら娘に答えた。「お母さまが、ぼくならば説明できると言ったのか？　なぜぼくがその答えを知っていると思ったのかな？」

「またそんなことを、グレイストン」オーガスタはたしなめるように言った。「あなたはいつも、どんな質問にも答えられるじゃありませんか」

「オーガスタ――」

「今夜もまたお出かけですか、旦那さま？」

「残念ながらそうだ。帰りはかなり遅くなる」

「もちろん、わたしたちは、先に休ませていただきますわ」そう言うなり、オーガスタは答えを待たず、自室に行くために階段をあがり始めた。肩越しに振り返ると、メレディスが父親の袖を引いているのが見えた。

「お父さま？」

「図書室で少し話そうか、メレディス。きみの質問に答えられるかやってみよう」

図書室の扉が閉まる音が聞こえると、オーガスタはスカートを持ちあげ、寝室までの残りの距離を全部走った。自分の私室に着くやいなや、書き物机に向かって坐り、手提げ袋を開いた。「兄に関する真実を知りたければ……」

この疑問だけは、おそらくグレイストンにも答えられない。それならば、自分が証明してみせると、オーガスタは誓った。兄が無実である証拠を手に入れ、ハリーを出し抜いてあっと言わせてみせる。


慎重に考慮した結果、夜中にこの屋敷を出て、闇に包まれた庭に行くもっとも安全な方法は、夫の図書室の窓から出ることだと判断した。

もうひとつの選択肢は裏口だが、その経路だと使用人の居住区画に近い調理場を抜けなければならない。だれかを起こしてしまう可能性が非常に高い。

暗い図書室で窓を開けてそっと庭に出るなら、なんの仕掛けもいらない。ハリーを真夜中に訪問したあの運命の夜にも、その逆の経路を取った。

あの時のことを思いだすと、あんなおてんばな行動をしたあとでも、グレイストンが結婚したがったことにいまだ驚きを禁じ得ない。その判断は間違いなく、彼の道義心によるものだろう。

オーガスタは窓から地面に飛びおりた。急いで戻る場合に備え、窓は開けたままにしておいた。黒いマントをしっかり巻きつけ、フードを目深にかぶると、少しのあいだ、立ったまま耳を澄ませた。

なんの音も聞こえなかったので、注意深く裏庭の門のほうに向かった。こうしたことは、慎重の上にも慎重を期すべきだと自分に言い聞かせる。油断なく警戒しなければいけない。裏道にだれが待っているかについてもいろいろ考えた。だれであろうと、近づかないことが肝心。必要とあらば、大声で叫んで助けを呼べばいい。使用人か隣人に聞こえるはずだ。

門を開ける前にしばらくたたずみ、裏道で物音がしないかどうか耳を澄ませた。ささやき声や足音さえも聞こえない。

オーガスタは門の掛け金をはずした。ゆっくり慎重に開けたが、それでも蝶番がきしむ音がかすかに響いた。

「すみません、だれかいますか？」

だれも答えない。その道の一番奥に、レディ・アーバスノットの屋敷の窓の明かりが光っているが、近隣のほかの家は真っ暗だ。逆を向くと、一台の馬車が表通りに出ていくのが見え、車輪の音が夜の闇に消えていった。

「もしもし？」オーガスタは目を凝らして深い暗がりをうかがい、不安にかられながら数分間立っていた。「すみません、そこにいるんですか？　どなたか知りませんが、手紙を受けとりました。話をしたいんです」

安全な庭から一歩外に踏みだすと、片方のつま先が、地面に置かれた硬い物にぶつかった。

「いったいなにかしら？」反射的に下を向くと、敷石の上に四角い物が置かれているのが見えた。またごうとしてようやく、それがなにかの本であることに気づき、かがんで拾いあげた。

革装の本をつかんだその瞬間、突然、道の端で石を蹴る馬のひづめの音が鳴り響いた。急いで振り返ると、かろうじて馬と乗り手が角を曲がって姿を消すのが見えた。

だれかに物陰から見張られていたと気づき、オーガスタはぞっとした。馬に乗ったまま暗がりにたたずんで、オーガスタが本を取るまで待ち、それから姿を消したのだ。

なぜかわからないが、オーガスタはふいに、この冒険に乗りだした時には感じなかった強い恐怖に襲われた。庭に飛びこみ、急いで門を閉めて掛け金をかける。片手で薄い本を握り締め、屋敷という安全な場所を目指して走りだした。黒いマントがひるがえり、ヘアピンからほつれだした髪がなびく。

ようやく図書室の窓まで来た時には、すっかり息がはずんでいた。窓枠を越して本を床に放りなげてから、両手で石の壁をつかみ、体を引きあげる。片脚を窓枠にかけ、慎重に床に降り始めた。

ふいに机の上のランプがついた。「まあ」

ハリーが椅子に坐り、目を細めて、判読できない表情でオーガスタを眺めていた。「こんばんは、オーガスタ。また慣習にとらわれない訪問をしてきたようだが」

「ハリー、ああびっくりした。お帰りになっていると知りませんでした。今夜もまた遅いのかと」

「その通りだ。図書室に入ったらどうかな、マダム？　その格好で窓に坐っているのは、非常に快適とは言えないだろう」

「あなたがいま考えていらっしゃることはわかっていますが、すべて説明できます」

「もちろん、説明してもらう。図書室のなかで」

オーガスタは彼から目を離さずに、もう一方の脚もゆっくり振って窓枠をまたぐと、スカートを直してから、絨毯の上に飛びおりた。足元に落ちている本を見ながら、ゆっくりマントを脱ぐ。「ひどく変わった話なんです」

「きみの場合は、いつもそうだ」

「まあ、ハリー、とても怒っているのね？」

「もちろんだ」

オーガスタはしょげかえった。「そうではないかと恐れていました」身をかがめて本を拾う。

「坐りなさい、オーガスタ」

「はい、あなた」片手でマントを引きずりながら、部屋を横切って机の向かいに腰かけた。顎を持ちあげ、弁解すべく心の準備をする。「非常によくないことに見えていると思いますが、グレイストン」

「その通りだ。たとえば、ひと目見て、きみがほかの男との不道徳な真夜中の密会から戻ってきたという結論に飛びつくのは、いとも簡単だ」

オーガスタの目が恐怖で見開いた。「なんてことを、ハリー。そういう種類のことではまったくありません」

「そう聞いてほっとした」

「正直言って、ハリー、それはあまりにばかげた推測です」

「そうかな？」

オーガスタは肩を張った。「真相を申しあげれば、あなた、わたしは自分で調査を始めたんです」

「なんの調査だ？」

オーガスタは彼の鈍感な返事に眉をひそめた。「兄の死に関する調査です、もちろん」

「ばかげたことだ、マダム」ハリーが厳しい表情で身を乗りだす。一分前よりもはるかに危険な雰囲気を醸している。

ふいに表面化した彼の強い怒りに、オーガスタは思わず居ずまいを正し、椅子の背に背中を押しつけた。「ええ、まあ、今回はそうでしたね、たまたま」

「くそっ。わかっているべきだった。きみのことを本気で心配している、妻よ。夜遅く〈ポンペイアズ〉を訪問するために、きみが近道をしただけと思っていたとは、ほんとに間抜けだった」

「いいえ、〈ポンペイアズ〉とはなんの関係もありません。男の人に会いに行ったんです。ただし、いなかったんです。というか、いたけれど、姿を見せず——」

「男と会ったのではないと言っていたと思うが」ハリーが不機嫌に言う。

「あなたが言ったような意味合いで会ったわけではありません」オーガスタは忍耐強く説明

した。「ロマンティックな逢い引きではないわ。全部を説明させてくれれば、あなたも理解してくれるはず」

「きみを理解できる日が来るかどうか、本気で疑問だが、オーガスタ、もちろん説明してもらおう。どうか簡潔明瞭に頼む。ぼくの忍耐力はいつ途絶えるかわからない。つまり、きみの状況はきわめて不安定ということだ」

「わかりました」オーガスタは唇を噛み、自分の考えを急いでまとめた。「きょう、気球が昇るのを見ていた時、小さな男の子がわたしの手に紙切れを押しこみました。そこには、きょうの真夜中に家の裏道に出てくれれば、兄に関する真実がわかると書かれていたんです。それだけのことなの」

「それだけのこと。なんてことだ」ハリーは目を閉じ、両手で頭を抱えてしばらく黙っていた。「どうにかなってしまいそうだ。行き着く先は病院だろう」

「ハリー、大丈夫？」

「いや、大丈夫じゃない。きみのせいで、頭がおかしくなりそうだと言っている」ハリーは唐突に立ちあがり、机をまわって前側に立った。そびえるように立ち、胸の前で腕組みにして、冷たい目でオーガスタを見据える。「一度に一歩ずつ進もう。その手紙はだれから来たものだ？」

「わからないわ。さっきも言ったように、だれだったにしろ、現れなかったの。でも、陰にいて、わたしがこの本を拾いあげるのを見ていたのよ。わたしが拾ったとたんに、馬を道から出して、通りを走り去ったわ。顔とかは全然見えなかった」

「その本を見せてくれ」ハリーがオーガスタの膝の上から本を取り、ぱらぱらとめくり始めた。

オーガスタは急いで立ちあがり、書いてある中味をのぞこうと首を伸ばした。手書きの文字で埋まっているのはすぐに見てとれた。「個人の日記のようなものね」

「そうだ」

「ゆっくりお願い。ページをめくるのが速すぎるわ。なにも読めない」

「読めたとしても、意味はわからないと思う。これは暗号だ。かなり以前に解明されている古い暗号だが」

「そうなの？　では、あなたは読めるのね？　わたしの兄について、なんて書かれているの？　どういう意味なのかしら、ハリー？」

「頼むから、静かにしてくれ、オーガスタ。そこに坐って、ぼくが調べるあいだ、黙って数分待っていてくれ」

オーガスタはその言葉に従い、ひと言も発しないで、膝の上に両手を置き、自分の調査の結果が出るのをはやる思いで待っていた。

ハリーは机をまわって後ろ側に戻り、椅子に腰をおろした。本の最初のページを開き、真剣な表情でじっくり観察する。ページをめくり、また次のページをめくる。最後の数ページはさっと目を通した。

長い時間が流れて、オーガスタがもはや耐えられないと思った時、彼がようやく日記を閉じ、顔をあげてオーガスタと目を合わせた。彼の冷たいまなざしは、初めて見るものだった。水晶のような灰色の瞳に浮かぶ氷のような冷ややかさは、オーガスタがこれまで見たどの表情よりも冷たかった。

「どうですか？」オーガスタはささやいた。

「これは、戦時中に密偵たちが暗号化して送った報告書の記録のようだ。何通かは見たことがある。うちの諜報員が途中で奪い、ぼくが解読したものだ」

オーガスタは眉をひそめた。「でも、それが兄とどういう関係が？」

「これは個人的な日誌だ、オーガスタ」ハリーがそっと本を撫でた。「これを書いた者以外の目には触れないはずの日誌だ」

「それはだれなのですか？　あなたが知っている人？」

「この報告書に書かれたすべてを知り得た男はただひとり、本の最初に書かれている密使たちとフランスの諜報員たちの全部の名前を知っているのもただひとり。この日誌は蜘蛛本人のものに違いない」

オーガスタはうろたえた。「でも、ハリー、まさか、わたしの兄とは関係ないでしょう？」

「そのまさかだ、オーガスタ。この日誌とその他の証拠に基づけば、きみのお兄さんが蜘蛛であると、だれかがぼくたちに言おうとしているらしい」

「そんな。あり得ないわ」オーガスタは立ちあがった。「そんなの嘘だわ」

「どうか坐ってくれ、オーガスタ」ハリーが静かに言った。

「坐りません」オーガスタは一歩前に出て、両手を机につくと、なんとか信じてもらおうと、彼のほうに身を乗りだした。「あなたがどんな証拠を出してきても関係ないわ。わかります？　わたしの兄は反逆者じゃありません。どうか信じて。ノーサンバーランドのバリンジャーは、祖国を裏切ったりしない。リチャードは蜘蛛ではありません」

「たまたまなのだが、ぼくもきみと同意見に傾きつつある」

最悪の証拠を突きつけてきたあとに、突然、ハリーがリチャードの無実を受け入れたことにあっけに取られ、オーガスタはよろよろと坐りこんだ。「わたしと同意見？　その日誌がリチャードのものだと思っていないということ？　もちろん違うけれど。そもそも、兄の筆跡ではないもの」

「筆跡はなにも証明しない。諜報関係の人間は、こうした日誌を危険にさらさないために、特有の書き方を考案する」

「でも、ハリー――」

「たまたまだが」ハリーが優しく遮った。「きみの兄上が蜘蛛であると信じるのが、絶対に不可能とは言えないまでも困難な証拠がほかに見つかった」

深い安堵感が広がるにつれ、オーガスタの顔にゆっくりと笑みが浮かんだ。「嬉しいわ、あなた。兄の名誉を信じてくれてありがとう。これが、わたしにとってどれほど大事なことかとても言い尽くせないわ。この件に関してあなたが示してくれた優しさを絶対に忘れない。

一生感謝し続けるわ」

ハリーはうわの空で、革装の本の表紙を指でこつこつ叩き、しばらく黙ってオーガスタを見つめていた。「当然ながら、きみのその言葉を聞いてぼくは嬉しい、マダム」そう言いながら、彼は日誌を机の引き出しに入れ、鍵穴に鍵を差しこんでまわした。

「本当ですもの、ハリー」オーガスタの笑顔は輝かんばかりだった。それから彼女は小さく咳払いをした。「あの恐ろしい詩とその日誌、そして、根拠なき忠誠心よりも論理を重んじるあなたの性格を踏まえたうえで、ひとつ質問があります」

「なんだ?」

「具体的に、リチャードが蜘蛛でないとあなたが信じつつある理由はなんですか?」答えを待ちながらオーガスタは、妻への愛情ゆえに意見を変えたと夫が認めたら、自分は耐えられないだろうと思った。

「答えは明らかだ、オーガスタ」

「そうかしら?」彼にほほえみかける。

「何週間かノーサンバーランドのバリンジャーのひとりと生活を共にして、この血筋に受け継がれた習慣と性格をかなりよく知った。この家系の人々は全員がこの気質を共有しているそうだから――」彼が言葉を切り、肩をすくめた。

オーガスタは困惑した。「どういうこと、ハリー? どうか続けて」

「失礼を承知で言わせてもらうが、マダム、諜報部の長を務めたあげく、何年も見つからず、いまだに正体もばれていないほど狡猾な気質を持ち合わせたノーサンバーランドのバリンジャーはひとりもいないと確信した」

「気質？　それはどういう意味？」

「それは」ハリーが言う。「平均的なノーサンバーランドのバリンジャーは、そして、だれに聞いてもきみのお兄さんがそのひとりであることは間違いないが、あまりに感情的で、あまりに軽率で、あまりに無分別で、あまりに衝動的で、あまりに愚かだから、優秀な諜報部長はおろか、半人前の諜報員にもなれない」

「まあ」思いもよらぬ答えを聞いて、オーガスタは目をぱちくりさせた。そのあとようやく、ひどく侮辱されたことに思い至った。かっとして立ちあがる。「よくもそんなひどいことを。謝ってください」

「ばかばかしい。真実を言ったことに対して謝る者はいない」

オーガスタはさらなる怒りにかられて、ハリーを凝視した。「それでは、わたしに選択肢は残っていません。あなたはわたしの家族を何度も侮辱した。ノーサンバーランドのバリンジャー家最後のひとりとして、その中傷を晴らすために決闘を要求します」

今度はハリーがあっけに取られ、オーガスタを凝視した。それからゆっくりと椅子から立ちあがった。話し始めた時の優しい声はまさに危険そのものだった。「なんと言ったかな？」

「聞こえたはずよ」オーガスタは怒りに身を震わせたが、それでも毅然と胸を張った。「わたしはここで、あなたに決闘を申しこみます。もちろん、あなたが選択した武器で」そう言っても、まだハリーがあっけにとられて自分を眺めているのを見て、オーガスタは顔をしかめた。「いまここで武器を選択すべきでは？　そういうものだと理解していますが。わたしが挑戦し、あなたが武器を選択する。間違っていないでしょう？」

「間違っていない？」ハリーがまた机をまわって歩きだした。「そうだ、それが決闘の正しいやり方だ。挑戦された者は、武器だけでなく、行われる場所も指定する権利を要求できる」

「ハリー？」近づいてくる彼の目に浮かんだ容赦ない表情に不安を感じ、オーガスタはじりじりと後ろにさがった。「あなた、なにをしようとしているの？」

彼がすぐそばに来た段階で、オーガスタは向きを変え、戸口目指して走ったほうが利口かもしれないと思った。もう一歩さがったが、すでに遅すぎた。

ハリーがまるで小麦粉の袋のようにオーガスタを抱きあげ、ひょいと肩に担いだ。そして、そのまま大股で戸口まで行き、扉を開けて玄関広間に出た。

「なにするの、ハリー。いますぐやめて」オーガスタは彼の広い背中を叩いた。脚をばたばたさせたが、彼が片腕を彼女の太腿にまわして、がっしり押さえこんだ。

「決闘を望んでいるんだろう、マダム？　では、実施しようじゃないか。それぞれがすでに持っている武器を使い、決闘場はぼくのベッドにする。降伏を懇願するまで、容赦なく攻める」

「いい加減にして。こんなつもりじゃないわ」

「それは残念だったな」

オーガスタを担いだまま、ハリーが階段を半分のぼった時、使用人の区域の方向からクラドックがやってきた。シャツの前は開き、靴は手に持ったままで、歩きながら上着を着ようと必死になっていたが、主人夫妻を見ると、仰天した顔で足を止め、ふたりを凝視した。

「騒がしかったものですから、旦那さま」クラドックが明らかに気まずい様子で口ごもる。

「なにかまずいことでも?」

「まったくない、クラドック」ハリーが肩にオーガスタを担いだまま、執事に請け合った。

「レディ・グレイストンとぼくは寝にいくところだ。ランプの始末だけ頼む」

「かしこまりました、旦那さま」

ハリーが階段のてっぺんで向きを変えた時に、オーガスタにも一瞬クラドックの顔が見えた。執事は大笑いを抑えるべく、果敢に努力している。オーガスタは思わずうめいた。

ハリーは寝室に入っていくなり、ひと言で従者をさがらせた。「さがっていい」

ハリーは従者が出ていくのを待って扉を閉めたが、従者の顔に笑みが浮かんでいるのをオーガスタは見のがさなかった。手加減しているとはいえ、ベッドに投げだされ、オーガスタはハリーをにらみつけた。

彼が横に腰かけてブーツを脱ぎだしたので、オーガスタは急いで身を起こした。怒りがみるみる冷めて、分別が戻ってくる。冷静になれば、自分が図書室で言ったことが著しく常軌を逸した発言だったとはっきりわかる。

「ハリー、ばかげた挑戦をしてごめんなさい。そんなことをするのは妻としてあり得ない、許容範囲外のことだったわ。でも、あなたがわざとわたしを怒らせるから」

「それも、きみがぼくを怒らせるその影響力とは比較にならない」ふたつ目のブーツが床を叩いた。ハリーが立ちあがり、服を脱ぎ始める。

彼がすでに完全に高まっているのはひと目でわかった。オーガスタの下腹部の奥が熱くなり、うずき始める。自分は彼にそうしてほしがっている、とオーガスタは悲しい気持ちで思った。彼がこの方法を使えば、必ずわたしを支配できるのはあまりに不公平だ。

「さあ、妻よ、決闘を始めよう」ハリーがベッドに乗ってかがみ、すばやい動きでオーガスタのドレスのスカートとペティコートをウエストまで押しあげた。片手で太腿をつかみ、目をきらめかせながら、オーガスタの上にのしかかる。

「わたしが勝ったら、あなたは謝罪するのね？」彼に触れられた肌がみるみる熱くなるのを感じながら、オーガスタはささやいた。

「ぼくからの謝罪はあり得ない、マダム。だが、侮辱に対する賠償は保証しよう。当然ながら、ぼくからも同じことを要求させてもらうが」

彼はオーガスタに身を重ね、唇を奪った。

18

オーガスタは巨大なベッドで目覚めた瞬間に、大きくて硬くて、心を掻き乱すほど男っぽい体がそばに横たわっているのを感じた。愛の行為の香りが重たく漂い、オーガスタの体はまだ濡れていた。

目を開けると、窓の向こうに青白い月が見えた。ゆっくり足を伸ばし、太腿の筋肉のかすかなうずきに思わずたじろいだ。彼に愛されたあとは、いつもこうなる。血統つきの名馬に乗って、長く激しく走らせたかのように感じる。というか、乗られたのは自分かもしれない。オーガスタはひとりほほえんだ。

「オーガスタ？」

「はい、ハリー？」オーガスタは横向きになり、彼の裸の胸に肘をついた。

「今夜のことについて、知りたいことがある」

「なんでしょう？」オーガスタは彼の胸に広がる縮れ毛に指をからませた。ベッドで共有するこの行為がふたりの気分に与える影響は驚くべきものだとオーガスタは思った。たとえば、自分はもはや、攻撃的な気分でもなければ、自己弁護しようと身構えてもいない。

「きみはきょうの午後、少年に手紙を渡された時に、なぜすぐにぼくのところに来なかった？　非常に危険だとわかっていながら、なぜひとりで会おうとした？」

オーガスタはため息をついた。「あなたが理解してくださると思えなかったからよ、ハリー」

「それはわからないだろう」

「もしも理解してくれたとしても、たぶん賛成しないでしょう」

「その点については、たしかにそうだな。だがそれでも、その手紙を持ってぼくのところに来なかったのがなぜかを教えてほしい、オーガスタ」彼が優しく要求する。「きみの兄上に不利な証拠が出ることを恐れたからじゃないのか？」

「まあ、違うわ」オーガスタは急いで否定した。「むしろ、その反対です。その手紙を読んで、これでリチャードの名前を覆う疑念の雲を払えるかもしれないと考えたんですもの」

「ではなぜ、ぼくを信頼して打ち明けなかった？　今夜のことについて、ぼくが関心を持つとわかっていたはずだ」

オーガスタは彼の胸毛をいじるのをやめた。「あなたの親しい友人の方々と同じように、自分もあなたの調査に役立つと、あなたを助けられると証明したかったんだと思うわ」

「サリーとシェルドレイクのことか？」ハリーが眉をひそめた。「それはもっともばかげた考えだ、オーガスタ。あのふたりは、こういうことに関して長年経験を積んでいる。自分たちをどうやって守るかを熟知している。かたやきみは、捜査に関してなにも知らない」

「でも、それはいまだけの話でしょう？」オーガスタは身を起こして彼の脇に坐った。「学びたいの。あなたの真の友の輪の一部になりたい。あなたが心の奥底で考えていることを打ち明ける親友たちのことよ。あなたとサリーとピーターとのあいだのような絆をわたしもあなたと築きたい」

「なんてことだ、オーガスタ、きみはぼくの妻だろう」ハリーは苛立った口調でつぶやいた。「ぼくたちの絆は、サリーやピーター・シェルドレイクとのなによりも、はるかに強いと断言できる」

「でも、あなたの絆を強く感じるのは、いまみたいにベッドに一緒にいる時だけよ。それも充分とは言えない。その時でさえ、ふたりのあいだに距離があるからよ」

「こういう時に距離などあるはずがないだろう」彼がほほえみながら、片手を彼女の腰に滑らせた。それとも、それを思いださせる必要があるかな？」

オーガスタは身をよじらせて、彼の手から逃れた。「距離があるのは、あなたがわたしを愛していないからよ。あなたはわたしに肉体的な欲望を感じているだけ。同じとは言えないわ」

ハリーが眉を持ちあげた。「きみはその違いに関する専門家なのか？」

「欲望と愛情の違いに関して、女性はみんな専門家だと思うわ」オーガスタは反論した。「本能的なものよ」

「ぼくたちは、女性特有の論理について、またいつもの不毛な口論に突入することになるのかな？」

「いいえ」オーガスタは身を乗りだした。「あなたの愛情を得ることができないならば、ハリー、わたしは友情を育みたいと思っているということ。親友になりたいの。あなたの一番近い人々のひとりになりたい。あなたがすべてを打ち明ける人たちのひとりに。理解できますか？」

「いや、理解できない。きみは意味がないことを言っている」

「わたしはあなたの特別な仲間たちのひとりのように感じたいだけ。わからない？　あなたの真の家族の一員になるのと同じ」

「いい加減にしろ、オーガスタ。きみが言っているのは感情的なたわごとだ。妻よ、よく聞いてくれ。きみはもちろんこの家族の一員だ」彼がオーガスタの顎を持ちあげ、真剣な表情で見つめた。「その事実を絶対に忘れないでほしい。しかし一方で、きみは訓練を受けた諜報員ではなく、ぼくは今後、きみに、今夜のような危険なゲームをやらせるつもりはない。わかったか？」

「でも、いい仕事をしたわ、ハリー。それは認めてください。とても興味深い証拠を手に入れたのですもの。それに、わたしの兄が蜘蛛で、だから二年前に殺されたと、わたしたちに考えさせるために、だれかがこんな面倒なことをしたという事実を考えてみて。それによって、これまで考えられなかった可能性がいくつも出てくる。そうでしょう？」

　彼の唇が皮肉っぽく曲がった。「たしかにその通りだ。なかでも興味深い可能性は、蜘蛛が生きていて、しかも、自分は死んだとみんなに思わせたがっているという可能性だ。そう考えると、おのずと彼がいまは社交界の一員という立場を享受し、新しい人生を送っているという結論が導きだされる。いま、過去の真実が暴かれれば、明らかに多くを失うことになる。そうならないために手段を選ばないから、これまでにも増して危険な存在となる」

オーガスタはいまの話について考えた。「ええ、あなたの言っていることはよくわかるわ」

「今夜の件を考えれば考えるほど、ますます、きみは大惨事に見舞われる瀬戸際だったと考えないわけにはいかない。そうなれば、責任はすべてぼくにある」

オーガスタの不安がふいに増大した。ハリーがこの口調で話すのは、必ずなにかを命令する時だ。「まあ、そんな。あなたの責任ではありません。今夜はたまたまこうなったけれど、今後はこんなことありません。今度奇妙な手紙を受けとったら、すぐにあなたのところに持っていくと誓います」

彼が暗い表情でオーガスタを見つめた。「必ずそうしてほしい。きみとメレディスは、ぼくがつき添うか、少なくともふたりの従者と一緒でなければ、この家から出ないように。きみたちに同行する使用人はぼくが選び、その者たちと一緒でないかぎりどこにも行かないとクラドックに念を押しておく」

「わかりました、旦那さま」オーガスタは安堵のため息をついた。最悪とは言えない、と自分に言い聞かせる。彼が同行しない外出をすべて禁じられるかもしれなかった。そうなれば、彼に空き時間がほとんどない現状で、オーガスタとメレディスは事実上軟禁状態になったはずだ。すんでのところで、そうならなかったことを喜ぶべきだろう。

「充分にわかってもらえたかな、マダム？」

オーガスタは忠実な妻として、従順にうなずいた。「よくわかりました、あなた」

「それからもうひとつ」彼がゆっくりつけ加えた。「従者を連れようが連れまいが、ぼくが一緒でないかぎり、夜は外出しない」

それはあんまりだ。オーガスタはすぐに反論に転じた。「ハリー、それは厳しすぎるわ。あなたが希望するならば、従者ふたりには、ずっと、わたしとメレディスのそばにいてもらうようにするわ。まさか、すべての夜にわたしたちを屋敷に閉じこめておくことはできないはずよ」

「残念だが、オーガスタ」彼がそっけなく言う。「きみたちが安全に屋敷にいるとわかっていなければ、ぼくは捜査に集中できない」

「では、あすの晩にアストリーの円形劇場に行くことができないと、あなたのお嬢さんに、ご自分で言ってください」オーガスタは宣言した。

「メレディスをアストリーに連れていく予定を立てていたのか？」ハリーが眉をひそめた。「娯楽として、その催しの選択が非常に健全とは思えないが。アストリーは途方もない見世物と通俗劇で有名だ。女性が馬の背に立って馬を走らせるとか、そういった出し物だ。とくに高尚なものでもなく、子どもにとって教育的とは思えないが、きみはどう思う？」

「わたしが思うのは」オーガスタははっきり言った。「メレディスはとても楽しむだろうということ。わたしもです」

「なるほど。それならば、あすのアストリーの夜は、ぼくが都合をつけて、きみたちふたりを連れていくことにしよう」ハリーがこともなげに言う。

想定していなかった彼の譲歩に、オーガスタは完全に虚をつかれた。「あなたが連れていってくれるですって?」

「そこまで驚かなくてもいいんじゃないか、マイディア。今夜の決闘の勝利者として、敗者には寛大になれるからね」

「勝利者? あなたが勝利したなんて、だれが言ったの?」オーガスタは枕をつかみ、彼を叩き始めた。

ハリーのしゃがれた笑い声はおおらかで、男っぽい情熱に満ちていた。

アストリーの催しは、ハリーが恐れていたような退屈なものではなかった。しかし、彼がもっとも関心を持ったのは、馬の背に乗って走りまわるレディたちでも、音楽でも、花火つきのばかげた寸劇でも、歌っている主人公たちでもなかった。ハリーの視線は桟敷席の端から危なっかしく身を乗りだし、真下で繰り広げられている見世物に見入っている妻と娘に向いていた。

ひとつのことについて、オーガスタは正しかった。メレディスは心から楽しんでいた。過度にまじめだった彼の娘が、この二週間で花開いた。まるで生まれて初めて、子どもの楽しみを見つけたかのようだ。

その光景に、ハリーはめったにしないことをした。すなわち、注意深く考慮したみずからの決断のひとつが賢明だったかどうか、疑問を抱いたのだ。この数年間、メレディスのために自分が設定してきた厳格な教育課程が、少々厳しすぎたかもしれないと思う。子どもが必要とする多少の害のない遊びや楽しみをいっさい許してこなかった。

ハリーが見守っているあいだも、メレディスは眼下で、輪に乗った若いレディが、数枚の布でできた障害物を飛び越えて、全速力で走るポニーの尻の上に無事着地するのを見て息を呑み、驚きの声をあげていた。新しい体制下で娘が著しい成長を遂げているのは明らかだとハリーは思った。気球に乗りたいとか、アストリーの大胆な馬乗り軍団に加わりたいという願望を抱かないだけでも幸運だろう。

ハリーは妻に視線を移した。演目のなかの悪党役を、メレディスに指差してみせている。舞台の真上にさがっている巨大なシャンデリアの燦々と輝く光がオーガスタの髪の明るい部分をきらめかせている。昨夜、彼女がハリーに懇願した言葉が彼の耳にはいまだ鳴り響いていた。あなたがたのひとりのように感じたい……。

オーガスタが新しい家族を得たにもかかわらず、生まれ育った家庭で感じていたように家族の一員であるという感覚を抱けずにもがいていることは、ハリーも気づいていた。彼女はノーサンバーランドのバリンジャー家の最後のひとりであり、兄の死去以来、ずっと孤独に苦しんできた。いまはそれも理解できる。

しかし、彼のささやかな家族のなかで、オーガスタがどれほど大きな一部になっているかを、どうすれば本人に理解させせられるのか、それがハリーにはわからなかった。メレディスのオーガスタに対する依存度が日々増していることは、本人も気づいているだろう。あの子はいまだにオーガスタを母と呼びたくないようだが、ハリー自身も、もはやそれが重要とは思えなくなっていた。

夫がひざまずいて永遠の愛を誓わないことにオーガスタが苛立つ傾向は、やはりどう考えてもばかげている。感情的すぎる性格の典型的な一例だろう。ハリーとしては、充分以上の愛情を示しているつもりだ。彼の信頼も。自分が新しい伯爵夫人を、どれほど甘やかしているかを考えて、ハリーは顔をしかめた。

妻が真夜中に窓をのぼって家に戻るのを目撃したら、どんな男でも不貞を働かれたと見なすだろう。

昨夜、オーガスタは許しを請い、二度と冒険しないと誓うべきだった。だが、そうせずに彼女は激怒し、夫に決闘を申しこんだ。

この女性は小説を読みすぎている。それが問題だ。

「あなたとサリーとピーターとのあいだのような絆をわたしもあなたと築きたい」――彼女はそう言った。

彼女を捜査から締め出しているのは当然のことだとハリーは思った。経験不足というだけでなく、もちろん、それだけでも理由としては充分だが、なによりも、この件と彼女の兄のつながりがさらに判明することで妻が苦しむのを見たくなかった。

だがいまハリーは、オーガスタを捜査から遠ざけておく権利が自分にあるだろうかと思い始めている。兄が関与していたからには、彼女も否が応でも関与せざるを得ないし、ノーサンバーランドのバリンジャー家最後のひとりとしても、真実を知る権利があるかもしれない。興行が終盤となり、音楽が華々しく盛りあがった。馬たちと演技者たちが何度も丸く並んで観客にお辞儀をし、拍手喝采を浴びている。

街屋敷に戻る馬車のなかで、メレディスはひたすらしゃべり続けた。

「お父さま、ピンクの衣装のレディみたいな馬の乗り方を、わたしも習えると思う？」

「あの技術が役立つとは思えない」ハリーはメレディスにそう答えながら、目をきらめかせて、オーガスタのおもしろがっている顔を見やった。「馬の背に立って乗ってくれと頼まれることはめったにない」

その理屈を聞いて、メレディスは顔をしかめた。「そうかもしれないわ」それからまたすぐに顔を輝かせた。「ポニーがあのレディを救ったのがすごかったわね？」

「そうだな」

「お父さまはどこが一番お好きだった？」

ハリーはゆっくりほほえみ、またオーガスタのほうを見やった。「舞台装置かな」

馬車が街屋敷の正面に停車すると、ハリーはオーガスタの腕に軽く触れて言った。「このまま、ちょっと待っていてくれ」それからメレディスを見やった。「先に家に入っていなさい、メレディス。オーガスタもすぐに行くから」

「はい、お父さま」メレディスは馬車から飛びおりた。従者に向かって、見てきたばかりの手に汗を握る芸当のことを話し、おもしろがらせている。

オーガスタが問いかけるような視線を向けた。「なんでしょうか？」

ハリーは少しためらい、それから思い切って言った。「ぼくはこれからクラブでシェルドレイクと会う」

「また捜査をするのね」

「そうだ。だが、今夜もっと遅い時間に、ぼくたち三人——サリーとシェルドレイクとぼくで会議をすることになっている。これまでの捜査についてすべてを話し合い、そこからなにか答えが引き出せるかどうかやってみる。よければ、きみも参加してくれ」

オーガスタが目を見ひらいた。「まあ、ハリー、本当に？」

「きみにはこの件に関わる権利がある、マイディア。きみを締めだしていたのは間違っていたかもしれない」

「あなた、なんてお礼を言ったらいいか」

「いや、そんなことは——おっと」オーガスタに両腕で抱き締められたのは不意打ちだった。

彼女は馬車の扉が開いていて、少なくとも馬番ひとりと従者ひとりに車内を見られているのもおかまいなく、恍惚とした様子で彼に抱きついている。

「あなたが何時頃戻ってくると思っていたらいいかしら？」

「そうだな、朝の三時をまわった頃だろう」ハリーは丸みを帯びた彼女の柔らかい感触に自分が反応しているのに気づき、まわされた腕を優しくほどいた。「図書室にいてくれ。庭を抜けて近道をしよう」

「必ず待っているわ」彼女のほほえみは、アストリーの舞台を照らしていたシャンデリアの光よりも輝いていた。

彼女が屋敷に入るまで待ってから、ハリーは御者に合図し、ピーターに会うことになっているクラブに向かった。馬車が走りだすと、ハリーはオーガスタをこの小さいグループに加えて捜査に関わらせるのが正しいことだったと自分に言い聞かせた。

正しいことかもしれないが、明らかに自分の良識には反している。強い不安感を覚えながら、ハリーは窓の外をじっと見つめた。

ハリーがクラブに入っていくと、ちょうど、当世風のひだ飾りがついた凝ったシャツとぴったりしたズボンで粋に装ったピーター・シェルドレイクがカード室から出てきたところだった。クラレットの瓶を持っていたが、ハリーを見ると、それを陽気に振って挨拶した。

「おやおや。今宵の軽薄な催しをなんとかやり過ごしたな。一、二杯つき合って、アストリーで目撃した驚くべき光景について語ってくれたまえ。何年か前に甥ふたりを連れていったことがある。裸馬の馬乗り軍団に入団の署名をさせないようにするのが大変だった」

ハリーはおざなりにほほえみ、ピーターのあとについて、話を聞かれない部屋の隅まで行き、ソファに腰をおろした。「ぼくも同じ問題に直面するのではないかと不安になった。しかも、劇団に取られそうだったのはメレディスだけじゃない。オーガスタも栄光の夢を心に抱いたようだった」

「まあ、彼女の視点で見れば」ピーターはにやりとした。「グレイストン伯爵夫人でいるのは、観衆の前で大胆な馬術を披露するのと比べてよほど退屈だろう。称賛を浴びるんだぜ。拍手喝采を受ける。頭上の桟敷席から、流し目を送る紳士たちを考えてみろ」

ハリーは顔をしかめた。「思いださせないでくれ。それに、たまたま今後、オーガスタの人生はもう少し刺激的なものになりそうだ」

「そうなのか?」ピーターがクラレットをひと口飲んだ。「それはまたどうしてだ? 夜会服の襟ぐりをスカーフで覆わずに出歩くことを許すのか? 彼女にとっては、なかなか刺激的だろう」

ハリーはピーターをにらんだが、たしかに、オーガスタのドレスに関して専制君主のように振る舞ったかもしれないと暗い気分で考えた。「襟ぐりに関する妻の好みについては、きみが結婚したあとにどう感じるかが見ものだな」

「たしかに」ピーターがくすくす笑う。

「ぼくがきみに話そうとしている、オーガスタの刺激的な新生活とは、彼女が今夜、きみとぼくとサリーの会合に参加するということだ」

シェルドレイクがむせそうになり、クラレットをなんとか飲みこんだ。ハリーを凝視する。

「なんてこった。この件に関与するのを許すというのか? それは分別のあることか、グレイストン?」

「おそらく違うな」

「すべての証拠が彼女の兄を指している。彼女にとってはつらいことだろう」

「バリンジャーがなんらかの形でこの件に関与しているのは明らかだ。しかし、信じてほしいんだが、シェルドレイク、彼が蜘蛛である可能性はかぎりなく低い」

「まあ、きみがそう思うなら」ピーターが疑わしげな顔をした。

「思う。いま持っている証拠は、だれかがぼくたちに、蜘蛛が二年前に死んだと信じさせたがっていることを示している」ハリーは街屋敷の裏でオーガスタが見つけた日誌のことを手短に話した。

「すごいぞ」シェルドレイクが声をひそめて言う。「日誌は本物なのか？　ぼくたちを欺そうと、だれかがでっちあげたんじゃないのか？」

「本物だと思う。正直言って、シェルドレイク、昨夜、裏の通りでオーガスタを見張っていたやつのことを考えるとぞっとする」

「そうだろう」

ハリーは日誌で発見したことを詳しく話そうとしたが、その時、部屋の向こうからこちらに向かってやってくるラヴジョイに気づいた。きらめく緑色の瞳が退屈しきった危険をはらんでいる。

嵐のあとに難破船の漂流物が漂うように、戦争の嵐が過ぎ去ったいま、こういう、退屈しきった危険な男たちが大勢ロンドンを漂っているとハリーは思った。

「こんばんは、グレイストン、シェルドレイク。今夜おふたりとここで会えるとは驚いた。それぞれのレディをエスコートして舞踏会に行っていると思っていたが。そういえば、婚約おめでとう、シェルドレイク。とはいえ、社交界から数少ない女相続人のひとりを連れ去ったのはスポーツマンらしいとは言えない。残った我々に、また選択肢がなくなった。違うか？」

「きみもそのうち好みの女性を見つけると確信しているよ」ピーターがつぶやいた。

ハリーは手に持った、クラレットが半分入ったグラスをまわし、ルビー色の輝きを見つめた。「なにか用があるのか、ラヴジョイ？」

「実はあるんだ。最近ロンドンに押し込み強盗が出没していることを、きみたちふたりに警告すべきだと思ってね。数週間前、うちの図書室も被害にあった」

ハリーは無表情でラヴジョイを眺めた。「それは大変だったな。なにが取られたかを、もちろん治安判事に届けただろうな？」

「なくなって困るようなものはなにも取られなかった」ラヴジョイは冷たくほほえむと、きびすを返して立ち去った。

ハリーとピーターは数分間、黙って物思いにふけっていた。

「ラヴジョイに関しては、なにか手を打ったほうがいいかもしれない」ピーターがようやく言う。

「ああ、そのようだ」ハリーは頭を振った。「理解できないのは、なぜ彼がぼくに狙いをつけているのかということだ」

「初めは面白半分オーガスタを誘惑するつもりだったんだろう。しかしいまは、きみが図書室に侵入してオーガスタの借用書を回収し、やつのささやかなゲームを台なしにしたことをうらんでいるはずだ。間違いなく仕返ししたいだろう。この数週間、きみがロンドンにいなかったので、その機会がなかった」

「あいつから目を離さないようにする」

「ああ、そのほうがいい。あのあからさまな脅しから考えて、おそらく、オーガスタを使って復讐するつもりだと思う」

ハリーはそれについて考えながら、クラレットを飲み干した。「ラヴジョイのやっていることに、見えている以上のなにかがあると、ぼくはいまだに信じている。そろそろ、あいつの図書室をもう一度訪問する時期だな」

「ぼくも一緒に行く。おもしろい事実が出てくるかもしれない」ピーターはにやりと笑った。「だが、今夜はやめてくれ。きみの今夜の予定はとっくに満杯だ」

「そうだな。予定が入っていない別な晩にしよう。今夜はほかに大事な仕事がある」

ハリーとピーターが戻ってきた時、オーガスタは図書室のなかを行ったり来たり歩いていた。オーガスタはこの冒険にふさわしいと思われる服を着ていた。黒いドレスの上に黒いベルベット地のマントをはおり、黒い手袋をして、黒いハーフブーツを履いた。そのブーツを選んだのは、庭を抜けて歩いていくならば、上靴やパンプスよりいいと判断したからだ。

使用人たちは何時間も前にさがらせ、それ以来興奮のあまり、ずっとそわそわしていた。今夜、ハリーと友人たちの会合に誘われたことの重大さに心の底から圧倒されていた。ようやく彼の特別な仲間の輪に入会を許可された。

ハリーがサリーとピーターと築いているのと同じような本物の友情を、自分もついにハリーと分かち合うことができる。彼らと一緒に謎を解けば、オーガスタも役に立つとハリーに思ってもらえるだろう。賢いことをわかってもらおうと、オーガスタは心に誓った。そうすれば、真の友人たちのひとりとして、信頼して、彼自身の秘密を打ち明けられる女性として考えてくれるかもしれない。

玄関広間から聞こえてきた、扉が開いて閉じる小さな音に、オーガスタは足を止めた。男性のつぶやき声と、タイルに当たるブーツの音がする。オーガスタは急いで振り向き、図書室の戸口に走っていった。扉を開けると、不機嫌そうな顔のハリーと、にやにやしているピーター・シェルドレイクがいた。

ピーターがだて男っぽくお辞儀をしてみせた。「ごきげんよう、マダム。今夜の催しにぴったりの装いだと、申しあげていいだろうか？　その黒いベルベットのマントとブーツはとてもかっこいい。なあ、奥さまの服装がすばらしいと思わないか、グレイストン？」

ハリーは眉をひそめた。「むしろ、追いはぎのようだ。さあ、出かけよう」彼は黒檀の杖で、ふたりに戸口を差し示した。「できるだけ早くすませたい」

「図書室の窓から出ていかないの？」オーガスタは訊ねた。

「ああ、もちろん違う。分別ある文明人として、調理場を通っていく」

オーガスタはハリーのあとについて図書室から出ながら、ピーターに向かって、鼻の頭に皺を寄せてみせた。「彼は捜査の時はだいたいこんな感じなのかしら？」

「必ずいつもそうだ」ピーターはうなずいた。「座をしらけさせるやつなんだ、我らがグレイストンは。冒険心というものがない」

ハリーが肩越しに振り返り、ピーターをにらみつけた。「静かにしろ、ふたりとも。使用人たちを起こしたくない」

「はい、司令官閣下」ピーターがつぶやいた。

「はい、司令官閣下」オーガスタもささやいた。

三人組は何事もなく庭に出た。道を照らすためのランプが必要ないことはすぐにわかった。充分な月明かりが敷石を照らしだし、レディ・アーバスノットの屋敷の二階の窓が温かい輝きで誘導灯の役を担っていたからだ。

目的地に近づくと、オーガスタは大邸宅の一階が暗いのに気づいた。「サリーは調理場の入り口でわたしたちを待っているの？」

「そうだ」ピーターが静かに言った。「図書室に案内してくれるはずだ。そこで話をする」

だが、レディ・アーバスノットの庭の門まで来ると、ハリーは立ちどまった。「開いている」

「サリーが使用人に命じて、わたしたちのために開けておいたんだろう」ピーターが言いながら、重たい門を押し開けた。「彼女自身はここまで来る体力はないはずだ」

「あの体でよく〈ポンペイアズ〉を続けていられると思うわ」オーガスタは小さい声で言った。

「彼女が続けているのは〈ポンペイアズ〉だけだからね。あとは、グレイストンのためにやっているこの最後の捜査だけが彼女の楽しみだ」ピーターが言う。

「静かに」ハリーが命令した。

オーガスタはマントをしっかり巻きつけ、黙ってハリーのあとについて歩いた。ピーターが短い隊列のしんがりを務める。

ハリーのすぐ後ろにいたせいで、彼が唐突に立ち止まった時に危うくぶつかりそうになった。

「わっ」倒れないようにバランスを取る。「ハリー、どうしたの?」

「なにかがおかしい」その声に抑揚がまったくないことが、なによりもオーガスタに恐怖を抱かせた。彼がいつもと違う様子で黒檀の杖を握り締めていることに気づく。

「問題発生か?」ピーターが暗がりから小さい声で言う。その声からいつものからかい口調が消えていた。

「裏口も開いたままだ。明かりもついていないし、サリーの姿も見えない。オーガスタを連れて家に戻ってくれ。なかまで入って、無事を確認してほしい。それから合流しよう」

「わかった」ピーターが手を伸ばして、オーガスタの腕を取った。

オーガスタはすばやい動きでその手を避けた。「ハリー、だめよ。お願いだから、このまま一緒にいさせて。サリーの容態が悪化したのかもしれないわ。たぶん、そうよ。あっ――」茂みの下からはみ出ていた女性のドレスの裾につま先をとられて、オーガスタは小さな叫び声をあげた。「まあ、どうしよう、そんな、サリー」

「オーガスタ？　いったいなにを言っている――」ハリーが振り返り、オーガスタのほうに戻ってきた。

オーガスタはすでにひざまずき、重たい葉の茂みの下に、躍起になって潜りこもうとしていた。「サリーよ、ああ、ハリー。彼女だとわかっていたのよ。ここで倒れたに違いないわ。サリー」

オーガスタは友人の体に手を触れ、高価なシルクのドレスをまさぐった。黒い手袋が温かい血でびっしょり濡れた。星明かりがサリーの胸に埋もれた短剣のつかを鈍く光らせた。

「なんてことだ」ハリーが荒々しい声で叫び、茂みを掻き分けて旧友のそばに膝をついた。サリーの手首をまさぐり、脈を確かめる。「生きているぞ」

「くそっ」ピーターもサリーの横にひざまずいた。短剣を凝視し、また悪態をつく。「このやろう」

「サリー？」オーガスタはだらりとした手を握り、その冷たさに震えあがった。サリーが死にかけている。それは間違いなかった。

「オーガスタ？　あなたなの？」サリーの声はささやき声にもならなかった。「嬉しいわ。あなたが来てくれて。ひとりで死ぬのは嬉しくないもの。それをずっと恐れていたのよ」

「みんなここにいるよ、サリー」ハリーが静かにいった。「ピーターとオーガスタとぼくだ。きみはひとりではない」

「わたしの友人たち」サリーが目を閉じた。「このほうがいいわ。痛みがひどいのよ。とても痛い。あまり長くは耐えられないと思うわ。でも、ひとりじゃなくてよかった」

オーガスタの目に涙があふれた。体から抜けていく力をとどめられるかのように、サリーの手をそっと握り締める。

「サリー、だれがやった？」ハリーが訊ねる。「蜘蛛か？」

「ええ、そう。彼に違いないわ。顔は見ていない。でも、リストのことを知っていた。わたしが持っていることも。コックから受けとったの」

「コック？　どのコックだ？」ピーターが優しく訊ねる。

「サーベルクラブのコックよ。けさ、彼から受けとった」

「くそっ、蜘蛛のやつ、地獄に落ちろ」ハリーはささやき声でののしった。「この報復は絶対にする、サリー」

「ええ、わかっている、グレイストン。今回は必ずつかまえられるでしょう。いつの日か、あなたが蜘蛛に仕返しするとずっと信じていたわ」サリーが激しく咳きこんだ。

オーガスタはかよわい手をさらにしっかり握った。涙が頬を伝ってこぼれ落ち、友の血と混じり合う。前にも一度こうして大切な人を抱いて、命の炎が次第に弱まり、ちらちら揺らめいて、そして消えていくのをなすすべなく見守ったことがある。この世にこれ以上恐ろしい務めはないだろう。

「オーガスタ?」

「サリー、あなたがいないなんて耐えられない」オーガスタは泣き崩れた。「あなたはわたしの真の友ですもの」

「そしてあなたはわたしの真の友だわ、最愛のオーガスタ。どれほど多くのものをくれたか、あなたはわかっていないと思うけれど。さあ、もう行かせてちょうだい。時が来たわ」

「サリー?」

「あの本のことを忘れないでね、オーガスタ」

「ええ、忘れないわ」

そしてサリーは眠るように息を引きとった。

19

ハリーはむせび泣くオーガスタを両腕で抱き締めた。それ以外、彼女を慰める方法を思いつかなかった。彼女の苦痛を軽くすることはおろか、苦しめないですむ方法もわからなかった。あふれ出る感情はおそらくノーサンバーランドのバリンジャーが悲しみと折り合いをつけるやり方だろう。涙を流せるオーガスタがハリーはうらやましかった。ハリー自身は報復を企てることしかできない。

アーバスノットの大きな屋敷に入り、玄関広間のなんの音もしない空間で、ハリーはなすすべなく、ただオーガスタをきつく抱き締め、嵐が過ぎ去るよう願った。

自分については、復讐だけを考えるようにして、悲しみを封じこめる。オーガスタがいくらか落ち着いてきた頃、彼女の頭越しにピーターが裏口から入ってくるのが見えた。

「彼女の寝室と図書室を探す時間はあったようだ」ピーターが言う。「両方ともめちゃくちゃになっている。だが、ほかの部屋は触られていない。物音か人の声が聞こえたために、作業を終える前に去ったのだろう。サリーが死んでしまえば、だれもリストは見つけられないと踏んだのかもしれない」

「大きな屋敷だからな。全部を探すのは困難だ。それより、すべて手配してくれたか？」ハリーは静かに訊ねた。

ピーターがうなずいた。青い瞳が氷片のようにきらめく。「大丈夫だ。使用人のひとりに治安判事を呼びに行かせた。サリーの遺体は寝室のひとつに運んだ。ああ、彼女の体は触れただけで粉々になりそうだったよ。骨と皮しか残っていなかった。この数週間は、気持ちと意志の力だけで生きていたに違いない」

ハリーの腕のなかでオーガスタが身じろぎ、頭を少し持ちあげた。「サリーがもういないなんて、悲しくて耐えられない」

「ぼくたちもだ」ハリーはオーガスタの背中をそっと撫でた。「ぼくは彼女に対して、一生涯感謝し続けるだろう」

「戦争中の勇敢な活動について？」オーガスタはまばたきして涙を押し戻し、ハリーのハンカチで目頭を押さえた。

「いや、違う。もちろん、彼女の勇気にはいつも敬服していた。だが、感謝し続けるというのは、サー・トーマスに連絡を取り、ぼくがきみに会えるように手配してくれたからだ。きみをぼくの花嫁候補者リストにつけ加えるべきだとサリーが言ってくれた」ハリーが淡々と言う。

オーガスタは驚いて彼を見あげた。「サリーが？　不思議だわ。わたしがあなたの妻にふさわしいなんて、なぜそんなことを考えたのかしら？」

ハリーはかすかにほほえんだ。「ぼくも同じことを聞いたと記憶している。彼女が言うには、ぼくには、古風な妻でないほうがいいそうだ」

ピーターが扉を閉めた。「サリーはきみをよく理解していたからな、グレイストン」

「ああ。そうだとぼくも思う」ハリーがオーガスタをそっと押して少しだけ離した。「ふたりとも聞いてくれ。悲しむのはあとにしよう。当局は、この家に押し入ろうとした強盗によってサリーが殺されたと断定するだろう。そうでないと考える理由はない」

「そうだな」ピーターがうなずいた。「いずれせよ、彼らにはなにもできない」

「サリーが言っていたリストを見つけなければならないな」ハリーは廊下の向こうを見やった。この屋敷の広さを思い浮かべ、徹底的に探すのに、どのくらい時間がかかるかを考える。「発見されたくない物を隠すサリーのやり方はわかっている。目に見える物を選ぶ。そこにあるとはだれも考えないような物だ」

オーガスタがハンカチを当てたまま、鼻をすすった。「あの本」

ハリーはオーガスタを見やった。「なんの本だ？」

「〈ポンペイアズ〉の賭け台帳よ」オーガスタは毅然と背筋を伸ばし、濡れたハンカチを自分のマントのポケットに押しこむと、客間に通じる廊下を歩きだした。「もしも賭け台帳が閉じていたら、あなたに見せるようにと前に言われたの。それにあなたも聞いたでしょう？ ついさっき、サリーが……亡くなる前に言ったこと。あの本を忘れないでねと言ったわ」

ハリーはピーターと視線を合わせたが、ピーターはただ肩をすくめ、オーガスタについて歩きだした。

〈ポンペイアズ〉に入る扉は閉じていた。その扉を開けながら、オーガスタはまた泣きだしたが、それでも立ちどまらなかった。しんとした暗い室内に入っていき、ランプをともしたのだ。

こんな状況にも関わらず、ハリーは好奇心にかられて室内を見渡した。サリーを訪問することはよくあったが、ここが〈ポンペイアズ〉に変わってからは、一度もこの客間に通されたことはない。このクラブは女性専用だから、とサリーは言っていた。クラブが開いていない時間帯も、彼女はその規則を守っていた。

「男に奇妙な感じを与える場所だ」ピーターがハリーの横で足を止め、声を低くしたまま言った。「スクラッグズはどうしても必要な時以外、この敷居をまたぐことを許されなかった。戸口からのぞくたび、なんとなく落ち着かない気分になったが」

「言っている意味がわかるような気がする」ハリーは陰になっている壁の絵画を眺めた。ほとんどの絵は何の作品かわかった。オーガスタが指摘した通り、女性に対する偏見に満ちた一般的な歴史観のなかで、かろうじて神話や伝説に名を残した女性たちを描いたものだ。女性に関する事柄ゆえに重要でないと見なされ、歴史に残らなかった史実がどれほど多くあるだろうとハリーは考えた。

「男がそばにいない時に女性たちがどんな話をしているか、男は興味を持たずにはいられない」ピーターが冷静に分析する。「知ったらきっと仰天するだろうと、サリーにいつも言われていたよ」

「衝撃を受けるだろうと、ぼくもサリーに言われた」ハリーはうなずいた。

ハリーはオーガスタが黒いベルベットのマントをひるがえしながら、ギリシャ像が並んでいる台のほうに歩いていくのを見守った。台の上に革装の大きな本が置いてある。

「それがあの悪名高き賭け台帳か？」ハリーも部屋を歩いていき、オーガスタの横に立った。

「ええ。そして、閉じていたわ。いつかそうなっているのをわたしが見つけるだろうとサリーが言っていたの」オーガスタはゆっくり本を開き、ページをめくり始めた。「なにを探したらいいかわからないわ」

ハリーはいくつかの記入を眺めた。どれも女性の筆跡だ。

ミス・L・Bはミス・R・Mに対し、後者が期日までに日記を取り戻せず、惨事を回避できないことに十ポンド賭ける。

ミス・B・Rはミス・D・Nに対し、G卿が一カ月以内に天使に結婚を申しこむことに五ポンド賭ける。

ミス・F・Oはミス・C・Pに対し、ミス・A・Bが二カ月以内にG卿との婚約を破棄することに十ポンド賭ける。

「なんてことだ」ハリーはつぶやいた。「男が多少なりとも秘密を保たれていると思っているのは、まったくの幻想だな」

「〈ポンペイアズ〉のレディたちは賭けるのが好きなのよ」オーガスタがまたしゃくりあげる。「このクラブも閉じることになるでしょう。そうなったら悲しいわ。わたしにとっては家庭のようなものだったから。でも、もう二度と同じには戻らない」

ハリーが、いまは自分の家庭があるのだから、〈ポンペイアズ〉はなくても大丈夫だろうとオーガスタに言おうとした時、ページのあいだから、ひらひらと小さな紙片が落ちた。

「見せてくれ」ハリーは急いで拾いあげ、並んだ名前に目を通した。

ピーターも寄ってきて、ハリーの肩越しにのぞきこみ、オーガスタも首を伸ばして、見ようとした。

「どうだ？」ピーターが聞く。

「名前のリストだ、間違いない。サーベルクラブの会員名簿の一部だ。サリーの筆跡らしい」

ピーターがリストを眺めて顔をしかめた。「ぼくが知っている名前はひとつもない」

「当然だろう」ハリーはランプをそばに寄せて、リストをさらに詳しく調べた。「サリーがぼくに情報をくれる時に使っていた古い暗号で書かれている」

「その名前全部を解読するのにどのくらい時間がかかる？」ピーターが訊ねた。「少なくも、十個はありそうだ」

「それほどかからないだろう。しかし、会員の名前がわかっても、そのうちのだれが蜘蛛であるかを特定するには時間がかかる」ハリーは紙をたたみ、ポケットにしまった。「ここから出よう。夜明けまでにやらねばならないことがたくさんある」

「わたしはどうしたらいいかしら？」オーガスタがすぐに訊ねた。

ハリーはかすかにほほえみ、待ち受ける戦いに向けて心の準備をした。「きみは家に戻ってみんなを起こしてくれ。すぐにきみとメレディスのものを荷造りし、七時にはドーセットに向けて出発できるように、すべての手配を頼む」

オーガスタがハリーを凝視した。「きょうの朝の七時に？　でも、ハリー、わたしは、もうすぐサリーを殺した犯人を見つけて、蜘蛛の正体を暴けるこの時期に、街を離れたくないわ。わたしをロンドンにいさせてください」

「きみがロンドンにとどまるのを許すことはあり得ない。蜘蛛がこのリストの存在を知ったいまはとくにそうだ。蜘蛛はそれを手に入れるためには手段を選ばない」ハリーはオーガスタの腕を取り、戸口のほうに押しやった。「ピーター、きみの婚約者は、ドーセットに短期滞在をしたくないかな？」

「それはすばらしい考えだと思う」ピーターが答えた。「ちょうどぼくも、蜘蛛を見つけるまでは、彼女を街から離れさせたいと思っていたところだ。オーガスタもこの同行を認めてくれると思うが」

「おふたりとも、わたしが自分でなにも考えられないかのように、わたしの都合を勝手に決めるのはやめてもらいたいわ」オーガスタは声をあらげた。「わたしはドーセットに行きたくありません」

「だが、行ってもらう」ハリーが冷静な声で言う。

「ハリー、お願いだから――」

ハリーは、この議論にもっとも有効な方法はないかと、すばやく思い巡らせた。そして、見つけた方策を無情に適用した。「ぼくが心配しているのは、きみの身の危険だけではない、オーガスタ。メレディスのことも考える必要がある。ぼくたちが対峙するのは怪物であり、そいつは底知れぬ深い堕落の淵にいる」

オーガスタが彼の言葉の言外の意味に驚愕したことは明らかだった。

「まさか、メレディスも狙われるかもしれないと思っているの？　でも、なぜ蜘蛛がそんなことをする必要があるの？」

「それは明らかだろう。蜘蛛が、自分を追っているのがぼくだと気づけば、ぼくをやっつけるために、メレディスを利用するはずだ」

「まあ、そうね。たしかにその通りだわ。あなたの娘は、あなたの唯一最大の弱点ですものね。蜘蛛はそれを知っているかもしれない」

きみは間違っている、オーガスタ。ぼくにはふたつの弱点がある。もうひとつはきみだ、とハリーは考えた。だが、声には出さなかった。彼の主な懸念はメレディスだと思わせ、娘の世話を全面的に彼女に任せよう。妻は生来、弱い者を救い、守る性格だ。「頼む、オーガスタ。ぼくにはきみの助けが必要だ。蜘蛛の捜索に集中するためには、まずメレディスがロンドンの外で安全に守られていると知る必要がある」

「ええ、もちろんだわ」オーガスタがハリーを見つめた。責任を自覚した厳粛なまなざしだった。「命を懸けて彼女を守るわ、ハリー」

ハリーは妻の頰を優しく触った。「そして、自分のことも注意深く守ってほしい」

「わかったわ」

「きみとメレディスには支援が必要だろう」ハリーは言葉を継いだ。「武装した護衛をつけて、ドーセットまで送らせる。その部下たちは、ぼくが戻るまでグレイストンにとどまり、きみたちを守ることになる」

「武装した護衛。それはどういう意味、ハリー?」オーガスタは仰天したらしい。

「その言葉で想像するほど大したものではない。長年ぼくの仕事をしている部下たちふたりをつけるつもりだ。どちらも武器が使えて、問題が起きた時の対処法を知っている」

「グレイストンにいれば安全だ」ピーターが口を挟んだ。「田舎では、全員が知り合いだから、知らない者がその地域に入ればすぐにわかる。それに犬もたくさんいる。犬に吠えられずに屋敷に忍びこむのは不可能だ」

「たしかに」ハリーはオーガスタを見つめた。「クラウディアも一緒に連れていってほしい」

オーガスタが小さくほほえんだ。「それは約束できないわ。けさの七時までに従妹が旅の準備を完了させるとはとても思えないもの」

「すぐに準備させよう」ピーターが誓った。「ハリーがきみに望むのにと同じくらい、ぼくもどうしても彼女にロンドンを離れていてほしい」

オーガスタがなにか考えているような表情でピーターを眺めた。「説得してみて。即刻ロンドンを出発するという経験を、クラウディアはきっとおもしろいと思うでしょうね」

ピーターが肩をすくめた様子から、クラウディアの頑強な抵抗について、なにも心配していないのは明らかだった。

朝の七時にはすべての準備が整った。ハリーは街屋敷の石段の前で、まず娘に別れを告げた。メレディスはロンドンとそこでのさまざまな楽しみから離れなければならないことに意気消沈していた。父親は、地所に問題があって、オーガスタが対応しなければならないと話し、メレディスはその説明を受け入れたものの、まだヴォクソールガーデンに行っていないと念を押すのを忘れなかった。

「すぐに戻ってこられる。その時にぼくが連れていこう」ハリーは娘に約束した。

メレディスはその答えに満足したらしく、大きくうなずくと、父をぎゅっと抱き締めた。

「それはとっても嬉しいわ、お父さま。ごきげんよう」

「元気で、メレディス」

ハリーは娘を抱きあげて大きな黒い旅用馬車に乗せると、ちょうど石段を降りてきたオーガスタのほうを振り返った。旅行用の上品な濃い緑色のドレスと高い飾りがついたボンネットを見てハリーはほほえんだ。朝七時に田舎に向けて出発するために大急ぎで荷造りをした時でさえ、流行の身なりで美しく装っているのは、いかにもオーガスタらしい。

「すべてうまく行きました？」彼の前で足を止めてオーガスタが訊ねた。揺るぎないまなざしで彼を見つめる。ボンネットの陰になったその目は真剣そのものだった。

「ああ。きみの従妹は彼女の家できみを待っている。みんなですぐに出発できる。途中の宿屋で一泊して、あすの午後にはグレイストンに到着する」ハリーは言葉を切った。「しばらく会えなくて寂しい、オーガスタ」

オーガスタがおずおずとほほえんだ。「わたしも寂しいわ、あなた。ドーセットであなたの到着をお持ちしています。どうか、お願いだから、くれぐれも気をつけてね、ハリー」

「そうする」

彼女がうなずき、それからなんの前触れもなく、メレディスや、馬車のまわりに集まった使用人たちの目の前で、つま先立ちをして彼の唇にキスをした。ハリーは妻を抱き寄せようとしたが手遅れだった。彼女がすぐに身を引いたからだ。

「愛しているわ、ハリー」オーガスタが言った。

「オーガスタ」ハリーは本能的に手を伸ばしたが、彼女はすでに背を向けて、待っている馬車に乗りこんでいた。

ハリーはそこに立ち、黒と銀色の馬車ががらがらと通りを遠ざかっていくのを見送った。そのままかなり長いあいだ立ち尽くし、オーガスタの別れの言葉を心のなかで何度も繰り返した。愛しているわ、ハリー。

ふと気づいた。彼女がその言葉を口に出して彼に言ったのはこれが初めてだ。自分の一部分がずっと長いあいだ、その言葉を聞くのを待っていたことをハリーはすでに知っていた。

愛しているわ、ハリー。彼の奥深く隠れた鍵のかかった扉がかちゃりと開いた。その奥に横たわるものも、いまは以前ほど冷え切ってはいないようだ。

なんてことだ、ぼくもきみを愛している、オーガスタ。いまこの瞬間まで、きみがぼくのどれほど大きい一部になっているか気づいていなかった。

ハリーは黒い馬車が見えなくなるまで待ってから、石段をあがって家に入り、図書室に行った。執務机の椅子に坐り、サリーが見つけた名前のリストの紙を開く。解読するのに長くはかからなかった。

すべて終えると、その十一個の名前を吟味した。そのうちの知っている何人かは戦争で亡くなっていた。何人かは蜘蛛になれるほどの知性はなく、そういう性格でもなかった。数人の名に関して、ハリーはまったく知らなかった。おそらくピーターならわかるはずだ。

それよりも、彼の注意をとらえて離さなかったのは最後の名前だった。

彼が椅子に坐ったまま、最後の名前をじっとにらんでいた時、ピーターが図書室に現れた。「やあ、みんな無事に出発した」ソファにどさっと坐りながら、ピーターが告げた。「きみの馬車にクラウディアを乗せてきた。メレディスがもう一度きみにさようならを言ってくれと言っていた。ヴォクソールに加えて、もう一度アストリーにも行きたいそうだ」

「それで、オーガスタは？」ハリーは冷静で抑制された声を出そうとした。「ぼくになにか伝言はあったか？」

「きみの娘の世話を必ずするともう一度伝えてほしいと言われた」

「彼女は非常に忠実だ」ハリーは言った。「男が信頼して、自分の命と名誉と子どもを託せる女性だ」

「ああ、たしかにそうだ」ピーターが心得顔でうなずく。それから身を乗りだした。「なにかわかったか？　そのリストに気になる者はいたか？」

それには答えずに、ハリーは紙をまわして、解読した名前のリストをハリーが読めるようにした。最後の名前まで来たところで、ピーターがきつく唇を結んだのがわかった。

「ラヴジョイ」ピーターが目をあげる。「なんと。ぴったり符号するじゃないか？　家族なし。過去なし。親しい友人もなし。ぼくたちが調査していることに気づき、リチャード・バリンジャーが蜘蛛だと思わせようとした」

「そうだな。そして、サーベルクラブの元会員の名簿がサリーの手に渡ったことを知ったに違いない」

「それで探しに行った。サリーはぼくたちを待って起きていて、おそらく、あの男を驚かせた。それであいつはサリーを殺した」ピーターが片手をこぶしに握り締めた。

「あのやろう」ピーターが椅子にもたれた。「それで？　まずなにをする？」

「実を言えば、とっくに、ラヴジョイの図書室に二度目の真夜中の訪問をしているはずだった」

ピーターは片方の眉を持ちあげた。「ぼくも同行する。今夜か？」

「可能ならば」

しかし、それは可能ではなかった。その晩はラヴジョイが男の友人たちを自宅でもてなしていたからだ。ハリーとピーターは暗くした馬車で見張っていたが、ラヴジョイの図書室の明かりは夜明け近くまで消えなかった。

しかし、翌晩、ラヴジョイはクラブに出かけた。ハリーとピーターは真夜中すぎに窓から図書室に侵入した。

「ああ、あれがきみの言っていた地球儀の金庫か」ピーターがつぶやき、そちらに向かって歩きだした。

「地球儀は気にしないほうがいい」ハリーは絨毯の端をめくった。「オーガスタと一緒に借用書を発見した翌日、ぼくがここに来て話した時に、ラヴジョイは地球儀を隠していなかった。おそらく、そこまで重要でないものを入れておく簡易金庫か、あるいはおとりとして使っていたのだろう。蜘蛛は別な宝箱をもっとうまく隠しているはずだ」

「なるほど。本当だ、ここにはなにもない」ピーターは地球儀を開けて、なかをのぞいた。それを閉じると、手順通り、部屋の一番奥の化粧板の壁から捜査を開始した。

二十分後、ハリーは床板に隠された鍵をはずし、探していたものを見つけた。

「これが、ぼくたちの求めていたものらしい、シェルドレイク」ハリーは床下から小さな金属の箱を取りだした。そこで動きを止めたのは、おそらくは酒場に長居してそっと戻ってきた使用人の足音が廊下から聞こえてきたからだ。「これは別なところで調べたほうがよさそうだ」

「全面的にその意見に同意する」ピーターはすでに体半分窓から抜けだしていた。

一時間後、ハリーは自分の図書室に坐って金属の箱を開いた。のぞきこんで最初に彼の目をとらえたのは、宝石の輝きだった。

「蜘蛛は裏切りの報酬を宝石で得ていたらしい」ピーターが言う。

「そのようだ」ハリーは箱の底に散らばっている宝石の山を指でせっかちに掻き分けた。紙の束を見つけて、それを持ちあげる。

ぱらぱらとめくると、あいだから小さなノートが手に落ちた。ノートを開くと、中味のほとんどは短い暗号で書かれた日付と時間で、とくに重要なものではなかった。しかし、最後の記載ははるかに興味深いものだった。そして、はるかに不穏なものだった。

「なにが書いてある？」ピーターがよく見ようと身を乗りだした。

ハリーは声に出して読んだ。「ルーシー・アン。ウェイマス。七月分として五百ポンド」

ピーターは目をあげた。「いったい全体、どういう意味だ？　あのろくでなしが、ウェイマスで愛人を囲っているのか？」

「違うと思う。一カ月に五百ポンドという額はないだろう」ハリーはしばらくなにも言わずに、状況を論理的に分析した。「ウェイマスはグレイストンから八マイルと離れていない、出入りの多い港だ」

「そうだ。それはだれでも知っている。だろう？」

ハリーはゆっくり顔をあげた。「つまり、ルーシー・アンは船だ。女じゃない。そして、蜘蛛はだれかに、おそらくは船の船長に、七月一カ月分で五百ポンドという大金を払った」

「七月は今月だ。いったい全体、やつはなんで一艘の船にそんな大金を積んだ？」

「すぐに出発できるようにしておくためじゃないか？　以前も、蜘蛛はよく水路を使って逃げていた」

「ああ、たしかにそうだったな」

ウェイマスがグレイストンに近いことを考え、ハリーは胃が凍りつくような感覚を覚えた。急いでノートを閉じる。「あいつを見つけなければならない。今夜じゅうに」

「同感だ、グレイストン」

しかし、ラヴジョイは足跡を巧みに隠していた。ハリーとピーターが、蜘蛛はすでにロンドンを離れたという事実にたどり着いたのは、翌日をほぼ丸一日費やしたあとだった。

グレイストンに戻った最初の晩、オーガスタは何時間も眠れずに天井を見つめていた。大きな屋敷のあちこちから聞こえてくるきしみ音が気になった。

夜早いうちに、オーガスタは従者についてまわり、彼がすべての戸口と窓の鍵を閉めるのをこの目で確認した。今夜は犬たちを調理場で寝かせるようにと指示し、それが守られていることも再確認した。家は安全な状態だと執事が請け合った。

「こちらの錠前は、旦那さまが何年か前に注文した特別なものです、奥さま」スティープルズがオーガスタに言った。「非常に頑丈な錠前です」

それにもかかわらず、オーガスタは眠れなかった。

最後にはついに起きあがり、上掛けを押しやると、手を伸ばして部屋着を取った。ろうそくも取って火をつけると、上履きに足を滑りこませて、廊下に出ていった。もう一度メレディスの様子を見るだけ、と自分に言い聞かせる。

廊下を半分ほど行ったところで、メレディスの部屋の扉が開いているのに気づいた。オーガスタは消えそうな炎を片手でかばいながら、全速力で走った。

「メレディス？」

メレディスのベッドは空だった。オーガスタは必死に落ち着こうとした。ここでうろたえてはいけない。メレディスの部屋の窓はしっかり鍵がかかっている。彼女がいない論理的な理由はいくつも考えられる。起きだして水を飲みにいったのかもしれない。それとも一階に降りて、台所でなにか食べているかもしれない。

オーガスタは階段まで走っていった。半分ほど降りたところで、手すり越しに図書室の扉の下から光が漏れているのが見えた。オーガスタは一瞬目を閉じて、深く息をついた。それからまた急いで階段を駆けおりた。

図書室の扉を開いたとたんに、メレディスの姿が目に入った。子どもは父親の大きな椅子に丸くなって坐っていた。大きな椅子のなかで、彼女はとても小さくかよわく見えた。ランプをともし、膝に本を載せている。

「こんばんは、オーガスタ。あなたも眠れなかったのね？」

「ええ、実を言えば、そうなのよ」オーガスタは少女が無事だったという安堵感を押し隠して優しくほほえみかけた。「なにを読んでいるの？」

「『好古家』に挑戦しているの。でも、とてもむずかしいわ。言葉が多すぎて」

「たしかにそうね」オーガスタはろうそくを机の上に置いた。「わたしが読んであげましょうか？」

「ええ、お願い。ぜひそうしてほしい」

「では、ソファに坐りましょうか。並んでいれば、わたしが読んでいるところを目で追えるでしょう」

「わかったわ」メレディスはハリーの巨大な革の椅子から滑りおりると、オーガスタのあとについてソファに移動した。

「先に」オーガスタはそう言いながら、暖炉の前に膝をついた。「暖炉の火をつけるわね。ここは少し寒いから」

数分後、ふたりはごうごうと音を立てて燃えさかる火の前に心地よく坐っていた。ウォルター・スコットの作品と噂されている新刊の小説を手に取り、行方不明の後継ぎや宝探しや危険な冒険の話を静かに読み始めた。

そのうちメレディスがあくびをして、オーガスタの肩に頭をもたせた。数秒後にオーガスタが見おろすと、継娘はもう眠っていた。

オーガスタは長いあいだそこに坐り、暖炉の火を見つめながら、自分が今夜、メレディスの実の母であるかのように感じたことについて考えた。たしかに、実母のような保護本能にかられていたと思う。

そしてまた、今夜は真の妻のようにも感じていた。夫が自分のもとに戻ってくるのを待っている時のこの恐ろしい不安感は、間違いなく妻しか感じないものだろう。

図書室の扉が静かに開いて、光沢のある綿の部屋着を着たクラウディアが部屋に入ってきた。オーガスタがソファにゆったり坐り、その横でメレディスが眠っているのを見てにっこりほほえんだ。

「今夜はみんな眠れなかったみたいね」クラウディアがささやき、ソファのそばの椅子に腰をおろした。

「そうみたい。あなたも、ピーターのことが心配でしょう？」

「ええ。彼がなにか向こう見ずなことをしそうで恐いの。彼が危険な目に遭わないように祈っているわ。サリーが亡くなったことで、とても怒っていたから」

「ハリーも同じよ。隠そうとしているけれど、彼の目は怒りに燃えていたわ。世間に見せているあの冷静沈着で抑制された外見の下で、彼はとても感情的な人なの」

クラウディアがほほえんだ。「あなたの言葉を信じるべきでしょう。かたやピーターは、からかうような、あの快活な仮面で自分の感情を隠している。でも実際は、深い感性の持ち主だわ。彼の本来のまじめな性格を、なぜすぐに見抜けなかったのかわからない」

「それはたぶん、彼が真の感情を隠すのに長けているからだわ。ハリーと同じように。どちらの隠し方にしろ、ふたりとも自分のもっとも深い思いや感情を、注意深く表に出さないようにしている。きっと、戦争中にそういう訓練をしすぎたんだわ」そしてハリーは、諜報活動の危険と向き合う前から、過度なまでに自制心の訓練をしてきたのだと、オーガスタは絵画展示室に飾られた不誠実な女性たちを思い浮かべて考えた。

「ふたりにとって、きっとそれほど恐ろしい試練だったのでしょう」

「戦争のことね？」オーガスタはうなずいた。ハリーとピーターのその苦しみを想像するだけで胸が痛んだ。「ふたりともいい人たちですもの。戦争はいい人たちが苦しむのよ」

「そうね。ああ、オーガスタ。わたし、ピーターをとても愛しているわ」クラウディアが片手に顎を乗せて、炎を見つめた。「彼が心配でたまらない」

「わかるわ、クラウディア」今夜のオーガスタは、これまでに感じたことがないような親密さを従妹に感じていた。それはとてもいい気分だった。「わたしたちふたりは、バリンジャー一族の別々な家系の出身だけど、先祖は共通しているって思ったことある、クラウディア？」

「実を言うと、最近、そのせいかもって思う機会が多いわ」クラウディアが顔をしかめながら同意した。

オーガスタは小さく笑った。

ふたりの女性は長いあいだ、炎の前で黙って坐っていた。ふたりのそばで、メレディスが安心しきったように眠っていた。


翌日の夜も不安感は増加の一途をたどり、押し寄せる強い不安にオーガスタは押しつぶされそうだった。ようやく眠っても、なにかよくわからない悪夢に苛まれた。

はっと目が覚めると、手のひらが汗で濡れて、心臓がばくばく鳴っていた。まるでベッドの下に生き埋めにされたかのように感じ、パニックと闘いながら、上掛けを押しやって身を起こした。立ちあがり、荒い息遣いで呼吸しながら、自分をとらえている奇妙な恐怖感をなんとか静めようとする。だが一向に収まらず、もはや耐えられなくなったオーガスタはその恐怖に屈した。

部屋着をつかんで寝室を飛びだし、廊下を走ってメレディスの部屋に急いだ。安全に眠っているメレディスを見れば心が静まると自分に言い聞かせる。

しかし、メレディスはベッドで安全にくるまれて眠っていなかった。ふたたび彼女の姿はなく、今回は窓が大きく開いていた。夜風がカーテンを揺らし、寝室は冷え切っていた。

淡い月明かりのなかで、窓枠に結びつけられた太い縄が見えた。ぶらさがって地面まで届いている。

メレディスが誘拐された。

20

十分以内に、屋敷の人々全員が玄関広間に集められた。一番最後に、若い女中が温かいベッドからなんとか這いだし、よろよろやってきて列の端につくまで、オーガスタはみんなの前で行ったり来たりしながら待った。犬たちも全頭が並んでいた。騒動に気づき、なにが起こっているかと調理場から出てきたからだ。犬たちを閉じこめておいたり、外に出したりすることはだれも思いつかなかった。

クラウディアが張りつめた様子でそばに坐り、オーガスタを見つめている。執事のスティープルズと家政婦のミセス・ギボンスが、不安そうに指示を待っている。使用人たちはまだ衝撃から立ち直れず、それはクラリッサ・フレミングも同様だった。この非常事態で、全員が本能的にオーガスタを見つめて指示を待っていた。

オーガスタの頭にまずあったのは、メレディスを安全に守れなかったという耐えがたい現実だった。命を懸けて彼女を守るわ、ハリー。

自分はその誓いを守ることに失敗した。メレディスを無事に連れ戻すことは、絶対に失敗できない。いまは正念場であり、冷静かつ論理的に判断し、しかも、迅速に行動するべき時だ。感情を脇に押しやり、もしここにいたらハリーがするように、自分も明晰に思考するべきだと、オーガスタは自分に言い聞かせた。

「皆さん、聞いてください」オーガスタは集まった人々に向かって話し始めた。瞬時に全体がしんと静まりかえる。「なにが起きたか、皆さん、わかっていますね。寝室で眠っていたレディ・メレディスが誘拐されました」

何人かの女中が泣きだした。

「静かに」オーガスタはぴしりと言った。「感情的になっている場合ではありません。なにが起こったのか、よく考えてみました。窓がこじ開けられた形跡はありません。内側から開けたことは明らかです。犬たちも警戒して吠えたりしなかった。スティープルズとわたしとミセス・ギボンスが屋敷じゅう確認しましたが、無理やり侵入した痕跡はまったくない。つまり結論はひとつしかありません」

全員が息を止めて、オーガスタを見つめた。

オーガスタは使用人たちの顔を順番に眺めた。「わたしの娘が、グレイストンの内部のだれかに連れ去られたということ。ここには大勢の人がいます。いま、いるはずなのに、ここにいない人はいませんか？」

オーガスタの見解に、全員が息を呑んだ。それから、全員が前後左右を見て互いを確認し合った。後列から悲鳴があがる。

「ロビーがいません」コックが大声で叫んだ。「新しい従僕のロビーです」

この新情報に、後列の端にいた若い女中がわっと泣きだした。

オーガスタはその娘の様子を見ながら、小声でスティープルズに訊ねた。「そのロビーを雇ったのはいつ？」

「旦那さまが結婚されてから二週間後だったと記憶しています、奥さま。ハウスパーティのために、何人か臨時に雇った時です。パーティのあとも、ロビーは雇い続けることにしました。村に親戚がいるということで、最近までロンドンの大きな屋敷に務めていて、ここで常雇いの仕事を探していると言っていたので」スティープルズが取り乱した様子で説明する。

「立派な推薦状を持っていました」

オーガスタはクラウディアと目を合わせた。「蜘蛛が書いた立派な推薦状だわ、きっと」

クラウディアが口をぎゅっと結んだ。「つまり、偶然じゃないということ？」

「時期的にはぴったり合うわ」端にいる若い女中が泣き崩れて膝をついたのを見て、言葉を切った。「なにか知っているの、リリー？」

リリーが涙に濡れた目をあげた。「あの人は、なにか悪事を考えているんじゃないかと思ってたんです、奥さま。でも、やったとしても、銀器をいくつかくすねるくらいかと。こんなことをやるなんて、思いもしませんでした、誓います」

オーガスタはリリーを手招きした。「図書室に来てちょうだい。ふたりで話したいから」執事を見やる。「すぐに捜査を開始してください。わたしたちが知るかぎり、ロビーは徒歩でしょう。違いますか？」

「厩舎からいなくなった馬はいません」馬番が言う。「でも、自分の馬を待たせていたかもしれません」

オーガスタはうなずいた。「そうね。たしかに。では、これからやることを言うわね、スティープルズ。まず、いま、走らせることができる馬全部に鞍をつけてください。わたしの雌馬も含めて。乗れる者は全員馬で、ほかの人たちはたいまつを持って、犬を連れて捜索してください。だれかを村に行かせて、みんなを起こし、ロンドンに使者を送って、旦那さまにこの事態を知らせて。急いで行動しなければならないわ」

「かしこまりました、奥さま」

「ミス・フレミングに捜索の手配を手伝ってもらいましょう。お願いできる、ミス・フレミング？」

クラリッサが果敢な表情を浮かべた。「お任せください、奥さま」

クラウディアはオーガスタのあとから図書室に入り、立ったまま、リリーがぶちまける話に耳を傾けた。

「彼があたしのこと好きだと思ったんです、奥さま。花を持ってきてくれたり、ちょっとした贈り物をくれたりしたから。求愛してくれてると思ってました。でも、時々変だなって思う時があって」

「どんな時？」オーガスタは詳しい答えをうながした。

リリーが鼻をすすりあげた。「もうすぐ大金が手に入るって言ってたんです。一生困らないくらいの大金だって。それで小さい家を買って、領主のように暮らすって。笑っちゃったけれど、でも、真顔で言うものだから本当かなと思う時もあって」

「ほかに彼が言ったことで、おかしいと思ったことは？」オーガスタは早口で訊ねた。「よく考えて。わたしの娘の命がかかっているから」

リリーはオーガスタを見つめ、それから、みじめな様子で床に目を落とした。「彼が言ったことじゃないんです、奥さま。だれも見ていないと思っている時にやってたことがおかしかったわ。お屋敷のなかを真剣に見てまわったり。だから、銀器を盗むつもりかと思ったんです。ミセス・ギボンスに言おうと思ってました。ほんとです。でも、はっきりわからなかったから。おわかりでしょう？　ロビーが悪いことをしてないのに、やめなきゃならなくなったらいやだと思って」

オーガスタは歩いていき、窓辺に立って暗い外をのぞいた。まもなく夜が明ける。スティープルズがオーガスタの指示をすぐさま実行に移したらしく、屋敷の前にはすでに馬たちが並んでいた。犬たちも興奮して吠えたてている。オーガスタが見ているあいだにも、たいまつを持った人が何人も森に入っていった。ああ、メレディス。わたしのかわいいメレディス。怖がらないでね、わたしが絶対に見つけるわ。

こみあげる絶望感を脇に押しやる。自分を必死に抑え、もう一度、論理的に考えようとした。「馬だったとしても、夜明け前にそんなに遠くまで行けるはずはないわ。メレディスを連れているのだから、思っているほど進めないはず。子どもを抱えていれば速度は出せないでしょう。明るくなれば、すぐに人目につくから、疑われて質問されるはず。ということは、日中はどこかにメレディスを隠しておいて、夜間に移動するつもりだわ」

「グレイストン家の令嬢を連れて宿屋に泊まることはできないわ」クラウディアが指摘した。

「必ず質問されるでしょうし、メレディスも黙っていないでしょう」

「そうね。ということは、ロビーは、蜘蛛と接触するまで、メレディスを隠すことができる場所に向かっていると想定すべきだわ。たとえ短時間だとしても、メレディスと一緒に隠れるような場所が、このあたりにそんなにたくさんあるとは思えない」

リリーがはっと顔をあげた。目から涙が消えている。「あの古いドッドウェルコテージですよ、奥さま。修理しなきゃならないから、空き家になっているんです。ロビーに一度連れてってもらいました」リリーがまた泣きだした。「結婚を申しこまれると思ったのに、ほんとばかだったわ。彼はただ、散歩したかったと言ってました」

「長い散歩ね」オーガスタは嵐に遭って避難した田舎家を思いだした。あの日、グレイストンはオーガスタを見つけるのに苦労した。そのことはよく覚えている。そしてまた、この地所で空き家はあそこだけだと言っていたのも思いだした。

「長すぎますよ。わたしも彼にそう言いました。着くまでに二時間近く歩いたわ。それなのに、彼はそのへんを見てまわっただけ。戻ってくるまでに、足がひどく痛くなっちゃって大変でした」

「まわりに人家がないのね？」クラウディアが訊ねる。「そこは隠れ場所として使えるところ？」

「ええ、使えるわ、短期間ならば。調べにいく価値はあるでしょう」オーガスタは決断した。

「ほかの人たちは、グレイストンがわたしたちにつけた武装のふたりも含めて、全員捜索に出かけている。わたしがすぐに着替えて、自分でドッドウェルコテージまで行ってくるわ」

クラウディアが戸口に向かった。「わたしも一緒に行くわ。支度はすぐにできるから」

「わたしは、スティープルズにピストルを借りられるかどうか聞いてくる」オーガスタは言った。

「でも、撃ち方は知っているの？」

「もちろん。リチャードが教えてくれたわ」

三十分後、ちょうど空が白みかけた頃、オーガスタとクラウディアはドッドウェルコテージの裏の森で馬を止めた。古い家畜小屋のなかに一頭の馬がつながれているのが見える。

「まあ」クラウディアがささやいた。「本当にここにメレディスがいるようだわ。戻ってだれかを呼んできましょう」

「助けを呼びに戻る時間はないわ」オーガスタは馬を降り、手綱を従妹に渡した。「それに、ロビーがメレディスをここに連れてきていると確認できたわけじゃないわ。もしかしたら、日が暮れたあと、ここを見つけて仮の宿にした旅人か放浪者かもしれない。なかにだれがいるか見てくるわ」

「オーガスタ、自分たちだけでやって大丈夫かしら？」

「心配しないで。ピストルも持っているし、大丈夫よ。ここで待っていて。もしもなにかまずいことに起こったら、一番近い農家に駆けこんでちょうだい。グレイストンと言えば、この地域の人ならみんな助けてくれるわ」

オーガスタは乗馬服のポケットからピストルを出してしっかり持つと、木立を抜けて前進を始めた。

気づかれずに小屋のそばに忍び寄るのは、さほどむずかしくなかった。いまにも崩れそうな建物の裏の壁に窓がなく、しかも古い家畜小屋の陰に隠れることができたからだ。

家畜小屋につながれていた馬は、そばを通り抜けようとするオーガスタに関心を示さなかった。でも、馬を見るうちにいい案が浮かんだ。オーガスタは小屋に滑りこみ、馬の引き綱をほどいた。

背骨がくぼんだ年寄り馬は、オーガスタが綱を引いて家のまわりを歩きだすと、おとなしくついてきた。オーガスタは家の正面の手前で足を止め、馬の尻を強く叩いた。

驚いた馬が速足で駆けだし、正面の入り口の前を駆け抜けて森のなかの小道を走り去った。

家のなかから、慌てふためいた怒鳴り声が聞こえてきた。扉が勢いよく開き、いまだにグレイストン家のお仕着せを着ている若者が飛びだしてきた。

「この野郎、戻ってこい、この老いぼれ馬め」ロビーが躍起になって口笛を吹き、走り去った馬を呼び戻そうとする。

オーガスタはピストルを構えたまま、横壁の陰に身をひそめて待った。

「くそっ。このおいぼれ馬、なんてやつだ、くそっ」ロビーがどうすべきか悩んでいるのは明らかだった。しかし、どうやら、馬を失うわけにはいかないと判断したらしい。

扉が閉まる音がして、ロビーが口汚くののしりながら、年寄り馬が逃げた方向に走っていく足音が聞こえた。

オーガスタはロビーの姿が見えなくなるまで待ってから入り口に駆け寄り、扉を押し開けた。自分の前でしっかりとピストルを構え、小さな部屋に足を踏み入れる。

メレディスがさるぐつわをされ、縛られて部屋の奥の床に横たわっていた。怯えた目で戸口を凝視していたが、すぐにオーガスタだとわかったらしい。さるぐつわのなかから、くぐもった金切り声が聞こえた。

「大丈夫よ、メレディス。助けに来たわ。もう安全よ」オーガスタは部屋を突っ切って走り寄り、さるぐつわを引きほどいた。そのあと、今度は手首を縛っている縄に取りかかった。

縄がほどけると、メレディスは両腕をオーガスタの首にまわしてしがみついた。「お母さま。来てくれるとわかっていたわ、お母さま。信じていたわ。すごく恐かった」

「わかっているわ、いい子ね。さあ、急いで行きましょう」

オーガスタはメレディスの手を取り、田舎家から出て裏にまわった。

クラウディアはふたりが出てきたのを見ると、オーガスタの馬を引いてすぐにやってきた。

「急いで」ふたりに呼びかける。「すぐに出ましょう。あちらの道から馬が来る音が聞こえるわ。きっと、ロビーが馬をつかまえて戻ってきたのよ」

かなり速く駆けている力強いひづめの音が聞こえる。それが、自分が解き放った農場の年寄り馬ではないと、オーガスタはすぐにわかった。紳士が乗る純血種の馬に違いない。こちらにやってくるのが友なのか敵なのか、オーガスタたちにはわかる由もない。

オーガスタの頭には、メレディスを逃がさなければという思いしかなかった。

「さあ、いい子だから、ミス・バリンジャーの前に乗って。急いで」オーガスタがメレディスを鞍に押しあげ、クラウディアがつかんで自分の前に坐らせた。オーガスタは急いで後ろにさがった。「さあ、行って、クラウディア。早く」

「オーガスタ、あなたはどうするの？」

「メレディスをお願い。わたしは必要とあればピストルがあるわ。だれがやってくるかわからないでしょう？　早く行って、クラウディア。わたしもすぐにあとを追うから」

クラウディアは馬首をめぐらせたが、その目には不安が浮かんでいた。「わかったわ。でも、遅れないで来てね」そう言うと、クラウディアは馬に合図して木々のあいだを走りだした。

「気をつけてね、お母さま」メレディスが小さい声で呼びかける。

オーガスタも自分の雌馬に乗り、あとを追いかけて走りだした。近づいてくる人物の姿は、田舎家に遮られてまだ見えない。

片手にしっかりピストルを握ったまま、オーガスタは前かがみになって馬の速度をあげた。

その瞬間、森の木々のあいだを抜けて銃弾が飛んできた。大量の葉が舞い散り、雌馬のひずめの下の泥がものすごい勢いで飛び散った。

驚いた馬が後ろ脚で立ちあがり、前脚をあげて宙を激しく蹴る。その拍子にオーガスタの手からピストルが落ちた。なんとか落ち着かせようとしたが、馬の片方の後ろ脚が地面に積もった枯れ葉を踏んで完全に横滑りし、体が横にねじれた。

よろめいて倒れる馬の片鞍からオーガスタは飛びおりた。地面に叩きつけられて一瞬息が止まる。武器もなくなり、息もできず、乗馬服のスカートが巻きついた状態で身動きできない。雌馬はもがいてなんとか立ちあがり、木々のあいだを抜け、屋敷の方向に走り去った。

ようやく呼吸が戻った時には、濃い頬ひげと銀色の髪粉を振りかけた髪の男がそばに立って、オーガスタを見おろしていた。ピストルの銃口がオーガスタの心臓をまっすぐ狙っている。

オーガスタはすぐに、そのひげと灰色の髪の毛が変装であることに気づいた。ラヴジョイのキツネのような緑色の瞳はどこで見てもわかる。

「あんたは来るのが早すぎた」ラヴジョイがうなるように言う。そして手を振って、オーガスタに立ちように命じた。「グレイストンの子どもがいないことに、こんな早く気づくとは思っていなかった。これほど早く使用人を起こして、捜索を始めるとは驚いた。だが、あのばかな小娘の女中は、話すべきことを話したわけだ。そうするだろうと、ロビーのまぬけが言っていたからな。それを聞けば、あんたがしかるべく推測すると踏んでいた」

「わたしを狙っていたの、ラヴジョイ？　メレディスではなく？」

「両方だ」ラヴジョイが言い放った。「だが、メレディスを奪われたからには、あんただけで我慢するしかない。グレイストンが新妻を大事に思っていることを願うんだな。さもないと、おまえはおれにとって用なしだ。用なしのものをとっておく忍耐心は、おれにはない。おまえの兄貴も身をもってそれを学んだはずだ」

「リチャード。あなたが殺したのね。サリーもあなたが殺したのね」オーガスタは両手をこぶしにして彼に飛びかかった。

ラヴジョイに手の甲で激しく平手打ちをされて、オーガスタはまた泥のなかに倒れこんだ。

「立て、このあま。すぐに移動するぞ。グレイストンがロンドンをうろついて、おれの正体を知り、もうロンドンにいないと気づくまでにどのくらいかかるかわからないからな」

「彼はあなたを殺すわ、ラヴジョイ。わかっているでしょう？　こんなことしたら、彼に殺されるわよ」

「やつは長いあいだ、おれを殺したいと思ってきたが、いずれも失敗してきた。グレイストンはたしかに賢い。それは認めるが、おれはつねに幸運を味方につけてきた」

「それも、最近は違うじゃないの？　運を使い切ったのよ、ラヴジョイ」

「そんなことはない。あんたはおれの幸運のお守りだ。しかも、楽しめる。グレイストンの家族をなぶりものにすれば、それは楽しいだろう。だから、あんたがよい妻になれるはずがないと、あいつに警告してやったんだが」

ラヴジョイが手をおろして、オーガスタの腕をつかみ、無理やり立たせた。

向けられているピストルは無視し、オーガスタはすばやく振り返り、重たいスカートを持ちあげて逃げようとした。ラヴジョイが二歩でオーガスタをつかまえて、また激しい平手打ちをくらわせた。腕を彼女の喉にまわし、こめかみに銃口を押しつける。

「もう一度逃げようとしたら、この銃弾を頭にぶちこんでやるぞ。わかったか？」

オーガスタは答えなかった。強烈な殴打を受け、頭がくらくらしている。こうなったら、逃げる機会が訪れるのを待つしかない。

ラヴジョイはオーガスタをつかみ、田舎家の前に乗り捨ててあった雄馬のほうに引き立てていった。

「どういう意味？　よい妻になれるはずがないとグレイストンに警告したというのは？」跳びはねる雄馬に無理やり乗せられながら、オーガスタは冷たい声で質問した。

「おれは、あんたとやつが一緒になるのをやめさせたかった。一緒に暮らしていれば、グレイストンがあんたの兄の過去の証拠を見つけ、おれの存在を突きとめるかもしれない。可能性は高くないが、不安は拭えない。結婚を阻止することで、潜在的な問題を回避したかった」

「だから、わたしをカードゲームに引きこんだのね？」

「そうだ」ラヴジョイがオーガスタのうしろにまたがり、ピストルの銃口を背骨に強く押しつけた。「借用書を取りに来た時に、あんたをものにする計画だったが、うまくいかなかった。次に知った時には、あのろくでなしはもうあんたと結婚していた」

「わたしをどこに連れていくつもり？」

「遠くはない」ラヴジョイが手綱を取り、拍車で馬を蹴って走りだした。「快適な航海に出よう。あんたとおれで。グレイストンが怒りと苛立ちに苦しんでいるあいだ、フランスの人里離れた場所で隠遁生活を送るぞ」

「理解できないわ。なぜわたしが連れていくの?」

「交渉材料だからな。人質がいたほうが、安全に海峡を渡ってフランスの避難場所に着ける。グレイストンはあんたのために大金を払うだろう。愛情はなくても、名誉を重んじるやつだからな。やつがあんたの自由を買ったあとに、罠に誘いこんで、殺してやる」

「それからどうするの?」オーガスタは突っかかった。「あなたの正体はみんなにばれる。夫には友人がたくさんいるんですもの」

「たしかにそうだ。だが、あんたの夫の友人たちにとって、おれはもう死んでいる。あわれな妻を自由にしようとした勇敢なグレイストンに殺されている。グレイストンも残念ながら死んでしまう。なんたる悲劇。新しい身分をでっちあげるのは多少面倒だが、前にもやっている」

小道を走る雄馬の背で揺られながら、オーガスタは目を閉じた。「なぜリチャードを殺したの?」

「あんたの愚かな兄貴が危険なゲームをしようとしたのさ、オーガスタ。なにが起こっているか、実は理解もしていないゲームだ。兄貴は、彼のような男たちを引きつけるしゃれたクラブだという理由でサーベルクラブに入会したが、偶然、蜘蛛と呼ばれる伝説の工作員もこのクラブの会員だという事実に行き当たった。そして、蜘蛛が貴重な情報を収集する場として使っていると推測した。颯爽たる若い将校たちは、酒が入るとなんでもしゃべる。きれいな娘とワイン数本、それでクラブの会員たちが持っている情報はすべておれのものだ」

「みんなが隠さないで話したのは、あなたも仲間のひとりと思っていたからでしょう」

「たしかにそうだ。あんたの兄貴がそれに気づくまでは、すべてうまくいっていた。気づいてからも、どの会員が蜘蛛か突きとめていないようだったから、あえて放っておいた。だが、当局に情報を渡すつもりだと知り、ある晩、帰宅する彼をつけた」

「そして、背後から撃って、兄の服に不利な証拠を仕込んだのね」

「簡単なことだ。サーベルクラブに放火し、クラブの記録と会員名簿をすべて燃やした。クラブの存在はすぐに忘れられた。さあ、楽しい思い出はこのへんでいいだろう。旅が待っている」

ラヴジョイが小さな橋のそばで馬を止めた。馬から降りると、乱暴にオーガスタをおろした。オーガスタがよろめきながらもなんとか踏みこたえ、目にかかった髪を後ろに押しやると、木々に隠れて美しい箱形馬車が待っているのが見えた。強そうな鹿毛の馬が二匹、木につながれている。

「すまないが、人生でもっとも不快な旅をしてもらう」ラヴジョイがすばやくオーガスタの両手を縛り、ねじったクラヴァットでさるぐつわを嚙ませた。「しかし、安心してくれ。もっとひどいのが待っているはずだ。海峡は大荒れになることがあるからな」

ラヴジョイはオーガスタを小さな馬車のなかに投げこむと、カーテンを引き、扉を叩き閉めた。一瞬のち、彼が御者席にのぼり、手綱を取る音が聞こえた。

一番近い港はウェイマスだ。人々で賑わう公共の場で、オーガスタを船に乗せるような大胆なことはさすがにしないだろうとオーガスタは思った。

そのあとに、蜘蛛がどんな人物であろうと、少なくとも、邪悪であると同時に大胆だというのはだれも否定しないだろうと考え直した。

いまできるのは待つこと。逃げる機会か、あるいは、だれかの注意を引ける機会を待つ。そのあいだは、ともすればとらわれそうになる絶望感と戦わねばならない。少なくとも、メレディスは安全だ。それでも、ハリーと二度と会えないという思いはとうてい耐えがたかった。

海の香りと荷馬車の往来の音、そして木材がきしる音のせいで、オーガスタはかなり前に目を覚ましていた。注意深く耳を澄まし、それぞれがどこから聞こえてくるかを聞き分けようとした。港に入ったことは間違いない。ということは、ラヴジョイが馬車を走らせてウェイマスに来たということだ。

オーガスタは座席の上で身を起こそうとし、手首に縄が食いこむ痛みにたじろいだ。さるぐつわの方は、ラヴジョイに気づかれないうちに、扉のそばの真鍮の金具にねじれたクラヴァットを引っかけて緩めることに成功していた。

馬車が止まった。話し声が聞こえて、それから扉が開いた。変装したままのラヴジョイが馬車のなかに上半身を突っこんだ。大きなマントと厚いベールがついた黒いボンネットを抱えている。

「ちょっと待ってくれ」肩越しにだれかに言っている。「かわいそうな妻の面倒を見なければならないんだ。気分が悪いらしい」

オーガスタはボンネットがかぶせられるのを避けようとしたが、片手に持ったナイフをラヴジョイに見せられておとなしくなった。ラヴジョイはなんの呵責もなく、オーガスタの肋骨のあいだにその剣先を差し入れるだろう。

驚くほど短い時間で顔にベールが掛けられ、フードつきのマントでしっかり包まれて馬車から抱えあげられた。オーガスタを両腕で横抱きにし、小型船が係留されている先端に向かって石の埠頭を歩いていくラヴジョイは、いかにも妻を案じる夫に見えただろう。妻に添えた手の片方がナイフを持っているのは、オーガスタのマントの襞に隠れてだれにも見えていない。

分厚い黒いベール越しに目をこらし、オーガスタはなにであれ、機会があったらすべて利用しようと心のなかで身構えた。

「荷物、運びますかね、旦那?」聞き覚えのあるしゃがれ声が、ラヴジョイに申し出ているのが、すぐ近くから聞こえてきた。

「荷物はもう積んであるはずだ」ラヴジョイがぴしりと言い、歩み板を渡り始めた。「おまえの悪辣な船長に、すぐ出帆するよう言ってこい。満潮を利用したい」

「あい、旦那」しゃがれ声が返事をする。「船長は、あんたを待ってましたよ。着いたって伝えてきます」

「早くしろ。そのために大金を払ってある。満足いく仕事を期待して当然だ」

「あい、旦那。でも、まず船室の場所、お教えしましょうかね？　奥さん、このまま寝床に運んでもらいたいのでは？」

「そうだな、ではまず船室だ。それから、すぐに船長に船出するよう言ってこい。それに、手に持っている縄で、おまえ、なにをしているんだ、気をつけろ」

「これが邪魔かと思ってね？　船長が嫌がるからね。こんなしゃれた船を航行しているから、規律に厳しくってね。どやされるから、いますぐどかしておいたほうがいい」

「なにをしている？」その縄が気づくとブーツのまわりに、まるでヘビのように巻きついたせいで、ラヴジョイはよろめき、危うく倒れそうになった。なんとかバランスを取って踏みとどまろうとしたため、オーガスタを抱えていた手が滑った。

オーガスタは機会を逃さなかった。悲鳴をあげながら、踏みとどまろうと必死になっていたラヴジョイの両腕から前に飛びだしたのだ。

ラヴジョイが激怒の声をあげた。ベールを通し、オーガスタの目に白髪交じりのひげを生やしたしゃがれ声の船員が手を伸ばすのが見えた。船員はオーガスタを抱きとめたが、その衝撃で一緒に仰向けに倒れこんだ。オーガスタのマントが彼をふんわり覆う。

「くそっ」そのままの勢いで、オーガスタとふたり、渡り板から港湾の冷たい海水に真っ逆さまに落ちながら、ピーター・シェルドレイクが悪態をついた。

友人がオーガスタを連れて水際にたどり着くのをちらりと見やり、ハリーは自分の妻がもう安全だと確信した。ピーターが面倒を見てくれるだろう。

ハリー自身は、すでに足場を取り戻し、怒りの形相でナイフを構えているラヴジョイの対応に手一杯という状況だった。

「このくそ野郎」ラヴジョイがなじる。「おまえの名がネメシスとは、よく言ったものだ。だが、必ず最後には、蜘蛛《スパイダー》が獲物の血を飲み干すことになっている」

「おまえにやる血はもうない、蜘蛛《スパイダー》」

ラヴジョイが前に飛びだし、腕を伸ばして、はらわたを掻き切る勢いで鋭く横に払った。ハリーは脇に飛びのき、あわやのところでラヴジョイの腕をつかんでナイフの方向を変えた。どちらの男もバランスを失う。ラヴジョイが倒れ、ナイフを持った腕をまだつかんでいたハリーも引きずられて倒れこんだ。一緒に地面に叩きつけられ、渡り板の縁の際まで転がり、ラヴジョイがハリーにのしかかった。

「今回はやりすぎたな、蜘蛛《スパイダー》」ラヴジョイのナイフを持った腕をつかみ、攻撃者の手をなんとか押し戻そうとする。剣先がハリーの目のすぐ上に迫っている。「だが、考えてみれば、おまえはつねにそれが問題だった。そうじゃないか？　必ず一歩行きすぎる。多すぎる死、多すぎる血、狡猾すぎるのは自分のためにならない。それが理由で結局最後は負ける」

「くそ野郎」その悪態が、ラヴジョイのぎらぎらした目の奥で、もはや制御不可能なほど燃えさかっている炎に油をそそいだ。残忍に顔をゆがめ、歯を剝きだしにして、ラヴジョイがハリーの目にナイフを沈めようと力をこめる。「負けるわけがない」

ラヴジョイの腕に、異常なほど凶暴な力がこもるのを感じた。ハリーはそのひと突きを避けようと、必死の思いでその腕を横に押し曲げ、同時に指を滑らせて、ラヴジョイの手首をつかんだ。

みずから持つあらゆる力を総動員してその手首をねじると、ぽきっという音がした。ナイフの向きが変わって上を向く。

ラヴジョイが痛みに悲鳴をあげ、自分の持つナイフの上に倒れこんだ。体を痙攣させ、横に転がる。そして、自分の胸に突き刺さったナイフの柄をつかんで引き抜いた。

血が勢いよく噴きだす。真っ赤な死の鮮血だった。

「蜘蛛は決して負けない」信じられないという目でハリーを凝視する。「負けるはずがない」

ハリーは息を必死に吸いこんで、呼吸を整えようとした。「それは違う。おまえとぼくは出会う運命だった、ラヴジョイ。最後の会合の約束が果たされた」

ラヴジョイは答えなかった。死んでいく彼の目から光が失せていく。その死によって、多くの人々の正義が果たされる。ラヴジョイが最後の力を振り絞って体を動かし、歩み板の縁から海に落ちた。

オーガスタが呼んでいる声が聞こえたが、ハリーには、立ちあがる力も残っていなかった。

疲労困憊の状態で歩み板の上にただ寝そべり、彼のほうに走ってくる妻の足音に耳を澄ませた。

「ハリー」

顔に落ちてくる水を感じて、ようやく目を開ける。ハリーは妻にほほえみかけた。彼女は全身濡れそぼっていた。ドレスのスカートもびしょ濡れで、髪も濡れて脚に張りついている。彼女の目は愛情と苦しいほどの不安の両方できらめいていた。こんなに美しいオーガスタは見たことがなかった。

「ハリー、ハリー、大丈夫？　大丈夫だって言ってちょうだい」彼の横にしゃがみこみ、濡れた胴着に彼を抱き寄せる。

「大丈夫だよ、ラヴ」ハリーは濡れた服には頓着せずに、すばやく妻を抱き締めた。「きみが無事だと知って、大丈夫になった」

オーガスタが彼にしがみついた。「ああ、もう、とても恐かったわ。でも、なぜわかったの？　なぜ、彼がわたしをウェイマスに連れてくると知っていたの？　彼がどの船に乗る予定だったか、どうしてわかったの？」

彼女の質問に答えたのは、あとについてきたピーターだった。「蜘蛛《スパイダー》はつねに悪運に恵まれていたが、グレイストンは、堕天使ルシフェルも驚く予測能力があることで有名だった」

オーガスタは身を震わせ、歩み板の縁の向こうをちらりと見やった。水のなかにラヴジョイがうつぶせに浮いている。

「体が冷たくなっているぞ」ハリーは静かな声で言った。立ちあがり、ラヴジョイの死体が見えないように、オーガスタの体の向きを変えた。「きみのために、乾いた服を手に入れなければ」

ハリーはオーガスタを連れ、暖かい場所を求めてそばの居酒屋に向かった。

その日の午後遅く、オーガスタとハリーとピーターがグレイストンに戻った時は、屋敷の全員が走り出てきて三人を迎えた。使用人たちはみな満面の笑顔で、旦那さまが奥さまを救出するとわかっていたと口々に言い合った。

クラリッサ・フレミングも石段の上に立ち、ほっとした様子でにこにこしながら、メレディスが両親に駆け寄るのを見守っていた。

「お母さま、無事だったのね。お父さまが絶対に助けだすってわかっていたわ。わたしにそう約束してくれたもの」メレディスがオーガスタに両腕をまわし、ぎゅっと抱き締めた。

「ああ、お母さま、とても勇敢だったわ」

「あなたもとても勇敢だったわ、メレディス」オーガスタは彼女を見おろし、ほほえみかけた。「あの田舎家で見つけた時にあなたがどれほど勇敢だったか、決して忘れないわ。泣いてもいなかったでしょう?」

メレディスは、オーガスタのドレスのスカートに顔を埋めたまま、激しく首を振った。

「あの時はね。でも、ミス・バリンジャーの馬に乗せてもらって、あなたがついてきてないと知った時は大泣きしちゃったの」

「あの時はどうすればいいかわからなかったわ」クラウディアが言う。横に立って、ピーターと手をつないでいる。「銃声が聞こえた時は心底うろたえたわ。でも、引き返して、メレディスの命を危険にさらすことはできない、それだけはわかっていた。だから、走り続けたの。メレディスとわたしが家に着いた時、ちょうどグレイストンとピーターが到着したのよ。ふたりはすぐに、ラヴジョイがウェイマスに向かっていると考えたわ」

「きみがラヴジョイの手中に陥らないようにするにはもう手遅れだとわかった時点で、論理的に考えて次に探す場所はウェイマスだった」ハリーが説明する。「蜘蛛は以前から逃亡経路として海を好んでいたからね。シェルドレイクとぼくは馬でウェイマスに直行し、ラヴジョイの馬車より先に着いた。そして、ルーシー・アンという名前の船を探した」

「それは古い密猟船だった」ピーターが続けた。「船長は、戦争中に蜘蛛のために時々働いていたらしい。それで、けさ、少しのあいだだけ船を貸してくれるように船長を説得したんだ」

「説得したの？」クラウディアが懐疑的な笑みを浮かべる。

「グレイストンが冷静かつ明白な論理を少しばかり展開しただけで、船長はすぐに事情を呑みこんだとだけ言っておこうか」ピーターがさりげなく言う。「グレイストンは論理的に考えるのが得意だからな。きみの従兄のリチャードは、暗号で書いたあの詩に蜘蛛に関する情報を隠していた。英国の当局者に連絡しようと試みたせいで、その晩に殺された」

「ピーターは正しい」その日の夜遅く、ハリーが言った。「ぼくはたしかに論理的に考えるのが得意だ」

オーガスタはほほえんだ。暗いなか、彼のベッドで彼の腕に抱かれて横になっていた。温かくて安全、そして望まれている。オーガスタはついに自分の家に戻ってきたと感じていた。

「ええ、ハリー、それはみんな知っているわ」

「だが、いくつかのことに関しては、あまり賢いといえない」まわした腕を強めてさらに近くオーガスタを引き寄せた。「たとえば、自分がそうなった時に、愛していることに気づかなかった」

「ハリー」オーガスタは肘をついて頭をあげ、彼の目をのぞきこんだ。「出会った最初からわたしを愛していたと言っているの？」

彼の口がゆっくり曲がっていたずらっぽい笑みとなるのを見て、オーガスタの全身に甘美な震えが走った。「明らかに、そうだったらしい、マダム。そうでなければ、求愛期間と結婚生活におけるぼくの非論理的行動の説明がつかない」

オーガスタは口をすぼめた。「まあ、そういう見方もあるかもしれないけれど。ああ、ハリー、わたしとても幸せだわ」

「それを聞いて、ぼくも口では言い表せないほど嬉しい、マイラヴ。ぼくの幸せがきみの幸せと結びついていることを、ついに発見したんでね」ハリーはオーガスタの唇に軽くキスしたが、それから目を細め、真剣な表情になって彼女を見つめた。「きみはきょう、命の危険を顧みずにメレディスを救ってくれた」

「わたしの娘ですもの」

「そうだな。しかも、きみは家族に対しては、猛々しいほど忠実だ」彼は小さくほほえみ、指でオーガスタの髪を梳いた。「小さな雌トラのように」

「また家族を持てたのが、わたしにとってなによりすばらしいことだわ、ハリー」

「ぼくがきみをロンドンからここに戻した時、直前にきみはこう言った。メレディスがぼくの唯一最大の弱みだと。だが、きみは間違っていた。きみもぼくの最大の弱みだ。きみを愛している、オーガスタ」

「わたしもあなたを愛しているわ、ハリー、心から」

ハリーの手がオーガスタの頭の後ろを包んで引き寄せた。彼女の髪が彼の腕にかかり、ふたたび、ふたりの唇が重なった。


翌朝、ハリーは唐突に起こされた。妻がベッドから飛びだして、おまるをつかんだからだ。

「ごめんなさい」オーガスタがおまるの上にかがみこんであえいだ。「ひどくむかむかするの。吐いてしまいそう」

ハリーはベッドから出て妻に近寄り、妻の背中をそっと撫でた。「神経過敏症だ」吐き終えた妻に言う。「きのう興奮しすぎたせいだろう。きょうは一日横になっていたほうがいい」

「神経過敏症ではありません」オーガスタが濡らした布で顔を拭きながら、彼をにらんだ。

「ノーサンバーランドのバリンジャーは神経過敏症などには決してならないわ」

「そうか」ハリーは冷静な口調で言った。「そうだとすれば、妊娠に違いない」

「まあ」オーガスタがベッドの端に坐りこんだ。ショックを受けた様子で彼を見つめる。

「そんなことあり得ると思う？」

「ぼくの考えでは、もちろんあり得る」ハリーは満足げに請け合った。

オーガスタはしばらく考えていたが、それから嬉しそうににっこりした。「ノーサンバーランドのバリンジャー家の血統とグレイストン伯爵家の血統の組み合わせは、絶対におもしろいことになると思うわ。あなたはどう思う、伯爵さま？」

ハリーは笑いだした。「たしかに、非常におもしろいことになるだろう、伯爵夫人」

21

三カ月後、オーガスタが、新婚旅行から戻ってきたばかりのクラウディアをもてなしていると、ハリーが客間に入ってきた。片手に持った書類を、不機嫌そうににらみつけている。

オーガスタは片眉をつりあげた。「なにかまずいことでも？　カエサルの軍事作戦に関する原稿を出版社に断られたとか？」

「それよりもはるかに悪い」ハリーがオーガスタに書類を渡した。「サリーの地所の精算を終えた事務弁護士からだ」

「管理の仕方がなにかまずかったということ？」オーガスタはその法的文書にさっと目を通した。

「見ればわかるが」ハリーが淡々とした口調で言う。「彼女の遺言にきみの名前が入っている」

オーガスタは嬉しく思った。「サリーは、なんて思いやり深いことでしょう。形見として、サリーのものをなにかもらえたら、とても嬉しいわ。なにを遺してくれたのかしら。〈ポンペイアズ〉に掛かっていた絵のどれかかも。そしたら、教室に掛けられるわね。メレディスとクラリッサが喜ぶでしょう」

「それはすばらしい考えだわ」クラウディアがうなずき、従姉の肩越しに書類をのぞきこんだ。「あのすばらしい絵の数々がいったいどうなったかしらと思っていたのよ」

ハリーの渋面がさらに深まった。「サリーはきみに絵を遺したわけではない、オーガスタ」

「違うの？　では、なにかしら。銀の器？　それとも彫像のひとつかも」

「それも違う」ハリーが言い、腕を背中にまわして指を組んだ。「サリーはきみに遺したのは、あのとんでもないクラブだ」

「なんですって？」オーガスタは驚いて顔をあげ、彼を凝視した。「〈ポンペイアズ〉をわたしに？」

「ある考え方や性格を共有する、きみのようなレディたちの利益のため、あの個人的クラブの経営を継続できるように、あの街屋敷全部をきみに遺す。遺言書には、そういう言葉で書かれていたと思う。彼女は、きみの従妹が後援者のひとりとして加わることも希望している」

「わたし？」クラウディアも驚いたようだったが、すぐにほほえんだ。「なんて嬉しいことでしょう。力を合わせて、あそこをまた、この街でもっとも魅力的なサロンにできるわ。とても楽しみ。ミス・フレミングもきっと〈ポンペイアズ〉が気に入るでしょう」

「それについては、サー・トーマスが異議を唱えるかもしれないぞ。来月クラリッサと結婚するのだから」ハリーが警告する。

「あら、お父さまは全然気にしないわ」クラウディアがおかしそうにほほえんだ。「それより、問題はわたしが言った時にピーターがどう考えるか」

「たしかにそうだ。この考えにシェルドレイクがどう反応するか見ものだな」ハリーがむっつりと述べる。「既婚者になって、最近は適切性についてまったく新しい概念を見いだしたようだから」

「ええ、むしろ堅苦しい人になってるわ」クラウディアが肩をすくめた。「でも、彼はきっと、〈ポンペイアズ〉を再開するのがすばらしい考えだと納得してくれるに違いないわ」

ハリーが絶望的だという顔で、オーガスタのほうに視線を戻した。「きみの顔に浮かんでいる表情も気に入らない。頭のなかはすでに、どうすればすぐに〈ポンペイアズ〉を再開できるかについて、あらゆる考えが駆け巡っているようだ」

「グレイストン、考えてみて」オーガスタは励ますように言った。「そんなに長くかからずに、すべての準備が整うわ。もちろん、何人か採用する必要はあるけれど、以前の使用人たちを再雇用できるでしょう。管理については、クラリッサも手伝ってくれるはず。前に会員だったレディたちに通知すれば、彼女たちがまた友人に伝えるでしょう。わくわくするわ。開始が待ち切れない。〈ポンペイアズ〉はこれまでにない規模に発展するでしょう」

ハリーは片手をあげて妻の言葉を遮り、あえて男らしい権威を持たせた低い声で宣言した。「新しく〈ポンペイアズ〉を作るならば、いくつか新しい規則を設けたい」

「まあ、ハリー」オーガスタがなだめるように言う。「〈ポンペイアズ〉の管理について、あなたが細かいことを心配する必要はないのよ」

彼はその言葉を無視した。「第一、新しい〈ポンペイアズ〉で、賭け事は許されない」

「グレイストン、嘘でしょう？　あなたはそういう事柄について道徳的すぎるわ」

「第二、その場所は、紳士のクラブの模倣ではなく、レディたちのための上品なサロンとして厳格に管理される」

「信じられないわ、ハリー。その発言は古風としか言いようがない」オーガスタがぶつぶつ言う。

「第三、〈ポンペイアズ〉は、ぼくの後継者である息子が生まれるまでは再開しない。これは確実に守ってもらいたい」

オーガスタが目を伏せた様子は、まさに慎み深い貞淑な妻の姿だった。「わかりました、旦那さま」

ハリーはうなった。「やれやれ」


五カ月後、ハリーの息子は、ノーサンバーランドのバリンジャー側から受け継いだとしか考えられない元気な声で泣く健康な赤ん坊として、この世に生を受けた。

ハリーはその子をひと目見るなり、疲労困憊だが幸せいっぱいの妻にほほえみかけた。ハリー自身も妻に負けず劣らず疲れ切っている。助産婦がすべて順調に進んでいると保証したにもかかわらず、昨夜は悲惨だった。

陣痛のあいだ、ハリーは妻のベッド脇を一瞬たりとも離れなかった。冷たいタオルでオーガスタの額の汗を拭くたびに、あるいは、彼女が彼の手のひらに爪を食いこませるのを感じるたびに、ハリーは永遠の禁欲を誓った。ようやく妻が無事だとわかったいま、人生でこれほど感謝したことはなかった。

「この子をリチャードと名づけよう。きみさえよければ、オーガスタ」妻が枕にもたれたまま、顔を輝かせてハリーを見あげた。人生で妻がこれほど美しく見えたこともないとハリーは思った。

「とても嬉しいわ、ありがとう、ハリー」

「きみにささやかなサプライズがある」ハリーはベッドの端に腰をおろし、二階に持ってきてあったベルベットの小袋を開けた。「きみのお母さんのネックレスが、けさ宝石商から戻ってきた。見ればわかるように、卓越した技術で汚れを取り、磨いてくれた。自分の目で確かめたいだろうと思って」

「まあ、ありがとう。それが戻ってきてとても嬉しいわ」オーガスタはキルトの上掛けの上にネックレスがこぼれるのを見守った。あでやかな赤い宝石が、朝の光を受けて燃えるように輝いている。オーガスタのほほえみを見れば、心から喜んでいることは明らかだった。

「すばらしい仕事をしてくれたのね。とても美しいわ」それから、ふいに眉をひそめた。

「どうかしたのか、スイートハート？」

オーガスタがきらめくネックレスを取りあげた。「どこか違うわ、ハリー」はっと息を呑む。「まさか、あなた、これはだまされたのよ」

ハリーは目を細めた。「だまされた？」

「そうよ」オーガスタは片手に息子を抱いたまま、ネックレスに顔を近づけて子細に眺めた。「これはわたしの母のルビーではないわ。色がもっと濃いし、よりきらめいている」深刻な表情を浮かべて目をあげる。「ハリー、宝石商が宝石を交換したのよ」

「落ち着いてくれ、オーガスタ」

「そうよ、確信があるわ。そういうことが時々あると聞いたことがあるもの」

「オーガスタ――」

「高価なネックレスを修理に出すと、宝石屋が本物の宝石をカットガラスの石にすり替えるんですって。ハリー、すぐに宝石商のところに行ったほうがいいわ。わたしたちのルビーを返してもらわなければ」

ハリーは笑いだした。笑わずにはいられなかった。あまりに滑稽で言葉にならない。

オーガスタが彼をにらんだ。「どういうこと？　なにがそんなにおもしろいの？」

「オーガスタ、そのルビーは本物だと保証する」

「あり得ないわ。わたしが自分でその宝石商のところに行って、母のルビーを返してくれるように交渉します」

ハリーの笑い声がさらに大きくなった。「石を変えたときみに文句を言われた時の、彼の顔が見たいものだ。きみの頭がどうかしてしまったと思うだろうな」

オーガスタの表情が、確信なさそうな表情に変わった。「ハリー、なにか言いたいことがあるのね？」

「言うつもりはなかった。だが、きみがこの問題をはっきりさせると決意しているならば、真実を知ったほうがいいだろう。きみの傑出した先祖のひとりが、おそらくは何十年も前に、ノーサンバーランドのバリンジャー家に伝わるルビーを質に入れたらしい。きみのルビーが非常に精密にカットされたガラス玉だと気づいたのは、ほかならぬサリーだ」

オーガスタの目がまん丸に見開かれた。「それはたしかなこと？」

「そうだ。早まったことをしないように、念のため、鑑定もしてもらった。すまなかったよ、スイートハート。わからないように交換できると踏んでいたが、すぐに気づかれてしまったな」

オーガスタが信じられないという顔で彼を見つめた。「ハリー、わたしのネックレスのすべてのルビーを交換したのなら、大金を費やしたはずよ」

「うーん、まあ、そうとも言える」ハリーはにやりとした。「だが、その甲斐はあった。ぼくはもっとも貞淑な妻を娶り、その妻はこのルビーと比較にならないほどの価値がある。その価値は計れない。ぼくにできるのは、この本物のルビーをつけている妻を見ることだけだ」

オーガスタの顔に笑みが浮かんだ。「ああ、ハリー、あなたがそう言ってくれてどんなに嬉しいか」

「わかっているよ、愛する人」彼は妻に優しくキスをした。「知っておいてほしい、きみはぼくの心の、そして、ぼくの魂のよりどころだということを」

オーガスタが彼の手を強く握り絞めた。「ハリー、わたしもあなたに知っておいてほしいわ。あなたと一緒になって、わたしは家庭と心を見つけたということを」

「そして、ぼくはこの世で一番幸運な男だ」ハリーは静かに言った。「ずっと探していた貴重な宝物を見つけたのだから」

「貞淑な女性のこと?」

「いや違う、スイートハート。ぼくが探していたのは、結局のところ、それではなかったと判明した。もちろん、図らずも貞淑な妻を得たわけだが」

オーガスタが不思議そうに彼を眺めた。「では、なにを探していたの?」

「最初はわからなかったが、いまはわかる。本当に望んでいたのは、愛情あふれる妻だ」

「まあ、そうね、ハリー」オーガスタが愛にあふれた瞳で彼を見あげ、心からの笑みを浮かべた。「あなたが愛情あふれる妻を得たことは間違いないわ」

訳者あとがき

ヒストリカル・ロマンティック・サスペンスの女王アマンダ・クイックの初期の作品はどれも名作揃い。そのなかでもとくに邦訳が待たれていた“*Rendezvous*”『あやまちの求婚は真夜中に』を、ついに皆さまにお届けいたします。

ヒロインのオーガスタはノーサンバーランドのバリンジャー家の最後の末裔。両親が馬車の事故で亡くなったあと、二年前には唯一の家族である最愛の兄を追いはぎの凶弾で失い、遠縁に当たるサー・トーマスとその娘クラウディアのもとに身を寄せています。サー・トーマスをおじ、クラウディアを従妹と呼んでいますが、厳密に言えばもう少し遠い関係で、サー・トーマスの出身はハンプシャーのバリンジャー家です。何世代も前に分家したバリンジャーの両家に受け継がれる気質はまったく違います。ハンプシャーのバリンジャー家は学術肌で生まじめでややもすれば退屈な人々。サー・トーマスは歴史学者、娘のオーガスタも慎み深く分別に満ちた令嬢で、教育家として著名だった亡き母の跡を継いで、若いレディのための指南書を執筆中です。

ところが、オーガスタの家系ノーサンバーランドのバリンジャーはその正反対、先祖代々無鉄砲で大胆、冒険心に富み、慣習にとらわれずに楽しみを追求する人々ばかり。その血を受け継いだオーガスタも自分の考えをはっきり言い、感情に従って、思い立ったらすぐに実行する行動家。でも実は心優しく、自分の大切な家族や友人たちに忠誠を尽くすあまり、危険も顧みずにその人々を守ろうとします。

今宵も財産目当てのろくでなしの貴族から、盗まれた日記を種に結婚を迫られている友人を助けるために、その貴族の屋敷に潜入、日記を取り戻そうと書斎に忍びこみます。そこに現れたのが、グレイストン伯爵ハリー・フレミング。著名な言語学者であり、古典学者でもあるグレイストンを真面目一点張りの堅苦しい男性と思っているオーガスタは、彼が針金でいとも簡単に机の引きだしの鍵を開けたことに仰天しますが、それもそのはず、彼は戦時中、英国の諜報部員の長として暗号を解読し、祖国の勝利に貢献した人物でした。

戦争から帰還したハリーは、誠実で貞淑な女性を妻に求めていました。花嫁候補リストまで作りますが、共通の友人サリーにオーガスタを紹介されると、その生き生きした姿にひと目で魅了されてしまいます。騒動の渦中に飛びこんでいく無鉄砲さにあきれながらも、彼女の誠実さや、大切な人々に対する強い忠誠心、弱い人々を助ける優しい人柄を見抜いて結婚を申しこもうと決意したハリーは、簡単に承諾しそうもないオーガスタに求婚すべく策を練ります。

一方、ハリーが礼節を重んじる堅苦しい学者で、冒険心などみじんも持たない人物と思いこんでいるオーガスタは、出会った瞬間から彼に惹かれながらも、自分のようなおてんば娘が彼の花嫁候補リストに載るはずがないと考え、おじを通じて結婚を申しこまれても、間違いだと信じて、その結婚を回避すべく行動に出ますが……。

ハリーはかつて受けた裏切りと、戦時中の諜報活動のせいで、自分の深い思いや感情を閉じこめて表に出すことができません。かたやオーガスタは、感情や考えを素直に出しながらも、家族を失った喪失感に苛まれ、自分の真の居場所を見つけることができません。戦時中に英国人でありながら祖国を裏切り、多くの人々を死に追いやった〝蜘蛛〟と呼ばれる諜報員を追求するハリーと、亡くなった兄に着せられた裏切り者の汚名を晴らそうとするオーガスタ。闇に埋没した真相を探るあいだも、ふたりに魔の手が迫り……。

本書で描かれている戦争は、十九世紀初頭に戦われたナポレオン戦争です。フランス革命後、ナポレオンに率いられたフランス軍はヨーロッパの大半を征服しながらも、スペイン独立戦争とロシア遠征で敗退、一八一五年六月のワーテルローの戦いでその敗北が決定的になりました。本書では諜報員の暗躍がサスペンスの重要な要素となっていますが、実際に、英国は一八一〇年頃から諜報活動に重きを置き、フランス軍の暗号化した通信文を密使から奪取して解読していました。解読技術がどんどん進む一方で、解読されていることを知らずにフランス軍が暗号を使い続けたため、英国軍はフランス軍の配置や動きを知って、有利に戦うことができたのです。総司令官ウェリントン公爵の参謀がその解読任務に当たったとのこと、まさにハリーが担った任務と言えるでしょう。

本書でサスペンスの要素と共に魅力的に描かれるのは、ハリーと結婚したオーガスタがドーセットのグレイストン邸で暮らす様子です。最初は継娘メレディスや家庭教師を務める遠縁のクラリッサから冷ややかに接されながらも、持ち前の明るさと才覚によって彼女たちの内心の願望を見抜き、意欲を引きだすことで、屋敷全体が明るくなり、それに伴ってハリーのかたくなな気持ちも変化していきます。ハリーに対する彼女の主張や憤りは時に強すぎるほどですが、素直に反省する態度は潔く、また、その怒りを受けとめて解決に持っていこうとする包容力に満ちたハリーが魅力的に描かれます。

そしてもうひとり注目していただきたいのは、ヒーローの親友役として、あまたあるロマンスのなかでも三本指に入る脇役ではないかと思えるほど素敵なピーター・シェルドレイクです。彼のユーモアあふれる変装ぶりや、オーガスタの従妹クラウディアとの甘いだけとは言いがたい恋愛模様をぜひお楽しみいただければと思います。

さて、題名がひとつの単語になっているこの名シリーズは、一九九〇年代に十数冊刊行されました。ラズベリーブックスでは、本書のほかにも、"*Reckless*"が二〇一七年に『誓いの口づけはヴェールの下で』、"*Surrender*"が二〇一八年に『琥珀の瞳に恋を賭けて』という邦題で刊行されています。本書に負けず劣らずおもしろいこの二冊、文庫だけでなくKindle版もありますので、未読の方はぜひひともご覧いただければ幸いです。いまなお精力的に作品を発表し続けるアマンダ・クイックの作品を、またいつかご紹介できることを願いつつ。

二〇二〇年六月　旦 紀子

あやまちの求婚は真夜中に

2020年6月17日　初版第一刷発行

著 ……………………………… アマンダ・クイック
訳 …………………………………… 旦 紀子
カバーデザイン ……………………… 小関加奈子
編集協力 …………………… アトリエ・ロマンス

発行人 ……………………………… 後藤明信
発行所 ……………………… 株式会社竹書房
〒102-0072 東京都千代田区飯田橋2-7-3
電話：03-3264-1576（代表）
03-3234-6383（編集）
http://www.takeshobo.co.jp
印刷所 …………………… 凸版印刷株式会社

定価はカバーに表示してあります。
乱丁・落丁の場合には当社までお問い合わせください。

ISBN978-4-8019-2281-5 C0197
Printed in Japan